가려진 시간 속에서

가려진 **시간** 속에서

1

감초비 장편 소설

contents

프롤로그 ···7

1. 몽마(夢魔) ···13

2. 깨진 거울 붙이기 ···105

3. 도망치지 못한 시험 ···183

4. 특별한 사람 ···251

5. 악몽 ···337

프롤로그

"설아 씨. 만약 이곳이 꿈이 아니라 정말 2002년 현재라면, 이곳에서 행한 일이 추억이 아니라 정말로 과거를 바꾼다면, 인생을 바꿀 의향이 있으십니까?"

제비 깃처럼 매끄러운 말씨의 남자는 어쩌면 흥부에게 박씨를 물어다 줬다는 그 제비의 환생일지도 모른다. 누구는 이런 기회를 잡으려 매일 밤 정화수 떠다 놓고 궁상떨고 있을지도 모르는데, 요 몇 년가 교회도 제대로 안 나가 나에게 이런 기회를 주겠다니 말이다.

"요즘은 초등학교만 해도 벌써 영어 원서 보는 징그러운 애들이 득시글거리죠. 하지만 설아 씨 세대면 중학교 1학년부터 다시 시작해도 인생을 바꾸는 덴 충분하다 못해 뒤집어쓴다고 봅니다, 저는. 23살의 계산 머리와 목적의식을 가진 채 14살부터 다시 시작할 수 있다면야 이건 뭐, 토끼가 거북이와 경주하면서 저 혼자 파워에이

드 마시는 격이 아니겠습니까?"

비유 한번 기똥차시네. 그래, 필시 희대의 사기극이 될 테지. 인간이 만든 법전으로는 사기죄로 잡아 처넣을 수도 없는 완전한 사기극.

"설아 씨의 전문학사 학위를 4년제 명문대 졸업장으로 바꾸는 것은 물론, 연봉 자릿수도 바꿀 수 있을 겁니다. 물론 중고등학교 6년 1등이 평생 1등이 되는 건 아닙니다만, 적어도 확률은 매우 높아지겠죠? 어차피 우리는 그 확률을 1프로라도 높이기 위해 노력이라는 걸 하는 게 아닙니까? 게다가 이 시기부터 시작한다는 건, 설아 씨에게 또 하나의 메리트를 줄 수 있겠죠?"

남자의 턱에 머물던 시선을 추어올렸다. 눈이 마주치자 남자의 눈이 갈고리달처럼 히죽 이지러졌다.

"그래요, 이번에야말로 '그분'을 가질 수 있을지도 몰라요. 9년 넘게 미니홈피 도둑방문을 할 정도로 좋아하면서, 끝끝내 마음을 전하지 못한 그분 말입니다. 지금의 설아 씨라면 다 가질 수 있습니다. 제가 이래 봬도 사람 보는 눈은 틀리지 않으니까요. 자, 어떠십니까?"

남자의 유혹이 클라이맥스에 달하니 하늘의 금고 문이 열리듯 구름이 걷히고 누런 달이 나왔다. 금송아지처럼 복스러운 달빛 아래 한강의 밤 물결은 금괴와 진주가 담뿍 묻힌 듯 호사스러운 빛을 발했다.

미치도록 매혹적인 달빛 아래서 나는 잠시간 생각했다. 나와 마주 보고 선 남자의 제안을 받아들인다면, 그만큼의 금은보화가 새로 열린 내 앞길에 뿌려질지도 모른다고. 진짜로, 새로운 인생을 살 수 있을지도 모른다고.

결국, 난 남자에게 이렇게 대답했다.

"싫은데요."

"네에엑?"

뒷목에 장침이 박히기라도 한 듯 꿱꿱거리는 남자의 목소리에 강 물결의 금은보화가 지렁이처럼 꼬물거렸다. 평안감사는 물론이요 4년제 명문대도, 억대 연봉도, 그리고 첫 그놈의 옆구리도…… 저 싫으면 그만이나니.

1.

몽마(夢魔)

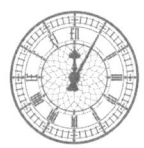

슬슬 턱이 아려 왔다. 왼손으로 턱 받치기. 남몰래 우세스러운 짓을 할 때 따끔거리는 얼굴을 티 나지 않게 수습하기 위한 고질적인 버릇이다.

2011년 12월 23일 11시 50분. 나는 사무실 인터넷 PC 앞에 턱을 괴고 앉았다. 석기시대에서 온 사람이 아니면 알겠지만, 네이트 메인화면 검색창 위에 깨알같이 자리한 '사람검색' 버튼을 클릭하면 이름이랑 생년월일 따위의 정보로 누군가의 미니홈피를 검색할 수 있다. 바로 그렇게 나는 누구 씨의 미니홈피를 찾는 중이었다.

성별 남자. 생년월일 1989년 11월. 이름 조민기. 세 가지 조건을 맞춰 검색 버튼을 클릭했더니 1989년 11월생 조민기의 미니홈피가 줄 끊긴 목걸이에서 쏟아져 나온 구슬처럼 많기도 하였다. 허나 많이 해 본 솜씨로 나는 세 번째 페이지의 위에서 두 번째 미니홈피를 클릭했다. 그런 수고를 들여 그 애의 미니홈피를 찾은 지 고작 1초. 진절머리가 날 정도로 익숙한 패배감이 콧잔등을 짓눌렀다.

미니홈피 메인 사진 속 그 애. 균형 있게 솟은 콧날이 다소 아까워지는 작은 눈을 가진 그 애. 늘씬하다 못해 비쩍 곯아서 듬직한 맛이 부족한 그 애. 벅벅 얽은 곰보는 아니나 잘생겼다고 선뜻 말하기엔 어느 정도의 콩깍지가 필요한 그 애. 9년 전 나에게 그 콩깍지를 씌웠던 그 애는 오늘도 그 여자애와 함께였다.

9년 내내 그 애와 함께인 그 여자애는 가장 매력적인 부분만 골라 요망스러울 정도로 그대로였다. 백합처럼 환한 낯빛과 아몬드 형의 또렷하고 당찬 눈매. 그녀 특유의 은방울꽃처럼 은은한 분위기. 헐뜯을 구석이라고는 보일 듯 말 듯한 잡티 정도뿐인가. 그녀를 매력 한 점 없는 옥떨메라 깎아내리려면 시멘트 바른 안경부터 구해 와야겠지.

두 사람이 맺어진 건 중학교 1학년 겨울방학 전날이었다. 남자 키 번호 1번에 나뭇가지같이 못 미더운 몸피로도 그 애는 고백의 순간에 남자다웠다. 눈앞에서 첫사랑을 앗긴 날, 나는 나이에 걸맞은 유치한 강샘을 냈다.

어차피 쟤네 오래가지 못할 거야. 중딩 풋사랑이 어른이 될 때까지 이어지는 일은 잘 없잖아? 가뭄에 콩 나듯이야 있겠지. 하지만 전교권 성적을 유지하느라 연애 기술은 형편없을 게 분명한 쟤네는 그 콩이 되지는 못할 거야. 얼마 안 가 서로에게 개자식 소자식을 장대비 퍼붓듯 내대며 대판 싸우겠지. 그러다 서로에게 환멸보다 더한 걸 느끼며 헤어져 버리겠지. 그랬으면 좋겠다. 될 수 있으면. 아니, 제발. 제발 좀.

16

정직하게 함박울음을 펑펑 터트리기는커녕 심보가 끝까지 그런 식이었으니 당연한 결과였는지도 모른다. 그 애, 조민기가 같이 앉기 싫은 사람을 써낼 때 내 학번을 대놓고 물어본 건. 그리고 예쁘장하고 지적인 그 여자애, 백수연을 택한 건. 그리고 9년이 지난 지금, 둘이서 이토록 단단하고 생글생글한 콩이 된 건.

나는 마우스 휠을 살짝 굴려 사진 속 두 사람을 물끄러미 관찰했다. 이번엔 백수연이 조민기의 볼에 입을 맞추는 사진이었다.

그 폼이 야릇했음 남정네 볼에 빨판 붙인 꼴이 천박하기 그지없다 욕이라도 실컷 퍼부었을 거다. 하지만 꽃잎에 나비 안기듯 민기의 볼에 조심스레 내려앉은 연한 입술. 아직도 열네 살 소녀 같은 수줍음이 수수꽃다리 향처럼 배어 나오는 발그레한 볼. 같은 여자로서 인생에 회의감이 들 정도로 예뻤다. 그 예쁜 뽀뽀를 받는 조민기는 세상에서 제일 잘생겼다.

아무리 서로 예뻐 죽어도 그렇지 정말 징글맞게도 오래가는 커플이구나. 필시 전생에 꽃과 나비였을 거다. 전 전생에는 실과 바늘이었을 거고. 더 쭉쭉 올라가면 바퀴벌레 한 쌍이 나오려나.

"후……."

막강한 싱글벙글 앞에서 느끼는 건 한숨뿐이요, 깊어져 가는 건 이마의 수름뿐인가? 나는 입술을 맞물고 양쪽 입꼬리로 소리 나게 바람을 뿜었다. 눈앞이 잿빛 시폰 천을 한 겹 둘러친 듯 어둑해져 오는 건 사무실 통유리에 비치는 먹빛 구름 때문만은 아닌 것 같았다.

"설아 씨. 뭐 해?"

"헉!"

손에 총이 들려 있었다면 족히 세 발은 쐈을 거다. 황급히 마우스 왼쪽 버튼을 검지로 난타하며 뒤를 돌아보았다. 언제 내 등 뒤로 다가섰는지 반장님—세무서에선 경력 있는 직원을 관습적으로 '반장'이라 호칭한다—이 반달가슴곰처럼 커다란 그림자를 내게 드리우고 있었다.

"설아 씨도 일 잘 안 되지? 어휴. 나도 그냥 연가 낼 걸 그랬나? 그런데 그러면 또 사무실에 너무 사람이 없잖아."

"맞아요. 오늘 사무실이 너무 한산하네요. 전화도 별로 안 오고……."

나는 곁눈질로 사무실을 한 바퀴 돌아보고 나서 대답했다.

내일모레, 올해 크리스마스는 화이트 크리스마스가 될 거라 했다. 그 예보에 나처럼 옆구리에 36.5도의 난로가 없는 사람들도 대체로 들떠 버린 듯했다. 내가 근무하는 A세무서 부가가치세과 사무실도 예외는 아니었다. 상당수의 직원이 연가를 썼고, 오늘 출근한 직원들마저 금요일 특수에 겹쳐 온 크리스마스 몸살 탓에 엉덩이를 의자에 붙이는 걸 상당히 힘겨워하는 중이었다.

거리에서 캐럴이 사라져 가고 산타클로스 할부지에 대한 믿음이 식는 나이도 점점 어려지는 추세라 하건만. 설렘을 만들어서라도 느껴야 할 것 같은 불가사의한 강박감은 영원히 크리스마스의 수수께끼로 남을 것 같다.

그렇다고 너무 처지지는 말아야겠다 싶어 좀 전에 세금이 1억 넘게 체납된 내 관할구역의 한 사업체에 독촉전화를 걸어 보긴 했다. 하지만 '저희 크리스마스 파티 할 거라 전 직원이 곧 외출할 건데 월요일 날 전화하시면 안 될까요?'라는 여직원의 날 선 대꾸에 객쩍게 수화기를 내려놓고는 업무 철을 캐비닛에 쑤셔 넣어 버렸다. 참 바보 같은 짓이었다. 평소에 받아도 진절머리 나는 세무서 전화를 누가 성스러운 날 이틀 전 금요일에 받고 싶을까?

나는 국세공무원이다. 2년제 전문대학에서 세무를 전공했고 공채에 운 좋게 합격해 국세청에 발을 들이게 됐다. 22살. 이르다면 이른 나이에 서울의 A세무서 부가가치세과에 발령받아 사회생활을 시작했다. 바위처럼 굳은 어깨로 사무실에 들어선 게 엊그제 같은데, 몇 달 전 국세경력 1년을 채웠고 며칠 뒤면 24살이 된다.

표면상의 취미는 독서. 허나 독서량은 만화책도 안 보는 사람보다 조금 나은 수준이며 그나마도 요즘 들어 시들부들해졌다. 요즈음 짬이 생겨도 마음의 양식을 쌓기보단 이렇게 하릴없는 인터넷 서핑을 할 때가 더 많아져, 아예 간판 취미를 시간 죽이기로 내걸어야 하나 진지하게 고민 중이었다.

"뭘 보고 있길래 표정이 그래? 어디 보자. 뉴스 보고 있었네? 이게 무슨 기사지? 아……. 이거. 쯧쯧."

반장님이 모니터를 보더니 혀 차는 소리를 두어 번 씹어 뱉으셨다. 대체 뭘 보고 그러시나 싶어 다시 모니터에 시선을 갖다 붙였다. 급히 조민기의 미니홈피를 닫으려 마우스를 연타해 버린 탓인지 사람검색창 대신 웬 뉴스기사가 띠 있었다. 그 기사는 올해 연말 가장 뜨거운 감자로 떠오른 사건을 담고 있었다.

『서울 B중학교 자살 중학생. 유서 내용 '충격'』

'서울 B중학교'를 덧그리는 눈에 힘이 들어갔다. 기사의 형식적인 서두 몇 문장을 무시하고 자살한 학생의 유서로 파고들었다.

『엄마, 아빠. 이걸 보실 때면 전 이 세상에 없겠죠. 사실 10월부터 계속 죽으려고 몇 번이나 결심했는데 부모님 생각이 자꾸 나서 참은 거예요. 근데 이렇게 된 건 우리 반의 ○○○랑 XXX 때문이에요.』

집단 따돌림을 당하던 학생이 자살하는 건 드문 이야기는 아니다. 하지만 그 드물지 않은 이야기에 공기가 손에 잡힐 듯 딱딱하게 굳어 갔다.

『싫다 그랬는데 자꾸 제 교과서 숨기고 화장실에 욕 낙서하고 협박해서 할 수 없이 하게 됐어요. 나중엔 현질한다고 돈 가져오라 마구 협박했어요. 6월에 제 통장 돈 빼 달라고 했던 거, 사실 문제집 사려고 한 게 아니라 걔네들 다 줘 버렸어요. 거짓말해서 죄송해요.』

쇠 구슬이 튀어나오려 하는 듯 관자놀이가 아려 와 눈을 한 번 질끈 감았다 떴다. 그 바람에 화면의 활자들이 비 맞은 잉크처럼 얼룩덜룩해 보였지만, 구태여 시선을 바루고 싶지는 않았다.

『물론 이 방법이 가장 불효이고 지옥 가겠지만, 제가 이대로 살아 있으면 계속 불효하겠죠. 우리 엄마 아빠 저 혼내면서도 항상 제 걱정하고 계신다는 거 잘 알아요. 이렇게 착한 엄마 아빠한테 효도도 한 번 안 한 제가 너무 원망스럽고 미워요. 엄마, 아빠 사랑해요. 제 이야기는 이걸로 다 끝이에요. 모두 안녕히 계세요.』

그리고 12월 20일. 그 아이의 이야기는 정말로 끝이 났다.

"쯧쯧. 하여간 요즘 애들은 애들 같지가 않아. 하는 짓이 조폭 뺨친다니까? 이래서야 애들 맘 놓고 학교 보낼 수 있겠어?"

등 뒤에서 반장님이 한 소리 했다. 강 건너 불구경하듯 방관적인 투였다. 다른 학교의 담장 안에서 일어난 일은 자신의 두 아들에겐 찾아올 리 없다는 듯이. 지나가는 차가 튀긴 흙탕물 따위 닦아 내면 그만이라는 듯 반장님은 눈 하나 깜짝 안 하고 화제를 U

턴시켰다.

"근데 설아 씨는 이번 크리스마스에 누구랑 같이 보내? 남친 있던가?"

"아뇨, 없어요. 그냥 가족하고 보낼 거예요."

반장님은 나한테 이 질문을 했다는 걸 매번 잊어버리신다. 내가 가장 싫어하는 질문인데.

"왜! 한창 좋을 땐데! 언니들한테 소개팅 좀 시켜 달라고 먼저 부탁도 하고 그래. 타과에 관심 있는 남직원 있으면 가서 말도 좀 붙이고. 설아 씨는 다 좋은데 좀 더 자기표현을 해야 해. 이렇게 혼자 컴퓨터만 하고 너무 조용하잖아."

"헤헤……."

시선을 내리깔고 애매한 웃음소리로 대답을 대신해 버렸다. 이 정도 잔소리는 상식적으로 실례되는 선은 아니다. 그럼에도 밥 먹다 돌멩이를 씹은 기분이 되는 건 어디까지나 내 좁은 소가지 탓이다. 더구나 손끝에 서리가 붙은 느낌까지 드는 건 하필 이런 기사를 눈앞에 둔 빌어먹을 타이밍 탓이리라. 우연히 누른 게 이런 기사라니……. 오늘은 왠지 신이 나에게 별로 호의적이지 않은 것 같았다.

"이? 벌써 시간이 이렇게 됐네? 설아 씨. 같이 밥 먹으러 가자."

"아, 아뇨. 저기, 전 속이 좀 안 좋아서…… 그냥 사무실에서 쉴게요."

"그래? 많이 안 좋아? 약 먹어야 되는 거 아니야?"

"아뇨. 그 정도는 아니고 그냥 속이 더부룩한 정도라……. 전 괜찮으니 어서 가 보세요."

점심시간이 얼마 남지도 않은 직원들마저 쓸어 가 사무실은 썰물 빠진 모래톱처럼 횅뎅그렁해졌다. 거짓말 반인 핑계로 점심을 거른 나는 다시금 PC 모니터에 시선을 던졌다.

아직도 B중학생 자살사건 기사가 떠 있었다. 가해 학생들이 피해 학생을 물고문 하기 전날 주고받았다던 문자의 내용이 공개된 연관 기사가 링크되어 있었다. 무언가에 홀린 듯 그 링크를 클릭했다. 작은 악마들의 대화가 내 시선을 흠뻑 빨아들였다.

『물은 약한데. 최대한 빠른 시간 내에 열심히 해 볼게. 지금까지 통화기록 삭제해.』

"이설아. 내 바지가 왜 여기 있어? 네가 안 가져갔다며? 장난해? 내 바지 버려서 팔아먹기라도 하려 그랬어?"

그 학교 그림자도 비치지 않는 곳인데, 흑마술책을 읽은 듯 끔찍한 환청이 겹쳐 들렸다.

『난 다 한다ㅋㅋㅋ 이 새끼 10통째 다 씹네^ ^ 물 써야 한다 빡세게. 그리고 벌 세워 놓고 단소 ㄱㄱ』

"뭘 야리냐? 눈 안 깔아? 얼굴도 존나 큰 게."

지뢰를 밟은 듯 다리조차 떨 수 없었다.

『아참. 오늘 제대로 안 하면 소리도 안 내고 군소리 안 한다 했지?ㅋㅋㅋ 잘됐네 물에 계속 처넣자』

"씨발, 저리 꺼져! 내 몸 썩는다고!"

『그래 솔직히 숙제시키고 심부름시킨 게 뭔 폭력임?^ ^』

"꼭…… 나한테 빌려야 하니?"

뒤로가기 버튼을 마구 눌렀다. 그러다 마우스에서 손을 떼어 팔목의 연한 살점을 구깃구깃 부여잡았다. 아랫배에서 끓어올라 눈알을 빼고 흘러넘칠 것 같은 무언가를 그 안에 당쳐 넣었다. 귓속을 맴도는 환청이 가물가물해질 때까지 어금니를 치열히 사리물었다.

서울 B중학교. 내 모교였다.

"하……."

고작 수초밖에 안 지났을 터다. 그러나 체감상 수시간 동안 꽁꽁 붙잡아 둔 듯한 호흡을 푸니 내쉬는 숨에 쇳조각이 든 마냥 목이 따가웠다. 혀에 매끄러운 침 대신 메마른 공기가 감겼다. 톱밥을 한 움큼 씹다 뱉은 듯 더러운 기분이었다.

암막 커튼이라도 둘러 꽁꽁 숨어 버리고 싶어졌다. 그 안에서 눈이든 귀든 세상과 통하는 모든 구멍을 닫고 한바탕 깊은 잠에 빠져들고 싶어졌다.

복숭아뼈에 바늘이라도 꽂힌 듯 비척비척 사무실 구석으로 향했다. 사무실 구석 캐비닛 뒤에는 과장님이 댁에서 가져오신 기다란 소파가 있다.

아드님이 허구한 날 거기에 널브러져 신선놀음하는 꼴을 보기 싫어 가져오셨다던데, 한 번 앉아 보니 정말 그럴 만도 하다 싶었다. 엉덩이가 녹아내릴 것 같은 푹신한 품을 지닌 소파는 점심시간에 남녀노소 지위고하 막론한 신경전을 부를 정도의 명물이 되었다.

그간 막내 여직원의 짬밥을 망각하면서까지 이 소파를 군이 점령해야겠다는 생각은 해 본 적이 없다. 하지만 지금은 짬밥은커녕 찬밥 더운밥 가릴 기분이 아니었다.

"아— 좋다아……."

소파에 몸을 누이니 절로 신음이 터져 나왔다. 구름 위에 누우면 딱 이런 느낌일까? 온몸이 녹아내릴 듯 푹신하면서 기분 좋게 서늘한 가죽의 감촉에 세상의 모든 아늑함이 내 등 뒤로 끌려 들어온 듯했다.

눈을 지그시 감으며 한 번, 두 번, 거듭 나에게 확인시켰다. 나여기 있어. 눈물 날 정도로 좋은 이 구름 위가 나의 현재야. 여기랑그 불구덩이는 하늘과 땅 차이야. 멀기도 북극과 남극 사이보다 더멀어. 그러니 안심해도 돼.

그런 기사 하나에 이렇게 열렬히 발이 저리는 대로, 나 역시 B중학교의 왕따였다.

2002년. 나의 중학시절은 시작부터 암담했다. 내가 B중학교에입학한 지 딱 한 달 되었을 즈음, 3학년 선배 하나가 집단따돌림을견디다 못해 학교 옥상에서 투신자살을 했다. 봄이 겨울의 치마폭에서 헤어 나오지 못하던 4월. 전교생이 운동장에 모여 죄지은 듯묵념했던 그날. 우리의 정수리를 짓누르던 매지구름의 눈씨가 아직도 생생하다.

그즈음에 난 급우들과 완전히 틀어져 있었다. 입학한 지 고작 한 달 만에 그 지경이 된 속사정은 여태 가족에게도 제대로 털어놓지 않았다. 누군가에게 털어놓았다간 내 살만 깎을 것이 분명하였기에.

급우들의 차가운 눈과 조소 어린 입술에 마음이 닳을 대로 닳은 나머지, 이러다 나도 그 자살한 선배 짝이 날 것 같다는 무시무시한 생각까지 했었다. 하지만 나는 그 숨 막히고 혹독한 시절에서 살아남았다.

고등학교는 B중학교 졸업생들이 거의 가지 않는 곳에 배정받았다. '운 나쁘게 중학교 동창들과 떨어지는 바람에 새 친구가 고픈 평범한 여고생' 연기는 중학 시절 주홍글씨를 잘 가려 주었다.

하지만 그 시절이 내 안 구석구석에 지져 놓은 흉은 쉬이 사라지지는 않았다. 누군가의 눈을 과감히 직시하지 못하고 언제나 상대의 턱 언저리에 머무는 눈. 함께 웃는 순간에조차 끊임없이 소속감을 확인하려 드는 나약한 간. 사소한 지적에도 울렁거리는 위. 왕따라는 단어만 들어도 목젖까지 치솟아 오르는 일그러진 심장. 오늘도 온 데가 저렸다.

시간을 되돌릴 수 없다는 건 누군가에겐 지독한 아쉬움일지 모르나, 적어도 나에겐 매우 다행인 일이 아닐 수 없다. 아득한 과거에 내가 자조했던 오해. 혹은 내가 버리지 못했던 고집과 이기심. 그것을 굳이 바로잡는 수고를 하지 않아도 현재의 내 자리는 대체로 유지되지 않던가. 나의 아득한 과거를 모르는—그리고 굳이 알려 하지 않는—사람들 앞에선, 모난 데를 적당히 다듬은 페르소나 한두 개면 충분하다.

그래. 그 빌어먹을 과거는 더 이상 내게 칼자국을 남길 수 없다. 이제 내게는, 되도 않는 뜀박질로 날 쫓아오는 멍청한 추격자를 달리는 기차 안에서 실컷 비웃어 주는 일만 남았다. 정 나를 잡으려면 지구를 홀랑 뒤집어야 할 거다. 물론 그런 일이 일어날 리 없다. 가뭄에 콩 나듯이도 말이다.

그러니 구태여 바로잡을 필요는 없겠지. 이제 와서 나 자신을 구태여 모자란, 아니, 모자랐던 년이라 시인할 필요는 없겠지. 더구나 그때 나만 나빴나? 내가 비겁자면 그 애들은 가해자였단 말이다. 내가 나빴다고 해서 그 애들이 나를 괴롭힌 것이 정당화될 리 없단 말이다. 그 시절을 두고두고 되새김질해야 할 쪽은 내가 아니라 그 녀석들 아닌가?

소파 안쪽으로 돌아누우며 쓰게 입꼬리를 당겼다. 그래. 케케묵은 트라우마 따위, 앞으로도 이런 식으로 눈 가리고 아웅 하면 그만이야. 이 정도 잔흉쯤은 사라질 날이 머지않았어.

그러니 악마들 따위는 한잠 자고 잊어 주자. 눈 딱 감고 기상청이 호언장담한 낭만적인 화이트 크리스마스나 그려 보자고. 눈은 이 A세무서 청사 앞에도 소복이 쌓이겠지. 흡사 눈의 여왕의 정원처럼 반짝반짝 빛이 나겠지. 그때쯤이면 난 어김없이 집 안에 틀어박혀 시간을 죽이고 앉았을 테니 그 절경을 보지는 못하겠지만.

의식이 떨어지기 전까지 나는 아직 오지도 않은 크리스마스의 눈을 실컷 뿌렸다. 세상이 한 번 뽀얘졌다가 쌀 한 톨도 안 남기고 자취를 감췄다.

***　　　***　　　***

오스스, 팔다리에 서리가 피어났다. 비 온 뒤 비거스렁이를 하듯, 낮잠에서 깨어난 직후 생리적으로 찾아오는 냉기다. 나는 직감했다. 아, 점심시간이 다 지났구나. 눈을 뜨면 또 6시까지 서류를 매만져야겠지. 잠이 다 달아날 때까지 전화는 안 오면 좋겠는데. 온갖 아쉬움이 몰려드는 눈꺼풀 개봉식 5초 전. 숨을 살짝 들이쉬어 오후의 공기를 한 숟갈 맛봤다.

그런데 왠지 닫힌 눈 너머가 심상찮았다. 코끝이 자그러울 만치 눈꺼풀을 툭툭 치는 빛이 우리 사무실 조명치고 지나치게 자극적이었다. 게다가 등이 닿은 곳은 시멘트 바닥인 양 차갑고 딱딱했다. 왜지? 분명 온몸이 녹아들 만큼 푹신한 소파에서 잠들었는데?

"에췻!"

헛구역질하듯 재채기가 터져 나왔다. 웬걸, 눈꺼풀을 열기 무섭게 강렬하다 못해 난폭한 빛이 눈알을 푹 찌르는 게 아닌가! 신경질적으로 눈을 비빈 후 다시 눈꺼풀을 열었다.

철제 캐비닛에 가로막혀 있어야 할 사방이 탁 트여 있었다. 먹빛 구름의 그림자에 젖은 벽과 캐비닛이 어디론가 사라지고, 뻥뻥 뚫린 철제 난간이 동서남북을 둘러치고 있었다.

갈 곳 잃은 시선이 허공을 황망히 배회했다. 잠에서 갓 깬 직후에 세상이 물에 잠긴 것처럼 보이는 건 지극히 생리적인 현상이다. 하지만 생판 딴 세상이 보이는 건 너무하지 않은가?

눈을 다시 감은 다음 턱을 쳐들었다. 그리고 다시 눈을 뜬 순간, 입술도 달막이지 못했다. 내 몸뚱이를 휙휙 굴려 버릴 듯 시퍼런 서슬을 한 하늘. 그 아래 나랑 같이 장난감이 되어 버린 산과 건물들. 진부하지만 지금 상황에선 위화감이 충만한 정경이 앉은자리에서 펼쳐졌다.

괴물과 눈을 마주친 기분에 황급히 시선을 끌어 내렸다. 민들레 한 송이와 눈이 마주쳤다. 한 줌 흙더미에 뿌리를 박은 노란 꽃이 한 줄기 바람에 고개를 꺾었다. 그 순간 느껴졌다. 속눈썹이 움찔거리는 것만큼이나 미세한 공기의 떨림이. 그 묘한 긴장감에 이끌려 고개를 돌렸다.

"……."

천장도 캐비닛도 푹신한 소파도 아늑한 어스름도 홀랑 사라져 버린 어느 건물의 옥상. 한 소년이 서 있었다. 고등학생쯤 되어 보임 직한 키 큰 소년. 진남색 재킷에 회색 바지, 그리고 목 뒤를 살짝 덮는 단정한 머리의 남학생.

그가 입은 교복은 속이 뒤틀릴 만치 낯이 익었다. 그의 어깨는 바람보다도 거세게 물결치고 있었다. 그 물결이 보는 내가 다 울컥할 만큼 서글픈데 의외로 흐느낌은 별로 들려오지 않았다. 지극히도 고집스레 뱃속으로 모집어 넣은 속울음을, 남학생은 나이에 걸맞지 않게 씹어 삼키고 있었다.

우는 모습만큼이나 남학생이 서 있는 위치가 위태위태했다. 만물이 장난감으로 보일 정도로 아득한 허공이 불과 그의 한 발짝 앞에 펼쳐져 있었다. 두뇌 회전이 빠릿빠릿하지 못한 탓에 훤칠한 남학생의 신체에 비해 난간이 그리 높지 않다는 걸 뒤늦게 깨달았다. 불길한 상상이 고개를 드는 찰나, 그가 오른쪽 다리를 난간에 올렸다.

"야!"

다급한 마음에 내지른 새된 소리가 그에게 제동을 걸었다. 남학생이 번개같이 이쪽으로 고개를 돌렸다. 벌게진 눈가에서 핏기가 가시고 눈물범벅이 된 입술이 비통하게 틀어졌다.

처음 계획은 호젓한 분위기에서 마무리하려던 거였겠지만 방해꾼 하나 때문에 그만둘 생각은 없었는지, 남학생의 머뭇거림은 극히 짧았다. 재차 올라간 발이 허공을 디디려는 찰나, 나는 남학생을 와락 끌어안았다.

"놔!"

몇 시간을 질질 짜고 있었던 건지 있는 대로 걸걸해진 목소리가 쩌렁쩌렁 울렸다. 남학생이 몸을 거세게 흔들 때마다 내 몸뚱이가 허공을 들락날락거렸다. 품 안에 든 게 사람인지 울산 앞바다 고래인지 분간이 안 갈 지경이었다.

"여기서 뭐 하는 짓이야! 죽으려고 환장했어?"

젖 먹던 힘을 다하는 와중에 짙은 무력감이 엄습해 왔다. 남동생과의 팔씨름에서 처음으로 져 본 게 언제였더라? 아마, 남동생이 딱 이 녀석 덩치가 되었을 즈음이었던 것 같다. 더구나 여기까지 왔으면 뵈는 게 없을 놈이다. 작정한 열대여섯 소년의 힘은 23살 사무직 여자의 힘으론 역부족이었다. 하지만 스물셋이나 먹어서 꼬맹이가 피도 안 마른 머리통 깨부수려는 걸 손 놓고 볼 수는 없었다.

"학생들 여기서 뭐 하는 거야!"

불시에 등 뒤에서 울려 퍼진 중년남성의 목소리가 나와 소년의 희비를 극명히 갈랐다. 아주 일순간 품 안 미친 고래의 몸부림이 잦아들었다. 녀석도 직감한 듯했다. 자신이 23살 여자를 힘으로 이겨 먹을 수 있을지는 몰라도, 성인 남성에겐 승률이 현저히 낮아진다는 것을.

"아저씨! 도와주세요!"

구원의 손길이 너무나 다급했던 나머지, 나는 아저씨의 첫마디에서 일말의 위화감도 느끼지 못했다.

"놔요, 놔!"

아저씨가 가세하기 무섭게 품 안의 고래가 햄스터로 변했다.

"이 자식이 미쳤나!"

"으윽!"

아저씨의 목에 대바늘이 벌떡 일어나기 무섭게 남학생이 바닥에 내박쳐졌다. 그 과격한 광경에 반사적으로 눈을 질끈 감았다. 기껏 살려 낸 목숨 옥상 바닥에 버리는 게 아닌지 싶었다.

"헉, 헉……."

아저씨가 논 열 마지기는 간 소처럼 거친 숨을 내쉬었다. 바닥에 널브러진 남학생은 더 이상 미동도 없었다. 바닥에 머리를 세게 부딪친 탓인지, 아니면 모처럼 품은 독한 마음을 실현치 못한 좌절감에 혼이 나간 탓인지는 몰랐다. 그저 갈 곳 잃은 눈물 한 방울이 소년의 살구색 목선을 훑고 굴러떨어질 뿐이었다.

"허억, 헉……. 아저씨, 고맙습니다……."

주저앉은 채로 몇 번 거세게 숨을 몰아쉬고 나서야 우리를 구해 준 사람을 확인할 여유가 생겼다. 중량감 있는 목소리에서 유추한 대로 40대 중반 즈음의 아저씨였다. 왼쪽 가슴에 금실로 이름 석 자가 수놓아진 진청색 제복을 입은 걸로 보아 이 건물의 경비원인 듯했다. 담배라도 한 대 피우러 올라온 참이었을 테지.

뭐, 도움의 손길이 굳이 백마 탄 왕자님에게서 오기를 바랐던 건 아니니. 일단 새파란 죽음을 하나 막아 낸 것에 안도하며 나는 한숨을 돌리려 했다. 별안간 아저씨의 입에서 튀어나온 새퉁스러운 한마디만 아니었다면.

"아니, 이 시간에 수업들 안 들어가고 예서 뭐 하는 게야? 너희 몇 학년 몇 반이야? 교장 선생님께 다 말씀드려야겠다!"

"네?"

미간에 힘이 팍 들어갔다. 방금, 저 아저씨의 말에서 상당히 부자연스러운 복수형이 쓰인 것 같은데?

"에라이, 어쩐지 담배가 당기더라니. 안 올라왔음 재수 더러울 뻔했네! 지가 뒤지고 싶어 뒤졌는데 또 경비는 뭐 했느냐는 둥 나만 잡으려 들었겠지! 너희 내가 그냥 넘어갈 것 같아? 너부터 반이랑 이름 대!"

"저, 저기요?"

귀밑에 뜨겁게 달군 쇳조각이 달라붙은 것 같았다. 나도 엄연히 성인이다. 아무리 아버지뻘 되는 사람한테라도 초면에 이따위 막말은 기분 나쁘단 말이다.

"지금 무슨 말씀하시는 거예요? '너희'라뇨? 설마 얘랑…… 저요?"

"그래! 그럼 여기 너희 둘 말고 누가 있어?"

10년 정도 더 늙었으면 이런 오해를 기분 좋게 받아들였을지도 모른다. 하지만 나와 같은 20대 초반의 직장인은 어려 보인다는 평가를 썩 달갑게 받아들이지는 않는다. 사회인의 대열에 끼려 발악한 보람이 없다는 말로 들리니까. 난 오늘 베이지색 블라우스에 갈색 모직 치마를 입고 출근했다. 더구나 오늘 메이크업은 내가 봐도 색조가 도드라지게 잘됐고! 그 어느 때보다도 오피스 레이디답게 꾸미고 왔는데, 어딜 봐서 학생으로 보인단 말…….

"아……."

바람이 종이 다발이 되어 내 뺨을 후려쳤다. 얼굴의 피가 한 방울도 안 남고 빠져나가는 느낌이 났다. 하트 큐빅이 매달린 금목걸이가 있어야 할 목에서 플라스틱 단추가 박힌 X자 리본이 만져졌다. 갈색 모직 치마에 싸여 있어야 할 허벅지에 감색 체크무늬 치마가 달라붙어 있었다. 다리 사이로 파고드는 바람은 오늘 아침 출근길 내게 따라붙은 12월 냉풍과는 이질적인 촉감이었다.

좀 더 턱을 당겨 가슴께를 내려다보았다. 체크무늬 감색 조끼의 왼쪽 가슴에 매달린 하얀색 명찰과 맞닥뜨렸다. 명찰에는 검은색 궁서체로 '이설아' 석 자가 수놓아져 있었다. 내 기억이 정확하다면 분명 그 옷이었다. 두 번 다시 꼴 보기 싫어 졸업식 날 내 손으로 직접 의류수거함에 던져 넣었던 옷.

2011년 12월 23일 금요일. 낮잠 좀 자고 일어났더니만 내가 B중학교 교복을 입고 있었다. 그것도 명찰까지 완벽하게 복원된.

아저씨가 혼절한 남학생의 가슴에 붙은 명찰을 보고 중얼거렸다.

"어디 봐. 이 녀석 이름이…… '서인겸'. 파란색 명찰이 3학년이었지 아마."

아저씨의 말이 끝나기도 전에 내 무릎은 흙먼지와 만났다. 무언가에 홀린 듯 파란색 명찰에 수놓아진 금색 글씨 석 자를 눈으로 덧그렸다. 어딘지 낯익다 싶더니 소년도 B중학교 교복 차림이었다. 이제야 기억났다. B중학교는 명찰의 색깔로 학년을 구분 지었다. 내가 입학했을 당시엔 1학년은 하얀색, 2학년은 노란색, 3학년은 파란색 명찰이었다.

서인겸. 언젠가 분명 들은 적 있는 이름이었다. 가물가물한 기억이 아귀를 맞춰 가는 동안 심장이 어딘지 불유쾌하게 뛰었다. 금방이라도 먹색 구름을 몰고 와 하늘을 뒤덮을 것 같은 그 이름은······.

"아······."

기억이 테두리를 찾은 순간 뱃속이 뒤엉켰다. 온몸이 끔찍이도 내떨려 팔다리가 바뀌어 붙은 것 같은 비현실적인 느낌이 나기까지 했다. 저승사자와 마주친 듯한 오금을 정신력으로 추슬러, 나는 죽을힘을 다해 내달리기 시작했다.

"어어, 학생! 거기 서지 못해!"

건물을 내려앉힐 듯한 아저씨의 노성이 내 등에 내리꽂혔다. 하지만 뒤를 돌아보면 하늘이 뒤엎어지기라도 할 것처럼 나는 고개를 꺾지 못했다. 금방이라도 저승사자가 내 목덜미를 잡아채 지옥불로 내던질 것만 같은 공포감이 이보다 더 빨리 달릴 수도 없는 내 다리를 볶아쳤다.

차라리······ 떠올리지 않는 편이 좋았을 기억을 떠올려 버렸다. B중학교 3학년 8반 서인겸. 2002년 4월 1일에 B중학교에서 투신자살한 남학생. 죽은 지 9년도 더 된 사람.

나는 대체 무슨 짓을 저지른 것인가?

옥상 문을 뜯어내듯 열어젖혀 계단으로 뛰어들었다. 올해 완공된 A세무서 신청사의 기품 있는 대리석 계단 대신 먼지투성이 돌계단이 밟혔다. 한 계단씩 내려갈 때마다 벽에 걸린 조잡한 풍경화가 빠르게 스쳐 갔다. 모퉁이를 도는 순간 일렬로 늘어선 문패를 보았다. '3—5, 3—4, 3—3, 3—2, 3—1'. 숫자의 행렬이 사위에 흠집을 내었다.

나는 6년도 더 전에 졸업해 버린 나의 모교, B중학교에 와 있었다.

학교 본관을 빠져나왔다. 아저씨는 더는 뒤쫓아 오는 기색이 없었다. 그걸 자각하자마자 긴장이 풀려 부실 공사한 건물처럼 털썩 주저앉았다. 가 본 적도 없는 한라산 정상에서 달려 내려온 듯 숨이 찼다. 무릎을 짚은 채 한동안 헉헉거렸다. 그러다 다시 고개를 들어 앞을 본 순간, 호흡곤란이 일었다.

불꽃처럼 타오르는 진달래. 금화처럼 주렁주렁 열린 개나리. 눈송이처럼 새하얀 백목련 망울. 알록달록한 팔레트 앞에서 나는 뒷걸음질을 쳐야 할지 옆으로 가로새어야 할지 결정하지 못했다.

등을 떠미는 바람이 12월 냉풍과는 다른 날카로움을 품고 있었다. 사방에 진동하는 다디단 내음에 머리가 어질어질했다. 지구 온난화에 나날이 미쳐 간다는 자연 탓을 하기엔 모든 것이 너무도 철겨웠다.

봄이 와 버렸다. 지구를 홀랑 뒤집어서.

***   ***   ***

나 자신이 직업의식이 투철한 사람이라 생각해 본 적은 별로 없다. 허나 무작정 A세무서로 복귀해야겠다는 생각이 들었다. 사무실 소파에서 낮잠 좀 잤을 뿐인데 중학생 차림으로 깨어난 것도 모자라 학교 옥상에서 9년 전에 죽은 사람까지 살려 낸, 미칠 대로 미쳐 돌아가는 상황.

혹시라도 원래 있던 장소에 복귀해 정신줄을 잡으면 이 모든 상황이 되감기 되지 않을까? 비현실적인 상황에 걸맞게 미신적인 희망을 붙들어 간신히 행선지를 정하고 걸음을 뗐다.

허나 걸음을 옮기면 옮길수록 암담해지기만 했다. 이 상황을 최악으로 몰아가는 가장 큰 핸디캡은 단연 주머니 사정이었다. 망할. 옷뿐만 아니라 주머니 사정까지 그 시절이랑 똑같아졌다. 명품관 문턱을 넘을 정도로 분별없는 자신감을 심어 주진 않으나 최소한 교통비 걱정은 안 하게 해 주는 신용카드는 내 지갑과 함께 사라졌다. 치마 주머니 속에서 꼬깃꼬깃한 천 원짜리 한 장에 끼인 100원짜리 동전 두 개가 빈곤한 소리를 냈다. 편하게 택시에 앉아서 A세무서로 가기는 글렀다.

B중학교에서 가장 가까운 C역에 가기 위해 들어선 한 사거리. 건널목의 신호가 파란불이 되자 달리던 차들이 '무궁화 꽃이 피었습니다.' 놀이하듯 일제히 멈춰 섰다. 깜박이는 신호등에 템포를 맞춰 내 눈도 끔벅여졌다. 색유리 백열등 신호등……. 완전 깡촌에 가도 남아 있을지 싶은 천연기념물이 대한민국 노른자위 동네의 건널목에 버젓이 서 있었다. 이 동네의 모든 신호등이 LED 신호등으로 교체된 지 수년도 더 되었다는 내 기억이 잘못된 것인가?

심지어는 건널목 옆에 멈춰 선 차들조차 박물관 그 자체였다. 선이 날렵하고 각 잘 잡힌 요즘 차들과 거리가 먼 둥글둥글하고 앙바틈한 차들이라니……. 클럽 물갈이하듯 올해 뽑은 삐까뻔쩍한 신

차들만이 도로를 메우길 기대하는 건 무리겠지만, 외제차, 국산차 할 것 없이 세련미가 족히 10년은 후퇴한 구형 차들이 노른자 동네의 도로를 점령한 광경은 기괴하다 못해 섬뜩하기까지 했다. 그리고 또…… 그 틈에 간첩처럼 섞인 촌스러운 버스들이 나를 더욱 아뜩하게 했다.

내가 본격적으로 버스를 이용한 건 집에서 먼 거리에 있는 고등학교에 입학하고 나서부터다. 바로 그 전 해인 2004년에 대대적인 서울 대중교통 개편이 있었던 걸로 기억한다. 그 시기에야 버스를 이용한 나로선 빨강, 파랑, 초록, 혹은 노란색으로 심플하게 도색된 버스가 마치 처음부터 서울 시내버스였던 것처럼 되어 버렸다.

기억력은 차치하고 눈썰미가 영 좋지 못한 인간이 되어 나서인지 개편 전 시내버스의 모습은 머릿속에 거의 남지 않았다. 하지만 오며 가며 본 가락은 남았을 터이니 내 앞에 다시 나타난다면 희미하게나마 기시감은 느낄 것이다.

그렇다면, 지금 저 촌스러운 버스들이 아주 낯설지만은 않은 이유는…….

"하이루!"

난데없이 들려온 철 지난 유행어가 내 손발을 맥반석 오징어구이로 만들었다. 맞은편에서 핸드폰을 귀에 붙이고 걸어오는 여자의 입에서 튀어나온 대사였다. 그녀의 행색은 구형 신호등과 구형 차들을 합친 거보다도 너무했다.

저렇게 촌스러운 비율로 타기도 어려울 것 같은 5대5 가르마의 생머리 하며, 옛날 드라마 자료화면에나 나올 것 같은 벽돌색 립스틱 바른 입술과 가늘고 길게 그린 속눈썹은 또 뭐란 말인가? 거기에 샛노랗기만 하고 푸석푸석한 염색머리는 정말이지……. 내가 염색해서 저렇게 나오면 그 미용실을 폭삭 내려앉히고 석 달 열흘은 두문불출하겠다. 집에서 염색해도 요즘 염색약으론 저 지경까지는 안 될 텐데.

"응응. 지금 그리로 가는 중이야. 나 이번에 폰 바꿨다? 너는 컬러폰으로 언제 바꿔?"

이번에 폰을 바꿨다고 자랑스레 말하는 그녀의 손엔 핸드폰 중고상들이 5년도 더 전에 해체하고도 남았을 구형 핸드폰이 들려 있었다.

역에 들어서기까지 그 여자와 같은 망령들을 여럿 지나쳤다. 살아 움직이는 것뿐이 아니라 건물들까지 망령이었다. 최근에 오픈한 미용실이 사라진 자리에 버젓이 문을 연, 오래전에 문 닫은 만화방은 내 기억력뿐만 아니라 인내심까지 시험하려 드는 듯했다. 법적 분쟁 때문에 10년이 지나서야 재건축된 모 아파트단지가 돌아와 있기까지 했다.

나만 빼고 모든 게 망령이었다. 아니, 지금으로선 망령은 내 쪽인지도 모른다. 100명 중 99명이 같고 한 명이 다르다면, 어느 쪽이 미친놈이 되는지는 뻔하지 않은가?

우여곡절 끝에 지하철 개찰구에 도착한 순간, 팔심이 탁 풀렸다. 매표소가 열려 있었다. 그 안에 역무원이 종이승차권을 앞에 두고 앉아 있었다. 저곳이 굳게 닫힌 지가 몇 년이던가? 저 사람과 저 물건이 자취를 감춘 지가 몇 년이던가?

반가움보다는 공포심이 밀려와 고개를 돌렸다. 그러다 눈이 마주쳤다. 겁에 질린 표정으로 이쪽을 보는 한 여자아이와.

여드름이 송송 난 이마에 젖살이 덜 빠진 볼. 갸름함과는 거리가 있는 얼굴을 더 토실토실해 보이게 하는 올백 머리. 부정교합으로 툭 튀어나와 없는 불만도 지어내는 입술. 인생에서 단 한 순간도 자신감이란 걸 담아 본 적이 없어 보이는 어두운 눈.

그 면상을 찬찬히 훑어보며 나는 서서히 입을 벌렸다. 맞은편의 못생긴 소녀도 같이 입을 벌렸다. 나는 손을 내 입에 가져다 댔다. 맞은편의 소녀도 짧고 볼품없는 손을 제 입에 가져다 댔다.

C역사 한 귀퉁이의 벽에 걸린 전신 거울. 그 안의 소녀는 나였다. 9년 전의 나. 영원히 머릿속에서 지워 버리고 싶은 14살 이설아.

바스락, 어떤 신호음처럼 종이 소리가 들렸다. 내 옆을 막 지나친 한 할아버지가 개찰구 옆 원형 벤치 위에 신문을 버려두고 갔다. 무언가에 홀린 듯 다가가 그것을 집어 들었다. 거기서 내가 본 것은······.

*   *   *

"미치겠네! 진짜아아악!"

난간에 대고 반 미친 사람처럼 패악을 부렸다. 좀 전엔 거기다 대고 이마까지 찧고 있었지만 몇 번 하고 나니 정말로 머리통이 박살 날 것 같아 그만두었다. 볼을 꼬집을 필요는 없게 되었다.

2002년 4월 1일. 신문에 적힌 날짜를 본 순간 머릿속에서 무언가 끊겼고, 다시 정신을 차렸을 땐 날이 저물어 있었다. 어느새 장소까지 바뀌어 있었다. 한강 다리의 둔중한 그림자가 무의식중에 근처 한강공원까지 흘러든 내 몸을 짓눌렀다.

지척에서 일렁이는 검은 물결에 달이 유리처럼 부서졌다. 퀴퀴한 물 냄새가 코로 들어와 머릿속에 든 걸 박속 긁듯 긁어내어 밤 물결에 내던졌다. 도공이 망친 도자기 내던지듯 던져진 내 정신이 달빛과 함께 쨍그랑쨍그랑 깨져 나갔다. 시쳇말로 '멘붕'을 당하는 와중에 원망의 방향은 선명했다.

망할! 하느님! 왜 제가 여기서 이러고 있는 거랍니까? 주중에 쌓인 피로를 핑계로 교회 안 나간 절 이제 와서 벌주시는 겁니까? 아니면 하느님의 아랫것들이 애먼 놈의 민원을 엇갈려 접수한 겁니까? 누가 시간을 되돌려 달라고 빌었는지 모르지만 저는 절대 아니란 말입니다! 더구나 하필이면 2002년이라니요! 제 인생 최악의 시기인 이때라니요! 제가 무슨 큰 잘못을 했길래 여기서 이러고 있어야 하냐고요! 왜!

속으로 갖은 악장을 치다 난간을 부여잡은 채 무너져 내렸다. 먼지투성이 바닥에 꿇어앉아 팔에 얼굴을 파묻었다. 속이 파도처럼 울렁거렸다.

얼마나 시간이 지났을까? 불현듯 귓구멍이 탁 트이는 느낌이 나면서 밤물결 소리가 선명해졌다. 귀밑을 훑는 바람도 한결 생생하게 느껴졌다. 팔에 파묻은 얼굴을 떼어 내니 살얼음 띄운 냉수를 마신 듯 정신이 맑아져 왔다. 신의 계시라도 받은 사제처럼, 나는 손바닥을 짝 소리 나게 마주치며 혼잣말을 했다.

"아. 이거, 꿈인가 본데?"

'정답!'이라고 말하듯 한 차례 세찬 바람이 불었다. 신바람이 난 나는 그 발상을 물고 늘어졌다. 그래! 이건 꿈인 거야! 그렇지 않고

서야 상식적으로 가당키나 하나? 다시는 가고 싶지 않은 모교의 옥상에서 9년 전 죽은 선배를 살리고, 구형 신호등에 구형 차들이 점령한 도로를 보고, 구형 핸드폰을 든 촌스러운 옷차림의 망령들과 마주하는 터무니없는 일들이. 아무리 생생해도 그렇지 이토록 단순한 걸 왜 이제 깨달은 걸까?

어쨌거나 어떤 꿈이든 당사자가 꿈이라는 걸 인지하는 순간 마력을 잃는다. 그리고 나는 방금 이 상황이 꿈이라는 걸 인지했다. 그러니 이 악몽도 곧 끝이 날 테지. 좋아, 어떻게 끝이 날까? 달이 이지러지고 하늘이 갈릴까? 아니면 저 퀴퀴한 한강 물이 나를 한 입에 집어삼킬까? 어떤 괴현상이 일어나도 기쁘게 받아들일 마음의 준비를 한 채, 나는 이제 곧 필연적으로 닥쳐올 악몽의 붕괴를 기다렸다.

하지만 아무리 기다려도 악몽은 깨어지지 않았다. 달빛은 계속 무심한 강 물결에 부서지고 건너편의 뚝섬유원지에선 정해진 패턴의 네온사인이 번뜩였으며, 바닥에선 그 어떤 기별도 오지 않았다. 손 하나 까닥 안 하고 바보가 되어 버렸다.

인내심이 바닥난 가운데 또 다른 발상을 했다. 무슨 꿈이든 낭떠러지거나 바다에 떨어지면 끝나더라. 꿈속인데도 역한 비린내까지 생생한 한강물에 뛰어드는 건 안심찮지만, 그렇게라도 해서 이 망할 꿈에서 빨리 깨어날 수 있다면야.

그래서 나는 난간에 발을 올려 시커먼 강물로 뛰어들었다. 아니, 1초만 더 빨랐으면 그렇게 했을 찰나였다.

"이런! 벌써 가시게요? 아깝잖아요! 이제 막 재미있어지려는 참인데! 더구나 이렇게 과격하게 나가시는 건 반칙입니다!"

난간에 올렸던 다리를 떨어뜨렸다. 고개를 홱 돌려 목소리의 주인공을 확인했다. 진남색 정장을 입은 남자가 묘한 미소를 지으며 나를 바라보고 있었다. 제비 깃이 떠오를 만큼 매끄러운 음성만큼이나 남자의 외관은 머리부터 발끝까지 맵시가 철철 넘쳐흘렀다.

댄디 헤어에 걸맞은 무광의 진남색 클래식 슈트가 시원시원하게 기다란 신체에서 세련된 선을 뽑내었다. 그 옷발에 전혀 죽지 않는 서글서글한 미소는 첫눈에 신뢰하지 않고는 못 배길 만큼 위력적이었다. 안면근육을 힘들여 당기지 않아도 미소가 좌르르 번져 나가는 페이스. 그래서 어딜 가도 환영받을 것 같은 사람. 그것이 눈앞에 있는 남자의 첫인상이었다.

하지만 나는 첫눈에 그 남자가 마뜩잖았다. 되레 정신 똑바로 안 차렸다간 배 속의 간이랑 창자를 채일지도 모른다는 섬뜩한 경계심이 들었다.

조금 전까지 내 주변엔 아무도 없었다. 저이가 마침 지나가는 중이었다 쳐도, 일말의 기척도 없이 이 정도 지척으로 다가드는 건 인간의 몸놀림이 아니지 싶다. 더구나 나를 비롯한 이곳의 모든 사람이 2002년의 촌스러운 외양을 하고 있는데 이 남자만 2011년의 최신 스타일을 온몸에 두르고 있었다.

이 남자의 정체는 무엇인가? 한강에서 기어 나온 물귀신? 아니면 땅에서 솟은 악마?

"누구세요?"

버릇대로 상대의 눈이 아닌 턱에 시선을 고정한 채, 조심스레 첫 질문을 던졌다. 기괴하기 그지없는 상황임에도 내 목소리는 의외로 과히 떨리지는 않았다. 나의 물음에 남자의 큼직한 입술이 하늘에 걸린 초승달을 가볍게 흉내 냈다.

"제가 누구냐고요? 하핫! 무슨 대답을 바라시는 건지 모르겠습니다. 당신과 인연이 닿았던 사람이냐 물으시는 건지, 당신이랑 어떤 이해관계가 얽힌 사람이냐 물으시는 건지, 아니면 당신과 어떤 공감대를 형성하는 사람이냐 물으시는 건지 말이죠."

말장난으로밖에 들리지 않는 말. 나로서는 드물게 도전적으로 상대와 눈을 맞췄다. 눈이 마주치자 남자는 기다렸다는 듯 턱을 매만지며 천연덕스럽게 웃었다. 그가 등진 조각구름이 드라마틱하게 달의 눈, 코, 입을 틀어막았다.

"그냥, 좋을 대로 생각해 주시면 됩니다. 이곳의 가이드라 생각하셔도 좋고, 그것도 마음에 안 드신다면 당신과 동행하는 민들레홀씨라 생각하셔도 좋고요. 아, 제가 설아 씨에게 꽃이 되려면 먼저 이름을 알려 드려야겠죠? 제 이름은 '자유형'입니닷! 잘 부탁해용!"

나는 하마터면 공직자의 품위와 거리가 먼 쌍욕을 내뱉을 뻔했다. 놀고 자빠졌네. 김춘수 시인이 저따위 말장난에나 활용하라고 쓴 시가 아닐 텐데. 더구나 이름부터가 '자유형'이란다. 자유를 넘어 방종의 극치를 달릴 것 같은 이름이다.

그런데 저 남자, 어떻게 내 이름을 아는 건지?

"여긴 대체 어디죠? 저 지금 꿈을 꾸고 있는 거죠? 오늘 신문을 보니 날짜가 2002년 4월 1일이던데요? 설마 제가 타임머신도 없이 과거로 떨어져 버렸다든가 하는 건 아니죠? 그냥 꿈일 뿐인 거죠? 이거."

아무래도 남자가 이 꿈과 직접적인 연관이 있을 것 같다는 직감이 들었다. 그래서 다짜고짜 남자에게 질문 세례를 퍼부었다.

"꿈인지 생시인지 알고 싶으신 거군요. 하핫! 그 정도는 볼 한 번 꼬집어 보시면 아실 겁니다."

"지금 장난하자는 거 아닙니다만?"

질문 하나하나에 담긴 절박한 내 심정을 비웃듯 자장가처럼 나른한 남자의 대답에, 공격적으로 옥타브가 올라갔다. 내 목소리에 붙은 불을 진화(鎭火)시키려는 듯 자유형이 눈을 동그랗게 뜨며 양 손바닥을 살살 내저었다.

"아아, 장난이라뇨! 제 말뜻은 그냥, 그것도 좋을 대로 생각하시면 된다는 거였는데……. 음. 그래요. 여긴 어딜까? 음! 여긴 과연 어디이려나……."

자유형은 제 턱주가리를 쓰다듬며 보란 듯이 고개를 갸웃거렸다.

"하긴. 꿈이라 해도 모처럼 고퀼리티이지 않습니까? 그때 그 사건이 생생히 담긴 신문에, 다시 보고 싶은 추억의 드라마에, 2002년 한일 월드컵의 열기까지! 완벽하게 재현될 예정이니까요. 아, 참고로 음식에 입만 대면 깨져 버리는 싸구려 꿈은 아니니 안심하세요. 드시고 싶은 거 마음껏 드시고, 보고 싶은 거 마음껏 보시고, 하고 싶은 말 마음껏 하셔도, 이곳은 절대 깨지지 않습니다."

"깨지지 않는다? 그렇다면 역시 이건 꿈이란 거지요?"

가만히 놔두면 사흘 밤낮을 저 혼자 지껄일 기세인지라 중요한 대목을 듣자마자 잽싸게 놈의 말을 무질렀다. 그러자 자유형이 눈을 맹하게 깜박거렸다. 정곡을 찔렸다기보단 지나가는 길고양이 한 마리를 본 듯한 반응이었다.

"아아, 깨지지 않는다는 말이 그렇게도 해석이 되나요? 그래요, 뭐. 꿈이라면 아주 멋진 꿈이지 않습니까? 학창 시절의 추억을 이토록 생생히 체험한다니. 이거 아무한테나 오는 기회가 아니……."

"그러니까요, 자유형 씨."

부러 소리 나게 힘주어 발을 내디디며 나는 자유형에게 가까이 다가섰다.

"결론은 당신이 나를 이 망할 꿈으로 끌어들인 장본인 맞는 거죠? 저, 이 꿈 언제 깨는 거예요? 내가 꿈이란 거 깨달았으니까 이제 날 내보내 줘야 하는 거 아닌가요?"

원체 사람이 둔감한 탓인지, 아니면 이쪽에서 너무 양반처럼 억누르고 말한 탓인지, 자유형은 내 말에 간간이 섞인 잇소리를 듣지 못한 모양이었다. 놈은 고개를 갸웃거리며 눈알을 굴렸다.

"네? 나가신다고요? 지금 당장요? 음……. 좋을 대로 하시는 것도 좋겠지만, 좀 더 좋을 대로 생각하신다면……. 억!"

뼈가 부딪히는 소리가 놈이 내지른 외마디 신음성보다 더 선명히 울려 퍼졌다. 부채질 앞에서 진도 안 나갈 불난 집이 있을까? 기어이 '좋을 대로' 시원하게 한 방 뻗질러 주었다. 가격 부위는 놈의 턱주가리. 태권도 도장 다닐 때 배운, 엄지를 꽉 말아 쥔 검지와 중지에 붙여 만든 교과서적인 주먹을 도장 밖에서 처음 써 본 역사적인 순간이었다.

젖 먹던 힘을 다한 펀치를 맞고 고꾸라진 자유형이 어떤 꼴사나운 폼으로 군드러지는지 확인할 새도 없이, 나는 성난 황소처럼 씩씩거리며 재차 난간에 오른 다리를 올렸다.

"됐어! 그냥 내 발로 나가고 말지! 형량 다 됐는데 석방 안 해 주면 탈옥해야지! 안 그래?"

기세등등하게 외친 것까지는 좋았다. 하지만 더 빨리 움직였어야 했다. 아니, 놈을 좀 더 세게 칠 걸 그랬다. 힘없는 열네 살 여자애로 돌아와 버린 데다 상대가 20대 중반—추정이지만—의 남성이란 걸 왜 자각 못 한 걸까? 족히 180cm를 훌쩍 넘는 허우대에 달린 길쭉한 팔이 단숨에 내 손목을 낚아채리라는 걸 왜 계산 못한 걸까?

"왜요? 턱만으론 부족하세요? 아예 영 좋지 않은 곳도 때려 드려요?"

'이거 놓지 못해?'라 앵앵거려 본들 문문해 보일 것 같아, 좀 더 강한 말을 생각해 내어 음산한 톤으로 내뱉었다.

"부, 부족하다뇨! 설아 씨의 펀치는 복싱 국대급……. 아닛! 그보다 영 좋지 않은 곳이라니 대체 무슨 생각을 하고 계신……. 아아! 하려던 말이 이게 아니었는데? 아, 내가 무슨 말을 하려 했더라? 설아 씨 때문에 당황해서 생각이 안 나잖습니까!"

저 혼자 우물우물 아주 지랄이 풍년이었다. 그 와중에도 자유형은 내 손목을 굳게 붙들고 있었다. 그 허우대에 걸맞은 악력이었다. 망할. 꿈속인데 14살 소녀가 장신의 20대 남자를 힘으로 이겨 먹는 편리한 반전은 안 일어나나?

"아, 이제 생각났다! 그러니까 제가 하려던 말은 이겁니다. 설아씨. 여기서 그렇게 나가고 싶으십니까?"

맙소사. 이 양반의 턱주가리를 친 이유는 단지 강에 뛰어들 시간을 벌고자 함이었는데, 그 충격이 아예 그의 두뇌를 끝장냈나 보다. 가뜩이나 제정신도 아닌 것 같은데 더 미쳐 버린 양반아, 보면 몰라?

"당연하죠! 너무 끔찍해서 거품 물고 기절해 버릴 거 같은 거 꾹 참는 거라고요!"

팔다리와 같이 어려진 성대에서 쨍알쨍알 듣기 싫은 소리가 났다. 이 꿈에서 당장 뛰쳐나가고픈 이유 목록에 한 줄이 더 추가되었다.

"아니, 그 정도란 말입니까? 봉준호 감독 영화에 나오는 괴물이 여길 휘젓고 다니는 것도 아니고 6·25 전쟁이 재발발한 것도 아닌데요? 아. 설아 씨가 젊어서 그런가요? 환갑 넘긴 어르신들 같았음 외려 여기 머물게 해 달라고 통사정하셨을 텐데! 그래도 이렇게까지 싫어하실 줄은 몰랐습니……. 억!"

스치기만 해도 진단서 4주인 험난한 세상에 일말의 망설임도 없이 남을 패는 건 상상으로나 가능한 일이라 생각해 왔다. 하지만 없던 성질머리도 만들어 낼 기세로 까드락까드락거리는 자유형의 행태는 내 인내심에서 숟가락 긁는 소리가 나게 했다.

니킥이 마음만큼 시원하게 들어가진 못했지만 일순간이나마 손목을 틀어쥔 수갑이 풀렸다. 나는 다시 난간에 발을 올렸다.

"이런 식으로 나가시면 설아 씨의 안전을 장담 못 합니다! 설아 씨도 들어 본 적 있으시죠? 주무시다가 급작스럽게 돌아가신 분들 이야기 말입니다."

내용보다는 한 톤 내려간 놈의 목소리가 심상찮아 난간에 올렸던 다리를 내려 봤다. 자유형은 수수께끼처럼 검은 눈에 나를 꽂아 넣으며 구체적인 협박을 가해 왔다.

"여기는 날씨랑 음식의 식감뿐 아니라 고통까지 완벽하게 재현

되는 공간이라고요. 물론 강에 빠지는 것도 예외는 아닙니다. 산소호흡기도 없이 물속에 들어가면 사람이 어떻게 되지요? 체온이 떨어지고 숨이 막히죠? 아주 고통스러운 순간이 될 겁니다."

잠시 시선을 내려 저만치서 일렁이는 밤물결을 살폈다. 가로등 빛을 가지고 시답잖은 장난을 치고 있었다.

"그렇게나마 무사히 이곳에서 빠져나갈 수 있음 말을 안 해요. 설아 씨가 이곳 물속에서 숨 막혀 하는 동안, 소파 위에서 자고 있는 설아 씨의 몸에 끔찍한 일이 벌어질 수 있습니다. 거시기한 각도로 목을 비튼 채로 소파에서 떨어져 목이 부러질 수도 있고, 소파에 얼굴을 박고 몸부림치다 질식사할 수도 있다고요. 아니면 아예 심장마비로 훅 갈지도 모릅니다. 그런 식으로 허망하게 돌아가신 분들, 은근히 많아요."

나는 자못 진지하게 말하는 자유형을 흘겨보았다. 이거 무슨 반응을 보여야 하나? 예의상 겁에 질린 표정이라도 지어 줄까? 근데 하도 기가 차서 그마저도 할 마음이 안 나는구나. 문답무용. 재차 난간에 다리를 올렸다. 그러자 자유형이 내 손목을 다시 붙들며 입을 딱 벌렸다.

"아, 아닛? 조금도 설득이 안 된 겁니까? 제가 생각해도 협박같이 들려서 모처럼 힘들게 꺼낸 충고인데요?"

고양이 쥐 생각하시네. 놈을 돌아보지도 않은 채 응수했다.

"난 지금 소파에 코 박고 질식해 죽는 것보다, 내가 점심시간 끝나고도 소파에서 자빠져 자는 꼴을 계장님이 보시는 상황이 더 무섭거든요?"

"헉. 이 와중에도 직장 생각을 하다니 정말 경이로운 현실감각이군요. 그런데 제 말, 진짜 단 한 마디도 안 무서우십니까?"

"씨알이 먹히는 소릴 해야 무섭든가 말든가 하지!"

나는 쌀쌀하게 쏘아붙였다.

"어디 꿈속에서 협박당하고 납치당하고 살해당한 게 한두 번인 줄 알아? 꿈속에서 당한 봉변 때문에 죽을 거였음 난 유딩 때 간지럼 귀신한테 당하다 죽었을 거야! 아니면 초딩 때 강시한테 쫓기다 걔가 콩콩거려서 박살 난 바닥에 떨어져 추락사했거나! 아니면 고딩 때 연쇄살인범한테 목 졸려 죽었겠지!"

"으음……. 설아 씨가 연령대별로 무엇을 무서워했는지 알 만합니다. 간지럼 귀신은 참 많이 독창적이지만요."

자유형의 유들유들한 웃음에 양 볼이 후끈거렸다. 아니, 나는 뭐하러 시시콜콜한 유치원생 적 꿈까지 다 털어놔 버린 거지? 일 관계 아니면 초면인 사람에게 이렇게까지 길게 말 붙이는 성격도 아니면서. 세상이 미치니 나까지 미쳐 돌아갔나 보다. 엎지른 콩 바구니처럼 분산되려는 정신을 다잡으려 입술의 한 귀를 베어 물었다. 그러고는 내겐 영 안 어울리는 새침한 코웃음을 치며 자유형에게 말했다.

"어쨌거나 헛소리는 그만 듣고 싶네요. 계속 붙잡을 거면 좋을 대로 하세요. 다만 바짝 긴장 타는 게 좋을 거예요. 내 발이 다음엔 어디로 나갈지 모르니."

딱히 어디를 친다고 말은 안 했는데 자유형은 슬그머니 제 다리를 오므렸다. 놈은 입술을 삐죽거리며 분주히 눈알을 굴리다, 다시 입에 초승달을 걸었다. 그러고는 역적모의하듯 내게 속삭였다.

"그러면 이건 어떻습니까? 모처럼 과거로 돌아왔잖아요. 설아 씨의 인생을 바꿀 좋은 기회인지도 몰라요. 설아 씨 중학교 때 중상위권이었지요? 아주 바닥인 건 아닌데 명문대 가기엔 거시기한 성적 말입니다. 이 시기부터 열심히 공부하면 설아 씨는 더 좋은 대학에 가서 지금보다 더 연봉 높은 직장을 찾아 지금과는 비교도 안 되는 멋진 인생을 살 수 있을지도 모릅니다. 또 23년 평생 남친도 없었죠? 이 기회에 멋진 남친과 함께하는 추억을 만들어 보는 게 어때요?"

무슨 능갈을 치나 조금 기대했더니만 고작 이따위 헛소리냐? 신랄하게 입매를 비틀어 내쏘았다.

"장난해요? 꿈속에서 SKY 가고 대기업 취직하고 남친 사귀어 봐야 뭐 해? 그보다 남의 인생을 어떻게 이렇게 디테일하게 아는 거야? 혹시 나 스토킹했어?"

나의 물음에 자유형은 왼손을 제 가슴에 얹고 오른손을 느릿느릿 내저으며 입꼬리를 말아 올렸다.

"아뇨오! 부정한 방법으로 설아 씨의 정보를 캔 적은 하늘에 맹세코 없답니다. 그냥, 설아 씨가 왠지 학창 시절에 중상위권이었을 것 같고, 23년간 남자친구가 없었을 것 같아서 해 본 말인데 운 좋게 다 들어맞았나 보네요. 흔한 일은 아닌데. 우린 보통 인연이 아닌가 봅니다."

바꿔 말하면 좋은 대학도 못 나온 듯 보이고 그다지 돈 냄새 나는 직장을 가지지도 못한 것처럼 보였단 거군. 스토킹을 당한 것보다 갑절로 빈정이 상해 어금니를 사리물었다.

"그보다 설아 씨. 만약 이곳이 꿈이 아니라 정말 2002년 현재라면, 이곳에서 행한 일이 추억이 아니라 정말로 과거를 바꾼다면,

인생을 바꿀 의향이 있으십니까?"

불현듯 자유형의 목소리가 한 톤 내려갔다. 놈은 진지한 이야기를 할 때면 목소리를 까는 버릇이 있는 모양이다.

"의향이 있든 없든 꿈이 현실이 되나요? 마치 내가 원하면 꿈을 현실로 만들어 주기라도 할 것처럼 말하네요. 내가 때려 맞추기에는 당신한테는 그런 능력이 없을 것 같은데…….."

말꼭지를 뗄 때는 기세등등했는데 끝에 가서 왜인지 얼버무리게 되었다. 자유형은 자기한테 그런 능력이 있다고 열심히 항변하지 않았다. 그렇다고 그런 능력이 없다고 시들부들 고개를 돌리지도 않았다. 다만, 그의 머리 위에 뜬 조각구름이 물러나더니 달이 다시 모습을 드러내어 교교한 빛을 발하였다.

자유형은 '지원사격 땡큐!'라고 말하듯 달에 찡긋 눈짓하고는 본격적인 이야기를 하기 시작했다.

"요즘은 초등학교만 해도 벌써 영어 원서 보는 징그러운 애들이 득시글거리죠. 하지만 설아 씨 세대면 중학교 1학년부터 다시 시작해도 인생을 바꾸는 덴 충분하다 못해 뒤집어쓴다고 봅니다, 저는. 23살의 계산 머리와 목적의식을 가진 채 14살부터 다시 시작할 수 있다면야 이건 뭐, 토끼가 거북이와 경주하면서 저 혼자 파워에이드 마시는 격이 아니겠습니까?"

온 세상에 진주분이 뿌려진 듯 만물이 함치르르 빛났다. 달이 세상을 비추는 건 과히 특별한 일이 아니다. 하지만 그 달빛에 어우러지는 오묘한 미소가 지금까지와는 전혀 촉이 다른 공기를 만들어 내 나의 숨을 멎게 하였다. 빗자루 탄 마녀가 항상 달을 등지는 까닭은 이런 맥락에서인지도 모른다.

"설아 씨의 전문학사 학위를 4년제 명문대 졸업장으로 바꾸는 것은 물론, 연봉 자릿수도 바꿀 수 있을 겁니다. 물론 중고등학교 6년 1등이 평생 1등이 되는 건 아닙니다만, 적어도 확률이 매우 높아지겠죠? 어차피 우리는 그 확률을 1프로라도 높이기 위해 노력이라는 걸 하는 게 아닙니까? 게다가 이 시기부터 시작한다는 건, 설아 씨에게 또 하나의 메리트를 줄 수 있겠죠?"

내 23년 평생 중 유독 중학교 1학년, 2002년에 얻을 수 있는 메리트라면, 설마……. 댕그랗게 뜬 눈을 깜박이는 나를 보고 자유형은 길 잃은 엘리스를 내려다보는 체셔 고양이처럼 능글맞게 입꼬리를 당겼다.

"그래요. 이번에야말로 '그분'을 가질 수 있을지도 몰라요. 9년 넘게 미니홈피 도둑방문을 할 정도로 좋아하면서, 끝끝내 마음을 전하지 못한 그분 말입니다."

쿵 하고 가슴에서 흔들바위 떨어지는 소리가 났다. 수면에 떠오르지도 않은 생각을 남이 덥석 끄집어낼 때의 기분이란 이런 것인가?

"지금의 설아 씨라면 다 가질 수 있습니다. 제가 이래 봬도 사람 보는 눈은 틀리지 않으니까요."

레몬 맛 사탕이 입안에 들어온 양 침이 고였다. 겉으로는 새침하게 고개를 그림자에 묻고 눈동자를 또록 굴리고만 있었으나, 나의 혼은 이미 파스텔 톤 들판으로 뛰쳐나가고 있었다.

만약 내가 과거로 돌아가 공부를 열심히 해 전교권에 들면, 나를 거들떠보지도 않았던 조민기가 날 돌아봐 주지 않을까? 만약 내가 과거로 돌아가 좀 더 꾸미고 다니면, 나랑 닿는 것도 싫어했던 조민기가 내 손을 잡아 주지 않을까? 만약 내가 과거로 돌아가 좀 더 당당하고 자신 있게 고개를 들고 다니면, 날 경멸해 마지않았던 조민기가 내게 미소 지어 주지 않을까?

제길, 이거 생각하면 생각할수록! 혀와 입천장이 얼얼해질 만치 나는 입안에 들어온 레몬 맛 사탕을 게걸스레 빨아먹었다. 상상의 당도가 점점 터무니없이 치솟았다.

우등생인 이설아는 우등생인 조민기와 동등한 위치에서 선의의 경쟁을 벌인다. 그러다 두 사람은 자연스레 눈이 마주친다. 물론 나는 더할 나위 없이 빛나는 모습이다. 그런 날 보는 조민기의 미소는 상냥하고 다정하기 그지없다. 우리 주변에 장미가 만 다발은 놓인 듯 달콤한 향기가 진동한다. 꿀 한 통에 사탕을 섞은 것보다 더 달콤한 분위기를 타고 조민기는 내 볼에 살며시 입술을…….

"……."

돌연 냉풍이 불어와 입술을 내민 조민기를 시커먼 밤물결에 처박았다. 마약처럼 정신을 현혹하던 달콤한 침이 입안에서 싹 메말랐다. 눈앞에 다시 자유형이 보였다. 그 남자를 내리누르는 한강다리의 그림자도. 서늘한 강바람이 내 뺨을 한 차례 더 긁었다. 머릿속 끈이 쇠심줄처럼 팽팽하게 일어섰다.

"자, 어떠십니까?"

번갯불처럼 급변한 내 심중을 아는지 모르는지 자유형이 대답을 촉구했다. 그는 날 보며 여전히 미소 짓고 있었다. 그 미소가 어찌나 신들신들한지 부아가 치밀었다.

저 인간은 지금 나한테 뭐가 어떠냐고 물은 걸까? 상상 속 4년제 명문대 졸업장이 얼마나 눈이 부신지? 상상 속 통장에 쌓인 억대의 돈이 얼마나 위장을 채우는지? 백수연을 밀치고 내게 오는 상상 속 조민기가 얼마나 잘생겼는지? 맙소사. 저 인간은 이런 웃기지도 않은 현혹에 휩쓸린 내 모습을 보며 개그코너를 하나 구상하고 있었을지도 모른다.

결국, 나는 다 잡은 물고기 보듯 날 보는 자유형의 면상에 낚싯바늘을 내던졌다.

"싫은데요."

"네에엑?"

뒷목에 장침이 박히기라도 한 듯 자유형이 펙펙거렸다. 그 당황하는 모습을 보니 좀 더 머리가 차가워졌다. '이럴 리가 없어!' 혹은 '뭐 이런 말도 안 되는 여자가 다 있어?'라고 속으로 열심히 뇌까렸을 자유형은, 다시 내 쪽을 돌아보며 의구심 가득한 표정으로 물었다.

"왜죠?"

그의 물음에 잠시간 숨을 골랐다. 분명히 그 '왜'가 너무나 많기는 한데 그것을 간결하게 정리해서 매끄럽게 말할 자신이 없었다. 입술을 깨물면 조금이라도 능변이 나올 것처럼 서너 번 잘근잘근 입술을 씹은 뒤, 머뭇머뭇 대답했다.

"별로……. 그런 욕심은 없어서요. 당신이 봤을 때 내 인생이 영 그래 보였을지 모르지만, 나 그렇게 심하게 헛살지는 않은 것 같거든요. 내가 나온 대학이 비록 2년제지만 거기서 열심히 공부한 덕에 공무원 패스했어요. 교육원 들어가 보니 내가 최연소더라고요. 내 어머니는 지금도 그걸 주변에 자랑하고 다니세요."

"음. 하긴, 요즘 공무원이 안정적이어서 상당히 각광받고 있긴

하죠. 하지만 사범대 들어갈 성적만 되었다면 설아 씨가 원래 되고 싶었던 건 학교 선생님 아닌가요? 교사도 안정적인 직업이잖아요? 아니면 공무원보다 훨씬 연봉 높은 대기업에 들어가서 고급 커리어우먼이 될 욕심은 없으신가요? 굳이 공무원을 해야겠다면 이왕이면 행시 쳐서 고위공무원을 노릴 수도 있잖아요."

"아뇨."

난 딱 잘라 대답했다.

"내가 옛날에 선생님 되고 싶어 했다는 건 또 어떻게 때려 맞춘 건지 모르겠네요? 하지만 지금 생각해 보니 애초에 사명감이 없었어요. 요새 교사한테 막말하고 망나니짓 하는 애들 얘길 들으면 진심으로 안 하길 잘했다는 생각밖에 안 들거든요. 그리고 대기업 다니면서 억대 연봉 받는 엄친딸들 보면 대단하다는 생각이 들긴 하는데, 별로 처지를 바꾸고 싶지는 않아요. 그 봉급이면 그만큼 업무 강도가 셀 테니까요. 행정고시요? 교육원 동기한테 들었는데 수능에서 전국 0.01퍼 안에 들었던 분도 그거 준비하다 폐인 됐다네요. 하늘이 내는 자리란 거죠. 그 정도 하늘의 뜻이 제게 있을 거라는 생각은 별로 안 들어요."

둘째 치고 스무 살 한창 놀고 싶을 때 1년 반 동안 공시 준비하면서 폐인 생활하는 게 얼마나 힘든지 알아? 두 번은 못 하지, 절대로! 이 말은 쑥스럽기도 하고 말발이 더 따라 주지 않아 목구멍에 매어 두었다.

"그러면요, 설아 씨. 다시 9급 공채를 보더라도 세무직보단 좀 더 편한 직렬로 시험 쳐 보는 건 어떤가요? 돈이 걸린 일이다 보니 민원도 험하잖아요? 매일 체납자들이나 진상민원이랑 싸우는 거 힘들지 않나요? 어려운 세법전 뒤져 가며 과세자료 처리하는 것도 골치 아플 테고요. 바지사장은 자기가 해 놓고 법을 몰랐다는 핑계 대면서 자기한테 부과된 세금 취소하라는 진상들 상대하는 거 지겹지 않으세요?"

저 인간, 정말 나 스토킹한 거 아닌가? 아니면 지인 중에 세무공무원이 있기라도 한가? 때려 맞췄다고 하기엔 내가 무슨 일을 하는지 너무 구체적으로 아는데? 내심 기막혀하면서 눈을 지그시 감아 생각을 정리할 시간을 확보했다. 잠시 뒤 다시 눈을 떴을 때, 놀라울 정도로 입술이 차분히 움직여 주었다.

"입사하고 처음 3개월 동안은 그런 생각 진짜 많이 해 봤어요. 다시 공부해서 더 편한 직렬로 옮길까도 생각해 봤고, 인사교류 홈페이지를 즐겨찾기에 추가해 놓고 뻔질나게 들락날락거리기도 했어요. 하지만 지금은 아니에요. 처음에 고생한 만큼 얻은 게 분명히 있어요. 확실히 처음보단 아는 것도 많아졌고, 사람 대하는 요령도 좀 생겼어요."

22살에 시작점을 찍은 사회생활은 말 한 마디 손짓 발짓 하나하나가 다 실수가 되었다. 나이 차가 한 세대를 훌쩍 넘는 선배 직원들이 어려웠다. 관리자들은 어려운 정도를 넘어 무서웠다. 자기보다 더 세법을 모르는 공무원에게 기막혀하는 민원인들과 신규직원임을 한눈에 간파하고 대놓고 무시하는 세무대리인들의 등쌀에 베갯잇이 마를 날이 없었다. 영원히 자랄 것 같지 않은 나 자신에게 절망했다. 하지만 한 달이 지나고 석 달이 지나 근 일 년을 맞은 지금은…….

"지금도 경험이 부족하고 모르는 게 많아서 힘들지만, 그러면서도 이 모든 걸 넘기면 내가 어떻게 강해져 있을까 은근히 기대하게 돼요. 더구나 겉보기엔 편해 보여도 어느 직종이든 다 나름의 고충이 있는 걸로 알아요. 설령 더 편한 직업이 있다 해도, 이 이상 편해지길 바란다면 인생 사는 의미가 없다 생각해요. 세상에 나보다 더 힘들게 사는 분들이 많다는 걸 빤히 알면서 이 일이 힘들다고 복에 겨운 소리를 하면 웃긴 거죠."

감동을 쥐어짜 낼 듯 번지르르한 말을 짜냈지만, 실상 내 속내는 이랬다. 긴장 풀고 벌러덩 누워도 될 정도까지 녹록치는 않으나, 나는 견딜 만한 현실을 살고 있다. 최상위권까지는 아니어도 제법 상위권에 속하는 안정을 맛보고 있다. 안정의 맛을 톡톡히 본 내겐 새로운 길에 도전할 추진력이 남아 있지 않다. 이 상태에서 괜히 다른 누울 자리를 찾으려 들다가 발을 헛디뎌 애먼 곳으로 떨어지고 싶지 않다.

그렇기에, 지금의 내겐 기회가 아니라 오히려 위기가 될 공산이 큰 타임머신에 탑승할 수 없다.

자유형은 말없이 나를 빤히 응시했다. 좀체 읽어 낼 수 없는 표정이었다. 좋은 쪽으로 받아들였다면 나를 분수를 아는 인간으로 쳐 주고 있을 테지. 아니면 나쁜 쪽으로 받아들여 나의 작은 그릇에 혀를 내두르는 중일지도 모르겠다.

"흐음⋯⋯. 한마디로 설아 씨는 현재 상황에 불만이 없으시다는 거군요. 그러면 첫사랑은요? 지금도 미니홈피 도둑방문하는 그분을 가지고 싶은 마음은 없나요?"

나는 신맛이 나는 입바람을 흘렸다. 그나마 그거 하나는 동했다. 별 희한한 상상을 다 할 정도로. 하지만 죽을힘을 다해 이룬 기반과 맞바꾸기엔, 색이 좀 많이 바랬지.

"어쨌든 인생 다시 살 기회를 주려는 거면 딴 사람을 알아봐요. 이런 기회가 절실해서 매일 기도하는 사람도 있을 거 아니에요? 그런 사람이나 데려오라고요. 난 진짜 그냥 빨리 여기서 나가고 싶어요. 여기 있으면 안 좋은 기억만 떠올라요."

울적한 마음이 신경질의 탈을 쓰고 나왔다. 혼자 너무 길게 떠든 탓인지 혀가 입천장에 달라붙으려 했다. 나의 대답에 자유형은 한동안 저 혼자 열심히 고개를 갸웃거렸다. 고개 기울인 폼이 꽤 삐딱한 게 무언가 생각할 게 더 남은 듯했다. 그는 나를 꽤 의아한 표정으로 바라보더니 불쑥 이렇게 물었다.

"그런데 말입니다, 설아 씨는 과거를 싫어해도 너무 싫어하시는 거 같네요? 뭐, 사람이 꼭 좋은 추억만 있는 건 아닙니다만, 안 좋은 일은 어지간해서는 잊히지 않던가요? 설아 씨는 괴로운 일을 전혀 잊지 못하고 쌓아 두는 타입인 건가요?"

"아뇨. 그런 건 아닌데……."

23년 치 괴로운 기억을 전부 쌓아 둘 만큼 심장이 크지도 못하다. 한숨으로든 눈물로든 버릴 수 있는 건 족족 다 버렸다. 하지만 이 시절의 기억만은…….

"그럼 그 기억을 바꿀 기회가 있다면 바꾸고 싶습니까?"

"그러고 싶은 것도 있고 딱히 그럴 이유를 못 찾겠는 것도 있네요."

"그럼 지금 설아 씨가 있는 이 시절의 기억은 어느 쪽에 속합니까?"

배를 위태위태하게 겨눠 오던 달궈진 부지깽이가 기어이 위장을 푹 찔렀다. 쇳소리가 터져 나왔다.

"남의 일에 참견이 지나친 거 아닌가요? 당신이 심리치료사라도 돼? 아니, 심리치료사라도 이렇게까지 무례하지는 않을 거야!"

"역시, 상처가 있으시군요."

"……"

뱃속을 찌른 부지깽이가 방향을 틀어 심장을 찔러 왔다. 눈앞이 온통 무슨 색으로 물드는데 그게 빨간색인지 검은색인지 분간할 수 없었다. 나직한 목소리가 내 귓속을 날카로이 후볐다.

"남에게 보이기 싫어 아프다고 말하지도 못하는 상처군요. 자신조차 차마 똑바로 볼 수 없어 얼마나 흉한지 확인도 못 하는 상처군요. 시간으로 돌돌 싸매서 안 보이게 가려 놨지만 지금도 계속 곪아서 썩고 있는 상처군요. 정말…… 아프시겠군요."

폭우 속에 서서 보는 마냥 눈앞의 남자가 이지러졌다. 아……. 이래서 꿈속에서라도 이 시절로 다시는 돌아오고 싶지 않았는데. 들키고 싶지 않았는데. 후벼 파이고 싶지 않았는데.

"앗! 자, 잠깐만요! 설마 우시는 겁니까? 울지 마세요!"

자유형은 내 손목을 놓고 당황한 표정으로 주머니를 뒤적였다. 손수건을 찾을 요량이었나 본데 지금은 없는 듯했다. 나는 불쑥 팔을 뻗어 자유형의 목에 걸린 넥타이를 풀었다. 그걸로 눈가에 맺힌 액체를 닦았다. 자유형은 벙찐 표정을 지었지만 지은 죄가 있어서 그런지 딱히 제지하려 들진 않았다.

"그래요. 상당히 흉하고 꼴사나운 상처죠."

머물 곳을 찾지 못해 난간에 놓여 있는 자유형의 왼손에 넥타이를 쥐여 주며 중얼거렸다.

"상대방이랑 눈 똑바로 맞추고 얘기하는 거. 하고 싶은 말 확실히 하는 거. 쉬는 시간 내내 열심히 수다 떠는 거. 남들은 그냥 다 하는 것들을 이상하게 나는 잘 못 했어요. 난…… 중학교 3년 내내 나만의 세계에 갇혀 살았어요. 사실 지금도 내가 똑바로 살고 있는지 확신이 안 서요. 남들이 날 보고 조금만 뭐라 해도 온종일 그 말이 신경 쓰여요. 다시 그때의 병신으로 돌아와 버린 게 아닌지 겁이 나요. 난, 어쩌면 아직 그때에서 벗어나지 못한 건지도 몰라요."

자유형이 알사탕 하나가 들어갈 수 있을 정도로 입을 벌렸다. 그 면상에 뱃속에서 끌어 올린 말을 탁 뱉었다.

"그러니까 여기 있기 싫다고, 이 인간아."

"앗!"

넋두리를 늘어놓던 내 입이 불현듯 씩 올라간 것과 자유형이 한 대 얻어맞은 표정으로 제 왼손을 본 건 거의 동시였다. 나는 촉촉한 눈가를 닦아 내며 통쾌한 웃음을 지었다.

좀 울컥하긴 했지만, 눈가의 액체는 눈물샘에서 나온 것이 아니었다. 눈가에 슬쩍 침 바르고 코 좀 훌쩍였더니만 감쪽같이 속아 넘어갔다.

뺏어 들었던 넥타이를 쥐여 주는 척하면서, 나는 그것으로 자유형의 왼손을 난간에 꽁꽁 동여매 놓았다. 지극히 뻔뻔하게 움직인 덕인지 놈은 내가 단지 넋두리를 늘어놓으며 무심결에 손장난한 줄 안 모양이다. 먹힐 거란 기대는 크게 안 했는데 성공했다. 둔해 빠진 놈.

"안녕. 자유형 씨. 우리 다신 만나지 맙시다. 이런 의미 없는 꿈엔 제발 다른 사람 유괴해요."

승리의 표시로 윙크라도 한 번 날려 볼까 생각해 봤지만 끔찍하게 안 어울릴 게 분명해서 관뒀다.

다시 난간에 오른 다리를 올렸다. 왼 다리를 마저 올려 난간 위에 올라서서 아래를 보고는 무거운 침을 꼴깍 삼켰다. 여기에 이렇게 서기 위해 그렇게 몸부림을 쳤는데……. 생각보다 차가워 보였다. 생각보다 깊어 보였다. 생각보다 새카맸다. 생각보다 퀴퀴한 냄새가 났다.

"저, 저, 잠깐만요! 설아 씨!"

"꺄아악!"

자유형이 무어라 말하는 순간, 나는 발을 헛디뎌 의도치 않은 자세로 한강에 입수하고 말았다. 퀴퀴한 어둠이 체온을 빠르게 앗아 갔다. 코와 입으로 역한 냄새가 나는 강물이 밀려들어 숨통을 조였다.

혹시 이러다 자유형의 경고대로 진짜 질식사하는 건 아닐까? 물과 함께 밀려드는 공포심을 잊으려 눈을 질끈 감았다. 빨리 깨어나라. 빨리 깨어나. 제발 깨어나라, 제발……. 그렇게 열 번을 되뇌었을 즈음 의식이 끊겼다.

** ** **

"언니야! 일어나. 여인천하 한다."

딱 소리가 한 번 나더니 불시에 어둠이 걷혀 나갔다. 두 눈을 짓누르는 빛에 눈이 아파서 속눈썹이 파르르 떨리고 온몸에 오스스

서리가 피었다. 뭐지? 이 기묘한 데자뷔는?

"언니야. 10시 다 됐다니까? 여인천하 안 봐? 나중에 안 깨웠다고 뭐라 하지 마라? 난 분명히 깨웠다."

몸이 마구 흔들려 잠이 확 달아났다. 눈살을 찌푸려 빛의 양을 조절하며 천천히 눈을 떴다. 나를 깨우는 목소리의 주인공이 누군지는 눈을 뜨기 전부터 알아챘다. 이 목소리와 이 말투, 나의 연년생 여동생인 설희다. 그런데 여인천하라니? 얘가 지금 대체 무슨 말을 하는 거…….

"어?"

턱이 나갈 뻔했다. 아니, 턱뿐만 아니라 혼까지 나갈 뻔했다. 또렷하고 큰 눈으로 나를 바라보는 조막만 한 얼굴은 분명 내 여동생 이설희가 맞다. 나랑 한 살밖에 차이가 안 나는데도 지금도 길거리에서 중학생이라 오해받는 동안도 분명 설희가 맞다. 하지만 아무리 동안이라도 이건 너무…….

"설희야! 너 왜 이렇게 어려졌어?"

"뭐?"

가뜩이나 큰 눈이 동그래지니 중학교 담장마저 넘어 초등학교로 들어설 지경이 되었다. 하지만 정신이 더 돌아오자, 나는 갑자기 어려진 여동생의 얼굴만으로 넋 놓고 있을 때가 아니라는 걸 자각했다.

"어? 그런데 여기 어디야? 나 세무서에서 어떻게 여기로 와 있는 거라니? 누가 나 여기로 데려왔어?"

설희는 한동안 물끄러미 나를 바라보았다. 몇 초 뒤, 설희의 입에서 가장 먼저 튀어나온 말은…….

"풋! 푸흐흡! 푸하하하하하하!"

설희가 침대 매트리스를 주먹으로 치며 마구 웃어 댔다. 한 손으로 자기 배를 쓸어안기까지 했다.

"엄마! 언니가 자다 일어나서 헛소리해요!"

설희가 방에서 뛰쳐나간 뒤 바깥에서 하하 호호 여러 사람의 웃음소리가 들려왔다.

나는 상체를 일으켜 빠르게 사방을 돌아봤다. 가장 먼저 눈에 들어온 건 나란히 맞붙은 진갈색 원목 책상과 황토빛 집성목 책상이었다. 진갈색 원목 책상 위에는 6이라는 숫자가 적힌 교과서들이 가지런히 꽂혀 있었고, 그 옆 황토색 집성목 책상 위에는 중학교 1학년이라 쓰인 교과서가 뒤죽박죽 꽂혀 있었다.

깔끔한 설희의 성향과 정리정돈이 서툰 나의 성향을 고스란히 빼닮은 책상들. 기억났다. 이 책상들은 C동에 살 적에 썼던 것들이다. 책상 위에는 중학교 시절에 했던 D사 학습지가 지우개 똥과 함께 널브러져 있었다. 더구나 내가 앉아 있는 이 침대는 어머니가 지금 사는 집으로 이사 갈 때 버렸던 침대가 분명했다.

나는 내 방에서 깨어났다. 9년 전에 살았던 서울 강남의 C동 S 아파트 101호의 내 방 말이다.

"설아야! 여인천하 안 보니? 지금 안 보면 못 본다!"

나를 부르는 외침에 쭈뼛쭈뼛 문고리를 틀어 거실로 나왔다. 나오자마자 아담한 키에 화장기 없는 얼굴의 여성과 마주쳤다. 그녀는 블루플라워 패턴의 원피스에 황색 카디건을 걸친 차림이었다. 내 기억이 맞는다면, 그 원피스는 2011년 현재엔 장롱 깊숙한 곳 어딘가에 틀어박혀 있으리라.

"왜? 엄마도 어려졌쩌?"

그녀의 장난스런 물음에 하마터면 고개를 끄덕일 뻔했다. 마른 체형에 채식을 즐기는 깔끔한 성미의 여자는 쉬이 늙지 않는다는 미신은 어머니 덕에 믿게 된 거다. 하지만 눈앞의 어머니는 설희가 역행한 시간 못지않게 지나치게 젊어진 모습이었다.

"여보. 얼른 앉아! 시작한다!"

아버지도 있었다. 노안이다 보니 다른 의미로 잘 늙지 않지만 역시 미묘하게 젊어진 모습이었다. 아버지는 29인치 둥글둥글한 브라운관의 구형 텔레비전 앞에 앉아 있었다. 손에 들린 검은 리모컨에서 투박한 빨간색 전원버튼이 광 없는 존재감을 드러내고 있었다.

"큰누나다!"

마지막으로 우리 집 다섯 번째 식구의 얼굴을 확인했을 때, 나는 설희와 부모님을 보고 받은 것과는 자릿수가 다른 강도의 충격에 사로잡혔다. 나랑 6살 차이 나는 우리 집 막내 설영이. 지금은 나보다 머리 두 개는 큰 남동생. 저번 주말에 본가에서 서양사에 대해 일장연설을 늘어놓던 신랄한 말투의 고등학생은 온데간데없고, 머리카락까지 병아리 솜털 같은 남자아이가 나를 향해 해맑게 웃고 있었다.

"뭐 해? 여인천하 안 봐? 아직도 정신이 멍해? 세무서에서 볼일 안 끝났어? 아무리 꿈이라도 그렇지 네 나이가 몇이라고 벌써 그런 델 드나드니?"

"아······. 저, 잠깐만요. 좀 이따가요."

웃음기 섞인 목소리로 농을 치는 어머니를 등졌다. 아주 잠깐이지만 확실히 보았다. 지금은 선반 깊숙한 곳에 들어가 있지만 한때 우리 집에서 애용했던 쉐비 풍의 도자기 식기들. 전기밥솥을 사기 전까지 우리 식구를 먹여 살렸던 압력밥솥. 그리고 2002년에 열심히 본방 사수했던 내 생애 베스트 사극의 오프닝.

악몽이 끝나지 않았다.

이젠 긴박하기보단 허탈한 기분으로 나는 9년 전 내 방에 돌아왔다. 문턱을 넘은 순간 묘한 기분이 내 촉을 건드렸다. 그 기묘한 위화감의 진원을 내 책상 위에서 찾았다. 방을 나설 때만 해도 풀다 만 학습지밖에 없었던 책상 위에 공책이 한 권 놓여 있었다. 반짝이가 붙은 큼지막한 키위에서 인공적인 키위 향이 희미하게 나는 다분히 소녀적인 공책이었다.

나는 중학생 때까지 일기를 썼다. 옛날 시내버스가 어떻게 생겼는지 기억하지도 못하는 내가 모든 일기장의 디자인을 기억하는 건 아니나, 이 공책만은 분명하게 기억이 났다. 2002년 봄에 사용했던 일기장이었다. 중학교 입학하면서 품은 클로버 색의 풋풋한 기대가 어그러진 처참한 시기를 함께한 물건을 잊는 건, 남자로 치자면 조강지처를 잊는 거나 마찬가지 아닐까?

일기장이라기보단 고민상담사에 가까웠던 키위 문양 공책에 노란 포스트잇이 붙어 있었다. 단 세 줄의 글씨에 재수 없는 목소리가 오버랩 되었다.

「속는 셈 치고 딱 두 달만 지내 봐요.
이 일기장을 행복한 내용으로 채워 BOA요!
의미 없는 여행이 없듯이 의미 없는 꿈은 없답니다.」
"개새끼!"

거센 소리로 욕설을 내질렀다가 헉 하고 황급히 숨을 들이마셨다. 거실에서 별다른 소리가 들려오지 않는 걸 보아 다행히 아무도 못 들은 모양이었다. 이마를 짚은 채 일기장을 펼쳐 보았다. 3월 중순부터의 일상을 담은 페이지들이 손가락을 삭삭 스쳐 갔다. 그러다 내용이 있는 페이지 중 마지막 페이지에 도달한 순간, 드라이아이스를 들이마신 듯 온몸이 얼어붙었다.

「2002. 4. 1. 학교에서 자살하려던 3학년 선배를 구했다. 선배의 이름은 서인겸이었다.」

4월 1일은 오늘이다. 하지만 난 아직 일기장에 전혀 손대지 않았다. 그런데도 일기장엔 벌써 오늘 있었던 일들이 적혀 있었다. 그것도 9년 전 4월 1일이 아니라 오늘 내가 뒤바꾼 4월 1일이.

「저녁에 제비 같은 정장을 입은 남자를 만났다. 남자의 미소는 상당히 기묘했다.」

「내가 설희 보고 왜 이렇게 어려졌느냐 묻자 가족들이 다 웃었다.」

C역에서 헤맨 일부터 한강공원에서 자유형을 만난 일. 그리고 조금 전 가족들과 나눈 대화까지……. 누가 옆에서 직접 관찰하기라도 한 것처럼 세세히 적혀 있었다.

일기장을 덮었다. 그것을 품 안에 쥔 채 사방을 둘러보았다. 누군가 이 방 어딘가에 숨어들어 날 보며 싯누런 이를 드러내 웃고 있는 듯한 사위스러운 기분이 들었다.

나는 일기장의 표지를 양손 엄지와 검지로 붙들었다. 손가락에 힘을 주려다 이내 도리질을 치며 일기장을 도로 놓아 버렸다. 이 움직이지 않는 감시꾼을 당장 찢어 버린들 내일 아침 눈을 뜨면 내 옆에 멀쩡히 돌아와 있을 것 같은 예감은, 단지 공포영화를 많이 본 탓인가?

일기장을 책상에 내던지고 침대에 몸을 던졌다. 베개에 얼굴을 묻으며 납덩이를 한 움큼 내뱉었다. 자유형이 강제로 떠맡기고 간 두 달의 시간. 나는 대체 어떻게 되는 것인가?

✱   ✱   ✱

"이설아! 이설희! 일어나!"

하드보드지도 동강 낼 듯 대찬 고함이 들이닥쳤다. 덜컥 열린 문에 머리통이 창문과 함께 덜덜거렸다. 툭 하고 스위치 누르는 소리가 들리고 어둠이 줄달음질 쳤다.

나는 꽁지를 뺀 어둠의 한 조각을 급히 베개에 당겨 묻으며 눈살을 찌푸렸다. 기껏해야 손등으로 한 번 훔치면 그만인 눈곱이 강력 접착제같이 느껴졌다. 수면 부족의 전형적인 증상이다. 신음 반 짜증 반인 목소리로 어머니에게 물었다.

"으으……. 지금 몇 시예요?"

"지금 6시 반이야! 얼른 준비 안 하면 아침밥 못 먹는다?"

"아, 무슨 소리야……. 출근 시간 9신데."

"뭐? 9시까지 가도 된다고? 너 어제 그런 얘기는 안 했잖아."

"그게 아니라 세무서 출근 시간 9시잖아요. 아직도 내가 학생인 줄 아시나 봐……. 한 시간 뒤에 깨워 줘요."

아직 7시도 안 됐잖아? 에이, 어쩐지 덜 잔 거 같더라. 의기양양하게 돌아누우며 나는 회심의 미소를 지었다. 지난 1년간 내게 정착된 생활패턴이 머릿속에 펼쳐졌다. 7시 반에 일어나 씻고 화장하면 8시 10분 정도 되는데, 그쯤에 나서면 늦어도 8시 40분에 A세무서에 도착한다. 그래서 나의 기상시각은 7시 반이 된 지 오래다.

여담이지만 난 실제 기상 시각의 20분 전에도 알람을 한 번 더 맞춰 놓는다. 더 잘 수 있다는 걸 깨닫고 다시 눈을 붙이는 순간이 얼마나 달콤한지 알 사람은 다 알 거다. 어떤 꼼수로 벌든 간에 아침잠 5분은 13월의 보너스보다 달콤하고, 10분은 성과급보다 짜릿하며, 20분은 로또 1등이면 바꾸겠……

"아얏!"

이마에서 딱 소리가 나더니 눈앞에 은하수가 한 트럭 쏟아졌다. 쇠문처럼 닫혀 있던 눈꺼풀이 단박에 열렸다. 어머니의 잔소리가 햇살과 함께 쏟아졌다.

"무슨 소린가 했더니만 얘가 아침부터 꿈과 현실을 오락가락하네! 아직도 세무서에서 못 나왔어? 빨리 안 일어나면 아침밥 못 먹는다? 얼른 씻어! 이설희! 너도 일어나!"

"아웅……. 언니. 오늘은 언니가 먼저 씻어. 어젠 내가 먼저 일어났잖아……."

옆에서 설희가 돌아누우며 신음했다. 화장실이 하나라는 구실로 '형님 먼저' 해 놓고 자기 아침잠 시간을 벌곤 했던 나의 연년생 여동생. 그에 '까불지 말고 아우 먼저'로 응수했던 나. 9년 전엔 어린 마음에 짜증이 치밀기도 했던 아침. 하지만 내가 대학 기숙사 들어간 뒤론 두 번 다시 일어나는 법이 없었던, 아련한 아침.

"얼른 아무나 들어가서 씻어. 학교 가야지."

학교. 그 단어를 듣는 순간 머릿속의 무브먼트가 아귀를 맞춰 돌기 시작했다. 6시 30분에 날 깨운 어머니는 나더러 졸업한 지 6년 도 더 된 모교에 가라고 한다. 꿈속에서도 얼씬거리지 않게 된 B중 학교에 가란다.

"얼른 세수부터 해. 세수하면 잠 다 깨."

순간적으로 눈을 질끈 감고 침대에서 버틸까 생각해 봤다. 침대 에서 몸을 일으키는 순간 정말로 돌이킬 수 없게 되어 버릴 것 같 았다. 하지만 세수하라는 어머니의 말 한마디에 다리가 군화 신은 양 움직였다. 이성이 뇌에 어떠한 제동을 걸기도 전에, 내 손은 세 숫대야에 고인 냉수를 얼굴에 촤악 뿌려 버렸다.

"하⋯⋯."

옛날에 죽은 뇌세포까지 모조리 깨어난 느낌이었다. 눈을 떠 보 니 내가 뿌린 물이 거울 표면에 소나기처럼 주룩주룩 내리고 있었 다. 그 안에 다시는 마주치고 싶지 않았던 얼굴이 있었다.

"유치 같이 전엔 예뻤는데⋯⋯."
"너 뭐 기분 나쁜 일 있어?"

갖가지 한탄과 무수한 오해를 달고 다니는 툭 튀어나온 입술이 특히나 싫었던 얼굴.

수입이 생기자마자 강남 유명 치과의 문턱을 간 크게 넘어 교정 치료부터 받았다. 내내 욕먹었던 큰 바위 얼굴. 앞머리를 자르고 살을 조금 더 빼 보니 욕먹을 만큼 타고난 대두는 아니었다. 흉측 한 여드름은 피부에 맞는 화장품을 찾아 어찌어찌 해결하였고. 그 렇게 겨우 이 얼굴로부터 도망쳤다. 신이든 꿈의 요정이든 그 노력을 무참하게 뭉갤 권리는 없다고 생각한다.

그런데 이 치 떨리는 얼굴로 2달이나 다시 살라고? 그리고 이 얼굴을 역겨워하던 녀석들이 40명이나 있는 곳에 내 발로 걸어가라고? 간혹 상념을 통해 갔다 오는 것만으로도 충분히 진절머리 나는 B중학교 1학년 5반 교실로?

단검을 뽑아내듯 날카롭게 숨을 내쉬었다. 화장실 문이 쾅 소리를 내며 날아가듯 열렸다. 나오자마자 어머니와 맞닥뜨렸다. 아니, 어머니는 무슨. 나의 어머니는 2011년 현재 경기도 P시에 거주하는 40대 후반의 그분 한 분뿐이다.

"응? 설아야. 벌써 세수 다 했어?"

그러니 눈 하나 깜짝 안 하고 뿌리칠 수 있으리라 생각했는데…….

"아, 그게……."

이성으로는 꿈속의 환영일 뿐이라 판정한 그녀와 눈이 마주친 순간, 시선이 꽁꽁 묶여 버렸다. 기세등등하게 화장실 문을 박찰 때 들어간 눈의 힘이 속절없이 풀리고 심장이 울렁거렸다.

"왜 그래, 설아야? 뭐 할 말 있어?"

꿈속의 환영, 9년 전 어머니가 나를 보고 미소 지었다. 야무지게 말려 올라가는 입꼬리를 기점으로 애정 어린 호기심이 그녀의 만면에 반짝반짝 퍼져 나갔다.

"아, 아뇨. 아무것도 아니에요…….."

***   ***   ***

4월 2일의 하늘은 미술 시간에 붓 빤 물처럼 흐렸다. 개나리와 진달래마저 풀이 죽은 B중학교 건물 안은 울울한 밀림의 오솔길처럼 거무칙칙했다. 그 탓에 안 그래도 진한 남색인 B중학교 교복이 거의 검은색에 가깝게 보였다. 학생들의 걸음걸이도 묘하게 처져 있어 흡사 등굣길이 아니라 장례식 행렬 같았다.

나는 1학년 5반 교실 앞에 우두커니 선 채 한숨을 내뱉었다. 내가 23년 평생 내뱉은 한숨 중 가장 강렬한 독극물이 함유되었으리라. 새삼 옛날에 읽은 동화책 생각이 났다.

옛날 옛적에 한 착한 사냥꾼이 살았다. 어느 날 사냥꾼의 꿈에 죽은 친구가 나타나 조만간 구미호가 찾아와 그를 해칠 것이니 살고 싶으면 자기가 시키는 대로 하라 하였다. 사냥꾼은 친구가 시킨 대로 한밤중에 연락도 없이 찾아온 어머니에게 활을 쏘았다.

화살을 맞은 어머니는 뒷산으로 도망가다가 사냥꾼이 파 놓은 구덩이에 빠졌다. 친구가 시킨 대로 사냥꾼은 어머니의 심장에 활을 겨눴다. 하지만 피를 철철 흘리며 서러운 눈물을 뚝뚝 흘리는 어머니의 모습에 마음이 약해져, 사냥꾼은 그만 어머니를 함정에서 꺼내 주고 말았다. 결국, 사냥꾼은 어머니, 아니, 어머니의 모습으로 둔갑한 구미호에게 잡아먹혔다.

어릴 때 그 동화책을 읽었을 땐 그 사냥꾼이 병신 같다고 마냥 비웃었다. 하지만 지금은 그 사냥꾼에게 정중히 사과하고 싶다. 꿈속의 환영이든, 구미호든, 요괴든, 이거 하나는 확실해졌다. 아무리 꿈속이라도 나는 도저히 어머니를 아프게 할 수 없다. 어머니의 미소가 조금이라도 이지러지는 걸 보니, 목에 칼이 들어와도 다시는 오고 싶지 않았던 장소에 오는 게 낫다.

그래, 꿈속에서까지 착한 딸이 된 건 좋은데 이 이상은 차마 진도가 안 나갔다. 내가 1학년 5반이고 학번이 25번이었던 것까지는 기억났다. 하지만 자리는? 학기 중에 열 번도 더 바뀌는 자리는? 대체 어떤 수로 9년 전 자리를 찾지? 시간상 입학한 지 한 달이나 된 시점에서 '내 자리 어디야?' 라는 소릴 지껄이면 치매 환자 취급 받는 정도로는 끝나지 않을 것 같은데…….

"여기서 뭐 해? 비켜. 큰 대가리 들이대지 말고."

몸을 틀기도 전에 나보다 머리 하나는 더 큰 갈걍갈걍한 몸이 내 어깨를 툭 치고 지나갔다. 바닥의 똥을 지나치듯 보란 듯이 빠르게 멀어져 가는 소녀를 보고 그 자리에 오도카니 섰다. 고집스레 튀어 나온 이마와 약간의 주근깨 깔린 볼. 그리고 공작처럼 고압적인 느낌이 드는 기다란 목. 1학년 5반 34번 이윤영. 왜 하필 가장 먼저 마주친 게 저 애일까?

입학하고 처음 한 달간은 이윤영은 내게 아무런 원한이 없었다. 지나치게 내성적인 성격 탓에 뒷말이 많은 나랑 어울리기 껄끄러 워하는 티는 냈지만, 우리 둘의 관계는 딱 그 정도였다. 3월 말에 간 수련회 전까지만 해도.

수련회 첫날 이윤영의 새 청바지가 없어졌다. 두 달치 용돈으로 장만한 청바지를 이윤영은 미친 듯이 찾아다녔고, 룸메이트들도 그 애를 도와 이불과 서랍을 뒤졌다. 당시 나도 룸메이트여서 이윤영은 내게도 혹시 자기 청바지 못 봤느냐고 물었다. 나는 못 봤다고 대답하며 자신 있게 도리질까지 쳤다.

결국 이윤영은 룸메이트들의 동의하에 모두의 가방을 열어 보기 시작했다. 그리고 그 애의 청바지는 처참하게 구겨진 채로 내 가방 에서 발견되었다. 모두가 보는 데서 벌어진 일이었다. 핸드폰과 온전한 입방아를 가진 사춘기 소녀가 여섯 명이나 봤으니 모두가 본 거나 마찬가지였다.

이윤영의 강력한 어깨 치기 한 방을 당하고 나니 교실에서 자리 찾아 헤매는 일 따위가 지극히 하찮게 느껴졌다. 앞니로 아랫입술을 긁어 올리고는 교실 문을 통과했다.

교복 먼지, 분필 가루, 샤프심, 지우개 똥, 신발의 흙. 온갖 것들이 형체를 알아볼 수 없을 만큼 작은 알갱이가 되어 뒤섞인 냄새가 코를 휘감았다. 변성기가 제각각인 남자애들 목소리와 앳된 여자애들 목소리가 뒤섞인 공기 방울이 내 귓속을 파고들어 톡톡 터졌다. 그 내음과 소리에 그림자까지 감추고 싶어지는 순간, 유리창에서 햇살이 쏟아졌다.

교실로 들어서는 기척을 확인하려는 여러 개의 시선이 내게 달려들었다. 그리고 곧, 다붓다붓 모여 수런거리던 콩나물시루가 곤두선 고슴도치 털로 돌변했다. 평화로운 마을에 역병 환자가 들이닥친 것처럼.

경멸에 찬 눈들과 소리 죽인 이죽거림을 끊어 내려 노력하며 빈자리를 파악했다. 다행히 두 번째 줄 세 번째 자리에 내 영역 표시가 되어 있었다. 잡동사니 패턴의 하얀 체육복 가방. 이 반에서 저 물건을 가지고 있는 건 나뿐이었다.

자리에 앉자마자 책상 서랍에 손을 넣어 교과서를 한 권 끄집어 봤다. 푸른 하늘 아래 벗나무로 둘러싸인 호숫가와 소나무 한 그루가 그려진 표지의 중학교 국어 1—1. 책 위쪽에 10525 이설아가 쓰여 있었다.

한숨을 쉬며 등에 멘 책가방을 책상 고리에 걸었다. 어깨에 핸드백 둘러메고 다니다 새삼 등에 뭘 메려니 괜스레 더넘스럽게 느껴졌다. 게다가 책상은 또 왜 이리 작은지. 두꺼운 세법전과 서류를 마음껏 벌여 놓아도 공간이 남았던 A세무서 사무실 책상과 극명히 비교됐다.

이런 책상에서 용케 3년을 공부했구나. 또 잠도 많이 잤구나. 잠을 가장해서 많이 울기도 했구나. 그런데도 이 책상이 좁다고 생각한 적이 별로 없는 거 보면, 그만큼 내 마음도 작고 좁았나 보다.

음험한 수런거림이 들려오는 자리와는 핀트가 어긋난 생각이 스스로도 기막혀, 헛웃음이 나왔다. 한 걸음 물러선 생각이 음울한 고개를 받쳐 올려 주었다. 그리고 나는, 처음이자 마지막으로 내 심장을 들뜨게 한 사람과 재회했다.

"민기야. 오늘 국어 2단원 나가잖아. 59페이지 봤어? '아저씨께' 말이야."

"아. 그 편지글? '이 바보! 넌 잘하는 것이 아무것도 없잖아? 그런 네가 감히 그 여학생을 좋아해? 웃기지 마.' 이러는 애가 나오는 글 맞지?"

"하핫, 너 진짜 재밌게 읽는다. 국어 선생님께서 거기 읽어 보라고 한 때 너 추천해야지."

"아, 됐어! 그러지 마, 김종혁. 너 진짜 그러면 죽는다?"

9년 전엔 또래보다 조금 작을 뿐이라 생각했던 조민기의 체구는 지금 보니 더더욱 왜소해 보였다. 맑은 물 같다고 느꼈던 미성도 그때만큼 신선하지는 않았다. 그런데도 그 애의 목소리가 세상의 어떤 소리보다 반음 더 높게 들리는 건 여전했다. 안개꽃 가운데 장미 한 송이까지는 아니어도, 노란 꽃 가운데 파란 꽃 한 송이는 되었다. 역시 처음이란 건 무섭구나.

"그런데 이 글 쓴 애 정말 불쌍하지 않아? 민기야. 네가 '아저 씨'라면 뭐라고 말할래?"

"나? 글쎄? 음……. 고백할 용기 없으면 걍 포기하라고? 아니면 자기도 그 여학생처럼 공부도 잘하고 운동도 잘하게 노력하든가."

"한마디로 네 말은 근본적인 열등감부터 해결해야 한다는 거네. 그렇지?"

"그렇지 뭐. 솔직히 이런 글 보면 '어쩌라고?'란 말밖에 안 나오지 않냐?"

"그래. 네 말이 정답이네. 만약 그 여학생에게 좋아하는 남자애가 있다면 그 남자애까지 누를 수 있을 만큼 노력해야겠지?"

민기와 대화하는 남자애 이름은 명찰을 보고서야 기억이 났다. 김종혁. 조민기와 항상 붙어 다녔던 단짝이었지. 저 애가 나타나면 높은 확률로 조민기도 나타났고 저 애가 사라지면 조민기도 같이 사라지곤 했다.

김종혁에 대한 기억이 이 정도뿐인 이유는 그 이상도 그 이하도 아니었던 빈약한 관심 탓일 터다. 장미와 안개꽃이 붙어 있으면 아무래도 장미에만 눈길을 주게 되니. 하지만 장미향에 예전만큼 흠뻑 취하지 못하는 탓인지 이번엔 안개꽃에도 두루 시선이 갔다. 흠. 김종혁은 저렇게 어른스러운 느낌이 물씬 나는 미소를 짓는 애였구나. 빼어나게 잘생긴 편은 아니지만 인상은 조민기보다 어른스러운 것 같기도 하고.

조민기만 바라보다 9년 전 병풍 취급했던 사람을 재조명해 보느라, 나는 내 자리로 다가오는 발소리를 듣지 못했다.

"다 봤으면 돌려줘."

"어?"

방향이나 거리를 보아 상대가 나임이 명백한 말소리에 고개를 돌린 순간, 짤막한 탄성이 터져 나왔다.

"내 수학 공책."

짤막하게 부연하는 목소리가 서늘했다. 아몬드형의 또렷하고 당찬 눈을 거느린 하얀 미간에 실개천이 파였다. 통상적인 한국인의 것치고 밝은 갈색 눈을 기점으로 백합이 한 송이 피어났다.

"2교시에 수학인데 설마 잃어버린 건 아니지?"

"아, 잠깐만."

얼결에 책상 서랍을 뒤졌다. 9년 전 내가 무슨 공책을 썼는지 일일이 기억하고 있지는 않지만, 그래도 이질감이 느껴지는 놈을 금방 찾아냈다. 적어도 난 내 물건에 이름이 적힌 스티커를 붙이고 그 위에 투명테이프까지 붙이는 깔끔한 짓은 23년 평생 해 본 적이 없으니까.

그래. 나는 이런 점에서부터 철저하게 뒤졌다. 이 여자애, 백수연에게.

"……."

백수연은 내가 내밀기도 전에 자기 공책을 낚아챘다. 흡사 전당포 노파에게 맡긴 물건 찾아가듯이. 공책을 돌려주고 5초가 지나서야 나는 그녀에게 '고마워. 잘 썼어.'라고 말했어야 한다는 걸 깨달았다. 어차피 백수연은 구태여 받아 낼 생각은 없는 듯 보였지만 말이다.

잠시 뒤 기억이 났다. 1학기 초에 백수연에게 수학 공책을 한 번 빌린 적이 있었다. 수학이 많이 모자란 주제에 수학 시간에 졸아서 중간고사에 나온다는 중요한 문제를 받아 적지 못했다. 유독 그 시간에 따스했던 봄 햇살에 사기당한 건 나뿐만이 아니었다. 다들 그 시간에 깨어 있었던 애들 필기 베낀다고 수선을 떨었다.

누구한테 필기를 보여 달라 해야 하나 고민하던 차에 백수연이 부드럽게 웃으며 친한 친구에게 수학 공책을 빌려 주는 모습을 봤다. 그 미소가 정말 예뻤다. 그래서 착각했다. 나도 그 미소와 함께 공책을 빌릴 수 있을 거라고.

염치 불고하고 자리에 찾아가 '나도 빌려 줘.'라고 말했을 때 돌아온 백수연의 표정을 난 절대 잊지 못할 거다. 조금 전과 같은, 경멸에 우월감이 뒤섞인 종합선물세트였다. 제기랄.

"무슨 얘기를 그렇게 재미있게 해? 나도 끼워 줘."

두 번째 줄에 온 백수연은 수학 공책도 챙기고 사랑도 챙기려 했다. 그 애는 하얀 볼에 잘 어울리는 진달래빛 홍조를 띤 채 조민기에게 말을 걸었다. 꽃에 나비가 찾아들듯 자연스럽게.

"허걱! 백수 마녀가 나타났다!"

"그래. 내가 나타났다. 바보팅 조민기."

"뭐라고!"

격 없는 농담을 주고받으며 서로에 대한 우호를 마음껏 발산하는 두 사람. 아침에 찾아왔던 소소리바람이 또 한 번 나를 골렸다. 첫사랑이 부실하게 끝장나는 건 나처럼 흔해 빠진 못난이에게나 일어나는 일이란 걸 입증하려는 듯 운명도 철저히 백수연 편이었지. 백수연은 나랑 달리 조민기와 같은 고등학교에 배정받았고, 조민기와 같이 재수 안 하고 서울 4년제 명문대 치의예과에 나란히 합격했다.

음울하게 책상에 얼굴을 묻었다. 희미하게나마 기대감이라도 있었던 2002년 4월 2일 현재보다, 스포일러를 다 아는 9년 전 2002년 4월 2일이 더 음울했다. 혹시 내 방 책상의 귀신 다이어리는 이런 꼴 사나운 모습까지 다 적고 있을······.

"아얏!"

공기총에 맞으면 이런 느낌일까? 돌연 머리에서 딱 소리가 나며 골이 뒤흔들렸다. 불붙은 머리를 짚은 채 고개를 번쩍 들었다.

"아, 깼어? 미안, 미안."

말과는 달리 전혀 미안함이 담기지 않은 저열한 웃음. 쥐똥만 한데도 신기할 정도로 야비한 성정이 선명히 드러나는 눈자위. 그제야 나는 이윤영, 백수연보다도 더한 존재를 잊고 있었다는 걸 깨달았다.

최준형. 놈은 나와 같은 아파트 같은 동 12층에 사는 녀석이었다. 부모가 뭐 하시는 분인지는 모르나 학교에 기부를 좀 했다고 들었다. 그 덕인지 아주 대쪽 같은 몇몇 남선생님들을 제외하고는 놈의 왁스 바른 머리랑 링 귀걸이, 그리고 두 단추 이상 풀어 헤친 교복 셔츠를 걸고넘어지지 않았다.

나는 정말 최준형한텐 원한 살 만한 짓을 한 적이 없었다. 애초 '나 막 나가는 놈'이라고 어떻게 티 내야 할까 연구하고 다니는 것 같은 놈에게 맞설 무모함은 없어 놔서. 하지만 놈에겐 내가 저에게 잘못했는지 안 했는지 따윈 중요하지 않았다. 그냥 짜증 날 정도로 내성적인 데다 도벽이 있다는 지저분한 소문을 달고 다니는 내 존재 자체가 놈에게 잘못이었다.

복도에서 스쳐 지나갈 때 어깨를 치거나 발을 거는 건 약과였다. 놈은 칠판지우개를 내 면전에서 터는가 하면, 나 듣는 데서 다른 남자애들과 내 외모에 대한 험담을 여과 없이 해 댔다. 특히, 남자애들끼리 분필을 던지며 놀 때 놈이 던지는 분필의 2할은 내 머리나 팔에 맞았다. 놈의 말대로라면 '실수'인 그 분필에 당첨된 사람은 1년 내내 나 하나뿐이었다.

"아, 미안하다고 했잖아. 왜 자꾸 야려?"

장난기가 가시고 험악해진 최준형의 목소리가 들려왔다. 그제야 나는 내가 놈을 계속 응시하고 있음을 자각했다. '왜 야리냐.' 9년 전만 해도 저 말을 들으면 고개를 꺾인 벼가 되었다. 대화할 때 상대와 눈을 잘 마주치지 못하는 내 고질적인 버릇은 엄밀히 따지면 저놈 때문에 생겨났다.

"씨발년아. 야리지 마라니까?"

최준형이 분필을 바닥에 내박쳤다. 뚝 하고 분필 부러지는 소리에 나는 온몸을 부르르 떨었다. 그 떨림은 놈의 험악한 욕설과 부러진 분필에 암시된 놈의 주먹 힘이 무서워서가 아니었다.

양아치 친구들에게 둘러싸여 평생 폭군으로 군림할 것 같았던 최준형을 다시 본 건, 내가 대학 여름방학을 맞아 오랜만에 S아파트로 돌아왔을 때였다. 고등학교가 갈린 뒤로 거의 마주칠 일이 없었던 최준형이 지지리도 안 어울리는 첼로를 들고 어디론가 급히 가고 있었다.

최준형의 머리엔 왁스기가 없었다. 놈의 키가 그리 크지 않다는 걸 그제야 알아챘다. 서로 걸어온 방향을 보아 당시 놈이 나를 못 알아봤을 리는 없다. 하지만 최준형은 나에게서 몸을 돌려 가로새 었다. 피하는 기색이 명백한 모양새로 나와 엇갈린 최준형의 옆엔 아무도 없었다.

그날 어머니에게서 다 들었다. 원서만 내면 들어간다고 소문이 자자한 모 음대에 들어갔다지. 학교 기둥을 세우려 들길래 정 · 재계 거물이라도 되는 줄 알았던 놈의 아버지는 알고 보니 유흥업소 업주였다지. 걔네 어머니가 돈이 썩어 나는 것처럼 유세 떠는 게 고까워서 대법원 홈페이지에서 걔네 집 등기를 떼 봤더니 역시나 다 융자더라고 어머니는 경멸이 우러나는 조소를 커피와 홀짝였다.

지금은 일가가 강남에서 자취를 감춘 걸로 안다. 걔네 어머니가 빚을 져 집이 경매로 넘어갔네, 걔네 아버지가 조폭에게 책을 잡혔네, 그들이 사라진 자리엔 소문만 무성히 남았다.

"쌍. 왜 처웃어? 저 쌍년이 미쳤나?"

상념이 끝났을 때 1학년 5반 교실에서 목소리를 내고 있는 건 최준형뿐이었다. 놈과 친한 양아치 중 하나가 놈에게 달라붙어 말리는 폼을 잡고 있었다. 웃어? 내가 지금 웃고 있어? 최준형 앞에서?

"씨발, 웃겨? 웃기냐고!"

9년 전엔 놈이 쌍시옷만 꺼내도 다리가 후들거려 죽는 줄 알았는데, 지금은 그저 실소가 터졌다. 호랑이인 줄 알았던 치와와 앞에서 조소 어린 울화가 치솟았다.

그래. 웃겨 죽겠다, 이 개자식아. 떼로 몰려다니며 욕만 지껄이면 안 되는 일이 없었으니 네가 무슨 왕이라도 되는 줄 알았지? 좁은 우물을 틀어막고 온 하늘이 네 것인 것처럼 굴었지? 하지만 우물 밖으로 나와 보니 제일 작고 볼품없는 건 너더라. 단지 조금 더 위쪽에서 펄쩍펄쩍 뛰며 시야를 교란시킬 뿐인 한낱 두꺼비. 알고 보니 넌 그게 다였지. 이런 치졸한 놈한테 내 14살을 휘둘렸다니……. 고작 이딴 놈한테. 이딴 패배자 새끼한테!

"이 씨발년이 진짜!"

저를 붙잡은 양아치를 뿌리친 최준형이 내게 달려들어 손을 쳐들었다. 그 앞에서 나는 독사처럼 눈에 핏발을 세워 소리 없이 놈에게 외쳤다. 그래. 쳐라, 쳐. 얼른 날 터트려 봐. 나 지금 참 궁금해. 네가 날 치면 나한테서 빨간 불이 날지, 파란 불이 날지!

"둘이서 뭐 하니? 얼른 앉아."

종소리보다 한 발짝 일찍 들어선 국어 교사이자 우리 담임. 언제나 절대적인 건 아니지만 학생으로선 쉬이 무시할 수 없는 우리의 통제자. 행인지 불행인지 그녀의 등장으로 그 순간은 일단락되어 버렸다.

최준형은 담임 앞에서 'XX년아, 두고 보자.'라 외칠 만큼 멍청하지는 않았다. 대신 벼린 도끼날을 두 눈으로 날리며 2차전을 예고했을 뿐이다.

9년 전이었음 그 눈빛 하나만으로 45분 내내 무릎에 깍지 낀 손을 올린 채 어떤 보복이 돌아올까 전전긍긍했을 것이다. 하지만 지금은 그저 미치도록 분했다. 저딴 놈이 무섭다고 나는 14살을 너무나 비굴하게 버렸다. 그것이 너무도 분해서 눈알이 뒤집힐 것 같았다.

"차렷. 열중쉬어. 차렷. 선생님께 경례."

"안녕하세요."

"그래, 안녕. 자, 59페이지 '아저씨께' 얼른 펴 봐."

"에이, 선생님. 놀아요!"

"안 돼. 우리 반이 1학년 전체에서 진도 제일 느리다고 했잖아. 빨리 시험 범위까지 나가야 중간고사도 찍어 주지. 얼른 59페이지 펴. 오늘 조회 시간이랑 1교시 연이어서 가야 다른 반 진도 따라잡 거든?"

나는 9년 전 나의 담임을 물끄러미 응시했다. 그녀는 이름만 대면 다 아는 명문대의 국어교육과 출신이었다. 경력 5년 차인 그녀는 강의력도 나쁘지 않았다. 어느 부분에서 목소리를 높이고 어느 부분에서 말을 빨리해야 학생들이 창밖의 먼 산에 시선을 빼앗기지 않는지 대체로 파악하고 있는 듯했다.

그럼에도 나는 그녀의 강의를 명강의로 기억하지는 않는다. 그녀는 딴소리를 한 번 시작하면 수업 시간의 반을 잡아먹었다. 그기나긴 딴소리는 본인의 대학 시절 연애 이야기 등 사춘기 소년소녀들의 흥미를 끌 법한 소재로 시작점을 찍다가도, 결국은 명문대를 나온 본인의 자랑질로 귀결되곤 했다.

특히 우리 반 수업 때 딴 얘기 재생 시간이 갑절로 늘었다. 그렇다 보니 1교시에 국어가 든 화요일에 이렇게 조회 시간과 1교시를 꿰어 붙여 수업 진도를 빼는 날이 종종 있었다.

다른 반 애들은 저 여자가 담임이라고 우리 반을 부러워했다. 3대 인기 과목 중 하나인 국어 담당인 데다 자기들이 꿈꾸는 대학을 나온 우수한 교사지, 강의도 곧잘 하지, 거기다 유쾌하지. 그런 그녀가 담임이니 우리 반 분위기도 항상 유쾌하리라 생각했나

보다.

나도 처음에는 그녀를 신뢰했다. 그녀의 끊이지 않는 자기 자랑에 염증보단 동경심을 느끼는 때였으니까. 그래서 그녀에게 찾아가 내 이야기를 했다. 나 좀 도와 달라고, 나 좀 구해 달라고 했다.

그 결과, 명문대 졸업장과 유쾌함만이 교사의 전부가 아니라는 뼈저린 깨달음을 얻었지만.

"이건 별로 안 중요한 거라 5분 내로 끝낼 거니까 집중해서 필기해야 해. 자, 누가 읽어 볼까? 음. 오늘은 2일이지만 2번이랑 12번은 했으니까……. 그래. 20번 조민기. 일어서서 59페이지 읽어 봐."

"네."

필통 지퍼 열리는 소리가 귀를 자그럽게 했다. 나는 담임에게서 시선을 거뒀다. 앉은 자리에서 칼끝으로 피를 분출하며 죽고 싶은 거 아니면 치솟는 울분을 잠재워야 했다. 펜을 피뢰침마냥 그러쥐었다.

담임의 호명에 일어선 조민기는 국어책 59페이지를 감정 없는 목소리로 읽기 시작했다.

"아저씨께. 아저씨, 저는 현재 ○○중학교에 다니는 학생입니다. 저는 별로 말이 없고, 또 모든 일에 소극적인 편입니다. 운동도 잘 못 하고, 공부도 그렇고 뭐 하나 제대로 하는 것이 없는 한심한 아이라고 할 수 있지요."

야속하리만치 무감한 목소리에 반발하듯, 나는 59페이지에 다른 사람의 목소리를 입혔다.

본인의 말대로라면 한심하기 그지없는 소년이 한 소녀를 좋아한다. 그런데 그 소녀는 공부도 운동도 잘해서 누구라도 좋아하지 않고는 못 배길 여학생이다. 다가오는 못난이의 그림자를 길게 잡아 늘려 자존감의 길이를 재는, 잔혹한 빛을 발하는 태양. 그에 얼마 남지도 않은 자존감마저 끝장난 소년은 끊임없는 질문으로 자신을 괴롭힌다.

자신이 누군가를 좋아할 자격이라도 있는 것인지.

"아저씨. 저는 어떻게 하면 좋을까요?"

조민기가 59페이지를 다 읽고 자리에 앉자 담임은 편지글의 특징이 어쩌네, 대조의 방법이 어쩌네 따위의 형식적인 설명을 시작했고, 40개의 손은 저마다 밑줄 그으랴 필기하랴 분주하게 움직였다. 눈물을 그러쥔 주먹으로 가슴을 치며 구원을 요청하는 한 소년의 절규를, 담임은 정말로 5분 만에 끝내 버렸다.

*   *   *

"후."

내쉰 한숨 끝에 보이는 하늘에 봄기운이 완연했다. 한나절 내내 아무도 생떼를 안 받아 주니 그만 울기로 했나 보다. 덕분에 덩달아 죽상이던 봄꽃들과 새순들의 낯빛이 돌아왔다.

나는 1교시 끝나자마자 교실을 나왔다. 교실에 가만히 있어 봐야 최준형이랑 2차전을 치를 게 분명했다. 수업 시간 내내 놈이 핸드폰 두드리는 폼이, 나랑 2차전을 치르기에 앞서 전교의 양아치랑 날라리들을 깡그리 불러내려는 듯 보였다. 최준형 석 자가 적힌 플래카드만 들썩들썩하는 홈그라운드를 구축해 놓을 심산이었을 테지.

놈이 무서워서 피하진 않았다. 외려 그 자리에 계속 있었으면 놈의 머리칼을 닭 털 뽑듯 쥐어뜯었을지도 모른다. 놈을 바닥에 쓰러트려 온 힘을 다해 주먹을 휘둘렀을지도 모른다. 놈에게 당한 모든 것을 9년 치 가산금 다 붙여 퍼부었을지도 모른다. 허나 쉬는 시간 종이 울린 순간, 집에 계신 어머니 얼굴을 떠올리고 말았다. 다시는 오고 싶지 않은 곳에 와 버린 이유가 뭐였던가.

그래. 아직 두 달이나 남았다. 가슴에 불이 붙었다고 마음 가는 대로 날뛰면 걷잡을 수 없는 불바다에 휩쓸리게 된다. 이런 때일수록 조용한 데서 머리를 식히며 대안을 생각하는 것이, 14살과 23살의 다른 점이겠지.

망할! 꿈인 주제에 왜 이렇게 생각할 게 많은 거지? 이 꼴 저 꼴 안 보고 두 달간 여행이나 다니면 참 좋을 텐데. 발돋움 하나로 산과 들을 훌쩍 넘고, 구름만 먹어도 솜사탕을 먹은 것처럼 배가 부르는 착하도록 비현실적인 꿈이라면 그렇게 할 텐데.

딩동, 딩동.

예나 지금이나 쉬는 시간은 왜 이리도 빨리 가는지. 뾰족한 수는 아직 윤곽도 보이지 않는데. 아, 모르겠다. 이번 시간은 질병에 의한 결과로 하자고. 마법통을 온도계로 재 보겠어, 맥을 짚어 보겠어.

9년 전이면 감히 엄두도 못 냈을 꾀병을 너무나 간단히 생각해 낸 감이 있지만, 그전에 중학교 졸업장 딴 지 6년도 더 된 사람이 여기서 이러고 있는 것 자체가 에러지.

합리화했다 하기에도 민망할 정도로 시원스레 결단을 내린 나는, 교사(校舍) 앞뜰 길에 늘어선 앙바틈한 회양목들더러 보란 듯 뻔뻔하게 걸음을 옮겼다. 그 기세로 양호실로 향하려는 참에, 나의 레이더망에 딱 걸린 사람이 있었다.

"어……."

눈이 마주쳤을 때 그는 이미 눈살을 찌푸리고 있었다. 생각하는 속도보다 먼저 터트려 버린 제 입을 저주한 것이리라. 그래. 그 탄성만 아니었으면 나는 굳이 그 자리에 멈춰 서서 그 낯익은 용태를 어디서 익혔는지 굳이 떠올리려 머리를 굴리지 않았을 것이다. 별로 오래 걸리진 않았다.

"아!"

이번에는 내 쪽에서 경쾌한 탄성이 터졌다. 학교 종이 땡땡땡 울리고 모두가 교실로 어서 모이는 바람에 아무도 없는 이 시각에 단둘이서 맞닥뜨린 건 또 무슨 운명의 장난이려나? 어제 나 때문에 하늘나라 대신 별만 본, 서인겸 군.

"또 자살하려고?"

이런. 너무 직설화법이었다. 얼결에 터져 나간 첫마디의 뒷감당을 뒤늦게 생각하는 찰나, 소년 태를 거지반 벗은 남학생이 험악한 날숨과 함께 씹어뱉듯 대꾸해 왔다.

"네가 뭔 상관이야?"

내가 진짜 열네 살 소녀였다면, 저 말에 '너무해요, 선배님! 모처럼 걱정해 줬는데. 우리가 왜 상관이 없어요? 우리 같은 학교 선배와 후배잖아요! 자살은 나빠요!' 정도로 응수했을 테지. 허나 지금의 나는 뒤집어쓴 탈만 14살이다. 눈을 감고라도 손발이 오그라드는 대사를 칠 수 있는 나이는 꽤 지났다.

잠시간 떠올린 닭살 돋는 대사는 고이 접어 바닥에 내버리고 삐딱하게 목을 돌렸다. 그러고는 시퍼런 서슬에 내가 위축되기를 기대하고 있을 작자에게 부러 건들건들한 투로 말했다.

"저기 말이야, 내가 상관할 바 아닌 거 맞긴 한데, 어제 집엔 잘 들어갔어? 집에 뭐라 통보 안 갔어? 용케 오늘 학교 나왔네?"

내가 입을 놀릴수록 서인겸의 얼굴이 창백하게 질려 갔다. 녀석은 화가 치밀어 오르면 하얀색과 빨간색 중 전자를 택하는 타입인 모양이다. 사람 여럿 잡아먹을 기세로 쩍 갈라진 미간의 크레바스에서 공기가 부걱부걱 끓는 것 같았다.

"같이 죽는 거에 관심 있는 거 아니면 저리 비켜."

어린 새끼가 무슨 말만 하면 다 죽음으로 귀결된다니? 기어이 내 미간에도 힘이 들어갔다. 죽네 사네 하는 놈에게 가장 먼저 체크하게 되는 건, 아무래도 멀쩡한지 여부일 것이다.

몇 초간 관찰해 본 결과, 생긴 건 멀쩡하단 결론에 도달했다. 아니, 찬찬히 뜯어보니 제법 먹어 주게 생긴 면상이었다. 아이돌 스타처럼 번들거리는 조각상 페이스가 취향인 사람에겐 다소 싱겁게 와 닿을지 모르나, 균형 있게 잡힌 이목구비가 편안하게 시야에 들어왔다.

단정하게 커트 된 앞머리가 거느린 짙은 눈썹, 물고기처럼 맵시 있게 빠진 눈매가 꽤 인상적이었다. 맨 윗단추까지 꼼꼼히 채워진 교복 셔츠와 자로 잰 듯 반듯한 폼이, 그 나이 또래 사내 녀석들이 소화해 내기 어려운 가정교육을 암시하고 있었다.

총평을 하자면 잡지로 들어가기엔 2% 부족한, 제법 생긴 소년이 서인겸이었다. 그 2%가 새어 나간 곳이 패배감에 잠겨 탁한 빛을 띠는 눈동자와 극도의 피로감으로 탄력을 잃은 여윈 뺨이란 생각이 들어, 입술이 딱딱하게 굳었다. 이렇게 먹어 주게 생겨 놓고……

"왜 죽으려는 건데?"

"그걸 알아서 뭐하게?"

되바라지게 돌아오는 셔틀콕에 열이 오르기보단 팔심이 빠졌다. 굳이 힘들여 답을 얻지 않아도, 나는 9년 전 이 남학생이 왜 죽었는지 대강 알고 있었다. 서인겸이 옥상에 남겨 둔 A4용지 두 장의 친필 유언장의 내용은 꽤 떠들썩하게 퍼졌으니까.

유언장에는 그를 집요하게 괴롭힌 3학년 양아치 두 놈의 실명이 등장했다. 놈들은 서인겸의 단정한 교복을 담뱃불로 지지기도 했고, 주머니에서 빵값을 턴 다음 담배 만지던 손으로 단정한 머리를 헝클어뜨렸으며, 그의 새 문제집을 면전에서 한 장씩 찢어 종이비행기를 접어 날리기까지 했다고 한다.

그 때문에 원래 전교 1, 2등을 다퉜던 서인겸은 전교 50등 밖까지 밀려났다고 한다. 당시 그의 어머니는 상황을 잘 몰랐는지 '나사 빠진 녀석'이란 망언까지 하며 그를 질책했단다.

누군가에게 아프다고 말도 못 하는 자신에겐 공기도 아깝다고, 서인겸은 자신을 처절히 비하했다. 희망을 잃어버린 지는 오래고 앞으로 어떤 꿈을 꾸어도 금방 짓밟힐 것 같다고 절망했다. 그래서 더는 살 수 없다고 결론지어 버렸다. 16살의 서인겸은 그렇게 학교 옥상에서 몸을 던졌다.

그때 학교가 발칵 뒤집혔던 건 물론이다. 아들이 마지막 가는 길까지 역겨운 얼굴들을 마주하게 하기 싫어서였을까? 서인겸의 홀어머니는 입에 거품을 물고 일체의 조문을 거부했다고 한다. 심지어는 남몰래 빈소까지 옮기고는 연락이 두절되었다고 한다.

4월 말 즈음 전교생이 운동장에 집합하여 뒤늦은 추모식을 치렀다. 그 비극을 방치한 대가로 튈 불똥의 크기를 조금이나마 줄여 보기 위한 학교 측의 미봉책이었으리라.

그 뒤, 서인겸이 죽으면서 지목한 두 명의 악마가 어떻게 되었냐 하면…….

"너 혹시, 널 괴롭힌 그놈들에게 복수하려고 죽으려는 거 아니야? 네 유언장에 써 놓으면 걔네가 퇴학도 당하고 경찰서에 끌려갈 테니까?"

"아."

서인겸이 또 탄성을 터트렸다. 그리고 이내 자신을 질책하듯 눈살을 찌푸렸다. 그는 내가 이 모든 걸 어떻게 아는 건지 물어보지 않았다. 그저, 자신이 그놈들에게 괴롭힘당한다는 사실이 1학년 여자애도 알고 있을 정도로 떠들썩한 탓이라고 멋대로 결론지은 듯 보였다. 그리고 그 결론은 한층 더 그를 수치스럽게 만든 모양이었다. 안 그래도 창백한 낯빛이 가을 하늘처럼 파리해졌다.

"말리지 마."

서인겸은 선을 그었다. 보는 것만으로도 눈물이 핑 돌 것 같은 처연한 눈빛으로. 나는 입술의 한 귀를 베어 문 채 고개 숙인 소년을 응시했다. 맑은 영혼이 고스란히 비치는 준수한 얼굴이 아깝지만, 16살답지 않은 체념 어린 눈빛이 안타깝지만, 이 사람은 9년 전에 죽었다. 본의 아니게 내 손으로 이 사람을 4월 2일로 끌고 오긴 했지만, 이 사람의 이야기를 4월 3일까지 끌고 갈 권리가 내게 있는지 의문이었다.

하지만 단 하루라도 살려 낸 김에, 들려주고 싶은 이야기가 있었다.

"안 말려."

"뭐?"

이토록 싱겁게 내가 저를 놓아주리라곤 예상 못 했는지 서인겸이 멍하니 눈을 깜박였다. 그 맹한 반응에 더욱 입맛이 썼다. 정말 생에 한 터럭만큼의 미련도 없다면 160cm도 안 되는 조그만 1학년 여자애 따위 밀어내면 그만 아닌가? 말리지 말라니까 이렇게 길을 터 주는데, 왜 저렇게 황당함과 망설임으로 얼룩덜룩해진 표정을 짓는가?

"내가 다른 학교에서 너처럼 죽은 애 이야기를 해 줄게. 이것만은 끝까지 듣고 가."

서인겸의 눈에 좁쌀만큼이나마 햇살이 맺히는 걸 보고 나는 생각했다. 어쩌면 9년 전 서인겸의 목숨은 옥상 위가 아니라 저울 위에 있었던 게 아닐까?

죽음으로 무언가를 얻으려 든다는 것 자체가 이승에서 구하는 바가 있는 것이고, 이승에서 구하는 것이 있는 사람은 필연적으로 생에의 미련을 떠안고 있는 사람이다. 그 본능적인 미련을 저버리면서까지 서인겸이 얻고자 한 게 무엇인지 알기에, 그리고 그가 그것을 끝내 얻었는지 아닌지 알기에, 죽음으로 승리하고자 하는 그의 덧없는 소망에 화가 났다.

"그 애도 너처럼 양아치 새끼들에게 온갖 심한 짓은 다 당했어. 결국 그 애는 유언장에 자기 괴롭힌 놈들 이름 써 놓고 학교 옥상에서 뛰어내렸어. 그 유언장을 모두가 보긴 했어. 선생들이랑 교감, 교장들이 다 돌려 봤고, 경찰 손에도 들어갔어. 그다음에 그 애를 괴롭힌 애새끼들이 어떻게 됐을 거 같아? 법정에 가서 사형선고라도 받았을 거 같아? 아니면 하다못해 징역 살다 나와서 그 애 무덤 앞에서 무릎 꿇고 이마에 피 나게 머리 박으며 사죄라도 했을 것 같아?"

서인겸의 턱이 눈에 띄게 부르르 떨렸다. 옛날 옛적 대역 죄인들이 반역이 탄로 나고 금부도사가 들이닥쳤을 때 딱 저렇게 떨었을 것 같다는 시답잖은 생각을 했다. 하지만 불행히도 여기까지가 고작 4할이다. 콧김을 한 번 내뱉은 다음 잔혹한 6할로 접어들었다.

"별일 없었어."

아무리 놀라도 탄성이라도 내뱉던 서인겸의 숨이 멎었다. 굳이 말로 하지 않아도 그가 무슨 말을 하고 싶은지 정도는 읽었다. '정말 별일이 없었어?'

"솔직히 난 그 애 어머니가 학교에 경찰 끌고 와서 난리라도 칠 줄 알았는데 말이야, 진짜 맥 빠질 정도로 별일 없었어. 아들이 죽은 뒤로 학교에는 한 번도 안 나왔대. 야반도주했다는 소문도 있어. 경찰이 몇 번 오기는 했는데 그냥 현장 정리만 하고 간 모양이야."

서인겸이 퀭한 눈으로 제 발치를 내려다보았다. 내가 저에게 내던지는 쭉정이가 도무지 믿기지 않는다는 듯. 내가 단호히 침묵을 이어 가자 그가 다시 나를 빤히 바라보았다. 자기가 들을 말이 여기까지라는 걸 도저히 인정할 수 없다는 눈빛이었다. 그 절박한 시선 앞에서 나는 어깨를 으쓱해 보였다.

"그 애를 괴롭힌 두 사람은 징계를 받긴 받았다는데 그리 대단

한 건 아니었다나 봐. 그냥 한두 달 정학 먹은 정도? 나중에 두 사람 중 한 명은 다른 학교로 전학 갔고, 다른 한 명은 그냥 계속 다녔대."

이제는 고개를 숙일 기력도 없는지 서인겸의 눈동자만 아래로 떨어졌다. 현저히 심심해진 리액션이 그가 얼마나 위태로운가를 암시했다. 인간의 목숨이 천금은커녕 길가의 조약돌만큼도 안 되더라. 사람이 죽는 일은 돌멩이를 던져 일으킨 연못의 파문이 금방 사라져 버리듯 시시하더라. 지금껏 이 허무한 진실을 까맣게 몰랐던 사람은, 돌멩이를 한가득 떠안은 유리컵처럼 힘겨워했다.

몇 분 정도 필사적으로 참아 보는 기색을 보이다, 서인겸이 다시 내 눈을 바라보았다. 이쯤 되면 내가 그쪽이 원하는 대답을 안 하기로 작정했다는 걸 눈치챘을 텐데도 자꾸 말을 시키는 눈빛에, 진절머리가 났다.

"걔네 부모는 속으로 되게 좋아했을 거야. 일이 엄청 쉽게 풀렸잖아? 죽을 만큼 괴롭혔다고 해도 유언장 외엔 딱히 증거도 없고. 걔네들이 떠밀어서 그 애가 죽은 것도 아니고. 오히려 그 애가 끝까지 살아남아서 폭행죄로 고소했다면 또 모르겠다. 하, 이런 얘기 해 봐야 별수 없나. 어차피 죽은 자는 말이 없는데."

부질없는 기대를 조롱했더니 코앞에서 분노 어린 한숨이 터져 나왔다. 그가 임계점까지 몰렸음을 직감했다. 이 이상 지껄이면 그는 의연함을 가장하는 내 얼굴 거죽을 벗겨 내려 들지도 모른다. 하지만 나는 얼음덩어리를 마저 뱉었다.

"왜? 대체 뭘 기대한 거야? 화끈한 복수극이라도 기대했어? 나한테 그런 표정 짓지 마. 나도 시시해 죽겠으니까. 천금보다 귀한 사람 목숨이 사라졌는데 참……. 하다못해 하늘에서 벼락도 안 떨어져. 그냥 죽은 사람만 병신 된 거야. 죽어서 좋은 곳이라도 가면 다행이게. 자살은 가장 큰 죄라 하니 죽어서도 벌 받을지 몰라."

먹물을 찍어 푼 듯 녀석의 눈동자에 고인 빛이 다 죽었다. 그 모습이 얼어 죽은 풀을 짓밟는 눈과도 같은 가학심을 불러 일으켰다.

"어떤 벌일까? 어디 묶여서 고문이라도 당하려나? 아. 내가 고문관이면 이런 벌을 주겠어. 세상에 남아 있는 자기 부모님을 끝까지 바라보는 벌 말이지. 아마 평생 잠도 못 주무시겠지? 아무런 상의도 없이 멋대로 죽어 버린 불효막심한 자식을 잊을 수 없어서 말이야. 또 자기 자식을 죽이고도 잘 먹고 잘 사는 놈들도 잊을 수 없어서 말이야. 둘 다 잊을 방법이 도무지 없어서 말이야."

서인겸이 괴물을 보듯 나를 보았다. 오른손이 나를 때리기라도 할 참인지 부들부들 떨렸다. 하지만 내 입은 끝까지 다랍게 움직였다.

"만약 네가 죽어서 좋은 곳에 간다 해도, 너 때문에 피눈물 흘리는 네 가족한테서 자유로울 수는 없겠지. 가해자들은 손쉽게 입 싹 닦고 오래오래 행복하게 잘 먹고 잘 사는데, 피해자는 실컷 당하기만 해 놓고 죽어서도 피눈물을 흘려. 얼마나 시시하고 웃긴 결말이야? 이런 시시한 짓을 너는 정말로 하고 싶……."

"그만!"

돌풍에 떠밀린 낙엽과 같이 서인겸의 오른손이 내 얼굴로 날아들었다. 드디어 맞는구나 하고 반사적으로 눈을 질끈 감았다. 하지만 뺨에 불이 나는 대신, 세계가 압축되었다.

"……."

디딤돌에 발을 내려놓는 것처럼, 아주 살짝 숨을 내쉬었다. 날숨이 스쿼시 볼처럼 도로 콧속으로 들이쳤다. 학교 수돗가에 있는 봉비누의 투박하고 상투적인 향이 데워진 공기와 손잡고 들어와 머릿속을 메웠다. 알코올 도수 높은 향수보다도 강렬한 알싸함이 손마디의 솜털까지 곤추세웠다.

내 입과 코끝을 틀어막은 큼지막한 손 너머로 16세 소년의 당황한 얼굴이 보였다. 그 너머로 새하얀 벚꽃잎이 눈송이처럼 흩날렸다. 차가우면서도 따사롭고, 따사로우면서도 차디찬 공기가 달력을 망각하고 겨울과 봄 사이를 배회했다.

얼마나 시간이 흘렀을까? 간신히 정신을 수습하고 내 얼굴에 달라붙은 손을 치우려 팔을 움직이려는 차에, 서인겸이 먼저 불에 덴 듯 제 손을 잽싸게 치웠다. 코와 입. 녀석의 손이 닿은 곳을 매만져 보았다. 매웠다. 단지 봄에 성화를 부리는 꽃가루 탓인가? 기관지만큼은 23년 평생 꽃가루 알레르기에 시달리는 일 없이 튼튼한데.

정말 매운 건, 녀석의 손에서 풍겨 나온 비누 향인지도 모르겠다. 갓 씻은 손이네. 죽을 때 안락함을 추구하는 사람일수록 죽음과 거리가 멀다던데.

"네 마음대로 해. 듣기 싫으면 듣지 말고, 살기 싫으면 살지 마. 세상이 죽은 사람을 위해 돌아가는 꼴은 한 번도 본 적이 없어 놔서 내 멋대로 좀 길게 떠들었네. 하지만 네 운명에 끝까지 오지랖 떨 생각은 없어. 물론 같이 죽는 거엔 더더욱 관심 없고."

매몰차게, 그리고 쓰디쓰게 내뱉고 돌아섰다. 위이잉 하고 상처 입은 짐승처럼 우는 바람이 내 어깨를 치고 지나갔다. 칼처럼 내 살을 에는 바람이 '네가 저 아이에게 그리 말할 자격이 있기나 해?'라고 빈정대는 듯도 했다.

바람이 지나간 후에 지상엔 납을 매단 걸음만 남았다.

﹡ ﹡ ﹡

사람은 평생 저마다의 다리를 짓는다. 기실 완전한 다리를 만들기엔 100년도 짧다. 특히 열너덧 사춘기 소년소녀의 공작물은 실바람에도 와르르 무너지기 일쑤다. 간혹 나이에 비해 완성도 높은 다리를 구축하는 사람이 나와 부러움을 사기도 하지만, 그것이 절대적인 완성을 의미하는 건 아니다. 결론적으로 한 개든 열 개든, 그리고 작든 크든, 누구의 다리에나 반드시 구멍이 있기 마련이다.

꼬인 데가 있는 사람은 그 구멍을 알면서도 방치한다. 몹시 나쁜 사람은 한술 더 떠서 그 구멍을 더 넓혀 놓고 사람이 빠지기를 기다린다. 하지만 대부분의 사람은 자신의 구멍을 하루빨리 수습하려 노력한다. 자기 다리의 구멍 때문에 누군가 다치면, 미움받으니까.

그런데 머리 회전속도와 손놀림이 남들보다 조금 둔해서, 그 구멍을 메우는 게 생각대로 잘 안 되는 사람이 있다. 그런 사람은 본의 아니게 누군가를 상처 입히게 되고, 결국 미움받고 만다. 심지어는 그걸 즐긴다고 오해받기도 한다. 내가 그런 부류였다. 그리고 서인겸 역시 그런 부류였을지도 모른다.

남들보다 덜 완전한 사람이 소외당하지 않기 위해선 두 배 세 배 노력해야 한다는 것에는 이견이 없다. 그 과정 동안 겪는 온갖 서러움 역시 그 사람이 감내해야 할 몫이라는 것도.

하지만 자신보다 덜 완전한 사람을 배척하는 것을 넘어 상처 주기까지 하는 행위가 과연 정당한가? 조금, 아주 조금 더 낫다 뿐이지 피차 완성되지 못한 공작물이 다른 공작물을 비난하는 것이 과연 당연한 일인가? 같은 하늘 아래 서로 구멍투성이인 주제에 무엇이 그리 정당하다고, 무엇이 그리 당연하다고 남을 매도하는지.

양호실 침대에 누운 동안, 나는 내가 깨트리고 온 거울 생각에 시달렸다. 내리 3시간을 누워 있었더니 양호 선생님이 이럴 거면 차라리 조퇴를 하는 게 낫지 않겠느냐 눈치를 주었다. 그에 뻗댈 것 없이 자리를 털고 일어섰다. 그 조언을 따르기로 했다. 여기 계속 있어 봐야 정신이 남김없이 붕괴하여 이 꿈에서 영영 깨어나지 못할지도 모르니.

4층 1학년 복도에 들어서니 반찬 냄새가 풍겨 왔다. 교실마다 급식차가 와 있고 학생들이 앞다투어 몰려들어 배식을 받고 있었다. 1학년 땐 학생식당이 없어서 저런 식으로 밥을 받아서 교실 책상에서 점심을 해결했다.

친한 애들끼리 앉는답시고 다른 애들이 내 의자에 앉거나 그것을 멋대로 끌어가 버리는 날엔 어디에 앉아서 먹어야 할지 몰라 곤혹스러웠다. 그렇다고 저들 자리에 내가 앉으려 하면 '내 자리만은 안 돼'라고 말하는 눈총들이 참 험악하기도 했다.

견뎌 내야 하는 게 혼자서 밥을 먹는 것뿐이었다면, 저 급식차만 봐도 이렇게 코끝이 시큰거리고 뱃속이 불편하지는 않았을 텐데……

손으로 입을 틀어막은 채 교실에 들어섰다. 잘 참을 수 있을 줄 알았는데. 아침까지는 그럭저럭 잘 견뎠는데……. 서인겸과 함께 들이마신 꽃가루 탓인지, 아니면 양호실에서 내리 3시간을 들이마신 약품 냄새 탓인지, 사소한 정경에 감상적인 마음이 생겨났다. 한 걸음 떼어 놓을 때마다 무서운 속도로 되살아나는 일그러진 추억에 숨이 막혔다.

이 판국에 굳이 가방을 챙길 생각을 한 건 단연 어머니 때문이었다. 왜 책가방을 안 가지고 왔느냐고 물으시면 둘러댈 말이 없으니. 이런 문제 아니어도 9년 전에 어머니 속을 너무나 썩였다.

왕따 당하는 당신의 맏딸을 위해 아무것도 해 줄 수 없다는 무력감에 3년이나 시달리게 했다. 그녀의 고운 입술에서 '길에서 네 또래와 마주치면 귀엽다는 생각이 들어야 하는데, 다 죽여 버리고 싶다는 생각밖에 안 들어.' 라는 말까지 나오게 했다.

폭탄이 터질 때 가장 위험한 건 폭탄 자체가 아니라 튀는 파편이라지. 내가 폭탄에 맞았다면, 그 파편에 맞아 신음하고 아파한 건 어머니였다.

교실 가운뎃줄은 최준형과 옆 반 양아치와 날라리들 몇몇이 장악하고 있었다. 최준형이 밥을 먹다 말고 힐끗 나를 본 듯도 했지만, 이내 제 식판에 다시 고개를 박고 열심히 먹어 댔다. 일진 놀이도 식후경이라는 건가. 자리에 도착하기 직전까지 실없는 생각을 했다. 하지만 책상 걸쇠에 걸린 내 책가방을 들어 올린 순간, 머릿속에서 가장 굵직한 끈이 뚝 끊어졌다.

"누구야!"

아무리 흥분해도 엔간해선 이토록 히스테릭한 고함을 내는 법이 없었다. 하지만 인내심이 갈가리 찢겨 나갔다. 커터 칼 같은 걸로 찢겨 거적때기가 된 내 책가방과 같은 모양새로.

"나, 난 안 그랬어! 왜 날 야려?"

나와 가장 먼저 눈이 마주친 한 남자애가 손을 내저으며 물러섰다. 그 순간, 쇠와 플라스틱이 따닥따닥거리는 소리가 내 직감이 말하는 것과 같은 방향에서 들려왔다. 최준형이 밥을 먹다 말고 보란 듯이 커터 칼을 올렸다 내렸다 하며 비릿하게 웃고 있었다. 눈가에 살짝 맺혔던 눈물이 쏙 들어갔다. 그것이 세상의 더러운 먼지를 끌고 들어와 혈관을 거꾸로 탔다.

＊　　　　＊　　　　＊

「나는 '이 쓰레기 새끼!'라 고래고래 소리 지르며 책가방을 쓰레기통에서 넣었다. 그러자 최준형 옆에 앉은 날라리가 내 말을 비웃듯 흉내 냈다. 누구도 내 책가방을 찢은 사람이 누군지 얘기해 주지 않았다. 나는 선생님에게 조퇴하겠다 말하지도 않고 학교에서 뛰쳐나왔다. 그렇게 나는 책가방 없이 집에 돌아왔…….」

부욱—

양손 엄지와 검지에 힘을 주어 일기장을 찢었다. 좀 전에 이미 그 빌어먹을 페이지를 형체를 알 수 없게 구겨서 쓰레기통에 던져 넣기까지 했다. 하지만 혹시나 해서 다시 일기장을 펼쳐 봤더니,

찢겨 나간 페이지가 감쪽같이 복구되어 있었다. 바꿀 수 없는 내 과거 그 자체였다.

신경질적으로 일기장을 뒤엎었다. 일기장 표지엔 아직 자유형이 남긴 메모가 붙어 있었다.

「속는 셈 치고 딱 두 달만 지내 봐요.

이 일기장을 행복한 내용으로 채워 BoA요!

의미 없는 여행이 없듯이 의미 없는 꿈은 없답니다.」

"뭘 어떻게 행복하게 다시 쓰란 거야? 이 망할 꿈에 무슨 의미가 있단 거냐고……."

투그리는 나의 목소리는 아까보단 차분하게 가라앉아 있었다. 꼭뒤까지 치솟았던 분노의 행방은 책상 위에 수북이 쌓인 종잇조각 더미가 안다. 죽도록 미운 상대를 종이와 펜으로 실컷 짓밟은 다음, 마음이 가라앉으면 그것을 찢어서 버린다. 정말 견딜 수 없이 화가 치밀어 오를 때 나는 이런 식으로 화를 풀어 왔다. 머릿속 분노를 실행에 옮기는 것보단 사회에 이롭다 생각해서.

그런데 실행이라……. 나는 단 한 번이라도, 날 욕보이고 괴롭힌 인간들에게 제대로 되갚음을 한 적이 있었던가? 유혈사태까지는 안 가더라도 최소한 딱 한 번이라도, 나를 향한 불합리한 욕설과 괴롭힘에 대차게 응수한 적이 있었던가?

제자에게 근본적인 관심이 없는 무능한 담임, 혹은 아무리 안타까워도 본인이 아닌 이상 도와주는 데 필연적인 한계점이 있어 속만 새까맣게 태우시는 부모님에게 전적으로 해결을 떠맡긴 거 외에, 내가 나를 보호하기 위해 변변한 용기를 낸 적이 있었던가?

"언니 뭐 해? 헉! 이게 다 뭐야?"

방으로 들어온 설희가 내 책상에 수북이 쌓인 종잇조각들을 보고 기함을 토했다. 나는 내 동생을 돌아보며 희미하게나마 웃어 보려 노력했다. 허나 안면 근육이 처진 느낌이 드는 게, 아무래도 꽤 지쳐 보이는 미소를 보여 버린 것 같았다.

"언니 오늘 조퇴했다며? 어디 아파? 책가방도 도둑맞았다면서? 그런데 종이는 왜 찢은 거야?"

"설희야."

너무 많은 것을 물어보며 책상 위의 종잇조각들을 향하는 설희의 시선을 내게로 돌려놓았다.

"만약에 말이야, 네 꿈에 정말 짜증 나고 꼴도 보기 싫은 인간들이 나오면 어떻게 할래? 그러니까 평소에 너를 마구 괴롭혔던 사람이 꿈에 나오면, 너라면 그 사람을 어떻게 할 거야?"

"꿈에서?"

내 물음 중 유독 '꿈'이라는 단어를 집어 설희가 되물었다. 그에 나는 묵묵히 고개를 끄덕였다.

"응. 꿈에서."

"음……."

나의 질문에 초등학교 6학년 설희는 흑설탕 맛 사탕 같은 눈동자를 뜨르르 굴렸다. 자기 생각을 거침없이 말하는 게 용납되는 나이답게, 설희는 금방 대답을 내놓았다.

"그야 내가 당한 만큼 괴롭혀야지! 꿈이니까 내 마음대로 해도 되잖아?"

"마음대로 한다고?"

가슴 언저리가 따끔거렸다.

"그러면, 만약 그 꿈이 무진장 길어서 두 달 정도 시간을 보내야 한다면?"

"그래도 어차피 꿈이잖아."

설희가 생각할 필요도 없다는 듯이 바로 응수해 왔다.

"꿈이 아무리 길다 해도 꿈속에 나오는 사람들은 샌드백이나 마찬가지 아니야? 샌드백을 마음껏 때린다고 감옥 가는 것도 아니고. 그리고 현실에서 당했는데 꿈속에서 또 당할 수는 없지 않아?"

"샌드백⋯⋯."

머릿속에서 퍽 하고 마찰음이 들렸다. 꽤나 경쾌한 소리였다. 늘어져 있던 온몸의 근육이 단숨에 탄력을 되찾을 만큼.

"언니, 왜 그래?"

내가 불쑥 팔을 뻗어 제 어깨를 부여잡자 설희가 눈 먹은 토끼 눈을 했다. 나는 설희의 체온을 느끼며 입술을 꼭 맞물었다. 이 아이는 분명 내 동생이 맞다. 깔끔하면서 당찬 성격도, 또렷한 이목구비와 자그마한 체구도. 하지만 현재의 내 동생은 이보다 더 당차면서 어딘지 신랄한 느낌까지 드는 22살 아가씨이다.

현재의 내 아버지와 어머니는 40대 중반과 낼모레 마흔이 아니라, 50대 중반에 낼모레 쉰이다. 그리고 내가 속한 조직은 B중학교 1학년 5반이 아니라, A세무서 부가가치세과이다. 지극히도 당연한 사실을 망각하고 있었다. 이 꿈의 생생한 색채, 촉감, 온기, 내음에 현혹되어. 나는 나도 모르게 14살짜리 애로 돌아와 버렸던 거다. 자신을 제대로 보호하지 못했던 무력한 나로.

지금 나를 괴롭히는 모든 것들이, 어떻게 되든 아무래도 좋은 샌드백들뿐인데 말이다.

「속는 셈 치고 딱 두 달만 지내 봐요.

이 일기장을 행복한 내용으로 채워 BOA요!

의미 없는 여행이 없듯이 의미 없는 꿈은 없답니다.」

검지로 그 문구를 덧그려 보았다. 분명 다시 쓰라고 했겠다? 그러라고 날 여기에 처박아 두었겠다?

"엄마!"

"어어, 설아야. 왜? 안 그래도 부르려 했는데. 가방 새로 사러 가야지."

"그것도 그거지만 엄마. 저, 머리 하고 싶어요. 매직 스트레이트하고 앞머리 자르면 안 될까요?"

"뭐? 매직 한다고?"

어머니는 굉장히 의외라는 표정을 지었다. 그러실 만도 하지. 이때까지만 해도 난 내 머리도 혼자 못 빗어서 매일 아침 어머니가 묶어 주었으니까. 초등학교 때부터 계속 고수해 온 머리카락 한 올 안 삐져나오게 묶어 올린 올백 포니테일 헤어가 나에게 치명적으로 안 어울린다는 걸 인정하지 못한 때니까.

"그리고 저 클렌징 폼이랑 스킨, 로션이랑 선크림도 사 주실 수 있어요? 아, 안 되면 머리만 해 주셔도 되지만……."

"우리 딸이 필요하다는데 그 정도도 못 해 줄까 봐? 나야 뭐 네가 워낙 그런 거 바르고 다니는 거 귀찮아하니까 안 사 줬지! 색조 화장 같은 건 하면 안 되지만 그 정도까지는 괜찮아. 근데 선크림은 잘 때 제대로 안 씻으면 여드름 더 심해지는 거 알지?"

어머니의 호의적인 반응에 내심 놀랐다. 진하게 분칠을 해서 얼굴이 하얗게 뜬 여고생을 보고 학생 때 화장품이 가당키나 하냐며,

뉘 집 자식인지 부모 등골깨나 빼먹겠다고 쓴소리를 하던 어머니
였다. 그 모습을 보고 화장품과 예쁜 옷은 어른들만의 전유물이라
확대 해석한 나는 꾸미는 행위 자체를 외면했었다.

하지만 내가 이 시절에 빛나지 못했던 건 어머니의 보수적인 성
향 때문이 아니었던 거다. 내가 나를 가두고 있었던 거다. 빛나기
위한 약간의 수고를 내가 외면했던 거다. 그러면서 애꿎은 내 유전
자 탓만 했다.

"그런데 우리 설아 좋아하는 남자애 생긴 거 아니야? 무슨 바람
이 불어서 이렇게 열심히 꾸민다니?"

"꼭 남자 때문에 꾸미나요, 뭐. 생기면 어련히 알아서 말씀드릴
까 봐."

"정말?"

어머니는 먼지를 말끔히 닦아 낸 화병을 보듯 나를 보며 되물었
다. 평소 같았으면 괜스레 쑥스러워하며 대답을 피했을 질문에 시
원하게 받아치는 딸을 신선하다는 듯 보는 어머니를 보자니, 묘한
즐거움이 일었다. 공기가 어찌나 청명한지 1급수 민물고기들이 바
로 옆에서 헤엄쳐도 이상하지 않을 것 같았다. 나는 즐거이 외출
준비를 하는 어머니의 뒷모습을 지그시 바라보다, 나직이 속삭였
다.

"엄마. 저, 더는 당하고만 살지 않을게요."

그 말에 화장대 앞에 앉아 머리를 매만지던 손이 잠시간 정지했
다. 물끄러미 거울 속 나를 바라보던 어머니는 다른 건 묻지 않았
다. 단지 이렇게 말해 주었을 뿐이다.

"응. 난 우리 딸 믿어."

나는 싱긋 입꼬리를 올렸다. 그러면서 한편으로 화장대 거울을 바라보는 눈에 은근히 힘을 실었다.

말싸움 시간 최고 기록 4시간 40분. 자잘하게 겪은 진상은 이미 두 트럭. 그들에게 들은 온갖 쌍두문자에 비하면 중딩 애새끼들의 욕설 따윈 재롱잔치지. 그러니 1학년 5반 샌드백들아 기다려라. 사회가 짜증 날 정도로 소심하고 겁 많은 여자를 1년 새 어떻게 바꿔 놨는지 제대로 맛보여 줄 테니.

2.
깨진 거울 붙이기

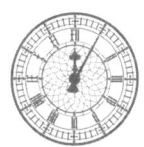

오늘 공기가 좀 복작이리란 건 아침에 거울을 보고 예상했다. 교실에 들어서니 반응들이 기대 이상으로 뜨거웠다.

"너…… 매직 했니?"

단 한 마디도 말을 섞은 적이 없는 한 여자애가 꽤 얼떨떨한 표정으로 말을 걸어왔다. 입꼬리를 당겨 말대답했다.

"응. 왜?"

"아, 아니……. 어울린다. 잘."

여자애가 우물우물 얼버무리고는 고개를 휙 돌렸다. 그러고도 시선은 자꾸 우물쭈물 내게 곁을 주었다. 기분 좋게 찰랑거리는 머리카락을 귀 뒤로 쓸어 넘기며 사방을 돌아보았다. 고개의 각도를 달리할 때마다 수십 개의 시선이 돌풍 맞은 민들레 홀씨처럼 줄달음질 쳤다.

심지어는 최준형도 나랑 눈이 마주치자 황급히 고개를 돌려 옆 자리 애한테 급히 말을 시키는 것이었다. 놈이 무슨 말을 지껄였는 지 자세히는 못 들었지만, '대한민국 경제'라는 단어가 들려온 걸 보아 왁스 바른 머리와는 그다지 안 어울리는 화제였음이 분명하 다.

조민기도 내게서 어색하게 고개를 돌리는 걸 얼핏 보았다. 특히 백수연은 나랑 눈이 마주친 뒤에도 수초간 나를 빤히 보았다. 하얀 치아가 살짝 드러날 정도로 입술을 벌린 채 귀신이라도 본 것마냥 나를 바라보던 백수연은, 이내 아몬드형 눈매를 동그랗게 뜨며 꽤 나 부산스레 고개를 돌렸다. 이윽고 귀밑이 벌게지는 모양새를 보 고, 백수연에게 관찰 대상과 뻔뻔하게 눈을 맞추는 넉살이 있는 건 아니라는 걸 알았다.

경쾌하게 걸음을 옮겼다. 눈을 깜박일 때마다 세상도 한 겹씩 허 물을 벗는 것 같았다. 자리에 도착하자마자 책상 걸쇠에 어제 산 키플린 크로스백을 걸어 놓았다.

그 당돌하게 새빨간 가방과의 인연은 사실 고등학교 졸업하고 나서였다. 그렇지만 이 나이에 교복 입고 8시까지 등교해서 차렷 열중쉬어까지 착하게 해내는 마당에, 고등학교와 같이 졸업해 버 린 등짐까지 참아 주고 싶지는 않았다. 어차피 B중학교 교칙은 성 인용 핸드백 외에는 가방을 크게 터치하지 않으니.

그래. 나 하고 싶은 대로 다 하자고. 어차피 이건 꿈이니까. 그것 도 개꿈. 견종은 뭘까? 세계 3대 지랄 견인 슈나우저, 코카스파니 엘, 비글 중 하나?

"너 어제 땡땡이치더니 머리하고 쇼핑하러 간 거였냐?"

낮게 빈정거리는 목소리에 뒤를 돌아보았다. 목소리의 주인공을 확인하고 낮게 탄식을 내뱉을 뻔했다. 언제 보아도 심술기가 도는 주근깨가 도드라지는 페이스의 소유자, 이윤영과 코앞에서 짜릿한 조우를 해 버린 터다. 아, 맞다. 얘 4월 한 달간 내 바로 뒤에 앉았었지. 그놈의 제비뽑기 때문에 이쪽으로 자리 옮기면서 눈, 코, 입으로 하도 죽을 쑤어 대서, 그 얼굴을 확 휘저어 주고 싶었지.

"선생님한테 다 일러야지. 아파서 빠진 게 아니라 머리하려고 땡땡이친 거라고."

네 의구심이 아주 부당한 건 아니다만, 그래도 좀만 말본새를 예쁘게 했음 주근깨보단 길고 우아한 목이 더 기억에 남았을 텐데. 입꼬리를 비식 당겨 맨 표정 그대로 안면 몰수했다.

"야. 내 말 씹냐?"

뒤에서 분통 터트리는 소리가 들렸지만 말끔히 무시했다. '내 앞에서 구차하게 눈을 깔아 봐.'라고 노골적으로 써 놓은 면상에 무슨 말을 던져 주면 좋을지 딱히 생각이 안 났고, 굳이 생각할 가치도 못 느꼈다.

드르륵 하고 타이밍도 좋게 앞문이 열렸다. 교편을 든 담임은 교탁에 서자마자 내 쪽으로 시선을 던졌다. 필시 어제의 무단결석에 대해 추궁부터 할 심산이었을 그녀는, 나를 보자마자 안경부터 밀어 올렸다.

"설아야. 너 머리스타일 바꿨네? 어제 미용실 다녀왔니?"

"네. 왜요?"

머리칼을 귀 뒤로 쓸어 넘기며 시원스레 답하는 내 작태에 담임이 황망하게 미간을 구겼다 폈다. 한 30초가 지나서야 그녀는 본

분에 맞는 말을 했다.

"너 어제 왜 그냥 집에 갔어? 수업도 3시간이나 빠지고 양호실에 갔었다며? 아파서 집에 갈 거면 나한테 말은 하고 갔어야지. 아니면 내가 없어도 다른 선생님께 메모라도 남기고 가든가. 그렇게 그냥 가면 선생님이 걱정하잖아. 안 그러니, 설아?"

걱정한다는 부분이 왜 신빙성이 없는지는 9년 전에 뼈저리게 당한 게 있어서 알지만, 적어도 나머지는 구구절절 옳은 말씀이었다. 나는 원래 기본적인 예의도 안 지키는 사람은 아니다. 오히려 짜증 날 정도로 고지식하게 잘 지켜서 손해 본 적이 많았지. 지금도 대체로 그런 편이다. 하지만 인간이 자기 본질을 잃을 때는 다 이유가 있지 않던가.

앉아서 구차하게 몇 마디 주워댈 것 없이 과감하게 의자에서 엉덩이를 떼었다. 걸쇠에 걸어 둔 새 가방을 들어 올리는 걸 잊지 않고 말이다. 그러고는 '얘가 갑자기 왜 이러지?'라고 얼굴에 써 놓은 담임과 눈을 똑바로 맞추려 노력하며, 차분함을 가장한 고드름을 내뱉기 시작했다.

"그렇게 하는 것이 예의라는 건 알고 있습니다. 실은 저도 그렇게 하고 싶었습니다. 그래서 아픈데도 참고 교무실로 가서 선생님께 꼭 말씀드리고 귀가하려 했습니다. 그런데 교실에 와 보니 제 가방이 칼 같은 걸로 찢겨서 못 쓰게 되어 있더군요."

"뭐, 뭐? 설아 네 가방이 찢어졌다고? 누구야? 누가 그랬어?"

담임의 얼굴이 당황스러운 기색으로 물들었다.

"누가 그랬는지는 모르겠습니다. 아무도 누가 제 가방을 그렇게 했는지 알려 주지 않았습니다. 모르죠. 귀신이 찢어서 아무도 못 본 건지도요. 가뜩이나 머리가 아파서 정신이 혼미한 와중에 너무 당황스럽고 화가 나서 기본적인 예의를 지킬 경황이 없었습니다."

이 부분에선 보란 듯이 왼쪽 가슴에 손을 얹어 보였다. 왼손으로 가린 건 참담함으로 찢어지기 일보 직전인 심장이 아니라, 침착하게 잘도 내대는 내 입에 만족감을 표하느라 쿵쿵대는 심장이었지만.

"누구야? 정말 본 사람 없어? 설아 가방 누가 그랬어?"

점점 떨림이 더해져 가는 담임의 목소리와 정반대로 교실의 공기는 미동도 없었다. 가늘게 눈을 내리깐 채 부러 오른쪽 맨 뒷자리를 돌아봐 주었다. 최준형이 이 상황에 왜 하필 자기를 보느냐는 듯 눈을 부라리며 윗입술을 코에 붙였다.

"어쨌든 선생님께 말씀도 안 드리고 귀가한 건 제 잘못이니 그 점에 대해선 죄송하다고 말씀드리고 싶습니다. 그런데."

옥타브를 한 층 높이겠다는 신호로 양어깨를 한 번 추켜올렸다.

"아직 어머니께는 말씀 못 드렸습니다. 제 가방이 이 교실에서 처참하게 찢어졌다고요. 솔직하게 말씀드리면 괜히 학교 찾아오셔서 선생님을 공교롭게 해 드릴지 모른다는 생각이 들었습니다. 그냥 제가 너무 속상해서 그런지 어제는 아무것도 묻지 않으시고 새로 사 주시긴 했지만, 오늘은 가방 잃어버린 이유를 물어보실 것 같은데 뭐라 설명하는 게 좋을까요? 경찰에 신고해야 하나 생각도 해 봤습니다만, 이런 거 하나 때문에 지문 감식을 요청드리면 경찰 아저씨들 공무 보시는 데 방해만 되겠죠? 선생님의 의견은 어 떠……."

"그만! 됐다, 설아야. 네 잘못 아니라는 거 충분히 알았어."

파리보다 더한 걸 쫓는 손놀림으로 담임이 손을 내저었다. 그녀의 안색이 화사한 화장으로도 못 감출 정도로 창백하게 질려 있었다.

"선생님 오늘 오전에 교직원 회의가 있어서 이만 가 볼 테니 회장은 애들 떠들지 않게 잘 살펴라. 옆 반 선생님 안 쫓아오게 조용히 자습하고들 있어."

떠들면 쫓아올 옆 반 선생님은 참석도 안 하는 교직원 회의에 간다며 담임은 도망치듯 교실을 나섰다. 지도자이자 감시자가 사라진 중학교 교실이 어수선해지는 건 수갑이 풀린 죄수가 줄행랑을 놓는 것만큼이나 자명한 현상이다. 하지만 그 소란스러움이 도둑고양이 눈알처럼 찜찜한 기색을 품을 때가 있는데, 지금 그러했다. 심지어는 바로 뒤에서 들려오는 숨소리도 어딘지 더디게 들렸다.

기분 좋게 콧방귀를 뀌며 교과서를 꺼냈다. 공무원이 이런 표현하면 안 되지만 지금 기분이면 나라도 하나 거뜬히 뒤엎을 수 있을 것 같았다. 비단 나뿐일까? 자기 주변에 막 다뤄도 되는 샌드백이 가득 널린 상황에 이런 기분을 느낄 사람이.

1교시는 한문. 지금 와서 알아보는 한자가 몇이나 되나 교과서 좀 훑고 있었더니만, 종이 치기 무섭게 근엄한 인상의 남교사가 돌풍처럼 들이닥쳤다. 그의 손에는 도색이 많이 벗겨진 하키 채가 들려 있었다. 그 물건을 본 순간, 뿌듯한 기분이 고양이 만난 쥐처럼 줄행랑을 놓았다.

"차렷, 열중쉬……."

회장이 엉거주춤 일어나 경례를 하려다 선생님의 그만두라는 손짓에 기겁하며 도로 앉아 버렸다. 교탁에 자리 잡자마자 한문 선생님이 미간에 굵직한 일자 눈썹을 모으며 쩌렁쩌렁 말했다.

"자, 책상 위에 있는 거 다 집어넣어."

그 말을 듣자마자 나는 내가 조회 시간을 얼마나 간 크게 보냈는지 깨달았다. 아이고 맙소사, 내가 왜 저 인간을 잊고 있었을꼬? 아니, 정확히 말해서 왜 저 하키 채를 잊고 있었을꼬?

"5반이 어디까지 했더라? 5번이랑 15번은 이미 했었지? 그럼 25번! 25번 누구야? 아, 이설아. 일어나서 이거 독음하고 뜻 해석해 봐."

B중학교의 한문 시간은 타교에도 소문이 퍼질 정도로 악명이 높았다. 고등학교 때 허리를 다치는 바람에 운동을 접고 교단에 섰지만, 여전히 하키 채를 영혼의 반쪽으로 삼고 있다는 한문 선생님은 사자성어가 가득 적힌 유인물을 학생들에게 나눠 주고는 수업 시작 전에 발표를 시켰다.

한문 선생님이 칠판에 휘갈긴 성어를 독음하고 뜻풀이까지 해내지 못하면, 인간의 몸이 얼마나 훌륭한 타악기인가를 알게 되었다. 한자 능력을 못 주면 하키 채의 도색이라도 주겠다는 저 굳건한 일념하에 얼마나 많은 엉덩이가 붉게 물들었던가?

하필이면 나를 지목한 공포의 추억에 까무러치지 않으려 눈을 부릅떴다. 한문 선생님이 칠판에 휘갈겨 놓은 사자성어는 '口蜜腹劍(구밀복검)' 어휴, 다행히 아는 성어였다.

"구밀복검. 입에 꿀을 바르고 배에 칼을 숨긴다. 음, 어······. 그러니까! 겉으로는 친한 척 굴지만 실은 해칠 마음을 품고 겉 다르고 속 다르게 행동한다는 뜻입니다······."

민망할 정도로 어눌한 대답을 해 버렸지만 다행히 한문 선생님이 중학생에게 바라는 수준에 못 미치지는 않은 듯했다. 싱글벙글하니까 더 무서운 얼굴이 흐뭇하게 고개를 끄덕였다.

"좋아, 앉아. 아, 그리고 이건 교과서에는 안 나오는 성어이긴 한데, 이 구밀복검이랑 비슷한 뜻의 사자성어가 하나 있다. 혹시 아는 사람? 이거 맞추면 나중에 한 대 맞을 거 면제해 준다."

그걸 아는 애가 당신에게 맞을 일이 생기겠냐! 소리 없는 아우성이 교실을 메우는 듯했다. 꿈속에서 몽둥이찜질을 당할 뻔했단 생각에 쫄깃해진 염통을 수습하며, 나는 그 질문의 답을 생각해 냈다.

지금은 답을 아는 질문이지만 9년 전에는 누가 이런 어려운 문제를 맞힐까 싶어 기막혀했었다. 나만이 아니라 모두가 그리 생각하던 와중에 당당히 손을 들어 답을 내놓은 게 누구였느냐면…….

"그래. 너 말해 봐라."

"네. 답은 '面從腹背(면종복배)' 입니다."

"오올!"

남자애들이 아우성을 쳤다. 그 가운데서 나는 들었던 손을 슬그머니 내리며 민망한 표정을 짓는 조민기를 보았다. 하지만 그의 표정은 이내 풀어졌다. 왜냐하면 그 문제를 당당하게 맞힌 사람이 그의 베스트 프렌드, 김종혁이었기에.

"정답! 어떻게 알았어? 똑똑한 친구네."

한문 선생님의 칭찬에 정답을 맞힌 김종혁은 사뭇 의젓한 미소로 화답했다. 김종혁이 자리에 앉는 순간까지 모두가 그쪽을 보았다. 저마다 앞면에는 동경, 뒷면에는 다소간의 시기심이 찍힌 시선을 그의 자리로 던지기 바빴다. 그 와중에 나는 손아귀에 든 샤프를 들여다보며 고개를 갸웃거렸다.

이 상황, 9년 전에도 있었던 일이다. 질문의 내용도 똑같았고 이 질문에 잠시간 찾아든 침묵까지 같았다. 이때 당당히 손을 들어 모두를 꿀 먹은 벙어리로 만든 난제를 보란 듯이 풀어낸 남학생이 있었다. 당시 순진무구하기 그지없었던 나의 렌즈엔 그 모습이 아무도 쓰러트리지 못한 괴물을 처치한 용사님만큼이나 멋져 보였다. 제아무리 기억력이 빈약해도 어찌 잊으랴. 첫사랑에 빠진 순간을.

9년 전 저 질문에 답한 사람은, 원래 조민기였다.

애초 중학교 수업을 착실하게 들으려 작심한 건 아니나 다른 의미로 수업이 귀에 들어오지 않았다. 관자놀이에 손가락을 찔러 넣은 채 고개를 기울여 보았다.

과연 이 꿈은 실제 9년 전 과거와 어디까지 일치하는 걸까? 사흘째 지내보니 가족이든 1학년 5반 사람들이든 생김새나 성격, 그리고 나와의 관계는 9년 전과 거의 일치하는 듯했다. 그리고 이 시기에 그들과 나 사이에 벌어진 일들도.

하지만 9년 전에는 일어나지 않았던 새로운 사건도 일어났다. 가령 어제의 가방 사건이라든지. 그리고 이제는 같은 사건이라도 전개가 달라지기도 했다. 내 핑크빛 추억의 주인공이 첫사랑의 단짝으로 교체될 줄이야.

혹, 9년 전과 너무 똑같은 전개로 가면 재미없으니 참신한 전개로 스릴을 느껴 보라는 몽마(夢魔)의 장난인 건가?

돌이켜 생각해 보면, 9년 전의 나는 조민기한테만 꼴사납게 빠져 다른 건 보려고 하지도 않았다. 조민기 외의 다른 남학생들은 수십 명이 찍은 단체사진 속 특징 없는 얼굴에 지나지 않았다. 전생에 철천지원수라도 되는 양 날 괴롭혔던 최준형이나 전교가 떠들썩할 정도로 공부를 잘한 몇몇 남학생을 제외하고는, 하나같이 이름도 얼굴도 기억나지 않았다.

어찌나 심하게 무관심했는지 9년 만에 봤다고는 해도 기시감조차 느끼지 못하는 남학생도 많았다. 이러니 조민기뿐만 아니라 김종혁도 면종복배를 알고 있는 모습에 새삼 놀랄 수밖에.

정말 충격적인 건 과거와 다른 꿈의 전개가 아니라, 나의 이런 극단적인 무관심인지도 모른다. 이 꿈이 과거와 전개를 달리하는 이유는, 이러한 나를 꼬집으려는 차원인지도 모르겠…….

"아…….."

돌연 명치에 가해진 압력. 하마터면 공포의 한문 시간에 외마디 신음을 내지를 뻔했다. 턱을 당겨 아래를 보았다. 의자와 책상이 손가락 하나 들어갈 틈새도 안 남겨 두고 앞뒤에서 내 허리를 조여 오고 있었다. 앞뒤에서 낮게 키득거리는 소리가 들렸다.

사태 파악을 하는 데 그리 오래 걸리진 않았다. 이윤영이 내 앞에 앉은 제 친구와 짜고 나를 몰아붙이고 있었다. 내 뒤의 이윤영은 제 책상을 앞으로 밀어 내 의자를 밀치고, 내 앞의 여자애는 제 의자를 뒤로 밀어 내 책상을 뒤로 밀치고. 그렇게 떠밀린 내 의자와 책상은 내 허리를 끊어 먹을 기세로 내 배와 등을 짓눌렀다.

덜 자란 뼈와 살에 가해졌던 혹독한 압력. 9년 전에 할 수 있는 거라곤 배와 책상 사이에 팔을 끼워 조금이라도 명치에 가해지는 충격을 줄여 보는 것뿐이었다. 시달림이 끝난 뒤 소매를 걷어 보면 벌건 책상 자국이 어김없이 팔에 남아 버렸다.

오랜만에 당해 보니 참…… 아프구나, 이년들아.

두 발바닥을 들어, 제 엉덩이로 의자를 뒤로 미는 앞자리 애를 의자 채로 확 떠밀었다.

"와악!"

앞자리 애가 내지른 비명에 모두가 이쪽을 돌아보기 직전, 날 몰아붙이느라 앞다리가 살짝 들린 이윤영의 책상도 손쉽게 떠밀었다.

"아악!"

쓰러진 책상이 이윤영의 허벅지를 찍은 후 안에 든 교과서들을 처참하게 토해 내는 건 소리로만 확인했다.

"거기 뭐야?"

칠판에 교과서의 성어들을 열심히 필사하던 한문 선생님이 이쪽을 보며 험상궂게 미간을 구겼다. 그에 나는 천연덕스럽게 어깨를 으쓱해 보였다.

"수업 시간에 뭘 하고 있었길래 동시에 그렇게 넘어져? 얼른 책상이랑 의자 똑바로 세우고 앉아."

앞뒤에서 난장판을 수습하느라 야단법석을 떨었다. 사방에서 터져 나오는 웃음소리에 편승하여 나도 낮게 웃음을 흘렸다. 두 사람은 호랑이 한문 앞에서 시비를 걸어올 만큼 간땡이가 크지는 않았다.

*　　　*　　　*

쉬는 시간이 되니 옆 반 애들까지 들이닥쳐 1학년 5반 교실은 인산인해를 이루었다. 그 와중에 나는 앉은 자세로 치마 주머니를 뒤졌다. 어제 필통을 체크해 보니 샤프심이 제대로 된 게 하나도 없었다. 대학 졸업한 이후로 샤프를 쓸 일은 거의 없어지긴 했지만, 중학생은 단 하루라도 그렇지 않다.

매점에 가려고 2002년도 중학생에게는 그리 적은 돈이 아닌 천 원짜리 지폐 두 장을 주머니에서 꺼냈다. 그 순간 뒤쪽에서 '야, 쟤한테 빌려 봐.' 라는 말소리가 들리는 듯싶더니, 누군가가 불쑥 말을 걸어왔다.

"설아야. 나 천 원만 빌려 줘."

교묘하게 염색기가 도는 삐죽삐죽한 레이어드 커트 단발에 치맛단이 무릎 한 뼘 위에서 노는 빼빼 마른 날라리. 명찰에 쓰여 있는 석 자는 '황현지'. 그 계집애를 보자마자 나는 '올 것이 왔지만 꼭 와야 했나?' 라고 속으로 탄식을 내뱉었다.

"나도 이천 원밖에 없는데?"

이천 원을 손안에 구겨 넣으며 살갑지 않은 목소리를 냈다. 같은 반도 아닐뿐더러 변변한 친분도 없는 주제에 언제 봤다고 '설아야' 라고 부르는지. 거기에 이런 뻔뻔한 부탁이라니. 이미 겪은 상황이지만 새삼 냉정하게 판단해 보니 사건의 발단부터가 기가 막히고 코가 막혔다.

"아, 3교시에 바로 갚을게."

"싫은데?"

허락의 뉘앙스가 풍기는 말은 단 한 음절도 내뱉지 않았는데 내 손안의 돈부터 낚아채려는 황현지에게 차갑게 거절의 의사를 내비쳤다.

"왜? 바로 갚는다니까? 나 못 믿어?"

곱게 단념 안 하고 표독스럽게 눈을 홉뜨는 계집애 앞에서 나는 실소를 흘렸다. 9년 전에는 믿었지. 친분이 손톱의 때만큼도 없었는데도 뭐에 씌었던 건지.

아무리 기다려도 당최 돈을 안 갚길래 찾아가서 왜 안 갚느냐고 물었다. 그랬더니 오히려 화를 내며 한다는 말이, 쉬는 시간에 내가 자리를 비운 사이 내 책상에 돈을 올려놓았는데 무슨 딴소리냐고 했다.

그렇게 허술하게 돈을 돌려주면 어떡하느냐고 내가 난감해하자, 어쨌든 자기는 갚았으니 모른다고 잡아떼며 안면 몰수했던 게 이 계집애였다. 더구나 어제 내 가방이 찢어져서 내가 날뛸 때 최준형 옆에서 우스꽝스럽게 내 흉내를 내며 실실 쪼겠지, 너.

"딴 애한테 빌려. 너랑 내가 언제 봤다고 널 믿으라는 건데? 그리고 사람이 싫다면 그냥 갈 것이지 참 구질구질도 하셔라."

"뭐? 허, 참. 기가 막혀. 얘 뭐니? 씨발, 짜증 나네?"

나의 비아냥거림에 황현지가 험악하게 쌍욕을 내뱉었다. 그에 나는 소리 없이 코웃음을 쳤다. 지금 보니 한 주먹거리도 안 되는 게 치마 줄이고 쌍욕 내뱉으면 세 보이는 줄 알고 살았나 보구나. 그 발상의 근거가 새삼 궁금해지는군.

"오올! 이설아. 세게 나오는데? 머리스타일 바꾸니까 성깔까지 바뀐 거야?"

불쑥 끼어든 목소리에 안 그래도 꼭뒤까지 오른 흥분이 두개골을 빠개려 했다. 최준형의 등장에 황현지가 반색을 했다.

"어, 준형아!"

'얘 손 좀 봐 줘.' 라고 황현지가 소리 없이 부연했다. 초록동색의 적용례는 멀리 가서 찾을 것도 없다. 치마 짧고 염색한 머리 길게 늘어뜨린 년들과 머리에 왁스 바르고 셔츠 풀어헤친 놈들은 예나 지금이나 꼭 몰려다닌다. 무리 짓는 행위는 녀석들이 안하무인격의 건방짐을 과시할 수 있는 중요한 원동력이니까.

쭉 이 상황을 지켜보고 있었는지 최준형은 황현지나 나에게 상황 설명을 요구하지 않았다. 놈은 눈으로 황현지와 그들만의 언어를 주고받더니만 내 어깨에 손을 얹으며 느물거렸다.

"그깟 천 원 가지고 그래. 좀 빌려 줘. 응? 만약 현지가 안 갚으면 내가 갚는다. 진짜 엠창 까고. 응?"

비둘기가 싸지르고 간 똥이 내려앉은 느낌, 그런 비유로도 벅찬 모멸감이 내 온몸의 혈액을 기름처럼 팔팔 끓여 댔다. '엠창'. 예나 지금이나 나는 저 욕설만은 참아 줄 수 없다. 그 욕설의 의미를 알았을 때 뜻을 물어본답시고 딱 한 번 입에 담은 것만으로도 얼마나 수치스러웠는지 모른다.

"차라리 도둑고양이를 믿지. 내가 만 원이 있든 천만 원이 있든 네놈들한테 빌려 줄 돈은 십 원 한 푼도 먹고 죽으려도 없거든? 그러니까 말귀 좀 알아먹고 꺼져라, 좀."

놈에게 맞서는 상황이 오면 질리도록 악을 쓰지 않을까 상상했었다. 하지만 막상 실제 상황이 되니 '상대할 가치도 없다.'는 말이 어떤 기분일 때 나오는지 이해가 되었다. 고함을 지를 목울대조차 아까워, 입에서 불꽃 대신 낙숫물이 나왔다.

"이설아. 너 어제부터 되게 깝친다. 내가 좆만 하냐? 어? 맞짱 뜰까?"

최준형이 제 성질 못 이기고 관자놀이로 스팀을 뿜기 시작했다.

놈은 검지로 내 이마를 툭툭 밀며 험악하게 주둥이를 놀렸다. 그 파렴치한 손을 짝 소리 나게 쳐 냈다.

"더러운 손으로 어딜 처만져? 손이나 씻고 다녀? 내 이마가 썩 겠다."

최준형의 목에 대바늘이 툭 불거져 나온 꼴이 볼만했다. 허나 놈에겐 썩 참신한 조롱은 아니었을 거다. 왜냐하면, 9년 전 놈이 나한테 줄곧 한 말을 그대로 돌려주었을 뿐이니.

"씨발, 뭐라 종알종알거리냐?"

저도 꼴에 기분이 나쁘긴 한가 보다. 병 하나 없이 멀쩡한 몸으로 그런 조롱을 당하는 것이. 꿈속에서도 이중적인 놈의 작태에 입매가 절로 비틀렸다.

"귀머거린가? 귓구멍에 뭘 처박고 다니길래 사람 말귀를 못 알아먹어? 내 돈을 황현지한테 빌려 줄 의사가 전혀 없다고 말하잖아. 사람이 두 번 세 번 말하는데도 이러면 명백한 금품 갈취지. 안 그래?"

"뭐? 금품 갈취? 씨발, 그래! 삥 뜯는 거면 어쩔 건데? 담임한테 꼰지르기라도 할 거냐? 이 씨발년이 보자 보자 하니까⋯⋯."

최준형이 방송으로 나가면 사람 여럿 중징계 먹일 욕설을 중단했다. 둘 중 그나마 덜 멍청한 황현지가 빠르게 놈의 팔을 꼬집은 덕이다. 기집애가 생각보다 눈치가 빨랐다. 내가 주머니에서 꺼내든 물건의 용도를 한눈에 알아챈 거라면.

나는 두 사람의 면전에서 MP3 플레이어의 조그다이얼을 조작했다. 이윽고 좀 전의 상황이 되감기 되었다. 일방적으로 내게 돈을 요구하는 황현지 목소리. 그에 살갑지는 않지만 비교적 평정심을 잃지 않고 정당하게 거절 의사를 또박또박 밝히는 내 목소리. 그리고 난데없이 끼어들어 심의 삭제 대상 욕설을 내뱉다 '삥 뜯는 거면 어쩔 건데' 따위의 위험 발언까지 지껄이는 최준형의 천박한 고성.

"흠, 음질 양호하고. 옛날 물건치곤 녹취 잘됐네."

MP3 플레이어를 쥔 손을 치마 주머니 안에 구겨 넣으며 혼잣말을 했다. 말이 혼잣말이지 내 평상시 목소리는 그리 작은 편이 아닌지라 두 사람에게 안 들리지는 않았을 것이다.

MP3 플레이어의 기종은 거원시스템의 iAUDIO CW200. 24비트의 생생한 음질에 다이내믹 베이스로 조절이 가능한 이퀄라이저로 풍부한 저음을 즐길 수 있고, FW 라디오 청취는 물론 음성 녹음까지 가능하다고 용산 전자상가 아저씨가 어머니와 나에게 열띠게도 설명했다. 다른 말은 거의 흘려들었고 음성 녹음이라는 말 하나에 요 녀석을 집었다.

MP3 플레이어를 주머니에 넣고 고개를 삐딱하게 들어 두 사람을 보았다. 최준형은 멍하니 입을 벌리고 있었고 황현지는 눈사람처럼 하얗게 질려 있었다. 그 앞에서 부러 이맛살을 구긴 채 일그러진 미소를 지어 주었다.

"담임한테 꼰지를 거냐고? 내가 왜? 담탱이가 경찰도 아닌데 뭐 하러? 할 거면 한 번에 해결해야지, 안 그래?"

황현지는 그새 이 상황을 모면할 궁리를 하는 듯 빠르게 눈동자를 굴리기 시작했고, 최준형은 그저 이 상황을 외면하고 싶은지 특유의 '뭐 어쩌라고'라는 표정을 지었다. 나는 한 발짝 앞으로 나아갔다. 그리고 입술에 힘을 주어 최준형에게 낮게 속삭였다.

"내 가방 예쁘게 찢어 놓은 건 증거가 없어서 못 잡아 처넣는데 말이야, 제발 한 번만 더 제대로 걸려. 아주 훅 가게 해 줄 테니까."

멍청하게 눈을 깜박이는 최준형 앞에서 나는 악랄하게 웃었다. 보는 쪽에선 악랄하게 보였는지 밍밍하게 보였는지 모르나 적어도 황현지를 못 견디게 하는 데는 성공했다. 황현지가 최준형의 팔을 잡아끌며 볼멘소리를 냈다.

"준형아. 그만하자. 이설아. 알았으니까 그거 지워. 안 빌리면 될 거 아니야."

"얻다 대고 명령이세요? 더 자극하지 말고 꺼져."

"씨발!"

최준형이 큼지막한 운동화를 신은 발로 퍽 소리 나게 바닥을 쳤다. 기세는 9도 지진인데 현실은 금도 안 가는 교실 바닥이었다.

무력한 연놈들의 모습에 유쾌하기보단 진절머리가 났다. 뱉으려 한 건 9년 묵은 돌덩이들이었는데 왜인지 창자까지 입으로 다 토해 낸 느낌이었다. 자리로 돌아가 눈을 지그시 감으니 세상이 한동안 빙빙 돌았다.

***　　　***　　　***

오늘도 하늘이 붓 빤 물로 뒤덮여 있었다. 해는 병세가 호전됐다가 도진 노인처럼 두꺼운 구름을 뒤집어쓰고 끙끙 앓았다. 민들레 홀씨가 날아오르면 하늘의 이맛살에 끼어들어 흔적도 없이 사라질 것 같았다. 만약 해와 구름이 사람의 속마음이 모여 생겨나는 것이라면, 이곳은 사시사철 이런 하늘로 뒤덮여 있는 편이 어울릴지도 모르겠다.

학생들이 삼삼오오 짝지어 운동장 한 귀퉁이의 후문으로 하교하고 있었다. 무어라 열심히 수다 떠는 소리는 들려오는데, 내게 닿기도 전에 눅눅한 공기에 짓눌려 발치에 떨어졌다. 수돗가 옆에 서서 하늘을 올려다보는 중에 세상은 적막했고, 어쩌다 귓전을 치는 소리엔 뼈마디가 없었다.

최준형과 그 난리를 친 후 나를 건드리는 녀석은 없었다. 하긴. 최신 MP3 플레이어 들고 경찰 운운하는 독 오른 년을 구태여 건드릴 녀석은 없겠지. 덕분에 5시간 넘게 아무하고도 말을 섞지 않았다. 말 그대로 아무도 날 상대하려 하지 않았다.

다붓다붓 모여 정담을 나누고 악의 없는 농담을 주고받으며 마음껏 웃고 떠드는 게 어느 연령대의 인간에게든 최선이라는 건 안다. 특히 14살을 그렇게 보내지 못하면, 후에 그 어떤 것으로도 메울 수 없다는 것 역시 안다.

하지만 벌레처럼 무시당하고 역병 환자처럼 배척당하는 것도 모자라 막 다뤄도 되는 샌드백 취급까지 받는 일상이 너무나 비참해서, 그 최선이란 게 머나먼 나라의 이야기처럼 느껴졌다. 차라리 잊히기를 바랐다. 샌드백이 되느니 투명 인간이 되기를 소망했다. 그것이 이 시절의 내가 바랄 수 있는 차선이었다.

오늘, 그 차선을 확보했다. 비록 꿈속이지만 처음으로 병신같이 당하고만 살았다는 자괴감과 부딪쳤다. 녀석들이 당황하는 모습, 분개하는 모습은 확실히 볼 맛이 났다.

그런데 뒷맛은 왜…… 이리도 꺼림칙할까? 자괴감이 떠나간 자리에 들어찬 매캐한 연기의 정체는 무얼까? 가슴을 꺼림칙하게 하는 이 연기는 어디서 온 것일까? 진작부터 내 가슴 한편에 도사리고 있었던 듯, 그리 생소하지만은 않은 이 감정의 정체는 무얼까?

나는 후— 하고 숨을 내쉬어 명치에 송진처럼 엉겨 붙은 공기를 끌어 올렸다. 코와 입으로 나가는 바람이 사뭇 차가웠다. 아무래도 서늘한 기운이 감도는 운동장의 수돗가는 복잡한 머릿속을 풀기에 그다지 적합한 장소는 아닌 것 같았다.

"끅⋯⋯. 크윽⋯⋯."

수돗가에서 발걸음을 떼어 놓으려는 차에, 억눌린 흐느낌을 들었다. 꿀꿀한 기분 탓으로 돌리기엔 핀트가 너무도 어긋난 소리에 신경이 곤두섰다. 점점 그 소리가 가까워졌다. 나는 하늘에서 놀던 시선을 지상으로 끌어 내렸다. 그리고 보고 말았다. 터덜터덜 이쪽 수돗가로 오는 한 남학생을.

턱을 거의 목에 붙인 폼이, 앞을 살피기는 한참도 전에 단념한 듯 보였다. 움직이는 두 다리는 어딘지 다리 근육으로 움직이는 것 같지가 않아 보였다. 특히, 남들 다 멘 가방도 메지 않고 오른손으로 왼 어깨를 부여잡은 폼이 심상찮았다. 눈살을 찌푸린 지 5초 만에 그 남학생을 알아보았다.

"서인겸?"

나도 모르게 녀석의 이름을 읊조렸다. 나와 그의 거리는 5미터도 채 안 되었다. 그런데 내 존재를 알아채지 못한 것인지 아니면 보고도 못 본 체하는 것인지, 서인겸은 수돗가 앞에 서서 왼손으로 수도꼭지를 틀었다.

콸콸 쏟아지는 물 앞에서 서인겸은 교복 재킷을 벗었다. 이어 회색 조끼까지 벗었다. 거기에 셔츠 단추에까지 손을 대는 녀석을 보고 나는 기함을 토할 뻔했다. 아니, 설마 여기서 샤워를 할 작정은 아니겠지? 물론 중학교 남학생이 수돗가에서 웃통을 벗는 게 드문 일은 아니지만, 적어도 무더운 여름날 체육 시간에나 이해되는 행위 아닌가?

어쨌거나 진심이라면 자리를 피해 줘야겠다 싶어 나는 크로스백을 고쳐 메었다. 하지만 서인겸은 셔츠를 다 풀어 헤치지는 않았다. 두어 단추만 풀고 나서 아까부터 부여잡고 있던 왼 어깨에서 손을 뗐다. 그리고 셔츠 깃을 당겼다.

어째서인지 지극히도 사소한 움직임을 해내면서 서인겸은 아랫입술에 치아를 박고 부들부들 떨었다. 그렇게 드러난 그의 왼 어깨 맨살을 본 순간, 나는 얼음 구덩이에 빠진 듯한 충격에 사로잡혔다.

"이봐! 그, 그거 뭐야?"

냅다 질러 낸 한마디 외엔 아무 말도 떠오르지 않았다. 머릿속에 폭탄이 떨어져 무슨 말이든 산산조각 냈다. 서인겸이 나를 보고 주먹을 삼킨 것처럼 입을 딱 벌렸다. 그는 내렸던 셔츠를 곧바로 끌어 올렸다. 그리한들 이미 눈 가리고 아웅이었다.

단 1초를 봐도 어찌 잊을 수 있을까? 독사가 똬리를 틀고 앉은 듯 흉측한 상흔을!

"너! 대, 대체 어디서 이런 거……."

"보지 마! 보, 보, 보지 마!"

서인겸은 턱을 달달 떨며 비명에 가까운 소리를 내질렀다. 그의 혼은 이미 반 이상 죽나 있었다.

"정신 차려! 치, 침착해."

침착하라고 윽박지르는 주제에 말을 더듬었다. 콸콸 쏟아져 내리는 수돗가의 물을 녀석의 얼굴에 끼얹었어야 할지 내가 뒤집어써야 할지 모를 지경이었다.

"일단 양호실 가자. 내가 같이 가 줄게. 응?"

내 제안이 반가워서가 아니라 사고 회로가 결딴난 탓이겠지만, 운동장의 모래처럼 새하얗게 질린 얼굴이 순순히 고개를 끄덕였다. 나는 오른팔에 내 크로스백, 서인겸의 재킷과 조끼를 몰아서 끼고, 왼손으로 서인겸의 오른팔을 잡아끌었다.

✲✲　　✲✲　　✲✲

"괜찮아?"

두 번째 묻는데도 별 대꾸가 없었다. 서인겸의 시선은 왼쪽도 오른쪽도 사라진 듯 정면만 고집했다. 성큼 걷는 걸음은 저보다 좁은 내 보폭을 깔끔히 무시했다. 그럼에도 오기로 자꾸 다다다 따라붙는 나의 잰걸음에, 서인겸에게나 나에게나 참으로 불편한 하굣길이 되어 버렸다.

불과 30분 전, 패닉 상태인 서인겸을 무작정 끌고 양호실로 갔다. 상식적으로 중학교 담장 안에서 보기 어려운 환부에 양호 선생님마저 기함하였다. 일단 응급처치는 했지만 아무래도 흉 질 것 같으니 병원에 꼭 가 보라 충고했다.

이어 어디서 이랬느냐고 캐물으려는 그녀의 면전에 '퇴근 시간에 죄송합니다.' 라 짧게 내뱉고는 서인겸은 바람처럼 양호실을 나서 버렸다. 벙쪄 버린 그녀에게 감사하단 말과 죄송하단 말을 대신하고는 황급히 서인겸에게 따라붙었다.

청소 당번들까지 죄다 하교해 버린 학교는 썰물 빠진 개펄처럼 적요했다. 달큼한 봄꽃 내음이 어지러이 풍겨야 할 계절에 먼지 섞인 바람 냄새만 그득했다. 내게서 끈질기게 한 발치 이상 떼어 놓으려는 서인겸에게서 옮아오는 건 양 볼의 따끔거림뿐.

그 작태에 기어이 머리에 열이 올랐다. '양호실까지 같이 가 줬는데 고맙다는 말 정도는 해야 하는 거 아니야?' 라 캐묻고 싶은 마음이 좁쌀 한 톨만큼도 없다면 거짓말이겠지만, 입 밖에 내 본들 '내가 언제 데려다 달랬어?' 란 식으로 퉁맞을 게 뻔해서 안 했다. 허나 이 말만은 안 할 수 없었다.

"그놈들이 그랬지?"

여전히 고집스레 앞만 보고 걷는 서인겸의 볼이 물결쳤다. 안면 몰수하고도 아주 닫지는 못한 귀에 대고 맵짠 말을 툭툭 던졌다.

"이렇게까지 하는데 가만히 있었어? 바보 아니야?"

"내 운명에 끝까지 오지랖 떨 생각 없다며?"

곧다시 타박 맞을 생각은 없는지, 드디어 서인겸이 멈춰 서서 내게 맞섰다.

"살기 싫으면 살지 말라며? 근데 왜 자꾸 따라다니면서 귀찮게 굴어? 무슨 자격으로 자꾸 내 일에 참견해?"

"그럼, 사람 살이 녹아내렸는데 못 본 척 그냥 지나가?"

날카롭게 소리를 지르자 서인겸이 어깨를 움츠렸다. 그는 눈을 아래로 굴리다, 한풀 꺾인 목소리로 중얼거렸다.

"그래 봤자 달라지는 건 아무것도 없어……."

그 목소리에 심상찮은 떨림이 섞여 들기 시작했음을 눈치챘어야 했다. 그럼에도 나는 내 감정대로 내생겼다.

"웃기지 마. 아무것도 달라지지 않는 건 네가 병신같이 가만히 있기 때문이잖……."

"나도 내가 병신인 게 너무 싫어!"

공기가 찢어졌다. 비명 같은 소리가 된바람이 되어 우리를 벼랑으로 몰았다. 벼랑 끝에서 서인겸은 뼈아프게 이를 사리물었다. 그 기세가 북극을 물려 놓아도 단박에 동강 낼 듯 처절했다. 치밀어오른 부아를 떨어트리고 만 내 앞에서, 서인겸은 끊어질 듯 딱딱 읊조렸다.

"나도, 이런 내가 너무 싫어 죽겠어. 근데 이왕 병신일 거, 더 확실히 병신이었으면 좋았을 텐데. 그놈들한테 실컷 반항하고도 보복 같은 거 전혀 생각 안 하는 속 편한 병신. 그런데 난 자꾸 뒷감당만 생각해. 그래서 매번 아무것도 못 해."

떨어진 팔이 절로 끊겨 나갈 것 같았다. 처연하게 올라가는 녀석의 입꼬리가 내 심장의 멱살을 잡아 올렸다.

"너한테까지 그런 말 안 들어도 내가 나를 못 참아. 너무 병신 같아서 하루에도 수십 번씩 날 물어뜯고 싶어. 근데, 병신이라는 소리 들어도 싼 인간이라는 거 내가 아는데, 왜 이렇게 병신이라는 말이 무서운지……. 나 한심한 거 맞는데, 왜, 왜…… 한심하단 말 한 번만 더 들으면 정말 살기 싫을 것 같은지……."

반듯한 턱살이 와르르 구겨지더니 기어이 끓는 물이 그의 눈에서 왈칵 터져 나왔다. 눈물과 함께 배어 나오는 짙은 원망과 자괴감은, 눈두덩을 고집스레 짓누른 주먹에 뭉개지고도 멎을 줄 몰랐다.

수도꼭지가 안 보이는 흐느낌 앞에서 나는 망연자실했다. 나도, 내가 병신이라 생각했었다. 수십 번도 더 나 자신더러 병신, 찌질이, 한심한 년이라 욕했었다. 나를 향한 괴롭힘이 정당하지 않다는 걸 알면서도, 한편으로 그 괴롭힘이 자업자득이라 생각했다. 다소 억울한 감이 있지만 결국은 내가 저지른 게 부메랑이 되어 돌아온 거니까.

그런 자괴감에 한동안 나의 아픔을 떳떳하게 말하지 못했다. 그 아픔을 누군가에게 토로하기까지 시간이 적잖이 걸렸다. 너무 무서웠으니까. 제 발로 벼랑 끝까지 와 버린 나를, 내가 가장 믿고 기댄 사람이 밀칠까 봐.

또, 거울을 깨 버렸다.

"미안해. 내 생각이 짧았어. 내가 잘못했어."

진심으로 사과하며 서인겸에게 손을 뻗었다. 한 번 뿌리침을 당했다. 조금 벌게진 손을 다시 내밀어 보았다. 이번엔 간신히 그의 젖은 눈가에 닿았다. 아롱진 물방울의 온기에 가슴이 저릿했다.

서인겸을 정문 옆 뜰의 벤치로 이끌었다. 그는 맞은편에 앉자마자 머리를 꽁꽁 싸맸다. 그 팔을 도대체 어떻게 풀어내야 하나 싶어 눈앞이 캄캄했다. 강남의 학교 다닌다고 다 재벌은 아니지만 그래도 제법 포실한 가정에서 자랐을 텐데. 저 깔끔한 용모에 최상위권의 성적으로 인기인이 되지는 못할망정, 나 같은 인간이나 떨어지는 시궁창과 엮이다니.

"어쩌다 이렇게 된 거야?"

평상시 옥타브로 목소리를 내면 눈앞의 사람이 먼지처럼 바스러질세라, 불어오는 실바람에 톤을 맞춰 물었다.

"넌 공부도 엄청 잘하고, 생긴 것도 그만하면 꽤 잘생겼잖아. 딱히 몸 어디가 불편한 것도 아니고. 그런데 어쩌다 이렇게 된 거야? 응?"

머리를 싸맨 팔을 풀어내지는 못했지만 흐느낌이 조금 잦아들었다. 그 흐느낌이 좀 더 가라앉을 때까지 기다렸다. 자신의 머리를 감싸 쥔 그의 손가락 힘이 어느 정도 풀렸다 싶을 즈음, 용기 내어 다시 말을 걸었다.

"임금님 귀는 당나귀 귀 이야기 알지? 거기 나오는 이발사 말이야, 지 마누라한테도 못 털어놓는 이야기를 결국 대나무 숲에 가서 홀홀 털었잖아."

머리를 싸맨 채로 서인겸이 고개만 살풋 들어 물끄러미 나를 올려다보았다. 미약하게나마 호기심을 보이는 시선에 살짝 멋쩍어졌다.

"흠, 그러니까 날 그 대나무 숲이라 생각하고 속 시원하게 털어놔 봐. 어디 가서 말 안 하겠다는 말은 당연한 거겠지만……. 정 못 믿겠다면 할 수 없고."

거기까지 말한 순간 돌연 서인겸이 머리에서 손을 내렸다. 그는 소매로 축축한 눈가를 갈무리하고 곧추앉았다. 등을 편 그의 시선은 내 정수리를 훌쩍 뛰어넘었다. 그는 한쪽 눈썹을 추켜세우더니, 불쑥 반문했다.

"그 대나무 숲, 나중에 동네방네 그 비밀 다 떠들어 대지 않나? 그래서 결국 소문 다 퍼지잖아."

"아……."

명치에 포크 꽂힌 듯, 나는 깍지 낀 손을 무릎에 얹은 자세 그대로 굳어 버렸다. 아, 맞다. 그 망할 대나무! 그랬었지! 이야기의 결말 자체는 훈훈하다고는 하나, 안심하고 흉금을 터놓을 상대에 빗대기엔 전혀 안 어울리는 비유를 해 버렸다. 하, 누가 졸변가 이설아 아니랄까 봐. 분수에 맞지 않게 말을 꾸미려다 피 본 입술이 처량하게 달싹이기만 했다.

"알았어. 하고 싶은 말이 뭔지는 알았으니 그 정도는 넘어가 줄게."

도무지 수습이 안 되는 머리를 꽁 때리고 싶은 참에, 서인겸이 오른손 바닥을 내보이며 삐딱하게 고개를 까닥였다. 불과 몇 초 전과는 비교도 안 되는 시건방진 작태에 혀를 내두를 뻔했다. 젠장, 말실수 좀 했다고 전세가 역전된 양 구는 폼하고는? 이 인간, 본판이 꽤나 재수 없는 타입일지도 모르겠다.

서인겸이 후우— 하고 호흡을 한 번 골랐다. '그래, 될 대로 돼라.'라 말하는 듯한 모양새였다. 내 형편없는 말발의 어느 부분에서 마음을 움직인 건지는 모르나, 그는 제 허벅다리 위에 깍지 낀 손을 올려놓고는 말꼭지를 떼었다.

"내가 왕따를 당하기 시작한 건, 그놈들한테 띠꺼운 표정을 짓고 나서부터야."

"띠꺼운 표정?"

그리스 신화의 신탁만큼이나 수수께끼 같은 첫 마디에 미간을 한 겹 접었다. 이 뒤를 계속할까 말까 망설였는지 잠시간 입술을 굳게 다물었다가, 그는 겨우 작심한 듯 목소리를 가다듬어 말을 이었다.

"난 '씨발' 같은 욕, 다른 애들처럼 잘 못 써. 옛날에 놀이터에서 '쌍놈'이라는 말을 듣고 집에 와서 따라 했다가 어머니한테 피멍이 들도록 맞은 적이 있어. 그 뒤로는 욕을 잘 안 하게 됐어. 우리 어머니 고등학교 선생님이거든. 젠장 정도의 욕도 질색하셔."

"어머니가 교사시면 그런 거에 되게 엄격하시긴 하겠다."

내가 한마디 거들자 서인겸이 가만히 턱을 주억거렸다.

"그런 것도 있지만……. 우리 아버지가 나 11살 때 외국 출장 가셨다가 비행기 사고로 돌아가셨거든. 그 뒤로 어머니가 더욱 엄격해지셨어. 내가 조금만 버릇없이 굴어도 엄청 혼내면서 항상 말씀하셨지. 이게 다 나 애비 없는 후레자식 소리 안 듣게 하려는 거라고. 아마 내가 전교에서 후레자식의 뜻을 가장 먼저 알았을걸?"

인겸이 자조적으로 웃으며 '후레자식'이란 말을 낮게 읊조렸다. 그 쓰디쓴 읊조림이 공기에 쓴맛 나는 가루약을 풀어 놓았다.

"나도 어머니가 힘들다는 거 알아. 그래서 되도록 어머니가 속상해할 만한 짓은 안 하려 했어. PC방이랑 친구 집에도 잘 안 가고 매일 집에 일찍 와서 공부했어. 나름 할 만했어. 어차피 집에 와서 달리 하는 것도 없었으니까. 그런데 문제는……."

인겸의 얼굴에 먹구름이 몰려들었다.

"별로 자랑하고 다닌 것도 아닌데…… 성적 잘 받으니까 날 두고 이상한 소문이 나는 거야. 내가 아무 데서나 마구 잘난 척한다고 하질 않나, 그냥 책상에서 조용히 공부만 하는 게 애들 깔봐서 상대도 안 하려는 거라고 하질 않나. 참 웃긴 게, 소문이 정말 실감 나서 내가 정말 그러고 다녔나 싶을 정도였어."

친구의 손보다 친구의 머리 꼭대기나 발치가 신경 쓰이는 시기.

뱁새는 다리를 찢어 봐도 황새를 따라잡지 못해 지치고, 황새는 황새대로 추월당하지 않으려 끝없이 날갯짓하다 지치는 시기. 설상가상으로 티 한 점 없던 피부에 우후죽순처럼 솟은 여드름이 거울에 비치고, 생소한 호기심이 끝 간 데 없이 솟아나 자꾸 문을 걸어 잠그고 싶어지는 시기.

이 모든 걸 감내할 인내심이 완성된 것도 아닌지라, 사람 환장하기 딱 좋은 시기. 청춘의 꽃이니 뭐니 온갖 허울 좋은 미사여구로 묘사되지만, 실상은 가지고 태어난 꽃씨를 다 말려 죽이기에 십상인 시기가 사춘기이다.

이 모든 스트레스를 풀어낼 길을 찾아야 하는데, 그 길이 답답한 학원 벽과 그보다 더 꽉 막힌 부모에게 가로막혀 버린다. 그렇다고 그 스트레스를 속으로만 삭일 능력이 있는 것도 아니다. 몰릴 대로 몰린 미숙한 영혼들은 결국 포문을 연다.

그 눈먼 포탄의 타깃이 되기 가장 쉬운 대상은 경쟁의 정점에 서 있는 '공부 잘하는 아이'이다. 어느 통계에서도 왕따 당하기 가장 쉬운 유형이 '공부밖에 모르는 잘난 척하는 아이'라 했다. 문제는 그 '잘난 척'이라는 게 과도한 경쟁구도에 휩쓸린 학생들의 억하심정이 씌운 누명일 공산이 크다는 거다. 인겸이 말하는 '띠꺼운 표정'도 이와 맥을 같이했을 거라 나는 확신하였다. 그리고 인겸의 이야기는 그 확신에서 크게 빗나가지 않았다.

"작년에 그 두 사람은 나랑 다른 반이었는데, 쉬는 시간마다 우리 반에 와서 지들 친구랑 놀았어. 근데 어느 날 지들끼리 이런 얘기를 하는 거야. 지들이 1학년 여자애랑 그렇고 그런 짓을 했는데 느낌이 어땠다, 여자애 신음이 어땠다, 이런 식으로…… 그딴 얘기를 창피한 줄 모르고 막 크게 떠들더라고."

인겸의 얼굴에 당시의 불쾌감과 수치심이 고스란히 떠올랐다. 모범생의 순화된 어투로 전해 들어도 괴란하기 그지없는 이야기에, 나 역시 눈살을 찌푸리고 말았다.

"그때 난 하필 걔들 친구랑 짝이었는데, 대놓고 자리를 떠나면 너무 티 날까 봐 그냥 앉아서 문제집을 푸는 척했어. 그런데 나도 모르게 얼굴을 찡그리고 있었나 봐. 다음 쉬는 시간에 그놈들이 날 불러내더니 띠꺼운 표정 짓지 말라고, 공부 좀 한다고 사람 좆만하게 보이냐고 날 발로 찼어."

그게 시작이었구나. 어디선가 뼈와 살이 부딪히는 환청이 들려와 몸서리가 쳐졌다.

"그 뒤부터 종종 불려 가서 맞았어. 처음엔 이러다 말겠지 했는데……. 괜히 이르거나 반항해서 문제 일으키지 말자, 하고 참았는데……. 안 그랬어. 재수 더럽게 올해엔 아예 같은 반이 돼서 이젠 매시간 지옥이야. 문제집도 뺏어 가고 돈도 뜯어 가고 더 못살게 굴어."

이러다 말겠지. 한때 나도 품었던 헛된 희망이었다. 하지만 남을 괴롭히는 자극에 맛 들인 놈들은 더한 자극을 얻기 위해 더 잔혹한 방법을 찾으면 찾았지, 결코 그만두지 않는다고 한다.

괴롭힘당하고도 아무 저항하지 않는 아이는 놈들에겐 깨부숴도 되는 유리창, 갈가리 찢어 먹어도 되는 쥐에 지나지 않는 것이다. 자기가 괴롭힌 사람이 얼마나 멍이 들었는지, 앞으로 얼마나 더 상처를 입으면 돌이킬 수 없게 될지는 생각지 않는다. 그러니 사람 잡고 나서 지껄인다는 소리가 그 따위지.

"그냥 장난 좀 쳤을 뿐인데."

"난 점점 견딜 수가 없는데…… 놈들은 전혀 그만두지 않았고, 그거 때문에 기말고사 때 성적이 크게 떨어졌어. 어머니는 요새 왜 이렇게 나사가 빠진 거냐고…… 가뜩이나 고3 담임이라 힘든데 너까지 이러냐고 날 혼내기만 했어. 내가 왜 이러는지…… 물어봐 주지 않았어……."

"그럼 선생님한테는? 담임한텐 말씀 안 드려 봤어?"

내가 끼어들자 인겸이 대번에 얼굴을 구겼다. 처음엔 그 반응이 단지 제 말이 잘린 것에 속천불이 나서인 줄 알았다. 그런데 그의 입에서 팔심을 빼놓는 이야기가 나왔다.

"담임? 하. 찾아가 보긴 했지. 숨을 쉴 때마다 몸이 딱딱해지는 느낌이 날 때까지 참고 나서. 우리 반 담임, 내년에 정년퇴임 한다는데 공부 못 가르치고 완전 무기력해서 다른 선생님들도 무시해. 그래도 진지하게 말하면 조금이라도 도와줄 줄 알았어. 근데 기껏 힘들게 다 털어놨더니 그 인간이 나한테 뭐랬는지 알아? '네가 따돌림 당할 만한 짓을 한 게 없는지 잘 좀 생각해 봐.' 거짓말 안 하고 딱 이렇게만 말하고 나가 보라 그랬어."

내장이 빠진 것 같은 허망함. 인생에서 이런 기분을 느낀 게 딱두 번이다. 한 번은 1995년 삼풍백화점이 붕괴했을 때 건물에 고립된 채 누가 구해 줄 거란 희망으로 버티다 소방수에 익사하고 말았다는 한 희생자의 이야기를 들었을 때. 나머지 한 번은, 9년 전에 존경해 마지않았던 B중학교 1학년 5반 담임 정은영에게 나의 고민을 털어놓았을 때.

"하하……. 나 완벽히 잘못 살았나 봐. 선생님께 고자질할 게 아니라 그냥 내가 알아서 잘해야 했는데. 하지만 난 지금 세상이 너무 무섭고, 아무도 도와주지 않으면 못 견딜 것 같아. 병신이라서 그런가 봐. 그렇다면 죽을 수밖에 없는 건가. 그렇게 생각했어. 계속 살아 봤자 어머니 실망만 시켜 드릴 것 같고……. 그런데 저번에 네가 한 얘기 듣고 나서…… 죽을 수도 없게 되어 버렸어. 이젠 정말 어떻게 해야 할지 하나도 모르겠어……."

두려움도 분노도 껌 단물처럼 빠져나가고 체념밖에 안 남은 목소리를 이가 시려 어찌 내는 걸까? 인겸을 살린 건 희망이 아니었다. 그는 여전히 자기 앞에 펼쳐진 게 절망뿐이라 생각했다. 죽지 못해 살아갈 거라고, 자신의 구만리 길을 암담하게 단정 지어 버리고 있었다.

모든 걸 남김없이 털어놓고 나서 처연히 눈을 감은 서인겸을 바라보다, 문득 자각해 버렸다. 9년 전대로라면 서인겸은 이미 죽은 몸이다. 그저께만 해도 9년 전과 같이 될 뻔했고 말이다.

내겐 그의 삶과 죽음에 관여할 권리가 없었다. 하지만 그 운명을 내가 뒤틀어 버렸다. 내 꿈속이라 그런지 그렇게 해 버렸다. 그 바람에 실제로는 존재하지 않았던 그의 시간이 이틀이나 이어졌다. 더구나 그가 무덤까지 가져가려던 이야기까지 고스란히 다 들어 버렸다.

나는 앞니로 아랫입술을 당겨 물었다. 팔 밑으로 한기가 배어 들었다. 앞으로 두 달, 서인겸은 나 때문에 계속 살아야 한다. 짧다면 짧은 기간이지만, 하루하루가 괴로운 사람에겐 불에 휩싸인 영겁(永

劫)이 될 텐데.

이대로 내버려 두면 서인겸은 내 꿈속에서 두벌죽음을 당하고
말 것이다.

맙소사. 그런 빌어먹을 꿈은 싫은데. 이왕이면, 그가 지지 않고
이겼으면 좋겠는데. 절망하지 않고 희망했으면 좋겠는데. 꿈을 잃
지 말고 찾았으면 좋겠는데. 이번에는, 서인겸이 살아남았으면 좋
겠는데…….

그래. 내 꿈까지 부족한 영혼이 져 버리는 빌어먹을 현실이 될
필요는 없지 않은가. 부족한 영혼이 꿋꿋이 일어서서 자유로이 꿈
을 찾고 살아가는 꿈……. 내 꿈은 그런 꿈이어야 한다.

그러니 이번엔 서인겸을 살려야겠다.

입안에서 데워졌다가 식기를 반복한 침을 목 넘김으로 없앴다.
그렇게 하면 서인겸에게 해 줄 말이 술술 나오기라도 할 것처럼.
앞으로 두 달 내내 헛소리만 나와도 좋으니, 이 순간만은 서툰 입
술이 제대로 움직여 줬으면 좋겠다. 그리 바랐더니 차분히 입이 떨
어졌다.

"정말 죽고 싶을 만도 하네. 네 담임 진짜 쓰레기다. 자기 반 학
생이 그런 괴로움을 겪고 있는데 어떻게 그렇게 내버려 둘 수 있는
지. 네가 얼마나 배신감 느끼고 힘들었을지 알겠어. 하지만 네가
할 수 있는 건 그게 전부가 아니잖아?"

"뭐?"

인겸이 종잡을 수 없다는 듯 눈을 동그랗게 떴다. 그 앞에서 나
는 골반에 손을 걸치고 덤덤하게 말했다.

"네 담임이 말귀 못 알아먹으면 학주한테라도 말해 보지 그랬

어? 그 선생도 못 알아들으면 상담실 선생님한테라도. 그쪽도 못 알아먹으면 옆 반 선생님한테 말하든가. 우리 학교에 네 담임만 있는 거 아니잖아?"

"하지만……. 어떻게 그렇게 고자질을 막 해? 안 그래도 내가 담임한테 고자질한 게 소문이 나서 다들 나보고 비겁자라 했……."

"비겁자? 닥치라 그래."

한 톤 올라간 목소리로 인겸의 말을 씹어 먹었다.

"뭐가 비겁자야? 자기 자신 지키려고 더 큰 힘에 기대는 건 비겁한 게 아니라 인간의 당연한 본능 아니야? 오히려 한 사람을 여럿이서 괴롭혀 놓고 입 막는 게 진짜 비겁한 거지. 지들이야말로 진짜 비겁자인데 인정하기 싫으니까, 지들이 들어야 할 소리까지 너한테 떠넘기려는 거잖아."

"무슨 말인지 모르겠어……."

인겸은 입술을 부르르 떨며 망연히 도리질을 쳤다.

"내가 고자질해도 선생님들은 그놈들 크게 혼내지도 않으실 테고, 괜히 더 보복만 당할 텐데……."

"그럼 교육청에 신고해. 그래도 안 되면 경찰서 가. 그것도 신통찮으면 고소해. 널 괴롭힌 놈들이랑 널 방치해 둔 담탱이랑 교장, 다. 아주 끝장을 보라고!"

"뭐, 뭣?"

자꾸 웅숭그리는 자신의 어깨와 정반대로 스케일을 장대하게 넓혀 가는 나의 발언에 인겸이 기함을 토했다. 연신 황망히 깜박이는 눈앞에서 나는 매정하게 눈을 치떴다.

"뭘 그렇게 놀라? 너 그럴 권리 충분히 있어. 네 담임이랑 다른 선생들이랑 교장, 너 공부만 시키기 위해 월급 받는 사람들 아니야? 무슨 이유로든, 네가 이렇게 죽고 싶을 정도로 괴롭힘을 당하면 발 벗고 도와줘야 할 의무가 있는 사람들이라고. 그런데도 그 구실을 제대로 못 하면 너는 당연히 다른 곳에 호소할 수밖에 없지. 그럴 일은 없겠지만 교육청이랑 경찰서 가도 안 되면, 팔다리다 뽑혀 나가는 한이 있어도 똑같이 그놈들을 패. 모범생이니 뭐니다 소용없어. 비겁자니 고자질쟁이니 다 집어치우라 그래. 우선 나 자신이 살고 봐야 할 거 아니야? 아무도 그런 너를 뭐라 할 자격 없어."

"하지만 걔네들 3학년 중에서 가장 강하……."

"걔네들 남선생님들이 다 덤벼도 꿈쩍 안 할 만큼 세? 경찰 한 대여섯이 덤벼도 끄떡없을 만큼 세? 총 맞아도 멀쩡해?"

"……."

무어라 항변하려다 서인겸은 꿀 먹은 벙어리가 되어 버렸다. 한 치 타협도 없이 저항을 종용하는 내 과격한 말에 질린 기색이 역력했다. 허나 한편으로 귀담아들은 부분도 있는지, 이윽고 서인겸은 완강히 고개를 가로저었다. 아마 그로선 처음으로 놈들의 힘을 부정하는 순간이었을 터다. 나는 흐뭇하게 입꼬리를 당겼다.

"거봐. 걔네 그래 봐야 몰려다니면서 센 척하는 허세쟁이들일 뿐이야. 더구나 정말 대단한 인간들이면 네가 선생님께 고자질하건 말건 신경도 안 썼겠지. 네가 지들보다 더 힘센 사람들한테 도움을 청하는 게 무서우니까, 괜히 비겁자니 뭐니 시답잖은 궤변으로 방해공작 하는 거야. 네가 그놈들이 무서워할 만한 짓을 전혀 안 하니까 사람 더 만만하게 보는 거고."

서인겸의 왼쪽 어깨에 시선을 던졌다. 눈으로 보기만 했는데 손가락으로 환부를 눌린 것처럼 그가 눈살을 찌푸렸다. 미약하게나마 그가 숨을 몰아쉬기 시작했다. 하지만 그것만으로는 약했다. 꼭 뒤까지 분기를 끌어 올렸다가도 한숨으로 도로 빼내기를 반복하며 서인겸은 주춤거렸다. 이대로는 아무것도 달라질 수 없다. 답답한 마음에 계속 그를 부추겼다.

"좀만 용기를 좀 내 봐. 5층에서 떨어질 용기도 냈잖아? 죽다 살아난 사람이 뭘 못해? 내 장담하는데 그놈들 진짜 별거 아니야. 눈 딱 감고 끝을 보라고. 다시 옥상에 올라갈지 말지는 할 수 있는 거 다 해 보고 나서 판단……."

"이야, 서인겸!"

공기가 급작스레 날카로워졌다. 상대가 기분 나빠 하길 바라는 티가 너무 노골적이어서 혐오스러운 이죽거림. 나는 말을 중단하고 목소리의 주인공을 확인했다.

어디선가 곰이 두 마리 나타났다. 한 놈의 머리는 반삭에 꼴같잖게 가위를 새겨 놓은 모양새였고, 나머지 한 놈은 폭탄 맞은 듯 뾰족뾰족하게 잘도 세운 머리카락이 뿌리까지 누리끼리했다. 백납처럼 창백하게 바랜 서인겸의 안색에, 나는 그 둘이 누군지 금방 알아챌 수 있었다.

"또 담탱이한테 곤지르러 갔나 했더니 여기서 놀고 있었네? 야, 씨발 그거 네 깔이냐?"

두 놈의 실물을 보고 나는 허우대 멀쩡한 서인겸이 왜 변변한 저항을 못 한 건지 조금은 이해했다. 우선 두 놈 다 덩치 하나는 곰만 했다. 사람 후려 패는 운동을 오래도 해서 그런가, 세 단추나 수치심 없이 풀어 헤친 셔츠에 얼핏 드러난 떡대가 제법이었다.

"이야. 너 깔도 있었어? 내가 한 번 따먹어 봐도 돼?"

결정적으로 갱생의 가망일랑 전혀 생각나지 않을 정도로 질이 나빠 보였다. 저리 천박한 어법이 착착 감기는 입은 하루아침에 만들어지는 것이 아니다. 최준형이 몇 년만 더 나쁘게 질이 들면 저리 썩은 생선 비린내 나는 웃음도 소화해 낼까? 양아치에 대한 극단적인 상상력이 모조리 구현된 집성체가 하나도 아니고 둘이라니.

"야. 너 먼저 가!"

서인겸이 황급히 내 팔을 잡아 벤치에서 끌어내어 날 교문 밖으로 밀치려 했다. 가뜩이나 한쪽 어깨가 상한 상황에서 공포감이 그림자까지 퍼져 나갔을 텐데도, 그는 저보다 나를 챙겼다. 뒤도 안 돌아보고 도망칠 궁리보다 나를 이 상황에서 빼낼 궁리부터 했다.

"먼저 가라니? 그럼 넌 어쩌려고?"

같이 도망치자는 것도 아니고 나보고 먼저 가라니! 나 도망치는 동안 저는 이놈들한테 맞고 있겠다는 거 아닌가? 그 위험한 의지가 고맙기보단 답답하고 참담했다. 나는 크로스백 오른쪽 주머니에 빠르게 손을 넣었다. 앞의 두 놈에게 일그러진 미소를 지어 보이면서.

"이놈들이야? 네 어깨 담뱃불로 지진 새끼들이? 아주 토 나오게도 생겼네."

"씨발, 이년 방금 뭐라고 했냐?"

"어서 가라고!"

서인겸이 아예 나를 밀쳤다. 하지만 나는 되레 그의 팔을 젖 먹

던 힘을 다해 붙들었다. 너무 세게 붙잡은 탓인지 인겸의 안면 근
육이 일순간 움찔거렸다. 뜨악한 표정으로 나를 보는 인겸에게 들
끓는 목소리로 속삭였다.

"똑바로 봐 둬. 내가 지금, 이놈들이 얼마나 좆밥인지 보여 줄
테니."

"뭐?"

세 사람이 보는 앞에서 나는 크로스백에서 꺼낸 핸드폰 폴더를
열었다. 그리고 번호를 눌렀다.

"야, 너 지금 어디로 전화하려는 거야?"

그렇게 묻는 인겸에게 나는 액정에 뜬 번호를 보여 주었다. 그
번호를 확인하고 인겸이 입을 딱 벌렸다.

"야, 이거 112잖아! 너 진짜로 전화할 거야?"

"그럼, 진짜로 하지 가짜로 해?"

"이야. 세게 나오는데? 그래, 어디 신고해 봐. 해 보라고!"

"이 동네 경찰에 나 아는 형 있거든? 맘대로 해 봐. 신고하라고
씨발년아."

두 놈이 가소롭다는 듯이 웃었다. '설마 진짜 하랴.' 싶겠지. 내
가 핸드폰 열고 112까지 누른 이 상황이 그냥 공포탄인 줄 알겠지.
아직 실탄 맛을 안 봤으니 이게 장난인 줄 알겠지. 하지만 지금이
기회다. 지금 확실히 보여 주지 않으면 서인겸은 끝까지 이놈들에
게 휘둘리고 말겠지. 내 꿈인데 그렇게 둘까 보냐.

뚜—

진짜로 눌렀다. 볼륨을 최대한 높여 신호음까지 들리게 해 놨다.

"씨발, 지금 뭐 하는 짓이야?"

신호음이 들리자 한 놈이 욕설을 내뱉었다. 한 놈은 신호음이 가짜라고 믿는지 별말이 없었다. 그러나 벌게질 정도로 코를 긁어 댔다.

—네. 112 경찰입니다.

핸드폰에서 굵직한 남성의 목소리가 흘러나왔다. 누구라도 알아들을 수 있게. 나는 흡— 하고 숨 한 번 들이쉬고는 현장감을 살린 목소리로 말했다.

"네! 여기 B중학교 정문……."

"씨발!"

경찰에 아는 형 있다고 깝작대던 기세가 5분도 못 갔다. 곰 같은 두 놈이 엎치락뒤치락 폼 안 살게 자연(?)으로 돌아갔다.

나는 양 볼에 바람을 넣으며 핸드폰을 닫았다. 탁 소리 내며 닫힌 핸드폰 너머로 신기루에 홀린 듯한 얼굴이 보였다.

"아는 형 좋아하네. 차라리 아빠가 경찰서장이라 지껄이지 그래."

곱씹어 보니 더욱 허접하기 그지없는 허세에 헛웃음이 나왔다. 핸드폰을 크로스백 안에 넣고 나는 서인겸과 눈을 맞췄다. 불과 몇 초 전만 해도 극도의 긴장과 공포감에 파랗게 질렸던 얼굴이 어딘지 다른 느낌으로 창백했다. 흡사 극지에서 퍼 온 찬물을 한 바가지 뒤집어쓴 몰골이었다.

"봤지? 네가 지금까지 그토록 무서워했던 놈들이 고작 이 정도야."

조금은 통쾌하게 말할 수 있을 줄 알았는데 혀끝이 썼다. '뭐 이런 과격한 여자애가 다 있어?' 라 생각하고 있는지도 모르겠다. 하

144

지만 '내가 고작 저런 놈들한테…….' 라는 생각이 더 많이 들겠지. 그래서 견딜 수 없겠지. 은근히 자존심이 강한 타입일 거 같은데.

"나 먼저 간다. 너도 얼른 가. 병원 꼭 가 보고."

망연히 벌어졌던 입이 굳게 닫히는 모습까지 보고 나는 돌아섰다. 교문 문턱을 넘으니 다리가 풀려 일순간 몸이 허청댔다.

23년 평생 꿈속에서도 112 누른 적이 없는데. 동네 순찰차 지나가는 거만 봐도 괜스레 가슴이 두근거리는데. 거기다…… 저런 산만 한 덩치의 양아치들한테 토 나오게 생겼다고 말해 버리다니! 꿈 아니면 어림도 없을 일이다. 운도 좋았다. 만약 놈들이 내 핸드폰을 빼앗고 무력행사를 했다면 위험천만한 상황이 되었을 수도 있다.

간만의 차로 비껴간 악운으로부터 도망치듯 잰걸음을 쳤다. 심장이 발바닥에 내려앉아 뛰는지 내리막길을 걷는 보폭이 점점 커져 갔다. 길가에 늘어선 고층 아파트와 빌라들을 죄 내리누르는 흐린 하늘을 보며 마음을 차분하게 가다듬었다. 마음이 가라앉으니, 좀 전엔 긴박감 때문에 얼결에 넘겼으나 좀체 가라앉지 않는 순간이 떠올랐다.

"야. 너 먼저 가!"

놈들을 향한 두려움을 긴박감으로 바꿔 날 그 자리에서 피신시키려던 목소리가 귓속에서 점점 크게 메아리쳤다. 어딘지 침침해지려는 눈으로 아까 서인겸에게 떠밀린 왼팔을 살펴보았다.

내가 봐도 무서워할 만한 놈들이었다. 1년도 넘게 시달려 본 그는 더 무서웠겠지. 그럼에도 저 먼저 부리나케 도망갈 생각을 안 하고 왜 나를 감싸 주려 들었을까? 친동생도 아니고 여자친구도 아니고 단지 오늘로 딱 두 번째 만난 오지랖 넓은 여자애일 뿐인데 말이다.

오늘 양호실에 데려다 준 것마저 갚아야 할 의리라 생각해서? 아니면, 자기 일신을 내버리면서까지 지킬 필요는 없는 기사도 정신 때문에?

왼 가슴이 무겁게 느껴졌다. 그 위에 주먹을 얹고 한숨을 내쉬었다. 어느 쪽이었건 간에 서인겸이 어떤 인간인지 대강 알아 버렸다. 속되게 표현하면 미련 곰탱이. 허나 진정성 있게 표현하면, 올곧기 그지없는 영혼의 소유자.

좀 더 약아져야 한다고 잔소리를 퍼부어 주고픈 노파심과, 때 묻지 않은 모습 그대로 있어 주길 바라는 은근한 소망이 상충되어, 할 말을 잊게 만드는 사람. 남을 상처 입히는 데 영원히 익숙해지지 못할 것 같은 사람.

누군가의 목을 조르듯 크로스백의 끈을 꽉 쥐었다. 골목길이 끝나 가고 있었다. 마지막으로 곁을 지나치는 찰나에 보았던 서인겸의 입술이 떠올랐다. 이 가는 소리도 없이 굳게 닫힌 입술이. 필경 깊은 생각을 베어 물고 있었던 입술이.

착한 것도 좋지만, 이제는 좀 무서워졌으면 좋겠다. 사실 그런 사람이 마음만 먹으면 그 누구보다도 무서워질 수 있는데.

***   ***   ***

'어머! 설아 씨 여기서 자고 있네? 점심은 먹은 건가?'

'김 반장님 말로는 속이 안 좋다고 했다던데?'

'정말? 어머, 어떡해.'

이 목소리는…… 우리 과 여직원들이다. 여느 때처럼 점심 먹은 후 담소 나누려 여길 찾은 모양이다. 눈을 떠서 그녀들을 보려 했다. 하지만 납땜을 해 놓은 듯 눈이 뜨이지 않았다. 몸이 우주 한가운데 붕 뜬 듯 감각이 없었다.

'우리 나가서 얘기하자. 설아 씨 깰라.'

여직원들의 목소리가, 걸음 소리가, 무서운 속도로 멀어져 갔다. 안 돼. 그냥 가지 마세요. 이리 와서 날 좀 깨워 봐요. 날 좀…….

"헙!"

고개를 쳐들었다. 심장이 욱신거렸다. 온몸에 돋아난 식은땀이 얼음처럼 찼다. 한겨울에 찬물로 샤워하고 속옷 차림으로 뛰쳐나온 기분이었다.

감각이 돌아와 관절을 움직일 수 있게 되자 고개를 돌려 사방을 살폈다. 좀 전까지 곁에서 재잘거렸던 여직원들이, 그 뒤로 아늑한 그림자를 드리우던 캐비닛이, 유령 옷자락처럼 하얀 커튼 뒤로 홀연히 사라져 버렸다. 꿈이 또 현실을 집어삼켜 버렸다. 손을 뻗을 틈도 안 주고.

의자에 뱃가죽을 붙일 기세로 한숨을 쉬어 댔다. 2002년 4월 8일 월요일. 인생 최악의 시기를 다시 살아야 하는 저주에 걸린 지 일주일. 황망함이 아직 반도 가시지 않는데 시간이 도둑놈 담 넘듯 지나갔다.

2011년 현재에 대해 걱정하지 않을 수 없었다. 꿈속에서 일곱

밤이나 잤는데 현실에선 얼마나 시간이 흘렀을까? 점심시간이 지나고 날 급히 찾는 민원인이 나타나 한바탕 소란이 벌어지고 있는 건 아닐까? 계장님이나 과장님이 소파 위에서 쿨쿨 자는 내 꼴을 보고 입을 딱 벌리지는 않을까? 아니면…… 내가 원인불명의 수면병에 걸린 식물인간 딱지를 단 채 모 병원 침대 위에서 쿨쿨 자고 있고, 그렇게 내가 힘들게 노력해 얻은 것들이 공무원증부터 시작해 하나둘 사라져 가고. 하……. 좌불안석은 점입가경이 되어, 주말엔 TV에서 신바람 나게 쿵쿵따를 하는 개그맨들 방석을 뒤엎고 싶어지는 지경에 이르렀다.

그런데 방금 그 꿈은 뭐였을까? 만일 그것이 현실에 대한 내 걱정을 조금이나마 불식시키려는 몽마(夢魔)의 자그마한 배려라면, 2011년 현재 나의 상황이 아닐까? 만약 맞는다면 시간이 그리 많이 흐른 것 같진 않아 보였다. 사무실 보안 당번과의 교대를 위해 11시 50분쯤 먼저 점심을 먹으러 간 직원들이 이제 막 돌아온 상황이라면…… 많이 지났어 봐야 12시 15분 정도인 것 같은데.

어지러운 머리를 책상에 누이며 한숨을 내쉬었다. 이렇게 내 코가 3미터인데, 자꾸 눈에 밟히는 사람이 있어 심란함이 배가됐다.

그 일 이후 나흘. 아직까지 한 번도 서인겸을 만나지 못했고 별다른 소식도 접하지 못했다. 그만큼 걱정스러운 궁금증이 무성히 쌓여 갔다. 대체 어떻게 지내고 있는 건지. 또다시 당하기만 하는 무력한 일상으로 돌아가 버렸을까? 아니면 나 안 보는 새 또 몹쓸 결의를 다지고 있는 건 아닐는지.

"윤영아. 그 얘기 들었어?"

"무슨 얘기?"

뒤에선 이윤영이 뒷자리에 앉은 애와 카더라 통신을 개통한 참이었다. 언제나 그렇지만 발 없는 말에 육상 선수 다리를 다는 건 카더라 통신이다. 특히 카더라 중에서도 잽싸기로는 기집애들 모였을 때가 단연 으뜸이다. 오죽하면 여자 셋이 모이면 간사하다(姦)하겠는가? 그리 지탄하면서도 결국은 귀를 기울이게 되는 사람 마음도 간사하기는 매한가지지만.

"3학년 8반에 서인겸 선배 알지? 우리 언니가 그 선배랑 같은 반이잖아."

서인겸. 그 석 자에 고개를 번쩍 들었다.

"그 선배라면 3학년 전따 아니야? 2학년 때부터 일진들한테 찍혀서 장난 아니라며? 근데 그 선배는 왜?"

"지금 그 선배 때문에 3학년 분위기 완전 대박이래!"

심장이 둥당거리기 시작했다. 대박이라니? 뭐가 어떻게 대박이라는 거냐? 설마 저 기집애 입에서 서인겸이 또 옥상에서 뛰어내렸다는 말이 튀어나오는 건 아니겠지? 아니면 그 두 양아치가 그날의 앙갚음으로 그에게 또 몹쓸 상처를 입혔다거나…….

"글쎄 그 선배가 저번 주 금요일인가, 갑자기…… 교장실 찾아가서 자기 괴롭힌 3학년 일진들 퇴학시켜 달라 그랬대!"

"뭐?"

엿듣는 중이란 것도 망각하고 하마터면 이윤영과 덩달아 탄성을 내지를 뻔했다. 급히 다리를 바짝 모으고 허리를 나무토막처럼 꼿꼿이 폈다. 혀를 대어 보니 입술이 바싹 말라 있었다.

"담임도 아니고 교장실에 직접? 왜?"

"몰라. 담임한테 말했는데 소용없었나 보지. 아니면 확실히 퇴

학시키고 싶어서 그랬거나. 근데, 그 선배들 진짜 퇴학당할 수 있
대. 증거도 개 많이 가져왔다던데?"

"증거? 무슨 증거? 자기가 따 당했다는?"

"응! 일단 저번 주에 일진들이 그 선배를 담뱃불로 지져서 화상
입혔는데, 그 상처 사진 찍어 왔대. 거기 말고도 맞아서 멍든 데 다
사진 찍어 오고, 일진들이 찢어 놓은 문제집이랑 일기장까지, 하여
튼 증거가 될 만한 건 다 가져왔다더라고. 특히 진짜 대박인 게, 일
진들이 자기한테 욕하고 협박하는 걸 녹음까지 했대!"

"대박······. 그걸 어떻게 녹음했대?"

"진짜 소름 돋는 게, 그 선배가 그거 녹음하려고 일부러 일진들
막 도발했다는 거야! 그 선배가 원래 가만히 맞기만 했는데 그날따
라 어쩐지 일진들한테 막 띠껍게 말대꾸했다 그러더라고."

"와, 대박! 열라 소름 돋아!"

다른 건 몰라도 녹취록까지 확보하려면 적어도 이틀 전엔 작심
해야 했을 터다. 그런데 서인겸은 그것을 저번 주 안에 손에 넣었
다. 즉, 거의 그날 오후에 작심했다는 거다. 그렇게 어려운 용기를
그토록 빨리 냈다는 거다.

나는 열심히 힘주어 입술을 오므렸다. 그렇게 안 하면 되게 멍청
한 모양새로 헤벌쭉 웃어 버리고 말 것 같아서.

"그 선배가, 만약 그 일진들이 퇴학 안 당하면 이번에 생긴 교육
청 사이버 신고함에 신고한다 그랬대. 교육청에다 신고하면 교장
까지 깨질걸? 그래서 교장이 일진들에게 반성문도 받고 선도위원
회 열어서 교내 봉사도 시키고 사과도 받게 해 주겠다고 막 달랬
대. 그래도 자긴 사과 같은 거 필요 없다고, 걔네 퇴학 안 시키면

경찰서 갈 거라고, 경찰서 가서도 안 되면 청와대까지 갈 거라고 막 교장 협박했대! 그것 때문에 교장 뒷목 잡고 쓰러졌다더라."

"그, 그러면 그 일진들은? 지금 어떻게 됐어?"

그 흥분한 목소리부터 어떻게 하지 않으면 어차피 다 들리는데, 말하는 여자애는 공연히 이윤영과의 거리만 좁혔다.

"오늘 학교는 왔는데 3학년 8반 담임이 내쫓았대. 여기가 어디라고 들어오느냐고, 너희는 수업 들을 자격도 없으니 썩 꺼지라고, 완전 화난 목소리로 옆 반까지 다 들리게 막 소리 크게 질렀다더라! 그 선생님 3학년 선생님들 중에 공부 제일 못 가르치고 애들막 떠들어도 가만 놔두는 걸로 유명하거든? 그런데 울 언니가 그 사람이 화내는 거 이번에 처음 봤대."

"거 되게 시원시원하네. 나도 좀 본받아야 하는데."

중얼거리기 무섭게 지방방송이 꺼졌다. 정적을 눈치채고 느리게 돌아보자 이윤영이 나를 노려보고 있었다. 그제야 나는 혼잣말치곤 옥타브를 너무 높였다는 걸 깨달았다.

"왜? 나한테 할 말 있어?"

선수 쳐서 삐딱하게 고개를 기울였다. 예전 같았으면 내 주둥이를 저주하며 소심하게 눈을 내리깔았을 것이다. 하지만 나를 쪼아대는 경멸을 고스란히 읽어 버리는 눈을 가진 지금은, 그리고 그것을 곱다시 당하기만 하기엔 너무나 커 버린 머리를 가진 지금은, 옛날처럼 빌빌 기기엔 무리가 있다. 곧 저쪽에서 '너 왜 남의 대화 엿들어?' 따위의 공세를 퍼부으려니 생각해, 나는 거칠게 숨을 들이쉬었다.

"야. 우리 나가서 얘기하자."

151

생각 외로 이윤영은 손을 맞부딪치지 않았다. 녀석은 뒷자리 여자애의 손을 잡아끌어 횡하니 나가 버렸다. '치사하고 더러워서 너 따위는 상대 안 해.' 한마디 쏘아붙이는 것도 아깝다는 듯.

소리 없이 콧방귀를 뀌고는 돌아앉았다. 소란이랄 것까진 없지만 썩 조용한 충돌은 아니었던 탓인지 보는 눈들이 좀 있었다. 내가 돌아앉기 무섭게 돌풍 맞은 낙엽처럼 뿔뿔이 흩어져 버렸지만.

아주 잠깐이지만 조민기와 눈이 마주쳤던 것도 같다. 그 애가 돌아앉기 전 입술을 삐죽이는 걸 분명히 보았다. 또다시 그는 나를 힐난하고 조소하는 무리에 보란 듯이 끼었다.

그 경멸 어린 시선들을, 너무도 시린 그 시선들을 단 한 순간도 바꿔 놓지 못한다. 이곳은 꿈에조차 단 한 줄기의 훈풍을 모른다.

입을 앙다문 채 집에서 가져온 소설책을 펴 들었다. 단지 입술을 살짝 맞물었다고 생각했는데 혀끝에서 살짝 피 맛이 났다. 뾰족하고 차가운 공기의 한복판에서, 우주를 영원히 떠도는 먼지도 진저리 칠 고독을 씹었다.

＊　　＊　　＊

한강과 맞닿은 하늘이 보이는 운동장 귀퉁이의 돌계단. 철조망 너머 음울하게 휘어진 개나리 덤불이 내 마음과 같은 몰골이었다. 안온하게 한 자리에 머물지 못하고 하릴없이 흐르는 한강도 똑 닮았다.

변변한 이름표도 없는 주제에 가슴을 아리게 하고 입안을 쓰게 하는 이…… 착잡함. 심장에 들어앉았는지 다리에 붙었는지 몰라 사람 제대로 환장하게 하는 기분. 토로할 곳은 오직 하늘뿐이다. 하늘은 그 너른 품과 달리 인색하기 그지없어서, 이 감정을 고작 100분의 1밖에 덜어 주지 않는다. 그래도 그게 어디냐 싶어 이곳을 찾았다.

서인겸은 해냈다. 물론 내가 끊임없이 입김을 불어넣은 덕도 있겠지만, 본인에게 근본적인 용기가 없었으면 애초에 불가능했을 기적이다. 하긴, 죽을 용기도 냈던 녀석이니까. 앞으로도 그 용기의 방향만 제대로 잡는다면 정말로 못 해낼 게 없을 테지.

정말이지…… 대단한 용기다. 대단하다 못해 부러운 용기다. 9년 전 내가 반만 따라갔음 내 인생을 송두리째 바꿨을 용기. 그토록 가지고 싶었는데, 나는 지금도 가지지 못한 용기.

요 일주일간 나는 9년 전 나를 괴롭혔던 녀석들에게 하고 싶은 말도 맘껏 했고 나름 앙갚음도 했다. 하지만 그건 내게 없던 용기가 새삼 솟아나서가 아니다. 그 정도쯤 누가 못할까? 아무런 뒷감당도 생각하지 않아도 되는 꿈속이라면. 그것도 앞이 훤히 보이는 꿈속이라면.

진짜 용기는 앞이 훤히 다 보이는 꿈속에서 텃세 부리는 것이 아니라, 한 치 앞을 모르는 안개 앞에서 쪽을 쓰는 것이다.

이 꿈에서 깨면 나는 돌아오겠지. 좋은 건 좋고 싫은 건 싫다고 확실하게 말하지 못하는 미련퉁이로. 먼저 다가가고 먼저 밝게 웃자는 결심을 작심삼일로 만드는 빙충이로. 현실에선 쪽도 못 쓰는 겁쟁이로. 자꾸만 눈을 내리까는 23살 겁쟁이 이설아로.

"어? 너 여기서 뭐 해? 집에 안 가?"

"아……."

호랑이는 제 말 하면 오고 사람은 제 생각하면 오나? 언제 왔는지 서인겸이 오른쪽 어깨에 책가방을 둘러멘 채 검지로 나를 겨누고 있었다.

"그러는 너야말로 집에 안 가고 여기서 뭐 하는데?"

"나? 어, 음! 그게⋯⋯."

나의 되물음에 인겸이 눈을 아래로 굴리며 가지런한 턱을 좌우로 갸웃거렸다. 그러면서도 입가에 선연한 미소가 번져 가는 것이 확실히 기분은 좋아 보였다.

"그냥 좀 있다 가려고. 뭐랄까, 요 며칠간 가만히 있어도 여기가 막 울렁거려서 괜히 아무 데나 막 쏘다니게 되지 뭐야. 아직 모든 게 다 해결된 것도 아닌데, 지금 기분이면 진짜 뭐든 다 할 수 있을 것 같아."

인겸이 보란 듯이 제 가슴을 주먹으로 짚었다. 저 안에서 크고 무거운 심장이 뛰고 있겠지. 나 살아 있다고 당당하게 쿵쿵거리고 있겠지. 그걸 생각하는 것만으로도 텅 비어 버린 몸에 새 피가 도는 느낌이었다. 누군가의 뜬 눈을, 호흡하는 콧구멍을, 움직이는 입술을 보는 것만으로 이렇게 가슴이 벅차오른 적이 있었던가?

"근데 넌 왜 여기 있어? 무슨 볼일이라도 있어?"

"어? 아아, 난 그냥⋯⋯."

나에게도 암호 같은 이 서성임을 어떻게 너에게 설명할까? 할 수 있는 거라곤 화제를 바꾸는 것뿐이었다.

"그보다 나 얘기 다 들었어. 너 진짜 대단하더라? 어떻게 그런 것까지 다 녹음할 생각을 했어? 은근히 무서운 사람이네?"

"어⋯⋯. 다 들었어? 하하, 소문 참 빠르다. 벌써 다 퍼지다니."

인겸이 뒷머리를 긁적이며 멋쩍게 웃었다. 하지만 유독 눈은 요 며칠간의 치열했던 반란을 상기하듯 이채를 띠었다.

"사과도 안 받는다 했다며?"

"……."

인겸이 일자로 입술을 다물었다. 잠시 뒤 웃음기 달아난 얼굴로 차분히, 그리고 더없이 단호하게 고개를 끄덕였다. 그에게 넌지시 물었다.

"이건 어디까지나 가정이지만, 만약 그놈들이 너에게 진심 어린 사과를 한다면? 그런 사과를 들어도 정말 용서할 생각은 하나도 없는 거야?"

"전혀."

인겸의 양 볼이 차갑고 딱딱하게 굳었다. 무서운 속도로 얼어붙 는 표정을 보자니 드라이아이스를 건드린 듯 손가락 끝이 따끔거 렸다.

"내가 하다못해 지들 발 밟은 적도 없는데 날 그렇게 괴롭힌 놈 들이야. 애초에 미안함이나 죄책감이라는 걸 아는 놈들이었으면 내 어깨에 이런 짓까지 하지는 않았겠지. 사람이 아파서 비명을 지 르는데도 끝까지 못 도망가게 붙잡고 계속 담배로 지지면서 처웃 은 놈들이라고!"

속으로 씹어 삼키기만 하다가 입 밖으로 나온 분노에선 피비린 내가 났다. 그 분기에 위압되어 나는 입도 벙긋하지 못했다.

"그런 놈들에게서 애초에 진심 어린 사과를 바라는 게 바보 아 닌가? 지금까지 병신같이 당하기만 한 것만으로도 충분하잖아?"

인겸이 신랄하게 비웃었다. 먼지투성이 세상, 그리고 자기 자신을 향해.

"그러니까 난 끝까지 갈 거야. 그놈들 꼭 퇴학당하게 해서 중졸도 못 되게 만들 거야. 그놈들이 어쩌다 취직이라도 하면, 그 회사 찾아가서 그놈들이 한 짓 다 까발려서 잘리게 할 거야. 대한민국 어디에도 발 못 붙이게 할 거야."

"그렇게 당해도 싼 놈들이지만, 그래도 그렇게까지 하는 건 좀……. 그러면 네 시간도 너무 많이 잡아먹잖아?"

놈들을 물어뜯으라고 부추긴 건 나였다. 인겸의 반란을 전해 들으며 통쾌해한 것도 나였다. 하지만 이만 그를 멈추게 하고 싶었다. 이제 필요 이상의 불을 내려 하니까. 종래엔 자신만 남김없이 사를 뿐인 불을 내려 하니까.

"너한테 이 정도의 상해를 입혔으니 학교에서도 그냥은 넘어가지 않을 거야. 이만하면 충분히 한 방 먹였으니까 이제 너도 네 일상을 되찾을 생각을……."

"전혀 안 충분해."

인겸이 매몰차게 내 말을 잘랐다.

"이걸로는 한참 부족해. 나도 처음엔 이 정도만 해도 충분하다 생각했어. 하지만 다른 학교 얘기 들어 보니 안 되겠어. 교장이나 선생님들은 누가 따 당하면 학교가 시끄러워질까 봐 무조건 덮으려고만 한대. 따 당한 애한테 오히려 전학 가라 그런대. 다른 학교만 그런 게 아니었어. 아무리 증거를 많이 가져와도 우리 학교 선생님들은 반성문이니 교내 봉사니 자꾸 쓸데없는 말만 해. 그놈들한텐 별 소용없는 가벼운 벌로 모든 걸 다 덮으려고만 해."

아무리 말솜씨가 없어도 보통은 하다못해 반박하고 싶은 말이라도 입안에 맴도는데, 지금은 입이 있다는 폼조차 잴 수 없었다.

"내가 얼마나 괴로웠는지, 얼마나 아팠는지…… 그런 건 전혀 생각 안 해. 그저 그놈들 감싸서 조용히 지나갈 궁리밖에 안 해. 나는 절대 이대로 못 끝내. 이렇게 끝낼 거였으면 시작하지도 않았어. 반드시, 당한 만큼 다 돌려줄 거야."

뭐라 반박을 할까? 이렇게 잔혹한 이야기가 기우가 아니라 현실인데. 어쩌면 앞으로도 달라지지 않을 더럽고 치사스러운 현실인데. 그 냉혹한 현실을 알아 가며 또 한 번 피를 철철 흘렸을 서인겸에게 무어라 말을 할까?

"그리고 내 일상을 되찾으라고? 넌 내 일상이 어떨 거라 생각한 건데?"

실핏줄이 툭툭 불거져 나와 금방이라도 심장을 쥐어뜯을 것 같은 손. 창백하게 식은 얼굴. 그 한복판에 자리한 입술이 처연하게 일그러져 갔다.

"그 두 사람 아니라도 어차피 딱히 행복하지도 않은 일상이었어. 집에 가면 어머니는 그저 공부하라는 얘기뿐이지. 성적 좋으면 어차피 선택의 폭이 넓어지니까 꿈 같은 건 나중에 생각해도 된다고. 내 고민 따윈 알아주려 하지 않아. 내가 자살하려 했을 때도 차라리 진짜 죽고 오지 그랬느냐고 하셨지. 이젠 어머니의 미소가 어떻게 생겼는지 기억도 나지 않아."

인겸이 발작적으로 숨을 들이마셨다.

"나한텐 제대로 된 친구도 없어. 애들이 나한테 궁금해하는 건 기껏해야 시험 점수 몇 점 받았는지, 어떤 문제집을 풀고 어떤 학원 다니는지 뿐이야. 내가 당할 때 아무도 말려 주지 않고 뒤에서 같이 웃고 즐거워하기만 했어. 나에 대해 잘 알지도 못하면서 멋대로 험담하고 다니고. 다들 날 싫어해. 이딴 일상으로 돌아가기 싫어. 그러니까……."

목에 쇠바늘을 세운 채 씹어뱉듯 말하던 인겸이 콜록 하고 재채기를 뱉었다. 난 그 입에서 피가 한 움큼 쏟아져 나오는 헛것을 봤다.

"앞으론 나도 같이 깔보고 무시해 버리려고. 재수 없다고 하니깐 정말 재수 없는 인간이 되어 줄 거야. 어쩌겠어? 가만히 있어도 그런 인간이 돼 버리는데. 그러니까 이젠 나도 다른 사람이 힘들어하든지 말든지, 아프든지 말든지, 상관 안 할 거야. 어차피 행복해지지 못할 거, 이젠 당하기만 하진 않겠어."

그의 절규가 한 음절 한 음절 쫓아 들어와 내 폐부를 쥐어짰다. 9년 전, 정말 학교 가기 싫어 돌아 버리는 줄 알았다. 하지만 진심으로 죽고 싶다고까지 생각하지는 않았다. 적어도 내겐 희망이 있었으니까. 내가 무슨 일을 저질러도, 무슨 일을 당해도 끝까지 내 편이 되어 주겠다고 끊임없이 말해 주는 부모님. 내 고민을 지겨워하는 기색 없이 들어 주는 친구 같은 여동생. 내가 돌아갈 일상엔 그들이 있었으니까.

하지만 인겸은 그렇지 않았다. 뚜렷한 목표가 없어 더 지긋지긋한 입시경쟁. 시기와 질투만이 가득한 친구들의 시선. 자식에게 더 엄격한 교사 어머니. 그런 것들만 남은 곳이 서인겸이 돌아갈 일상이다. 그런 일상으로 돌아가라 하다니. 나더러 참고 견디라면 단 하루도 못 버틸 생지옥으로 돌아가라고 말한 셈이 되었다.

나는 입술을 짓씹었다. 이대로는 인겸을 다시 웃게 할 수 없다.

내 말솜씨, 내 판단력, 내 위치로는 이제 역부족이다. 하지만 어쩌면……

"혹시, 어머니한테 제대로 말씀드려 봤어? 네가 어떻게 당했는지."

"아니."

예상했던 대로 인겸이 완강히 고개를 저었다.

"말했을 리가. 내가 죽을 뻔했는데도 차라리 죽어 버리라는 말을 하는 사람인데. 친어머니가 맞는지 모르겠어. 아버지 돌아가시기 전엔 엄청 다정했던 것도, 사실은 아버지가 보고 있어서 그랬던 게 아닌가 하는 생각도 들고. 하……. 상상이 아니라 진짜일지도 모른다 생각하니 괜히 무섭다. 어쨌든 말해도 소용없을 게 뻔해서 안 해."

"그래도 그러는 거 아니야. 당장 가서 말씀드려. 그동안 있었던 일 하나도 빠짐없이."

"싫어!"

인겸이 진저리 치듯 고개를 저었다.

"어차피 말해 봤자일 텐데 뭐하러? 보나 마나 또 그러시겠지! 힘들게 학교 보내 줬더니 한심하게 그런 꼴이나 당하냐. 왜 이렇게 자기를 창피하게 하냐. 꼴도 보기 싫으니까 나가 죽으으읍!"

뾰족뾰족 가시를 세우던 인겸이 말이 내 손아귀에서 죽 늘어났다. 볼때기와 함께.

"뭐, 뭐 하는 짓이야!"

벌게진 볼을 움켜쥐며 인겸이 내게 버럭 소리 질렀다. 곱지 않게 흘기는 눈으로 받아쳤다.

"솔직히 말해 봐. 한심하다는 말 들을까 봐 실컷 겁만 집어먹었지, 정작 어머니한테 네 일을 제대로 말씀드려 본 적은 단 한 번도 없지? 지금 네가 얼마나 힘든지 솔직히 말한 적 전혀 없지?"

"그게……."

"으이그. 내 말 좀 들어 봐."

치밀어 오르는 한숨을 코로 차분히 내쉬고, 나는 인겸에게 타이르듯 말했다.

"말씀은 그렇게 하셔도 결국은 끝까지 네 편이 되어 줄 분이야. 진짜 네 어머니가 아니면 너한테 공부 열심히 하라고 채근하지도 않겠지. 또 네가 죽으려 했을 때 화내지도 않았을 거고."

물론 당근 한 조각도 없는 채찍은 좀 문제가 있지만. 이 말은 주제 이탈할 소지가 있어 속으로 삼켰다.

"네 어머니 지금 고3 담임이라 했잖아? 아마 스트레스 엄청 많이 받으실 거야. 30명도 넘는 학생들 다 좋은 대학 보내 줘야 해, 시험문제도 내야 해, 그렇게 바쁜데 공부까지 해야 해, 몸이 열 개라도 모자랄걸? 사람이 정말 죽도록 힘들면 가까운 사람한테 신경질적으로 대하게 돼. 그러면 안 된다는 거 알면서도 자기도 모르게 그렇게 돼. 본인도 그렇게 힘든데 네가 자살까지 하려 했으니 많이 놀라셨을 거야. 겁도 나셨겠지. 어떻게 해야 할지 몰라서 모든 걸 다 내팽개치고 싶으셨을 거고. 휴……. 그래도 그러면 안 되는 거지만……."

당장 그렇게 해야만 할 것 같은 계시를 받은 것처럼, 살포시 인겸의 손을 감싸 쥐었다. 길고 유려한 손가락이 작은 손아귀에 가만히 갇혀 들었다. 인겸이 무언가에 홀린 듯 눈을 깜박이며 나를 보았다. 그의 눈을 똑바로 보고 말했다.

"딱 한 번만 어머니한테 기회를 드려. 네가 무슨 일을 당했는지, 어떻게 아픈지 제대로 알 기회를 드려. 분명히 너를 위로해 주실 거야. 또 같이 싸워 주실 거야. 어차피 그 일진들 부모가 나서면 너 혼자서 못 당해. 그쪽도 아무리 못나도 제 자식이니까 어떻게든 감싸려 들 거야. 어른들은 네가 생각하는 것 이상으로 용의주도하고 치밀해. 그러니까 더더욱 확실한 네 편이 필요해."

인겸은 다시 눈동자를 아래로 굴렸다. 그래. 용기가 필요한 일이다. 어쩌면 지금껏 그가 낸 용기보다 더한 용기가 필요할지도 모른다.

"알았어. 한번 해 볼게. 그런데 만약, 그렇게 했는데도 어머니가 전혀 안 도와주면 어떡하지?"

으이그, 또 저 꼬리 물고 늘어지는 걱정. 시작도 전에 덜컥 겁부터 집어먹는 건 이설아의 전매특허로 남겨 놓으란 말이다.

"그러면 그땐 내가 네 엄마 할게. 됐냐?"

"뭐어? 푸흡! 너 방금 뭐라고 했어?"

황당함을 넘어 우스운지 인겸이 막 웃음보를 터트렸다. 그 작태에 나는 공연히 코를 긁적였다. 역시 무리수였나?

"아, 나 진짜 오랜만에 제대로 웃은 것 같다. 어쨌든 고마워. 난 처음엔 네가 억세고 오지랖 넓은 여자애라 생각했는데, 이젠 네 말 들으면 기운이 나. 정말 고마워. 아, 참!"

명랑하게 웃던 인겸이 손가락을 딱 소리 나게 튕겼다. 그는 나를 보며 자랑하듯 말했다.

"본격적인 전쟁이 시작되면 그놈들한테 가장 먼저 이렇게 말해야겠다. 다른 건 몰라도 널 건드리면 진짜 죽여 버리겠다고."

"그, 그으래? 그거 참 고맙네……."

왜인지 우스개로만 들리지가 않아 나는 떨떠름하게 웃었다.

"근데 너 손이 좀 차다. 오히려 내가 감싸 줘야 하나 싶을 정도야."

"아……."

태양의 파편이 관자놀이를 스쳐 가기라도 한 듯한 아찔함을 느끼며, 시선을 아래로 내렸다. 오늘따라 참 민망함을 모르는 손이 남정네의 손을 오래도 붙들고 앉았다. 불에 덴 듯 황급히 서인겸의 손을 놓았다. 놓아줬는데도 그의 손은 아직도 잡혀 있는 양 허공에 정지해 있었다. 턱을 들어 올리니, 손의 위치만큼이나 미묘한 표정이 나를 물끄러미 살피고 있었다.

"왜…… 그래?"

꽃가루를 담뿍 탄 듯 대기가 간질간질하여 살짝 새된 목소리가 나왔다. 시치미를 떼듯 건넨 한 마디가 어딘가에 노크를 했는지, 비로소 서인겸의 손이 얌전히 옆으로 떨어졌다. 대신 그의 입술이 한동안 소리 없이 달막였다.

대체 이 상황에서 어떤 말을 찾길래 이리 어려운 표정을 짓는 건지. 초 단위로 무성해지는 의아함에 눈썹을 세우려는 찰나, 서인겸이 픽 소리 나게 웃었다. 별수 없이 무라도 자른다는 듯, 그가 시원섭섭한 기색으로 말했다.

"아니. 그냥 고마워서."

＊＊   ＊＊   ＊＊

「'집에 잘 들어가. 내일 보자.'

그 말을 하고도 서인겸은 한동안 나를 뚫어지게 바라보았다. 한참 뒤 내가 손을 한 번 흔들어 봤더니 흠칫 놀라면서 뒤를 돌았다. 그대로 집에 갈 줄 알았는데 한 다섯 걸음쯤에서 다시 뒤돌아 내게 손을 흔들며 인사했다. 서인겸의 웃음이 햇살에 부서졌다. 서로가 안 보이게 될 때까지 그걸 한 서너 번은 반복한 것 같다.」

"풋……."

살포시 터져 나온 웃음이 입술을 데웠다. 일기장을 든 채 침대 위에서 자세를 고쳤다. 매일 나의 행적을 낱낱이 옮겨 적는 괴물 일기장에 서인겸과의 에피소드도 담겨 있었다.

어정쩡하게 뒤를 돌아보는, 멋쩍고 우스웠던 모습. 떠올리면 떠올릴수록 웃음이 났다. 왜일까? 그 엉거주춤한 걸음에 치여 덩달아 주춤거린 벚꽃잎이 지금도 발치에서 구르는 듯한 느낌이 드는 것은.

열린 창으로 들어오는 봄바람이 제법 찬데 너무 건방지게 얇은 옷을 입었나 보다. 공연한 것들이 눈에 자꾸 밟히고 있으니. 머릿속에 떠다니는 뭉게구름에 들어앉은 서인겸을 몰아내려 눈을 깜박였다. 그래도 또 의미 모를 미소가 입꼬리를 잡아 늘렸다. 난데없이 부푼 웃음보를 졸이는 건 시계탑을 넘는 구렁이에게 맡기기로 하고, 일기의 마지막 문단으로 시선을 옮겼다.

「문득 이런 생각을 했다. 괴롭힘을 견디다 못해 같이 노려보고, 말대답하고, 녹음해서 약점까지 잡는 우리는 사슴 같다고. 뿔을 키우지 않고서는 영역도 빼앗기고 맹수에게 물어뜯기는 사슴 같다고. 그래서 뿔을 키우는 사슴 같다고.」

일기장을 쳐든 팔에서 힘이 풀렸다. 입에서 웃음이 말랐다.

「사슴은 뿔 없이는 살 수 없는 것일까? 연하고 여려서 순진하고 예쁜 그 모습 그대로 영원히 남을 수는 없는 걸까? 상처 입히지 않으면 상처 입을 수밖에 없는 것일까?」

일기장을 덮었다. 불을 끄고 침대에 누워 이불을 뒤집어쓰고 눈을 감았다. 현실에도 없고 꿈에도 없는 뿔 안 키우는 사슴, 꿈의 꿈 속에서 찾으려.

*   *   *

주번이 하는 일은 잠긴 교실 문을 열고 교탁 위에 출석부를 가져다 놓은 다음 교실 정돈을 해 놓는 것이다. 모든 일을 8시까지 마쳐 놓아야 한다. B중학교 등교 시간은 8시 30분. 주번은 아침잠을 적어도 40분이나 줄이고 등교해야 했다. 출석번호 순으로 남녀 번갈아 2명씩 순번을 돌리다 보니 이번 주는 나와 이윤영 차례가 되었다.

2002년 4월 11일 목요일. 모든 일을 마치고 교실 뒤쪽의 벽시계를 올려다보니 딱 8시였다. 나와 함께 이번 주 주번인 이윤영은 아직 코빼기도 안 보였다. 월요일부터 오늘까지 나흘 내내.

책상 걸쇠에 가방을 걸고 신경질적으로 의자를 잡아끌었다. 잡아당긴 의자가 뒤의 책상을 쾅 소리 나게 들이받았다. 그대로 10분간 날 선 숨을 뱉고 있었더니 내가 열어 놓은 뒷문으로 이윤영이 들이닥쳤다. 그 기집애는 미안한 기색 하나 없이 나른한 하품을 하며 내 뒷자리로 왔다.

"야."

보란 듯이 책상에 엎드려 잠을 청하려는 이윤영을 음산한 목소리로 붙들었다. 책상에 대려던 고개를 들어 짜증 가득한 시선을 던져 오는 그녀에게 날 선 목소리로 말했다.

"내일은 네가 8시까지 와서 문 열고 출석부 가져와. 이번 주 내내 나만 했으니까."

"내가 왜?"

이윤영이 밉살스레 이죽거렸다.

"누가 너보고 먼저 와서 혼자 다 하래? 지가 오버해 놓고 왜 나한테 이래라저래라 명령질?"

이깟 잡일 하루 이틀 정도 더 한 걸로 뭐 이리 유난을 떠느냐 말하고 싶겠지. 하지만 이런 잡일에도 최소한의 도리는 있는 게 아닌가? 일의 공정한 분담을 떠나 최소한의 염치도 모르는 파렴치한 행태에 화가 났다. 그만큼 기본적인 존중도 받지 못하는 내 처지가 기막혔다.

"어쨌든 난 내일 일찍 안 올 거니 알아서 해. 늦게 문 열고 출석부 안 가져와서 담임한테 욕 처먹든 말든 난 이제 몰라."

불엔 맞불이 제격이듯, 마이페이스엔 마이페이스가 현답인가.

"아, 쌍. 맘대로 해!"

이윤영은 쌀쌀맞게 쏘아붙이고는 쿵쿵 소리 나게 발로 바닥을 찧으며 교실 밖으로 나가 버렸다.

자리에 앉으려다 말았다. 배 속이 울렁거려 의자에 궁둥이를 붙일 수 없었다. 허청허청 창가로 다가서 창백한 커튼을 홱 소리 나게 열어젖혔다. 하늘의 안색이 커튼 못지않게 창백했다. 그것까지 걷어 낼 도리가 없으니 코와 입이 막힌 듯 가슴이 먹먹하였다.

왜 또 이럴까? 말대답하면 할수록 후련해지기는커녕 공허해지고. 노려보면 볼수록 통쾌해지기는커녕 오히려 도망가고 싶어지고.

처음에는 이 초조함이 날 괴롭힌 모든 녀석에게 아직 속 시원하게 본때를 보이지 못한 탓이라 생각했다. 하지만 단지 그뿐이라 여기기엔 시일이 좀 지났다. 이런 식으로라면 어떤 앙갚음을 해도 마찬가지일 것 같다.

어쩌면 나는 이미 인정해 버렸는지도 모른다. 이 1학년 5반에 있을 때의 기분은 울분과 복수심만이 아니라고. 그 만만찮은 감정들마저 짓누르고 앉아 내 심장까지 꽉꽉 죄는 이것은, 죄책감이라고. 그런데 죄책감이란 감정은 잘못이 있어야 성립하는 것이다. 그것도, 나를 똥 묻은 개로 전락시키는 잘못 말이다.

"이설아. 내 바지가 왜 여기 있어? 네가 안 가져갔다며?"

치졸하게 눈을 내리깔아 하늘을 외면했다. 치가 떨릴 정도로 비겁한 생각을 짜내어 마음을 혹독하게 뒤흔드는 메아리에 맞불을 놓았다.

웃기는군. 그게 왜 내 잘못이지? 그 사건은 나도 피해자였는데. 게다가 어차피 다 지난 일이잖아? 9년이나 지나 이제 B중학교 녀석들과는 단 한 명도 남김없이 인연이 끊겼는데 굳이 파헤칠 필요가 뭐 있나? 새삼 이제 와서 '내 탓이오.'라고 곡성이라도 내라는 거야?

"하."

창밖으로 약발 다 된 진통제를 토해 냈다. 한 명, 두 명. 정문으로 학생들이 들어오고 있었다. 이른 시간이라 그런지 손가락으로 셀 수 있을 정도였다. 여름날 개미 떼만큼이나 감흥 없는 광경이었다. 그런데 불현듯 교문에 익은 얼굴이 나타났다. 서인겸이 왔다. 침이 넘어갈 만치 엄숙하게 검푸른 투피스 정장을 차려입은 여성과 함께.

나는 뒤돌아서서 콩닥거리는 심장을 주먹으로 짓눌렀다. 약속이라도 한 듯 교실을 뛰쳐나와 1학년 8반 옆 우측계단으로 갔다. 1학년 교실은 4층이고 3학년 교실은 2층. 최대한 힘을 빼서 내딛는데도 발소리가 유난히도 컸다. 새삼 도둑고양이나 민들레 홀씨 따위가 부러웠다.

"말 같지도 않은 소리 집어치우세요!"

마지막 계단에 발을 디디려다 황급히 벽에 바짝 붙어 섰다. 목을 길게 빼어 벽 너머를 엿보니 3학년 8반 교실 앞에 선 세 사람이 보였다. 날카로운 목소리의 주인공으로 보이는 진청색 투피스 정장의 여인. 그 맞은편에 선 진회색 정장의 노선생. 그리고 한 걸음 뒤에서 두 사람을 묵묵히 바라보는 서인겸.

처음 보는 얼굴들이 누구인지는 일목요연했다. 여인은 서인겸의 어머니였고, 그 맞은편 노선생은 그 악명 높은 3학년 8반 담임 이창희였다.

"제 지인 중에 이쪽에서 최고인 변호사님 계시거든요. 형사랑 민사 모두 합의 없이 진행할 겁니다. 그런데 사실, 지금 심정 같아

선 법의 심판이고 나발이고 그냥 다 죽여 버리고 싶은 마음뿐입니다, 저는!"

격앙된 목소리를 내뱉는 인겸 어머니의 체구는 제 가슴을 쳐 대는 동작에도 뒤흔들릴 만큼 가냘팠다. 허나 그 작은 체구에서 뿜어져 나오는 서슬은 금방이라도 이 학교를 통째로 씹어 삼킬 듯 푸르렀다.

집안에서는 일찍이 남편과 사별하고 홀로 외아들을 키워 낸 여인. 밖에서는 속 썩이는 학생과 학부모를 십 년 넘게 상대해 온 베테랑 여교사. 움푹 파여 광대를 드러내는 볼엔 한두 마디 정도로는 표현키 어려운 세상의 풍파가 엿보였다.

"지금 당장 이 안으로 들어가 뒈져 버릴 악마 새끼들 다 족치지 않는 것만으로도 저 많이 참는 겁니다. 저마저 없으면 우리 인겸이 한테 정말 아무도 안 남아 버리니까 간신히 이성 챙기는 중인데, 선생님은 이 판국에 그 녀석들 역성을 드시는 겁니까?"

어제 그녀가 노선생과의 통화에서 어떤 말을 들었는지 알 만했다. 보나 마나 교육청이나 경찰을 끌어들여 일을 시끄럽게 만들지 말아 달라는 권유였겠지. 학교 측의 솜방망이 같은 처벌로 입 싹 닦아 달라는, 자기네들 밥그릇을 흔들지 말아 달라는 구걸이었겠지. 그 뻔뻔한 낯짝 좀 보려 시선을 돌려 봤다.

"그 녀석들 역성을 드는 것이 아닙니다. 진정하시고 제 말씀을 좀 들어 주십시오. 어머님."

예상했던 절절매는 목소리는 아니었다. 노선생의 목소리는 폭풍도 가라앉힐 듯 차분했다.

"어머님 심정 십분, 백분 이해합니다. 인겸이가 신체적으로든 정신적으로든 그 어린 나이에 얼마나 견디기 어려운 상처를 입었는지, 그 때문에 인겸이도 어머님도 지금 얼마나 아프고 힘드실지 감히 이해합니다."

"허, 이해하신다고요? 선생님이요?"

인겸의 어머니가 실핏줄이 일어난 눈으로 조소했다.

"저는 그렇다 치고, 인겸이가 돈을 갈취당하고, 입에 담지도 못할 온갖 추저분한 욕설로 인격모독을 당하고, 학업 방해를 받아 자존심에 상처 입은 것도 모자라, 몸이 이 지경이 되도록 담뱃불로 고문을 당한 상처가 어떤지 댁이 이해하신다고요? 그래, 이해하신다는 분이 그따위로 매몰차고 잔인하게 제자를 내쳤습니까!"

창자가 튀어나올 것 같은 절규였다. 입술을 살짝 떠는 것 외엔 의연히 서 있던 인겸이 금방이라도 까무러칠 것 같은 제 어머니를 부축했다. 자기보다 머리 두 개는 큰 아들의 팔 안에서 헐떡헐떡 숨을 몰아쉬면서도, 그녀는 시푸른 혈관이 분기탱천한 팔을 들어 노선생에게 삿대질을 했다.

"당신도 용서 못 해! 어떻게 자기 제자한테 그렇게 잔인할 수가 있어? 나도 선생 노릇 15년을 하면서 따돌림당하는 애, 맞고 다니는 애 다 지도해 봤어. 비록 그런 애들 문제를 완전하게 해결해 주진 못했지만, 저어도 당신처럼 학생이 아프다 괴롭다 하는데 네 잘못 아니냐, 그따위 헛소리를 내뱉는 건 감히 상상도 해 본 적 없어! 천운으로 살았다 뿐이지, 당신 이미 내 아들 죽인 거나 마찬가지야! 알아?"

"어머니. 제발 진정하세요……."

인겸이 자기 어머니의 어깨를 붙들었다. 저러다 가뜩이나 벌겋

게 충혈된 눈이 하얗게 까뒤집혀 영영 제자리를 찾지 못하는 건 아닐까, 엿보는 나까지 조마조마했다. 아들의 손길에 조금은 진정이 된 건지, 아니면 하도 악을 써서 목이 가 버린 건지, 그녀는 그악스럽도록 낮아진 목소리를 냈다.

"그러니 절대 용서 못 해. 그 두 악마 새끼들은 물론이고 당신이랑 이 학교, 서울시까지 다 책임 물릴 거야. 내 아들 털끝이라도 건든 인간들 다 찾아내서, 절대 가만두지 않을 거야."

흉흉한 눈씨로 악에 받친 말을 읊조리는 인겸의 어머니 앞에서 3학년 8반 담임 이창희는 쓰게 눈을 감았다. 정년퇴직이 목전인 교사라 했던가. 노선생의 머리는 서리 맞은 듯 희끄무레했고 허리는 노송처럼 굽었다. 크고 굵은 돋보기 렌즈를 지탱하기엔 금색 안경테가 다소 앙상해 보였다. 거기까진 내가 상상했던 무능한 노선생의 외양 그대로였다.

그러나 노선생이 감았던 눈을 떴을 때, 나는 주름진 눈꺼풀 아래서 선연히 번뜩이는 무언가를 보았다.

"정말, 죄송합니다. 어머님."

숙였던 고개를 곧추고 노선생이 인겸의 어머니를 직시했다.

"어머님 말씀대로 저는 교사로서 인겸이에게 너무나 잔인하고 몹쓸 짓을 저질렀습니다. 다른 건 몰라도 제 잘못만큼은 단 한 마디도 변명하고 부인하지 않겠습니다. 어떤 처벌을 원하시든 달게 받겠습니다. 직접 듣지 않아도 제자의 아픔을 읽어야 할 교사의 본분을 다하지 못한 저, 인겸이와 어머님께 평생 무릎을 꿇고 사죄해도 부족합니다. 제자에게 돌이킬 수 없는 상처를 입히고 학교에 대한 신뢰까지 잃게 한 저, 이 자리에서 벼락을 맞아도 부족합니다."

보통은 자기 책임 운운하면서도 조금씩 구차한 변명을 곁들여 빠져나갈 구멍을 파 놓기 마련이다. 하지만 노선생의 화법에선 전혀 그런 구석을 찾을 수 없었다. 나는 그토록 단호하게 자신을 후려치는 직언을 들어 본 적이 없었다.

본인이 벼락을 맞아도 부족하다고 말하는 노선생은, 정말로 벼락이 내리치면 눈 하나 깜짝 안 할 듯 보였다. 아니, 오히려 지금 당장 벼락이 자신을 단죄하기를 진심으로 바라는 듯 보였다.

결연하고 비장하기까지 한 노선생의 사죄에 오히려 몰아치던 쪽이 질려 버린 듯했다. 인겸의 어머니가 길게 숨을 내뱉었다. 선생이 말하는 내내 외려 그녀가 호흡을 고르지 못한 모양이었다. 그때였다.

"네가 따돌림당할 만한 짓을 한 거 아니냐."

파리도 감히 끼어들지 못할 정적을 먼저 깬 건, 짙은 회한이 피처럼 배어 나오는 목소리였다.

"네?"

인겸의 어머니가 망연히 되물었다. 얼어붙은 공기를 뚫고 선생은 한 걸음 앞으로 나아가 그녀 앞에 섰다. 안 그래도 굽어진 허리가 뚝 끊겨 나갈 듯 앞으로 휘어졌다. 딸뻘인 여인 앞에서 정중하고 처연하게 허리를 숙인 채, 노선생은 절절히 읍소했다.

"그 단 한마디로 얼마 안 남은 평생 발편잠을 못 이룰 만큼 후회합니다. 이런 늙고 무능력한 사람인데도 담임이라고 믿음을 주려 했던 제자에게 왜 그토록 잔인했는지……. 설령 인겸이가 먼저 고민을 털어놓지 않았다 하더라도, 그토록 수심 가득한 얼굴을 왜 공부 스트레스 탓이라 가볍게 넘겼던 것인지……. 인겸이가 다른 아이들이랑 웃고 떠드는 모습을 보이지 않는 걸 왜 아이의 성격적 결함 탓이라 치부했던 것인지……. 왜 그렇게 모든 걸 아이 탓만으로 여기면서 아픈 아이에게 따뜻한 위로 한마디 못해서 결국, 결국…… 지켜 주지 못했던 것인지 너무 후회가 돼서……. 죽어서도 눈을 감지 못할 것 같습니다……."

"그만! 그만하세요……. 흐으윽!"

인겸 어머니의 몸이 무너져 내렸다. 그녀는 피멍을 지울 기세로 제 가슴을 후려치며 통곡을 하였다.

"사실은 다 제 잘못이잖아요! 제가 진짜 때려죽일 년이잖아요! 하나뿐인 아들이 바깥에서 이렇게 괴로워하고 아파하는 줄도 모르고……. 심지어 죽다 살아났는데도 왜 그랬는지 물어보기는커녕, 왜 이렇게 못났느냐 책망만 하고……. 이런 잔인한 엄마가 세상천지 어디에 있어요? 전 이제 인겸이한테 엄마 소리 들을 자격도, 자신도 없는 사람입니다. 죽을 때까지 잠을 자지 못할 정도로 후회해야 하는 건, 죽어도 눈을 감지 못할 정도로 후회해야 하는 건 저란 말입니다! 어흐흐흑!"

주저앉은 채로 목 놓아 우는 인겸의 어머니를 선생과 인겸이 양쪽에서 부축하여 세웠다. 나는 소리 죽여 코를 한 번 훌쩍이고 오른쪽 눈에서 위태하게 찔끔거리는 물방울을 소매로 닦아 냈다. 나보다 더 이러고 싶을 텐데도 입술을 고집스레 씹어 맞물어 참아 내며 의연히 제 어머니를 챙기는 인겸이, 대견하면서도 가여웠다.

"어머님. 송구스럽지만 제 말씀을 좀 들어 주시겠습니까?"

인겸 어머니의 흐느낌이 잦아들자 인겸의 담임이 조심스레 다시 입을 열었다. 두 눈에서 넘실대는 감정을 꾹 눌러 앉힌 목소리는 경이로웠다.

"이미 인겸이는 신체적으로도 정신적으로도 너무나 큰 상처를 입었습니다. 어깨에 입은 화상은 흉터가 남을 것이고 마음에 입은 상처도 어쩌면…… 완치는 되지 않을지도 모르겠습니다. 인겸이도 어머님도 그 두 학생을 용서하기 매우 힘드실 겁니다. 저도 오래전 죽은 제 자식이 같은 일을 당했다면 용서라는 말을 입에 담지 못했을 겁니다. 하지만 어머님. 마음을 다잡으셔야 합니다. 저의 부탁은 인겸이를 위한 결단이기도 합니다."

"그래도 못 합니다. 저는."

한바탕 울음을 터트려 한풀 꺾인 감은 있었지만 그녀의 도리질은 완강했다.

"아직도 선생님의 말씀을 이해하기 어렵습니다. 듣자 하니 우리 아들 일 아니어도 그 두 학생은 전에도 심각한 문제를 많이 일으켰다지 않습니까? 다른 학생들한테도 폭력을 행사하고 금품을 갈취한 건 물론이고, 폭력 서클에도 가담한 전과가 있다지요? 그런 학생들을 마냥 방관하고 넘어가는 게 과연 학교 측에도 이로울지요? 이 기회에 확실하게 처벌을 하는 편이 다른 학생들에게도 좋은 본보기가 되지 않을까 생각합니다만."

"무조건 방관하자는 말씀은 아닙니다."

인겸의 담임이 두 손을 내저었다. 그의 손놀림도 완강했다.

"인겸이와 어머님께서 받으신 물질적, 정신적 피해에 대한 보상은 분명하게 받아 내십시오. 부족함 없는 보상이 이루어지도록 제가 가해 학생 학부모들에게 분명하게 이야기해 두겠습니다. 다만, 두 학생을 고발하시기 전에 학교를 좀 더 믿어 주시고 조금만 더

기다려 주십사 합니다. 두 학생이 교내 봉사 같은 일회성 처벌이 아닌, 전문적인 계도 교육을 충분한 시간에 걸쳐 이수하도록 제가 책임지고 추진하겠습니다. 또한, 졸업 전까지 인겸이가 반 친구들과 잘 어울리도록 제가 온 힘을 다해 돕겠습니다."

"저는 잘 모르겠습니다."

인겸의 어머니가 극도의 피로감이 묻어나도록 눈살을 찌푸렸다.

"제 감정대로라면 두 녀석이 평생 교도소에서 썩었으면 합니다만, 미성년이니 현실적으로 그리 높은 처벌은 받지 않겠지요. 하지만 그렇다고 교육이 최선일까요? 교육을 받는다고 달라질 애들이었으면 애초에 이런 잔인한 짓을 했을까요? 이런 말씀 드리긴 뭐합니다만, 솔직히 선생님 본인 신상문제 때문에 조용히 덮어 두려는 처사가 아니신지요? 그리고…… 이제 와서 인겸이가 이 반에서 잘 지낼 수 있도록 뭘 어떻게 도와주시겠다는 거지요? 죄송하지만 지금으로선 회의적인 생각밖에 안 듭니다. 해서."

인겸의 어머니가 의구심과 원망이 가득한 눈초리로 담임을 직시했다.

"두 학생이 어떻게 되든 상관없이, 전 인겸이를 전학 보낼 생각입니다. 내일 당장이라도요."

'헉' 소리를 간신히 새된 숨소리로 대신할 만큼 놀랐다. 하지만 몇 초 지나지 않아 쓴웃음이 지어졌다.

인겸을 상처 입힌 건 단 두 사람만이 아니다. 두 사람이 인겸을 넝마로 만들 때 뒤에서 고소해했을 3학년 8반 사람들. 두 사람이 인겸의 어깨에 담뱃불을 가져다 댈 때 그 불이 계속 타오르도록 바람을 부친 비열한 부채들. 인겸이 그 틈바구니에 남는다면 뒤에 벌어질 일이야 안 봐도 비디오다.

이 꼴 저 꼴 보느니 역시 미련 없이 떠나는 게 인겸에게 최선이려나? 당연한 일이라 생각되면서도 어딘지 입안이 썼다.

"어머님. 일을 이 지경까지 몰고 와 놓고도 믿음을 바라는 건 매우 뻔뻔한 부탁이라는 건 압니다. 하지만 오해하시는 부분이 있으신 것 같아 감히 말씀드립니다. 저는 올해가 교사로서 마지막입니다. 제 일신의 문제는 지금의 저에겐 하나도 의미가 없습니다."

인겸의 담임이 심장까지 고스란히 다 내보일 만치 곧은 눈빛으로 인겸의 어머니와 눈을 맞췄다.

"그 아이들이 소년원이나 소년교도소에 간다 해도 문제입니다. 그곳에 오는 아이들이 저지른 범죄는 소위 '조금 노는 애들'이 부리는 말썽에 비할 바가 아니지요. 그런 아이들 사이에선 대개 기형적인 위계가 형성되기 마련입니다. 그 정도가 도저히 아이들이라 생각하기 어려울 정도로 살벌하고 가혹하다 들었습니다. 이런 말씀을 드리면서도 차라리 제 편견이었으면 좋겠다고 생각합니다만, 실상이 그렇다고 합니다. 두 아이가 그런 곳에서 더더욱 왜곡된 힘의 논리만 배우고 다시 사회에 나오면, 그 주변에 있는 아이들은 어찌 되겠는지요? 상처가 끊임없이 상처를 낳는다 생각하니 어젯밤에 도저히 잠을 이룰 수 없었습니다."

선생님의 말에 점점 빛을 잃어 가는 인겸 어머니의 눈은, 얼마 전 내가 본 눈과 똑 닮았다.

"하지만 어머님. 교육은 적어도 희망이 있지 않습니까? 인겸이를 그렇게 잔인하게 괴롭힌 애들이 일그러진 마음을 치유하고 주변 사람을 존중하고 사랑하는 법을 배우게 될 작은 가망이나마 있는 길이, 결국은 교육뿐이지 않습니까? 어머님도 교육자이시니 더 잘 이해하시리라 생각합니다."

인겸의 어머니가 미간에 주름을 잡고 숨을 골랐다. 난류(暖流)와 한류(寒流)가 그녀의 가슴과 머리에서 격하게 뒤엉키고 있는 듯했다. 차라리 단 한 마디도 알아듣지 못했으면 속 편하게 비이성적인 분노를 표출할 텐데. 모르는 게 나은 약을 깊숙이 삼켜 버린 그녀의 얼굴에 쓴 물이 돌았다.

"상처 입은 인겸이를 생각하면 지금도 마음이 아프시고, 상처 입힌 녀석들을 생각하면 지금도 화가 나시겠지요. 저도 그렇습니다. 하지만 한 학급을 책임지고 있는 교사로서⋯⋯ 지금의 감정만이 아닌 학생들의 미래를 두루 생각하지 않을 수 없는 제 마음, 부디 어머님께 전해졌으면 합니다."

결국, 인겸의 어머니는 처연히 눈을 내리깔았다. 문득 그녀와 별반 다르지 않은 자세를 하고 있음에 놀라, 나는 화들짝 고개를 쳐들었다.

"그리고 인겸이 전학 문제 말인데, 죄송하지만⋯⋯ 재고해 주시지 않겠습니까?"

뜻밖의 말에 인겸의 어머니도 고개를 쳐들었다.

"이대로 인겸이가 전학을 가 버린다면 학교 폭력의 피해자가 오히려 쫓겨나는 모양이 됩니다. 분명 안 좋은 선례로 남을 겁니다."

"제겐 지금 그렇게까지 넓게 생각할 마음의 여유가 없습니다."

인겸의 어머니가 손을 내저으며 난색을 보였다.

"저도 교육자로서 선생님의 말씀이 충분히 일리가 있다고 생각은 합니다. 하지만 그전에 한 아이의 어머니로서, 지금은 이성적인 생각보다 불안감만 앞섭니다. 이러다 인겸이가 또 상처 입으면 전 도저히 살고 싶지 않을 것 같습니다."

"정 그러시다면 어머님."

극도의 불안감을 내비치며 몸서리치는 인겸의 어머니를 달래듯, 노선생이 더욱 조곤조곤한 어투로 말했다.

"딱 두 달만. 5월까지만 제게 인겸이를 다시 맡겨 주시지 않겠습니까?"

"5월이라고요?"

인겸의 어머니는 물론이고 곁에 묵묵히 서 있던 인겸까지 합세해 되물었다.

"네. 5월까지만이라도 제게 기회를 주십시오. 그렇게만 해 주신다면 제가 온 힘을 다해 그 두 달을 인겸이가 이 학교에서 보낸 시간 중 가장 행복한 시간으로 만들어 주겠습니다. 그 이후엔 더는 붙잡지 않겠습니다. 부탁드립니다."

간곡히 청하며 노선생이 다시 깊숙이 허리를 숙였다. 나는 가슴이 철렁했다. 딱 두 달. 앞으로 5월까지. 이 무슨 우연의 일치인가? 내가 이 꿈에 체류하는 시간과 딱 맞다. 과연 인겸은 어떤 선택을 할까? 한 번 더 자신의 담임에게 기회를 줄까? 아니면 이대로 떠나 버릴까?

"지금 당장 대답하기 어려우실 거라는 거 압니다. 무엇보다도 인겸이 본인의 결정이 가장 중요하겠지요. 어려운 걸음 하신 김에 차라도 한 잔 하시지요. 원하신다면 앞으로의 제 계획을 들려 드릴까 합니다."

잠시 망설이는 듯하다가 인겸의 어머니는 머뭇머뭇 고개를 끄덕였다. 그에 노선생은 어딘지 회한이 뒤섞인 미소로 감사를 표했다.
걸음을 떼어 놓기 전 노선생은 인겸에게 고개를 돌려 물었다.

"너는 어떻게 하고 싶으냐? 교실로 들어가서 기다리겠니? 아니
면 어머니랑 선생님이랑 같이 갈까? 모쪼록 너 편한 대로 하려무
나."

"교실에서 기다리겠습니다. 두 분이서 말씀 나누세요."

인겸이 의젓하게 대답했다. 그런 그를 지그시 보는 노선생의 눈
에선 단단한 빛이 났다. 이 자리에서 핵폭탄이 터져도 지켜 주고
말리라는 강한 의지가 엿보였다. 나이를 잊은 눈빛이었다.

이윽고 이창희 선생님과 인겸의 어머니는 1층으로 향했다. 두
사람이 중앙 계단으로 사라지자 인겸이 불시에 이쪽으로 뒤돌아섰
다. 나는 재빨리 목을 뒤로 뺐다. 벽 뒤에 붙어 서서 숨소리를 죽였
다. 설마. 눈 마주치기 전에 숨었는데 날 봤겠어?

인겸의 얼굴만큼이나 단정한 걸음 소리가 몇 걸음 들려오다 멎
었다. 나는 그가 교실 문 앞에 멈춰 섰으리라 생각했다. 하지만 성
큼거리는 걸음 소리가 불현듯 다시 정적을 깨더니만, 기다란 팔이
번개같이 내 어깨 위 벽을 찍어 눌렀다.

"헉!"

새된 탄성이 터져 나갔다. 내 위로 드리운 그림자가 마취약 묻은
수건이라도 되는 양 숨이 멎었다.

"여기서 뭐 해?"

그렇게 묻는 얼굴은 무표정을 가장하고 있었다. 하지만 약간씩
씰룩이는 입술이 샘솟는 장난기와 흥미를 감추지 않았다.

"나, 나? 난 그냥……."

"그냥 뭐?"

얄밉게도 부지런히 말꼬리까지 물고 늘어졌다. 나는 이를 드러내며 성을 냈다.

"아, 좀 비켜! 이게 뭐 하는 짓이야?"

23년 평생 이런 포즈는 드라마에서나 접했다. TV 건너 불구경할 때야 '오, 멋진데? 좀 남잔데?' 따위의 한가한 감탄을 뱉었지, 실제로 당해 보니 가슴이 벌렁거리고 숨이 막혔다. 서로 얽혀 덩어리진 공기가 코를 짓눌렀다. 피차 36.5도의 체온을 가진 인간끼리 내쉬는 숨인데, 엉기면 왜 이리 뜨거운 걸까?

인겸이 '에이, 이제 막 재미있어지려던 참인데.' 라고 고스란히 써 놓은 얼굴로 비켜섰다. 그러고는 한숨을 한 번 뱉어 내고 중얼거렸다.

"내가 걱정돼서 보러 온 거야? 못 볼 꼴을 보였네."

"괜찮아?"

가장 먼저 묻고 싶었던 말을 이제야 했다.

"응. 지금은 아무렇지도 않아. 오히려 후련해."

인겸이 웃으며 고개를 끄덕였다. 오랜 투병 생활에서 벗어난 환자인 양 피곤하면서도 개운한 기색을 띠는 웃음이었다.

"이제 어머니랑 나랑 진짜 많이 울었어. 그나마 내가 일찍 말해 초저녁에 뚝 해서 망정이지, 한밤중에 말을 꺼냈으면 우리 둘 다 붕어 돼서 학교 올 뻔했네."

나도 모르게 조금 웃고 말았다. 이 단정한 얼굴이 부으면 어떻게 될까? 실제로 보지 못해 조금 아쉽다는 생각 반, 안 보는 게 나을지도 모르겠다는 생각 반이었다.

"고마워, 설아야."

덜 씹은 찰떡을 삼킨 것처럼 놀랐다. 처음으로 인겸의 입에서 내 이름이 나왔다. 이제 처음이라는 것이 오히려 이상한 것인지도 모른다. 하지만 객쩍다고 해야 하나 요상하다고 해야 하나, 그의 목소리로 듣는 내 이름은 어딘지 형언할 수 없는 느낌이었다.

"네 덕에 내가 그놈들하고 맞서 보기도 하고 오랜만에 어머니랑 진지한 대화도 나눠 봤어. 무엇보다도, 네가 옥상에서 날 잡아 주지 않으면 지금쯤 난 여기에 있지도 않겠지."

나는 인겸의 강하고 곧은 시선을 피하려 눈을 그의 턱 밑으로 내리깔았다. 엄지손톱으로 중지 손톱 밑을 쿡쿡 찔렀다. 살면서 고맙다는 말쯤 한두 번 들은 건 아니다. 하지만 이렇게 원하면 간도 빼어 줄 만치 고마워 미치겠다는 시선을 받아 보는 건 처음인지라, 몸 둘 바를 모를 지경이었다.

"내가 뭘. 이게 다 네가 용감해서……."

"아니야. 너 아니었으면 불가능했을 거야. 이게 다 네가 내게 용기를 나눠 준 덕이야."

그저 쑥스러이 웃어넘기려는데 인겸이 단호히 내 말을 잘랐다. 그는 열띤 목소리로 떠들기 시작했다.

"그날 네 모습을 보고 정말 많은 생각을 했어. 저번 주만 해도 난 내가 밟혀도 꿈틀대지도 못하는, 지렁이만도 못한 인간이라 생각했는데……. 꿈틀대는 게 생각보다 별거 아니라는 걸 네가 보여 줬어. 그동안 당하기만 한 나 자신이 갑자기 이해가 되지 않았어. 막 허무해지면서도 한편으로는 흥분됐어. 네 반만큼만 용기를 내도 정말 못할 게 없겠다, 그렇게 생각하니 할 말이 다 나왔어. 그 덕에 오늘이 온 거야."

억지 미소를 짓기 위해 입을 벌렸다. 그렇게라도 해서 간 쓸개까지 다 긁어낸 찬사를 늘어놓는 인겸을 무안하게 만들지 않으려 했다. 하지만 입꼬리를 당겨 매기도 전에 안면의 감각이 마비되어, 결국 무슨 표정을 지어 버렸는지 모르겠다.

"너 참 부러워. 난 남자인데 왜 진작에 너만큼 용기를 내지 못한 걸까?"

내 몫을 훨씬 넘은 찬사에 소화불량이 오다 못해 위장이 뒤집힐 지경이었다. 부러운 게 누군데. 반만큼만 용기를 나눠 가지고 싶은 게 누군데. 그게 없어서 2002년에도 2011년에도 아무것도 못 하는 사람이 누군데.

"난 용감하지 않아. 하나도."

낮게, 쓰디쓰게 내뱉자 인겸이 눈을 동그랗게 떴다. 뭐라 반박하려 물결치는 입술을 손을 내저어 가로막았다. 그렇게까지 안 해도 눈치는 챘을 것이다. 내 낯짝은 이미 보기 흉하게 얼룩덜룩해졌을 테니.

"사실 나, 왕따야. 1학년 전따라고."

"뭐?"

정말 상상도 못 했다는 듯, 인겸이 충격이 고스란히 묻어나는 목소리를 냈다.

딩동—

종이 울렸다. 조회 시간의 시작을 알리는 종소리는 저편에서 학생들이 피워 내던 소란과 함께 이곳에 엉겨 붙은 맵짠 감정들을 모조리 쓸어 내 버렸다. 기가 막히는 타이밍이었다.

"조회 시작하겠다. 난 이제 가 볼게."

"이설아! 잠깐만!"

인겸이 뒤에 뭐라 말했지만 못 들었다. 아니 안 들었다. 두 계단씩이나 성큼성큼 후다닥 뛰어올라 달음질을 쳐 버렸으니.

조회 시간이 시작되었는데도 1학년 복도는 여전히 소란스러웠다. 아직 담임이 들어오지 않은 몇몇 반 때문이겠지. 조회 시간과 수업 시간이라도 없으면 학교는 학생들의 극성스러운 입바람에 저 산까지 둥둥 떠오를 것 같다.

우리 반엔 담임이 들어왔나? 이미 들어왔다면 한 소리 듣겠네. 어차피 지금은 마음에 팔순 할머니 주름 못잖은 파문이 일고 있는 터라 한 귀로 줄줄 흐르겠지만. 음울한 상념에 빠진 채 뒷문을 열고 1학년 5반 교실에 한 걸음 발을 들이밀었을 때였다.

"야! 이설아!"

유리에 금 갈 듯 날카로운 목소리가 내게 달려들었다. 어? 하고 고개를 들어 올렸다. 코앞까지 다가든 사람이 이윤영이라는 것까지 뇌로 인식한 찰나, 짝 소리가 났다.

"……."

뺨에서 터져 얼굴을 푹 찌르는 통증은 지극히 느리게 뇌에 전달됐다. 극도의 황당함이 통각마저 마비시켰다. 그래서 불난 뺨을 감싸 쥐고 이윤영을 똑바로 노려보기까지 시간이 좀 걸렸다.

3.
도망치지 못한 시험

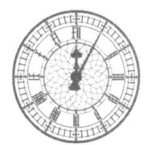

"왜 때려?"

맞은 뺨보다는 꼭뒤에서 더 요동치는 열기를 애써 억누르고 가장 먼저 해야 할 말을 했다.

"당장 내놔! 어디다 숨겼어?"

동문서답. 질문과 답이 딴 데를 짚었다.

"뭐?"

미간에 힘주어 이죽이듯 물으니 이윤영이 험악하게 이를 드러냈다. 영문도 모르고 뺨 맞은 건 난데 피해자인 양 구는 건 그쪽이었다.

"모르는 척하지 마! 내 반지 내놓으라고! 그게 얼마짜린지 알아?"

내 반지. 그 한마디에 내가 어떤 혐의를 쓴 건지 대강 알아챘다. 이윤영의 반지라. 어떻게 생긴 물건인지 본 적도 없다. 아, 갈갱갈강한 얼굴에 딱 어울리는 길고 앙상한 손가락이 쳐들릴 때마다 가느다란 금색 물체가 반짝이는 걸 본 듯도 했다. 거기에 '얼마짜리' 운운하는 거 보니 최소한 14k는 되는 놈인가 보지.

"내가 훔쳤다는 증거는?"

발음이 흐트러지지 않을 정도로 목소리를 낮춰 물으니 이윤영이 고압적으로 팔짱을 꼈다. 계란 한 판을 삶고도 남을 열이 기집애 입에서 속사포로 튀어나왔다.

"내가 손가락에 피가 안 통해서 그 반지를 잠깐 빼서 책상 위에 놔뒀거든? 그러다 네가 존나 열 받게 시비 트는 바람에 짜증 나서 나갔잖아. 그러고 나서 내가 5분도 안 돼서 돌아왔는데 너랑 내 반지가 같이 사라졌어. 좀 이따 조민기랑 김종혁이 같이 왔는데 걔네들 오기 전까지 우리 반에 있었던 건 너랑 나뿐이야! 이렇게 뻔한데 무슨 증거가 더 필요해? 빨리 내 반지 내놔! 이 도둑년아!"

내심 조금은 기대했다. 저 주둥이에서 과연 어떤 추리소설이 한 편 나올까 하고. 허나 결과물은 삼류는커녕 사류도 안 되는 시나리오였다. 하긴, 범인 번지수부터 틀려먹었으니.

"할 말, 끝?"

이미 코앞인지라 걸음을 옮길 필요는 없었다. 이윤영이 또 무어라 입술을 오물거리기도 전에, 나는 오른팔을 크게 쳐들었다.

짝—

"꺄앗!"

주변에서 기집애들이 비명 지르는 소리가 들렸다. 좋은 구경거리 났다. 미친년.

"아."

이윤영이 볼을 감싸 쥔 채 극도의 분노와 수치심으로 딱딱해진 신음성을 흘렸다.

"너 지금 나 쳤어?"

마치 저한텐 때릴 손만 있고 맞을 뺨은 없다는 말로 들렸다. 이번엔 내 쪽에서 팔짱을 끼고 그 건방짐에 맞섰다.

"내가 맞은 이유를 들어 보니 내가 맞을 일이 전혀 아니라서 말이야. 그러니 돌려줘야지."

눈알이 튀어나올 듯 크게도 눈을 치뜨며 이윤영이 살벌하게 나를 노렸다. 나는 그 눈빛을 짓밟듯 차갑게 쏘아붙였다.

"그 비싼 물건은 왜 또 책상 위에 놔둬? 훔쳐 가라고 아주 고사를 지내라. 네가 칠칠치 못하게 굴어서 잃어버려 놓고 어디서 생사람을 잡아? 너 나간 뒤에 나도 바로 교실에서 나왔어. 네 반지가 네 손가락에 있는지 책상 위에 있는지 관심도 없었고."

"증거 있어?"

"증인 데려와 봐?"

이렇게까지 받아쳤는데 이윤영은 총구의 방향을 틀 생각은 전혀 없는 듯 보였다. 말대답하면 할수록 더더욱 날 뚫어지게 노려보며 온갖 패악에 억지를 부렸다.

"그거만으로 어떻게 믿어? 이미 내 반지 훔쳐 놓고 그 사람 만나러 갔을지 누가 알아?"

"기가 막히는군. 내가 안 훔쳤다니까? 정 못 믿겠으면 뒤져 봐. 여기서 속옷을 벗기든 거꾸로 매달아서 탈탈 털든 네 마음대로 해. 자, 뒤져! 뒤져 보라니까!"

눈을 홉뜨며 달려드는 내 기세에 질린 탓일까. 양팔을 활짝 펼치며 날 잡수 포즈로 다가서니 이윤영이 창이라도 날아든 양 뒷걸음질 쳤다.

"내친김에 같이 병원 가서 내시경도 찍어 볼까? 내가 네 반지 삼 켰을지도 모르잖아?"

내가 계속 이죽거리자 이윤영도 그 성깔에 참고만 있지는 않았 다.

"지랄하네! 지금 네 몸 뒤져 봤자 네가 아까 만났다는 사람에게 내 반지 이미 넘겨줬으면 아무 소용없잖아! 그럼 내가 그 사람도 뒤져 보게 해 줄 거야? 어?"

"너…… 그 정도면 병이다. 알아?"

억지의 수준마저 거뜬히 넘어선 말에 머리가 지끈거렸다.

"저기, 윤영아. 그만해. 설아가 이렇게까지 아니라고 하잖아? 둘 이 싸우지 말고 다시 한 번 찾아보자. 내가 같이 찾아 줄게. 응?"

의외의 인물이 이 난장에 끼어들어 중재를 시도하려 들었다. 조 민기의 단짝 김종혁이 나를 감쌌다.

"그래. 가방 속이라든가 바닥을 한 번 더 찾아보면 나올 수도 있 잖아? 아니면 다른 반 애가 가져갔을 수도 있고."

두 번째 중재자의 등장에 놀라다 못해 경악했다. 백수연이, 아몬 드형 눈동자에서 나오는 단호한 눈씨가 간접적으로나마 나를 감쌌 다. 물론 두 사람이 나선 건 굳이 내 역성을 들기 위함이라기보단 단지 이 소란이 싫어서일 수도 있다. 그러나 나를 감싸는 사람이 이 반에서 둘이나 나올 줄은 몰랐다. 그것도 조민기랑 연결된 두 사람이라니.

"딴 반 누가 내 반지가 책상 위에 놓여 있는 걸 알고 들어와? 나 그렇게 오래 안 나가 있었다니까? 저 쌍년이 제일 먼저 왔고 2빠로 내가 왔어. 나 다음에 민기랑 종혁이가 동시에 들어왔는데 내 반지는 그전에 사라졌다고! 저년 아니면 그 사이에 누가 어떻게 내 반지를 훔쳐?"

쌍년에 저년까지. 이설아의 동의어랍시고 지껄이는 말이 아주 곱기도 하였다.

"피해망상이 너무 심한 거 아니야? 반지 찾기 전에 정신과 진료부터 받아 보는 게 어때?"

천박하게 XX를 쓰는 것보다 더한 모멸감을 심어 주기에 충분한 멘트라 생각했다. 그러나 이윤영은 내 말에 되레 신랄하게 코웃음을 쳐 댔다. 그리고 다음 순간, 나는 역풍을 맞았다.

"흥, 피해망상 안 생기게 생겼어? 내 새 청바지 훔쳐 가고도 뻔뻔하게 아니라 잡아떼는 년인데."

입술이 얼었다.

"너 그때 열라 소름 돋더라? 아니라고 할 때 진짜 찔려 하는 티가 하나도 안 나서, 다른 애는 몰라도 넌 진짜 아닐 거라는 착각까지 했었거든? 그때 가방을 안 뒤져 봤으면 어쨌을 거야. 네 연기에 병신같이 완전히 속을 뻔했지."

딱따구리에게 쪼이는 나뭇가지처럼 턱이 드르르 떨렸다. 나의 총구가 식자 이윤영이 기회를 놓치지 않고 총격을 퍼부었다.

"어디 할 말 있으면 해 봐! 내 말이 맞잖아? 너 이미 내 물건 훔쳤잖아? 경미야! 지은아! 나래야! 너희도 수련회 때 다 봤지? 백수연 그때 너도 같은 방이었잖아! 응?"

이윤영이 교활하게, 아니, 어쩌면 당연하게 자기편을 끌어모으고 있었다. 그 기세에 잠시나마 날 변호했던 백수연마저 석연찮은 안색을 한 채 입술을 굳게 다물었다. 무서운 속도로 견고해지는 경멸과 의구심의 한복판에서 점점 더 아래쪽에 있는 것들이 보였다. 정말……. 그 일은 그런 게 아니었는데.

"그, 그렇다고 해서 네 반지까지 내 짓으로 모는 건 억지 아닌가? 앞으로 네 물건 사라지면 무조건 내 탓이라는 거야, 뭐야?"

"도벽은 죽어도 안 낫는 병이라 누가 그러던데?"

이윤영이 입꼬리를 실쭉 휘어 올리며 차가운 미소를 흘렸다. 그 미소에 나는 삭풍 맞은 갈대처럼 뱃속이 차갑게 휘어지는 느낌을 받았다.

"난 아무것도 안 훔쳤어! 나한텐 도벽 같은 거 없다고!"

목을 쥐어짜 외치는데 공기가 전혀 울리지 않았다. 내가 내뱉은 말이 내 귀에 안 들렸다. 금방이라도 질식해 죽을 것 같은 나를 벌레 보듯 훑다가, 이윤영은 입술을 오므려 내게 악마같이 속삭였다.

"시끄러. 이 도둑년아."

그 한마디를 마지막으로 세상이 뚝 소리도 내지 않고 끊겼다.

＊　　　＊　　　＊

시야에 나무와 꽃의 형태는 맺히는데 녹색과 분홍색이 자꾸 자리를 바꿨다. 내가 바닥을 발로 디디는지 손으로 디디는지조차 알 수 없었다. 어쩌면 손으로 하늘을 짚고 가는 중일지도 모르지.

기집애들끼리 머리채를 잡아 쥐고 막 판을 벌였을 즈음 불시에 열린 문. '너희 지금 뭐 하는 짓이야!'라고 경악성을 내지른 우리 반 담임. 귓바퀴만 배돌다 바닥에 줄줄 흘려보낸 기나긴 설교. 반성하는 내용으로 채우라고 던져진 창백한 종이 두 장.

드문드문한 기억임에도 일의 추이는 비교적 일관되게 정리가 됐다. 이윤영은 '난 잘못한 게 하나도 없는데 누구 때문에 반성문 쓰네?' 라고 쉬는 시간마다 나 들으란 듯 빈정대다가, 종례 시간이 되자마자 반성문을 쓰레기통에 처넣고 집에 가 버렸다. 나 역시 담임이 들어오기 전에 도망치듯 교실을 나섰다. 그 처치 곤란인 종이에 채운 거라곤 공허한 시선뿐이니.

9년 전에도 반에 자잘한 도난사건이 일어나곤 했다. 그때마다 '전과' 가 있는 내가 의심 어린 시선을 받았던 건 사실이다. 하지만 아무리 기억을 해작여 보아도, 오늘 일은 분명 9년 전엔 일어나지 않았다. 이윤영의 금반지 같은 비싼 물건이 사라진 적은 없었을뿐더러, 내가 이토록 노골적으로 의심받지도 않았다.

9년 전 그대로만 전개돼도 끔찍해 죽겠는데, 왜 없던 사건까지 터져 사람을 돌아 버리게 하는지……

"야!"

"헉!"

불시에 어깨를 툭 치는 손길에 세상이 딜러의 손아귀 속 카드처럼 뒤섞였다.

"어, 어?"

멍청한 탄성을 연신 뱉으며 내 어깨를 친 사람을 확인했다.

"왜 그래? 뭘 그렇게 골똘히 생각하는 중이었어? 혹시 내가 방해했나?"

언제 왔는지 인겸이 매우 의아한 표정으로 나를 살피고 있었다. 똘망똘망 빛나는 진갈색 눈동자를 기점으로 세상이 제 색을 되찾았다. 하늘과 땅이 제자리에 박히고 반짝이는 햇살이 붉은빛이 도는 단정한 입술에 맺혔다. 그를 보니 몸에 온기가 돌아오는 것 같았다.

"아니. 방해해 줘서 고마워. 별로 길게 생각하고 싶지 않은 거였거든."

"그럼 다행이네."

인겸이 벙그레 웃었다. 전형적인 모범생 페이스로 소화해 내는 능글맞은 웃음. 개구쟁이 흉내를 내 보는 모범생. 보는 사람 심장을 기묘한 방향으로 틀어 놓는 부조화.

"아, 맞다! 아침에 그 일은 어떻게 됐어?"

왠지 꾸물대다간 목소리에 이상한 물이 들 것 같아, 입안의 말을 급히 뱉었다.

"그냥, 일단 어머니가 하자는 대로 하려고. 내일 우리 어머니랑 걔네들 부모님이랑 만나기로 했어. 어른들끼리 자세한 이야기를 해 봐야 확실해지겠지만, 일단 내 치료비나 정신적 보상 같은 건 웬만하면 조용히 합의하기로 했대. 그리고 걔네들이 교육받고 다신 안 그런다면 경찰에 신고도 안 하기로 했고."

가만히 고개를 끄덕였다. 일이 그렇게 풀린다면야 서인겸 모자도 훨씬 덜 고달프겠지. 소송이 언제나 비효율적이라는 건 아니지만, 일단 진행되면 가해자든 피해자든 시간과 비용과 체력을 무시무시하게 허비하고 마니.

"좋네. 근데 네 담임 선생님 생각보다 되게 차분하고 현명하게 대처 잘하시는 거 같더라? 앞으로 널 신경 써서 잘 봐주실 거 같아."

"글쎄. 난 별로."

인겸이 탐탁잖은 표정으로 고개를 가로저었다.

"갑자기 그러니까 적응이 안 되고 수상하기만 해. 솔직히, 내가 교육청이랑 경찰에 신고하려 하니까 이제 와서 신경 써 주는 척하는 거 같고. 사람이 하루 만에 그렇게 달라질 리가 있어? 난 아직도 담임 못 믿겠어."

"그런가? 나도 처음엔 그렇게 생각하긴 했는데……."

인겸의 불신을 완전히 근거 없다 탓할 수는 없다. 무기력과 무능력의 대명사로 소문난 교사가 하루아침에 열혈 교사로 바뀐다? 스크루지처럼 동화 속 인물도 아닌데 사람이 하루아침에 그렇게 바뀌는 건 보통 불가능한 일이다.

하지만 나는 잘 모르겠다. 오늘 아침에 본 노선생의 눈빛이 과연 가짜인지. 불면의 밤을 수십 번도 더 겪고 고뇌의 사막을 수백 번도 더 헤매고 나야 우러나올 법한, 절박하기까지 한 눈빛이 연기로 나올 수 있는 것인지. 정말로 발 벗고 나설 작정이 아니라면, 뭐 하러 굳이 인겸의 전학을 막으려 들까?

"그런데 너…… 정말로 전학 갈 거야?"

나의 물음에 인겸은 자기 발치의 벚꽃잎을 내려다보았다. 그것을 발끝으로 톡톡 건드리며 그는 혼잣말하듯 중얼거렸다.

"아직 모르겠어. 솔직히 처음엔 우리 반 애들이나 담임이나 다 꼴 보기 싫어서 뒤도 안 돌아보고 떠나고 싶었는데. 지금도 담임이 딱히 나한테 뭘 해 줄 거라는 생각은 안 드는데. 그래도 딱 두 달만 있어 볼까? 왜 그런지는 모르지만 점점 그래야겠단 생각이 드네. 휴. 어차피 달라지는 건 별로 없을 거 같긴 한데……. 아, 잠깐!"

인겸이 중얼거리다 말고 입을 멍하니 벌렸다. 그 반응이 그의 의식 없는 발길질에 뭉개진 벚꽃잎에 대한 동정에서 나온 줄 알았다. 하지만 다음에 인겸의 입에서 튀어나온 말은 의외의 것이었다.

"내가 전학 가면, 너를 못 보게 되잖아! 내가 왜 그 생각을 못 했지?"

"하하, 설마 나 때문에 전학 안 간다고 하는 건 아니겠지?"

하늘에 맹세코 웃자고 한 말이었다.

"글쎄. 정말 그런 것 같기도 한데?"

해가 두 눈 시퍼렇게 뜬 하늘에서 잠시간 별이 반짝이는 환영을 봤다. 목련 나무 아래에서 서인겸은 단정한 입술과 눈썹을 연신 옴찔거리며 턱을 만지작거렸다. 덜퍽지게 핀 백목련에서 꿀을 담뿍 넣은 핫밀크처럼 달큼한 향내가 났다. 목련꽃에 환각 물질이 있다는 얘긴 들은 적 없는 것 같은데.

백목련 향기에 취한 소년이 나와 똑바로 눈을 마주쳐 오며 진지하게 말했다.

"역시 너 때문에라도 당장은 전학 가면 안 될 것 같아. 네 덕에 내가 살아났는데 아직 너한테 아무 보답도 하지 못했어. 말도 안 되잖아? 생명의 은인한테 아무것도 갚지 않고 그냥 간다는 건."

진지함이 힘주어 짠 짜개의 생크림처럼 과도하게 흐르는 말에 양 볼에 열이 올랐다.

"새, 생명의 은인일 것까지야……. 아, 그보다 자꾸 민망하게 왜 이래? 보답은 됐으니까 나 때문에 그런 문제 함부로 결정하지 마! 이런 문제는 너 편한 대로 해야지, 그런 게 어딨어?"

"잠깐. 우리 지금이라도 짚고 넘어가야 할 게 하나 있는 거 같은데."

인겸이 나를 검지로 겨누며 짐짓 엄격하게 목소리를 깔았다.

"이래 봬도 난 3학년이고 넌 1학년인데, 너 나한테 너무 편하게 너너 하는 거 아니야? 허허, 요 녀석 봐라? 하늘 같은 선배를 너무 만만하게 대하네? 이거 안 되겠는데?"

"웃기는 소리 하지……."

거기까지만 말하고 입을 다물고 말았다. 14살의 모습을 하고 있지만 난 23살이다. 내 막냇동생은 이 녀석보다 1살 위다. 하지만 그건 어디까지나 2011년 기준이다. 계속 살았다면 서인겸은 2011년 현재 25살일 것이다. 이런데도 지금 그에게 윗사람 대접을 바란다면, 20년 뒤엔 내가 엄마랑 맞먹을 수 있다는 미취학 아동적 발상과 다를 게 없으려나.

"미안해요. 제가 기본적인 예의도 안 챙겼네요. 앞으로 안 그럴게요. 죄송해요, 선배."

휴, 그래. 로마에 왔으면 로마법을 따르고, 2002년에 왔으면 2002년 짬밥을 따라야지.

"어어, 잠깐만! 그렇다고 갑자기 이렇게 너무 딱딱해질 것까진 없잖아! 말은 놔! 그리고 꼭 '선배' 말고 좀 더 편하게 불러도 되는데……."

"알았어. 선배."

첫 말은 받아들였고 뒷말은 그냥 못 들은 척했다. 위아래를 챙기려는 인겸의 행태가 기분 나쁘진 않았다. 오히려 반가웠다. 그만큼 그에게 여유가 생겼다는 방증이니까. 상처 입은 날갯죽지에 반창고를 단단히 붙여 뒀나? 그렇다면 이제 힘차게 날아올라 보기를.

"어쨌든 난 이번에 너에게 평생 갚아도 부족한 도움을 받았어.

그러니 어떻게든 꼭 은혜를 갚고 싶어."

나는 하려던 말을 잊어버렸다. 보답은 필요 없다는 말대답이었던 것 같다.

"네가 원하는 게 비싼 물건이면 내 용돈을 다 털어서라도 구할 거야. 하지만 그거 말고도 너에게 꼭 하고 싶은 보답이 있어. 그게 뭐냐면……. 네가 정말로 누군가의 도움이 필요할 때, 네 옆에 내가 있는 거야."

겨우내 작아진 햇살이 새싹과 함께 커 가는 4월. 이목구비의 선은 앳되지만 훤칠하게 자라날 것임을 암시하는 반듯한 체구의 16세 소년을 내려다보는 백목련이 수십 개의 해가 되었다. 대낮 삼삼오오 짝지어 하교하는 학생들 틈바구니에서 그는 나를 우리만의 공간으로 이끌었다.

"이번 일을 겪으면서 인생에서 정말 필요한 게 뭔지 확실히 알았어. 그건 바로, 기쁜 일이든 괴로운 일이든 끝까지 내 이야기를 들어 주는 사람이야. 내가 어떤 일을 저질러도, 어떤 일을 당해도 끝까지 내 편이 되어 주는 사람. 아무리 죽고 싶은 일을 당해도 그런 사람이 딱 한 명만 있으면 계속 살아갈 수 있어. 네가 이번에 내게 그런 사람이 돼 줬어. 이 은혜를 갚으려면, 나도 너에게 그런 사람이 되는 거 외에는 방법이 없을 것 같아."

잠시나마 그 향기로운 말을 음미해 보려, 의도적인 침묵을 이어 갔다. 누구든 한 번쯤은 소망하지 않을까? 가족 말고도 세상에 진정한 내 편이 더 있었으면 좋겠다는 소망 말이다. 같은 피라는 강렬한 끈이 없이도, 나 하나만 보고 내 곁에 있어 줄 사람. 빈말이 아니고서는 되기 어려운 존재가 되어 줄 사람.

그래서 나는 인겸이 말하는 보답을 받고 싶으면서도, 받을 수 없다는 걸 알았다.

"말만으로도 고마워. 선배."

받았다. 마음만. 내 맥없는 대답에 인겸이 조금 눈살을 찌푸렸다.

"말만이 아니야. 나 정말 진심이야. 그러니까 어려운 일 있으면 나한테도 돕게 해 줬으면 좋겠어."

난처해지려는 마음을 애매한 웃음으로 가렸다. 혹, 1학년 전따라는 나의 충동적 고백이 그에게 괜한 걱정거리를 안겨 준 것인가?

"폰 좀 줘. 내 번호 찍어 줄게. 너도 내 폰에 네 번호 좀 찍어 줘."

인겸이 불쑥 자신의 핸드폰을 내밀었다. 구체적인 말은 없으나 의미는 선명하기 그지없는 무언의 압박에, 결국 나는 머뭇머뭇 내 크로스백에서 핸드폰을 꺼내 그에게 건넸다. 그렇게 서로 번호를 교환하고 나서 인겸이 재차 당부했다.

"무슨 일 있으면 꼭 연락해. 알았지?"

고개를 끄덕였다. 아니, 사실 끄덕였다고 하지 못할 정도로 턱을 애매하게 주억였다.

"내일 보자. 집에 잘 들어가."

"응. 잘 가, 선배."

인겸은 작별인사를 해 놓고도 한동안 나를 물끄러미 바라보았다. 내가 담임이 준 하얀 종이를 여태껏 들고 있었음을 그 시선 덕에 알았다. 황급히 구겨서 치마 주머니에 꼭꼭 숨겼다.

인겸의 모습이 완전히 보이지 않게 된 뒤, 나는 핸드폰에 저장된 그의 번호를 초연히 바라보았다. 이 번호를 쓸 일은 없을 것이다. 나는 이제 그만 서인겸의 길에서 빠져나올 거니까. 그가 내 초라하고 음습한 오솔길에 놀라 자빠지는 모습, 별로 보고 싶지 않으니까.

＊ ＊ ＊

"학교 다녀오겠습니다."

현관문을 나서기 전 평소대로 어머니에게 인사했다.

"저기 설아야."

여느 때처럼 '그래. 잘 다녀와.'라고 말씀하실 줄 알았던 어머니가 갑자기 날 불러 세우셨다.

"혹시……. 요즘은 학교에서 별일 없니?"

'별일'이란 게 무언지 굳이 토 달지 않아도 우리 모녀끼린 충분히 뜻이 통했다. 9년 전 이맘때 나는 학교에서 당했던 일을 시시콜콜 어머니에게 일러바치며 징징거렸다. 온갖 엄살을 다 부리며 어머니더러 대신 싸워 달라고 떼를 썼다.

나의 바람대로 어머니는 온갖 악역을 도맡으셨다. 종종 학교에 찾아가 담임에게 하소연하기도 했고 날 괴롭힌 녀석들을 윽박지르기도 하셨다. '엄마! 더 소리 질러요! 엄마! 더 심하게 말해요!' 손 하나 까닥 안 하고 어머니 뒤에 숨어 속으로 그따위 고함을 내질렀다. 어머니 심장이 사격장 과녁 꼴이 되어 가는 것도 모르고…….

"요즘은 괜찮아요. 걱정하지 마세요."

"무슨 일 있으면 혼자 끙끙 앓지 말고 엄마한테 꼭 말해야 한다?

가만히 있는 거 절대 엄마 도와주는 거 아니야. 알지?"

"네."

도망치듯 집을 나서 등교했다. 교실에 들어서니 예상대로 북풍한설이 불었다. 모두 나와 눈이 마주치기 무섭게 고개를 돌렸다. 이윤영은 완전히 나를 외면한 채 흉흉하게 눈을 번뜩였다. 그 애의 볼펜이 나 대신 지우개 똥을 처참하게 결딴내고 있었다.

이윽고 조회 시간을 알리는 종이 치고 담임이 교실에 들어왔다. 그녀와 눈을 마주치기 거북스러워 눈을 내리깔았다. 그녀의 시선이 내 머리를 짓누르는 게 느껴졌다. 이제나저제나 반성문도 안 쓰고 종례 시간을 빼먹은 것에 대한 질책이 떨어지리라 생각했다. 하지만 그녀의 서두는 내 예상과 완전히 달랐다.

"너희가 입학한 지 벌써 한 달이 넘었어. 마지막으로 자리 바꾼지 벌써 2주나 지났고. 시간 참 빠르지 않니? 어때? 주변 애들과는 많이 친해졌니? 이젠 서로 얼굴이랑 이름 정도는 다 익혔지? 하긴. 선생님도 이제 다 외웠는데."

특별할 것도 없는 안부 차원의 멘트인데, 어딘지 불길한 기분이 드는 건 왜일까?

"그래서 이제 자리를 바꿀까 하는데, 그전에 선생님이 너희에게 먼저 하고 싶은 말이 있어."

종이 서걱거리는 소리에 고개를 들었다. A4 이면지를 4분의 1로 나눈 종이들이 교탁에 수북이 쌓여 있었다. 그것을 본 순간 입술을 짓씹었다. 살덩이가 아니라 얼음을 씹은 듯 차갑고 딱딱한 느낌이 났다.

"어제 우리 반에서 친구들끼리 서로 싸우는 일이 벌어졌어. 선

생님은 너희가 아무 문제없이 다들 친하게 잘 지내고 있는 줄 알았
는데…… 잘못된 생각이었나 봐. 아직도 선생님이 너희에 대해 잘
모르고 있다는 생각을 했어. 해서."

　허리를 폈다. 아니, 허리가 펴졌다. 지금은 오히려 책상에 엎드
려서 벌벌 떨고 싶은 마음뿐인데 몸이 나무가 되어 가는 다프네처
럼 뻣뻣해졌다. 설마…… 또 그거야? 그것까지 두 번 겪어야 하는
거야? 싫다. 제발 그것만은…….

　"이번에 자리를 바꾸는 김에 한 가지 조사를 같이 해 보려 해."

　할 수 있는 거라곤, 눈을 질끈 감는 것뿐이었다.

　"이 종이에 같이 앉고 싶은 애 학번이랑 같이 앉기 싫은 애 학번
을 써서 종례 시간에 나한테 제출해."

＊　　　＊　　　＊

　B중학교 본관 왼쪽 출입문을 결박한 쇠사슬은 잿빛 녹에 반나
마 먹혔다. 1층 계단 아래 구석진 공간에 처박힌 매트는 마지막으
로 사용한 게 언제인지 검은 먼지가 수북했다. 벽은 페인트칠이
군데군데 벗겨진 데다 곰팡이까지 피어 나병 환자의 얼굴처럼 흉
했다. 정오의 햇볕마저 손사래를 치는 곳. 먼지는 망령처럼 부유
했다.

　나는 이 더럽고 어두운 공간이 내어 준 차가운 계단에 앉았다.
앉아도 곱게 앉은 게 아니라 발바닥을 엉덩이에서 고작 한 계단 아
래 붙이고 무릎을 그악스레 구부린 꼴로 쪼그려 앉았다. 몸뚱이는
이나마 주저앉을 곳을 찾았건만, 마음은 아직도 발 디딜 곳을 찾지

못했다. 세상에서 가장 깊은 바다에 내던져진 것처럼 정신이 끝 간 데 없이 침전하였다.

9년 전 이맘때 벌어진 일이다. 나는 용기 내어 나의 왕따 사실을 우리 담임에게 털어놓았다. 담임은 '알았다. 선생님이 한번 알아보마.' 했다. 나는 그 말을 절대적 지원사격의 약속으로 받아들였고 설레는 마음으로 다음 날 조회 시간을 맞았다. 이제나저제나 나를 괴롭히고 따돌린 녀석들에게 내 성에 차는 응징이 가해질 거란 생각에 들떴다. 담임이 나를 지켜 주리란 믿음에 마냥 안도했다.

그런데 조회 시간에 담임은 내가 기대했던 심판을 벌이지 않았다. 대신 그녀는 A4용지를 네 조각 낸 종이 뭉치를 들고 나타났다. 그 종잇조각들은 새 용지도 아니었다. 그것을 모두에게 한 장씩 나눠 주며 그녀가 말했다.

"이 종이에 같이 앉고 싶은 애 학번이랑 같이 앉기 싫은 애 학번을 써서 종례 시간에 나한테 제출해."

조회 시간이 끝나고 담임이 교실을 나서자 종이를 둘러싼 수런거림이 밀물처럼 쏟아졌다. 몇몇 애들은 대놓고 머리를 맞대며 의논을 했고, 어떤 애는 벌써 종이를 채우고 반에 또 반을 접어 두었다.

담임이 '학번'을 쓰라고 요구한 탓에 서로의 학번을 묻는 말들이 빈번하게 오갔다. 나는 가장 같이 앉기 싫은 애의 학번을 최준형의 것으로 적어 놓고는 같이 앉고 싶은 애를 누구로 할 것인가 고민했다. 그때였다.

"설아야. 너 번호 몇 번이야?"

내 학번을 물어봐 줬다. 다른 사람도 아니고 조민기가. 웃는 표정으로. 놀라서 펄쩍 뛰는 심장을 간신히 억누르며 작은 새가 조심스레 지저귀듯 대답했다.

"어……. 나 25번이야."

그것이 나와 조민기의 첫 대화였다. 어찌 보면 대화라 하기도 민망한 짧은 주고받음이었건만, 내게는 역사적인 사건이었다. 종례 시간이 오기 전까지 오만가지 생각에 빠져들었다. 혹시 그 애에게 말을 할 때 너무 떨리는 목소리를 내 버린 건 아닐까? 어떤 낌새를 채이고 만 건 아닐까?

첫사랑의 미소 한 방이 내 시계의 분침을 휙휙 돌렸다. 종례 시간은 정말 눈 한 번 깜박이는 새 찾아왔다. 담임이 나 좀 보자고 했다. 매우 심각한 표정이었다. 그녀를 따라 교무실로 갔다.

담임의 책상 위엔 접혔다 펼쳐져 더 구깃구깃해진 종잇조각들이 수십 장 쌓여 있었다. 삐뚤삐뚤한 글씨, 반듯한 글씨, 빨간색 글씨, 파란색 글씨. 제각기 다른 필체와 다른 색의 볼펜으로 쓰인 글씨들이 한목소리로 아우성을 치고 있었다.

「같이 앉기 싫은 애: 25번」

"이 정도면 우리 반 애들 거의 다야. 널 싫어하는 애들이."

마취약을 들이켠 듯 온몸이 마비되어 가는 중에, 담임의 한숨 섞인 목소리가 귓전을 찔렀다.

"대체 애들이랑 어떻게 지낸 거니? 선생님은 네가 괴롭힘을 당하고 있다길래 짓궂은 남학생 몇 명이 그러는 줄만 알았는데. 한두 명도 아니고 모두가 다 이렇다면, 네가 조금 더 생각을 해 봐야 할 문제가 아닐까?"

담임은 한 30분만 집도하면 말끔히 고치는 병인 줄 알고 배를 갈라 봤다가 오장육부를 꽉 메운 종양 덩어리를 봐 버린 의사처럼 말했다.

"평소, 네 행동에 문제가 있는 건 아닌지 잘 좀 생각해 봐. 선생님한테만 매달린다고 해서 문제가 해결되진 않아."

종이 쪼가리로 공연히 내 배만 들쑤셔 놓고, 그녀는 벌써 한 석 달 열흘은 내게만 매달린 것처럼 진 빠진 소리를 냈다. '난 이제 몰라. 네 문제는 네가 알아서 해.' 어제 파마한 머리칼을 쓸어 넘기며 보란 듯이 찌부러지는 눈살이 내게 노골적으로 말했다.

"저랑 앉고 싶다는 애는, 정말 한 명도 없었나요?"

딱 한 방울 남은 기력을 쥐어짜 그런 바보 같은 질문을 했다.

"응."

담임은 완전히 나를 외면한 채 옷의 실밥 잘라 내듯 단답했다.

괜찮으리라 자신했었다. 반쯤은 이미 알고 있었으니까. 우리 반 애들 모두가 나를 싫어한다는 것쯤은. 나를 향한 호의는 흔적도 없이 사라지고, 경멸과 불신만이 내 몫으로 남아 있다는 것도. 그리고 조민기가 내 학번을 물어보며 지어 보인 미소가, 실은 경멸을 표하는 비웃음이었단 것도. 그래도 알고 맞으면 좀 다르려니 했다.

하지만 두 눈으로 직접 봐 버린 순간, 삼손한테 팔씨름을 건 것처럼 팔심이 남김없이 빠졌다. 종이의 수를 헤아릴 때마다 심장을 한 대씩 걷어차였다. 수북이 쌓인 종이들이 새빨간 입술을 달고 내게 아우성쳤다.

'이설아. 난 네가 싫어.'

'이설아. 너 짜증 나.'

'이설아. 너 역겨워.'

'이설아. 네가 내 앞에서 안 보였으면 좋겠어.'

그 날, 나는 내가 생각했던 것보다 참혹하게 찢겨 나간 구질구질한 희망과 함께 울타리 밖으로 완전히 내던져졌다.

아마 그때부터였을 것이다. 싫다는 의사 표현을 거의 안 하게 된 것이. '왜? 싫어?'라는 되물음이 날아오면 나의 서툰 표정 관리를 자책하며 '아, 아니에요!'라고 즉답하는 패턴이 몸에 배었다.

고등학교, 대학교, 직장……. 내가 속한 집단에서 '설아는 착한 애야.' '설아 씨는 사람이 착해.' 따위의 말이 들려오기 전까진 두 발 뻗고 잠들지 못했다. 착하다는 참 좋은 단어였다. 남들에게 다소 손쉽게 이용당할망정 울타리 밖으로 내쫓길 가능성은 적다는 걸 확인시켜 주니까.

그만큼 다른 평판을 전해 들을 때는 치명적이었다. 사람들이 지나치듯 던진 말들을 확대 해석해 곧잘 피해망상에 시달리게 되었다. 그럴수록 더더욱 울타리 안으로 파고들려 애썼다. 무관심한 화제에도 관심 있는 척하고 억지로 웃음을 꾸며 냈다. 자칫 조금이라도 도전적으로 비쳐질까 저어되어, 눈을 내리깔고 말하는 버릇도 생겼다. 자꾸만 벗겨지려는 가면을 고쳐 쓰며 걷는 길은 살얼음판과도 같았다.

9년 전 1학년 5반 39명이 접어 날린 칼침은 내 심장에 들이박혀, 내가 앞으로 걸음을 옮길 때마다 여지없이 날을 세웠다. 꿈속에서마저.

치맛자락에 머리를 묻었다. 그 안에 하늘을 끌어다 놓고 그곳에 계신 분을 향해 절규했다. 9년이에요, 9년. 이제 그만 말끔히 잊게 해 줄 때도 되었잖아요. 하다못해 그 위를 가릴 풀 한 포기쯤 주실 때도 되었잖아요. 제아무리 거대한 화마가 휩쓸고 간 산이라도 9년이면 새싹을 주시면서. 왜 유독 저한텐 이리 야박하신가요? 이미 한 번 겪어 본 일인데, 그때보다 더 아프다니. 그때보다 더 슬프다니. 그때보다 더…… 죽고 싶다니.

"설아야?"

환청임이 분명했다. 지금 이 시각, 이 장소에서 들을 가능성이 전혀 없는 목소리니까.

"설아야! 너 여기서 뭐 해?"

쭈그려 앉은 자세 그대로 눈동자만 조금 끌어 올렸다. 다섯 계단 아래에서 놀란 표정으로 나를 올려다보는 서인겸이 보였다.

"너야말로 여기서 뭐 해. 수업 시작했잖아."

그쯤 상대하면 알아서 사라져 주겠거니 하고 환영에게 대충 대꾸했다. 그러고는 다시 눈을 내리깔아 무릎을 보았다.

"나 1층 상담실 가는 중이야. 지금 거기에 우리 어머니랑 그 두 사람 부모님이 와 계시거든. 담임이 나도 같이 이야기하는 게 낫겠다고 말해서⋯⋯."

눈앞에 있는 사람이 환영이 아니란 걸 알아채고 나니 울분이 목구멍까지 치솟았다. 하다못해 치마 입은 채로 계단에 쭈그려 앉은 흉악한 자세라도 어떻게 해 봐야 하는데, 지금은 최소한의 수치심조차 얼음동굴에 처박혀 버렸다.

"그러면 어서 가 봐. 난 신경 쓰지 말고."

풀이 죽은 목소리로 대꾸하니 인겸이 펄쩍 뛰었다.

"미쳤어? 네가 이 먼지 많은 데서 이러고 앉아 있는데 어떻게 신경을 안 써?"

이번엔 대꾸할 말도 생각이 안 났다. 환영이 아닌 그를 환영으로 만들겠다는 괴상망측한 고집이 샘솟았다. 완전히 인겸을 외면한 채 침묵으로 일관했다.

"너, 다 보인다."

부러 짓궂은 티를 내는 기색이 역력한 목소리로 인겸이 콕 찔러 왔다.

"상관없어. 어차피 속바지 입었는데 뭐."

그걸 말이랍시고 했다.

"그래도 그렇지 여자가 민망하게 그게 뭐야!"

이젠 숫제 조마조마해하는 투로 인겸이 다그쳤다. 그는 황급히 한 걸음 더 다가와 내게 팔을 뻗으려다 멈칫했다. 아마 제 손으로 벌어진 내 다리를 어떻게 해 보려다가 관둔 모양이었다. 그에겐 나와 달리 최소한의 매너가 남아 있었다.

"아, 너 정말!"

인겸이 절박하게 투그리며 다시 내 다리에 팔을 뻗었다. 그러다 금방 팔을 도로 내리고 입술을 일그러뜨리며 발을 동동 굴렀다. 그의 고개가 내 쪽으로 틀어졌다가 황급히 돌아가기를 반복했다. 남자로서 여자 다리에 손을 대지 않고 끝까지 못 본 척하는 게 도리인 건지, 아니면 여자의 민망한 자세를 수습해 주는 게 도리인 건지, 예의 바르고 반듯한 그로선 제법 무거운 고민거리가 되어 버린 듯했다.

나는 그의 난감함을 못 본 척했다. 사람이 밑바닥을 철저히 사수하는 이유는 한 번 보이면 끝장이기 때문일 것이다. 그런데 난 이미 끝장이 나고 말았으니 더는 가릴 이유가 없었다. 그저 나는 다시 바닥없는 심해에 침전할 채비를 하였다. 그때였다.

"자."

포근한 무언가가 내 무릎 위를 덮었다. 인겸의 교복 재킷이었다. 감색 천에 남은 그의 체온이 단숨에 내 몸을 휘감았다. 사위가 크게 한 번 뒤흔들렸다. 믿기지 않는 온기에 나는 눈을 멍하니 깜박여 보았다. 바루어진 시야에 부드러운 웃음을 머금은 입술이 맺혔다.

"햐! 난 왜 이렇게 머리가 좋을까? 오늘도 이렇게 세계 평화를 지키네.”

짓궂게 중얼거리며 인겸이 내 옆에 털썩 주저앉았다. 그가 세 뼘 정도 거리를 두고 앉았는데도 바로 옆에 난로가 놓인 것처럼 옆구리가 따끈따끈했다.

불현듯 그와 시선이 마주쳤다. 한 번 맞닿고 나서 내 쪽에서 한 번 맥없이 눈을 내리깔았다. 하지만 내 무릎에 놓인 그의 재킷을 보아 버린 순간 다시 시선을 급하게 끌어 올리고 말았다. 다시 그의 눈이었다. 어차피 벗어나지 못할 거 또 피하는 게 더 우스꽝스러울 것 같아, 별수 없이 고스란히 눈동자를 내보이는 걸 택했다. 그렇게 내 시선을 묶고 나서 인겸이 내게 나직이 속삭였다.

“무슨 일이 있었던 거야? 나한테 다 말해 봐.”

그렇게 인겸은 내 뱃속에 있는 납덩이에 실을 매달아 모조리 끄집어냈다.

**　　　　*　　　　　**

“그래서 따를 당하게 된 거군. 그래도 그렇지 너무한 거 아니야? 그 사건 하나만으로 뚜렷한 증거도 없이 무조건 널 범인으로 몰다니!”

이야기를 마치자 인겸은 양손 주먹까지 쥐며 분개했다.

“혹시 누가 그 이윤영이란 애 청바지를 훔쳐다가 네 가방에 몰래 넣은 거 아니야? 너한테 도둑 누명 씌우려고!”

23년 평생 누군가가 화내는 모습이 이토록 맑고 깨끗하게 보인

적이 있었던가? 분통을 터트리는 인겸이, 그렇게 나에 대한 깊은 믿음을 드러내는 인겸이 너무나 순수해 보여서, 뼈가 시렸다. 거짓말을 해서라도 그 순수함을 끝까지 내 편으로 잡아 두고 싶은 충동이 일었다. 하지만 나는 양심껏 입을 놀렸다.

"아니. 그 청바지를 내 가방에 넣은 건 나야."

"뭐?"

예상대로 인겸이 뒤통수를 올지게 얻어맞은 표정을 지었다.

"하지만 훔친 건 아니야."

이젠 찬물과 더운물을 동시에 맞은 듯 기묘한 표정을 짓는 그에게 나는 실없는 웃음을 흘렸다.

"후……. 이상하지? 남의 청바지를 멋대로 가져가 놓고 훔친 게 아니라니. 옆 사람 답안지 봐 놓고 커닝은 안 했다, 이거랑 다를 게 뭐야? 하……. 나라도 절대 안 믿겠다. 그런데 누가 믿어 주겠어? 그지? 후후……."

실없는 웃음을 계속 흘렸다. 코와 입의 공기가 완전히 바닥날 때까지 웃고 나서 입꼬리라도 억지로 당겨 매려다 관뒀다. '무리하지 마.'라고 타이르는 듯한 눈과 마주쳐서.

"실수였던 거야?"

그의 물음에 입술이 밀바죽처럼 처졌다.

"응."

꼭꼭 숨겨 놓으려 했던 설움이 단 한 음절에 우르르 끌려 나왔다.

"어쩌다 그랬는지 나한테 말해 줄 수 없어?"

술기운보다도 더 강렬한 설움에, 나는 말하면서도 쥐구멍에 기어 들어가고 싶은 그 이야기를 단숨에 털어놓고 말았다. 모든 이야기를 듣고 나서 인겸이 답답하다 못해 환장하겠다는 투로 말했다.

"지금이라도 이윤영한테 솔직하게 다 말하면 안 돼? 이대로라면 네가 너무 억울하잖아!"

나는 이마에 손을 짚은 채 음울하게 도리질을 쳤다.

"이제 와서 날 믿겠어? 지금 말해 봐야 자기 반지를 훔쳤다는 혐의를 벗으려 잔머리 굴린 줄 알겠지. 너무 늦었어. 그런 병신 같은 실수를 진짜라고 믿어 달라고 말하기엔……."

"하지만 솔직하게 말하는 거 외엔 달리 방법이 없잖아. 그리고 하나도 병신 같지 않아. 그 정도는 누구나 할 법한 실수라 생각해."

자조적인 내 목소리를 인겸이 차분한 말로 감싸 안았다.

"내 생각엔 지금이라도 사실대로 말하고 사과를 하는 게 맞는 거 같아. 말하는 수밖에 없어. 사람은 초능력자가 아니라서 그런 일일수록 아무 말도 안 하면 절대 알아주지 않아. 오히려 아무 말도 안 하고 은근슬쩍 넘어가려는 게 더 잔머리 굴리는 걸로 보여. 나도 겪어 봐서 아는데, 이런 일은 그때그때 풀지 않으면 상처가 남아. 도망가려다 영원히 도망가지 못하게 돼."

그 말에 고드름으로 정수리를 꿰뚫린 듯 정신이 아뜩하였다. 2002년에 만났던 사람들 중 2011년의 나에게도 영향력을 행사하는 사람은 전무하다시피하다. 이 상황이 실제 과거라 해도 B중학교 사람들과의 관계 변화가 현재의 나에게 미칠 영향은 지극히 미미하다. 더구나 여긴 꿈속이다. 꿈속 잔상에 대한 관계 변화를 시도하는 것만큼 무익한 일은 없다.

하지만 도망가려다 영원히 도망가지 못하게 되어 버린단 말…….

그 한마디에 통렬하리만치 쓴 물이 입안에 고여 들었다.

"네가 조언해 준 대로 내 일을 어머니에게 털어놨을 때, 어머니가 나한테 말씀하셨어. 정말 미안하다고. 그동안 나에 대해 모든 걸 다 안다고 착각하고 있었다고. 하지만 그건 나도 마찬가지였던 것 같아. 나도 집에 오면 맨날 방에서 공부하고 음악만 들었지, 어머니랑 제대로 대화해 보려고 한 적이 없었어. 어머니가 나를 어떻게 생각하시는지 제대로 알려고 하지 않았어. 대화해도 아무 소용이 없다고 멋대로 단정 지어 버렸어. 하지만 막상 입을 열고 가슴을 열어 보니깐, 진심은 항상 통한다는 말이 맞더라."

고개를 들어 조심스레 인겸의 눈을 살폈다. 어렴풋이나마 눈이 마주치자, 부유하는 먼지도 위안을 얻어 갈 따스한 미소를 지어 보이며 그가 말했다.

"그 애한테 기회를 줘. 진실을 알고 너를 용서할 기회 말이야. 그리고 너한테도 기회를 줘. 이 모든 억울함에서 벗어날 기회를. 너라면 할 수 있을 거야. 나 같은 애도 해냈잖아?"

"그래. 인겸이의 말대로 해 보는 게 어떻겠니?"

"헉?"

끼어든 목소리는 꽃에 내려앉는 나비처럼 차분하기 그지없었으나, 우리는 옆구리를 찔린 것처럼 화들짝 엉덩이를 들썩였다.

"기다려도 안 오길래 반에 있는 줄 알고 데리러 가던 참인데 여기 있었구나. 방해하면 안 될 것 같은 심각한 분위기길래 조용히 기다리려다 본의 아니게 다 듣게 되었다."

언제부터 와 계셨는지 인겸의 담임, 이창희 선생님이 우리 앞에 서서 인자한 미소를 짓고 있었다. 선생님이 나와 눈을 맞추며 나직이 말했다.

"이건 어디까지나 나의 생각이니 부담 갖지 말고 들어 주었으면 좋겠다. 잘못을 저질렀을 때 그 자리에서 자기 잘못을 바로 인정하는 사람은 매우 드물어. 대부분 당장은 남의 탓으로 돌리거나 변명거리를 생각하지. 아니면 도망칠 궁리를 하거나. 하지만 그게 그 사람의 천성이 비열해서인 건 아니라고 생각한다. 어쩔 수 없는 인간의 본능인 거야."

심장 속까지 파이는 듯 가슴을 뜨끔하게 하면서, 한편으로 하염없이 기대고 싶어지는 말이었다. 선생님은 인겸에게도 한 번 따뜻하게 웃어 주고는 말을 이었다.

"그 본능을 이기기 위해 가장 필요한 건 용기라고 생각한다. '용기' 하면 강도를 때려잡는 거창한 힘부터 연상하는 사람들이 많은 것 같다. 하지만 우리 인생을 정말로 좌우하는 용기는, 크건 작건 잘못을 했을 때 그것을 외면하지 않고 똑바로 바로잡기 위해 최선을 다하는 것이 아닐까?"

선생님은 다시 나와 눈을 맞추었다.

"잘못을 인정하고 진심 어린 사과를 해서 항상 용서를 받을 수 있다면 좋겠지만, 여의치 않을 수도 있다. 상대방의 마음은 우리 의지대로 되는 게 아니니. 하지만 정말 중요한 건 결과가 아니라고 생각한다. 네가 할 수 있는 최선을 다하는 게 중요한 것이야. 양심은 너 자신을 괴롭히기 위해 소리를 내는 게 아니란다. 네가 자신을 용서할 방법을 빨리 찾아 주기 위해 소리를 내는 거야. 그러니 네 양심의 소리대로 해 보아라. 그 아이에게 진실을 말하고 용서를 구하는 건, 너 자신에게 용서를 구하기 위해서라도 꼭 필요한 일이라고 생각한다. 세상에서 가장 괴로운 일은, 그 누구보다도 자기 자신에게 용서받지 못하는 거니까."

다시 이마에 손을 짚었다. 정공법이라. 9년 전에 전혀 고려해 보지 않았던 건 아니다. 그런데 왜 못 했더라? 겁이 나서 그랬지. 진실을 말하고도 비웃음을 살까 봐. 사과해도 용서받지 못할까 봐. 진심을 전해도 처참한 꼴이 될까 봐.

하지만 그때 만약 나에게 이런 충고를 해 주는 사람이 있었다면 어땠을까? 움츠러진 마음에 파문이 일었을까? 동심원들이 머리끝 발끝까지 퍼져 나가 가슴을 뒤흔들었을까? 눈을 깜박일 때마다 영혼이 한 겹씩 허물을 벗었을까? 지금처럼.

"에휴, 알았어요. 한번 해 볼게요. 이렇게까지 하는데도 이윤영이 절대 용서 못 하겠다면 어쩌나."

가슴 깊숙한 곳에서부터 올라오는 떨림을, 짐짓 마지못해 한다는 투의 시큰둥한 어조에 숨겼다. 인겸이 그런 날 보고 짓궂게 입꼬리를 당겨 매며 능청을 떨었다.

"그러면 그땐 내가 이윤영을 하겠다고 말해야 하나? 아, 그건 역시 무리다. 아빠라면 모를까."

나쁜 놈. 그 헛소리까진 안 돌려줘도 되는데. 코끝이 간지러워서 푸흡 하고 실없이 입바람을 뺐다.

"자. 일어나자꾸나. 여자아이는 차가운 데 오래 앉아 있으면 안 좋단다."

"그래. 어서 일어나. 당장 해야 할 일이 있잖아?"

인겸과 이창희 선생님이 내게 손을 내밀었다. 마디마디가 곧고 바른 밀빛 손. 그리고 주름이 자글자글하지만 든직한 구릿빛 손.

벼랑 끝에서도 끝까지 나를 붙잡아 줄 두 사람의 손을 맞잡아, 나는 계단에서 몸을 일으켰다. 그 바람에 내 무릎을 덮고 있던 인겸의 재킷이 계단 아래로 떨어질 뻔했는데, 그전에 선생님이 잽싸게 낚아채 인겸에게 건넸다. 인겸은 어색하게 숨을 고르고는 머뭇머뭇 그것을 받아 들었다.

이윽고 1교시 수업 종료를 알리는 종이 울렸다.

"선생님. 좋은 말씀 감사합니다. 그리고 선배도 정말 고마워. 그럼 난 이제 돌아가서……."

"설아야. 잠깐만!"

돌아서려던 나를 인겸이 불러 세웠다. 그는 가던 걸음 멈추고 뒤돌아보는 내게 다가오더니 내 손을 덥석 감싸 쥐었다.

"너 손 진짜 왜 이렇게 차? 차가운 데 오래 앉아 있어서 그런가? 저번보다 더 차가워."

"아……."

따스한 손이 내 손마디를 정성 들여 주물렀다. 신묘한 온기가 팔을 타고 몸 안으로 들어왔다. 그 온기에 나도 모르는 내 안의 만년설까지 남김없이 녹아내렸으리라.

혹여 얼음 녹은 물이 눈으로 새어 나오는 건 아닐까 싶어 조심스레 눈을 깜박여 보았다. 그제야 인겸이 내 손을 놓아주었다. 자기가 해 놓고도 객쩍은지, 그는 조금 전의 대담한 행동과는 상반되게 숫저운 기색으로 얼버무렸다.

"아니 그냥……. 난 개인적으로 네가 저번에 내 손을 이렇게 잡아 줬을 때 되게 힘이 났거든. 그래서 나도 한번 해 봤어. 파이팅하자고. 절대 이상한 뜻으로 그런 거 아니야! 믿어 줘……."

"전혀 이상하지 않아. 힘이 나. 정말 고마워."

나의 대답에 안심한 듯 인겸이 다시 밝게 웃었다. 우연히 내 손으로 살려 낸 미소. 나를 살려 내려는 그 미소가 가슴에 불을 지폈다.

4층으로 올라가는 발걸음은 날개 달린 듯 가뿟했지만, 주먹은 무겁게 쥐었다. 기호지세(騎虎之勢). 정공법은 더도 말고 덜도 말고 딱 그러하다. 호랑이 등에 올라탄 것처럼 빠르면서도 질릴 정도로 곧아야 한다.

곧 개시할 행동의 향방을 생각하는 것만으로 1학년 5반 교실이 금방이었고, 이윤영의 코앞도 금방이었다. 이윤영은 내 자리에 제 친구를 앉혀 두고 열렬히 입방아를 찧고 있었다. 뻔뻔할 정도로 열심히 대화에 몰입하는 본새에 아랑곳하지 않고 과감히 그녀를 불렀다.

"이윤영!"

생각보다 크게 나간 목소리에 이윤영이 화들짝 놀라 어깨를 흠칫 떨었다.

"뭐야?"

나를 알아보자마자 그녀의 눈이 세모꼴이 되었다. 대놓고 적의를 드러내는 눈빛. 짜증이 뚝뚝 떨어지는 퉁명스러운 말대답. 그 드센 기세에 모처럼 심지에 붙은 불꽃이 흔들릴 뻔도 했다. 일순 호흡이 흐트러지는 바람에 그만, 모두가 보는 데서 이윤영에게 선전포고하듯 딱딱하게 외쳐 버렸다.

"이따 점심시간에 예체능관 옥상으로 나와! 할 말이 있어."

결전(?)의 점심시간. 예체능관 옥상에 올라오자마자 나는 뒷목부터 부여잡고 말았다. 여럿이 보는 데서 이윤영에게 옥상 면담을 신청한 게 딱히 잘했다 생각한 건 아니다. 하지만 그게 이토록 치명적인 실수였을 줄은 몰랐다.

"오오! 왔다, 왔어!"

"아, 씨! 좀 비켜 봐! 안 보여!"

그 많은 사람이 보는 데서 이미 머리채 잡고 싸운 전적이 있는 상대에게 독대를 청한 데다 장소도 옥상이겠다, 아무래도 지극히 자연스레 맞짱 신청으로 와전된 모양이었다. 세상에서 절대 놓칠 수 없는 구경거리 두 가지가 불구경이랑 쌈 구경이라 했던가?

내가 한 걸음 내디디니 불청객들이 진도 앞바다 갈라지듯 비켜섰다. 한술 더 떠서 저들 멋대로 동그란 대형까지 이루는 것이었다. 바람처럼 스쳐 가는 전설과 낭만을 기대하는 눈빛들이 심히 부담스러웠다. 썩을. 누가 보면 야인시대 촬영장인 줄 알겠다!

"할 말이란 게 뭐야? 뜸 들이지 말고 빨랑 말해! 쪽팔려 죽겠으니까!"

나보다 한발 앞서 옥상에 온 이윤영이 앙칼지게 쏘아붙였다. 그녀는 주먹을 꽉 그러쥔 채 기다란 몸을 들썩이고 있었다. 내가 달려드는 즉시 그 기다란 팔을 뻗어 선수를 칠 요량인 모양이었다. 하나같이 김칫국을 열 사발도 더 들이켠 작태에, 나는 잇새로 한숨을 내쉬었다.

"야! 이설아! 뭐 해? 우리 신경 쓰지 말고 얼른 싸워! 싸워라! 싸워라!"

요란스레 울려 퍼지는 경박한 목소리가 내 신경을 긁었다. 양아치 친구들과 인파의 맨 앞줄을 점령하고 선 최준형이 침을 튀겨 가며 개처럼 짖어 대고 있었다. 옆구리에 겉봉을 뜯은 포카칩까지 끼고 말이다.

"저기, 얘들아! 여기서 싸우지 마! 이러다 선생님한테 더 크게 혼나! 내려가서 말로 해결해! 응?"

이번에는 말리는 목소리. 뒤를 돌아보니 조마조마해하는 표정으로 이쪽을 보는 김종혁이 있었다. 조민기와 백수연도 함께였다.

제멋대로인 부추김, 염려, 그리고 오해가 쏟아지는 수라장의 한복판. 꿈속임에도 살갗을 날카로이 찌르는 수치심에, 두 남자가 충고와 격려로 장만해 준 호랑이의 등에서 끌어내어졌다. 의기양양하게 다진 결의는 온데간데없이, '내가 왜 여기에 와 있나?' 따위의 멍청한 생각만 남았다.

"어딜 봐? 나한테 할 말 있다며? 할 거면 짱나게 한눈팔지 말고 빨랑 해!"

날카로운 목소리가 나를 돌려세웠다. 이윤영의 얼굴에 귀밑까지 붉은 물이 차올라 있었다. 누구라도 오금이 저려 올 대단한 적의. 수십 개의 눈이 가뜩이나 삐걱대는 기류를 덧들여 놓은 탓이리라. 그녀가 내게 할애한 인내심이 그리 깊지 않음을 직감했지만, 내 사고는 얼어붙은 웅덩이에 괸 물처럼 차갑고 둔탁하게 흘러갔다.

비교적 최근까지도 이런 상상을 해 봤다. 만약, 내가 이윤영한테 그날의 사정을 허심탄회하게 털어놓았다면 그녀가 어떤 표정을 지어 보였을지. 어떤 때는 코웃음을 치며 돌아서는 이윤영의 모습이 그려지기도 했고, 또 어떤 때는 도저히 아무 것도 읽어 낼 수 없는 복잡 미묘한 표정을 지어 보이는 모습이 그려지기도 했다. 하지만 결국 내게 남는 건 삭풍처럼 시린 허무감뿐이었다. 백날 아쉬워해 본 들, 과거는 바뀌지 않으니까.

그 일 이후 대인 관계에서 그다지 큰 트러블은 겪지 않았다. 나처럼 남의 비위를 거스르지 않게 처신하는 내향적인 사람은 애초 큰 소리가 날 일을 잘 만들지 않으니. 하지만 누군가를 상처 입히는 실수는 언제나 본심과는 별개이다. 애초 내가 이윤영과 사이가 틀어진 것이 내가 원해서가 아니었듯이 말이다. 앞으로 내 인생에 제2, 제3의 이윤영이 생겨나지 말란 법은 없다.

만약 그때가 오면, 나는 9년 전과 다르게 행동할 수 있을까? 바로 그 자리에서 입을 열어 능수능란하게 오해를 풀고 아무 일도 없었던 것처럼 웃어넘길 수 있을까?

아마, 못할지도 모른다. 누군가에 대한 아쉬움뿐만 아니라 감사의 말, 혹은 격려의 말까지 아껴 버리는 입을 가진 한. 목구멍 아래에 무성히 차오른 말들을 1할도 채 꺼내지 못하는 빈약한 심장을 가진 한. 이대로라면 머잖아 어리석은 짓을 또 되풀이할지도 모른다. 23살이 되든 33살이 되든 14살 이설아로부터 영영 졸업할 수 없다는 절망감에 빠져들지도 모른다.

그 절망감을 떨쳐 내기 위해 반드시 거쳐야 할 중요한 시험장에서, 나는 9년 전에 한 번 도망쳤다.

"사람 불러 놓고 뭐 해? 할 말 없으면 나 그냥 갈래."

꿈속에서조차 도망치면, 앞으로는 불 보듯 뻔하다.

"기다려."

떠나려는 이윤영을 불러 세웠다. 그녀가 돌아서자 매서운 꽃샘바람이 다시금 내 뺨을 때렸다. 깍지 낀 손을 배에 붙였다. 심호흡 한 번에 산란한 정신이 하나의 선으로 이어졌다.

"너랑 풀고 싶은 오해가 있어."

나의 첫마디가 자신의 예상과는 조금 달랐던 탓일까. 이윤영의 미간에 석연찮은 주름이 잡혔다.

"오해? 무슨 오해 말하는 건데? 아, 내 반지 네가 안 훔쳤다는 말 하려고? 그래, 그래. 내 반지 네가 안 훔쳤어. 됐지? 됐냐!"

나는 그 빈정거림을 진담으로 알아먹을 정도의 바보는 아니었다. 메마른 침을 한 번 넘기고 다시 입을 열었다.

"네가 날 의심하는 건 수련회 때 내가 네 청바지를 훔쳐 간 전과가 있기 때문이잖아. 그렇지?"

"응. 그래서?"

"그때 내가 네 청바지 안 가져갔다고 말했는데 결국, 내 가방에서 그게 나왔고. 그래서 내가 네 청바지를 훔쳤다고 소문이 퍼졌지."

"이. 근데 어쩌라고?"

이윤영이 고압적인 턱짓으로 말하는 족족 내 말을 딱딱 끊었다. 그녀의 입만 열리면 북풍한설이 불었다. 흰자위까지 드러낸 눈이 금방이라도 쨍강쨍강 떨어지는 우박을 불러낼 듯하였다. 도저히 녹을 기미가 안 보이는 빙산과도 같았다. 내가 준비한 연료로는 반도 녹이지 못할지도 모른다.

하지만 어쩌랴. 저만큼 얼어붙도록 방치한 장본인이 나인데. 호미로 막을 수 있을 때 막지 못한 게 나인데. 무책임이 극에 달할 만치 시험장에 늦게 도착해 버린 게 나인데.

"수련회 날, 네 청바지를 가져간 건 실수였어."

"뭐?"

윤영이 기가 막힌다는 듯 입매를 비틀었다.

"뭐가 어떻게 실수라는 건데? 남의 청바지를 허락도 없이 가져가 놓고! 내가 다른 애들이랑 그토록 애타게 찾아다닐 때 넌 가만히 있었잖아! 내 바지 뽀려 간 거 들킬까 봐 그랬잖아!"

그녀의 다그침에 일순 말문이 막혔다. 9년의 시간 동안 단순화되다 못해 왜곡되기까지 한 기억이 진짜 모습을 되찾았다.

그간 나는 이윤영과 틀어진 이유가 단지, 나 때문에 비싼 청바지를 잃어버릴 뻔해서라 생각해 왔다. 하지만 그것만은 아니었던 거다. 그녀는 나한테 서운했던 것이다. 자신의 발등에 떨어진 뜨거운 불을 본체만체했던 나에게. 다른 룸메이트들과 달리 최소한의 배려도 없었던 나에게. 정나미가 뚝 떨어지는 무감함을 내성적인 성향으로 포장하려 들었던 나에게.

"같이 찾아 주지 않았던 건 미안해. 하지만 그건 훔쳐 간 게 들통날까 봐 그랬던 거 아니야. 네 바지를 가져간 건 진짜로 실수였어."

"그럼, 왜 가져간 건데?"

이윤영이 양팔을 꼬아 낀 채 삐딱하게 고개를 기울였다. 스쿼시 볼을 단호히 튕겨 내는 벽 앞에 선 것 같았다. 나는 눈을 내리깔아 3월의 수련회 첫날밤 추적추적 내렸던 소나기를 떠올렸다. 귓가에

빗소리가 맴돌 즈음, 나는 어쩌면 공허한 독백에 그칠지도 모를 이야기를 펼쳐 놓았다.

"기억하는지 모르겠지만, 그때 나도 너랑 되게 비슷한 청바지를 입고 왔어. 수련회 간다니까 어머니가 새로 사 주신 거야. 내 옷 중에 가장 비싼 거라, 절대 잃어버리지 말아야겠단 부담감이 생겼어. 그런데 첫째 날에 교관들이 기합을 너무 많이 줘서, 정신이 혼미해질 만큼 지쳤어. 그래서 숙소에 왔을 땐 그저 빨리 씻고 자고 싶단 생각뿐이었어. 그래서 옷 갈아입으면서 급하게 짐을 정리하다 이불 위에 있는 청바지를 제대로 확인해 보지도 않고 내 가방에 넣었어. 그게 내 건 줄 알고."

"그럼 설마, 너 내 바지를 네 걸로 착각해서 그랬단 거야? 하지만 넌 그때 분명……."

"그래. 맞아."

고개를 숙여 드리운 그늘 아래서 나는 헛웃음을 흘렸다.

"내 바지를 입은 채로 그런 착각을 했지. 그걸 네가 내 가방을 열어 보는 순간에야 깨달았어. 또, 네 바지가 내 바지보다 약간 더 밝다는 것도."

"아."

이윤영이 짤막한 탄성을 내뱉었다. 나는 여전히 고개를 숙인 채, 그녀가 나의 기상천외한 멍청함에 대한 황당함을 억누르기를 기다렸다. 잠시 뒤, 이윤영의 쌀쌀맞은 목소리가 들려왔다.

"그 말을 나보고 믿으란 거야?"

예상대로 공은 다시 매섭게 튕겨 나왔다.

"믿어 주지 못한다면 할 수 없지. 나도 차라리 이게 거짓말이었

221

으면 좋겠어. 정말 쪽팔린 얘기잖아? 자기 청바지 입은 채 완전히 똑같지도 않은 남의 청바지를 자기 거라 착각하다니. 하지만 나는 그러고도 남을 정도로 덤벙대는 면이 있어. 옛날부터 준비물 같은 걸 자꾸 깜박해서 허구한 날 1541 눌러서 어머니 불렀고, 일주일에 펜 하나쯤 잃어버리는 건 예사였고. 또 이건 아직 너한텐 말 못 한 건데, 체육복 갈아입다가 네 치마 입을 뻔한 적도 있어. 그땐 사이 즈가 달라서 망정이지, 네가 나만큼 허리가 굵었으면 난 청바지 도둑이 되기 전에 치마 도둑이 됐을 거야. 큭……."

기어이 웃음이 터졌다. 아무리 꿈이라지만, 여기까지 늘어놓을 수 있는 구질구질함에 스스로 놀랐다. 손바닥으로 가리려 무진 애를 썼던 나의 결함을 내보이는 작업은, 9년 묵은 고민이 무색하리만치 쉬웠다.

끊임없이 이어지던 이윤영의 되물음 대신 싸늘한 침묵이 찾아왔다. 이 상황에서 왜 기분 나쁘게 웃고 앉았나 생각했을 것이다. 어차피 나의 이야기는 여기까지이다. 다 들어 준 것만으로도 감지덕지해야 한다.

"보다시피 난 이렇게 허술한 인간이라 도둑질을 할 위인도 못 돼. 남의 물건 훔쳐 놓고 뻔뻔하게 시치미를 뗄 자신도 없고. 그래도 그 일은 내가 잘못한 게 맞아. 그동안 나 때문에 기분이 상했다면 사과할게. 시간 내 줘서 고마워. 난 이제 가 볼……."

"저기, 설아야. 잠깐만! 끼어들어서 미안한데……."

차갑고 건조한 기류 속에서 지극히 이질적으로 느껴지는 어른스러운 목소리가 나를 돌려세웠다. 침침해진 눈을 깜박여 뜻밖의 난입자를 확인했다. 김종혁이 동정심과 의구심이 뒤섞인 듯한 복잡

다단한 표정으로 날 보고 있었다. 모두에게 들릴 만치 또렷한 목소리로 그가 내게 물었다.

"왜 이제야 얘기하는 거야? 진작 말을 하지! 그랬으면 모두가 오해하지 않았을 텐데."

'모두'라는 단어에 반사적으로 나를 둘러싼 사람들을 돌아보았다. 서리 맞은 나무처럼 우두커니 서 있는 이윤영, 그런 그녀와 매한가지인 표정을 짓고 있는 사람들이 아직도 날 주시하고 있었다. 질문을 던진 건 김종혁 한 사람이지만, 이 자리의 모든 사람이 내 대답을 기다리고 있음을 눈치챘다.

"그래서 미치도록 후회하는 중이야."

무너질 듯 움찔거리는 입매를 가다듬으려 노력하며 목소리를 냈다.

"이렇게 직구를 날리면 될걸, 되도 않는 변화구 날리려 눈치 보다가 타이밍만 놓친 거지. 아무리 부끄러워도 솔직하게 털어놓고 오해를 키우지 말았어야 했는데. 그땐 너무 당황해서 미처 그러질 못했어."

그리고 아무도 믿어 주지 않을까 봐 무서워서 그랬어. 그 말만은 눈으로 말했다. 모두가 보는 앞에서 동정심을 유발하려 든다는 쓸데없는 오해는 받기 싫어서.

미간의 주름이 하나 더 늘어난 이윤영의 등 뒤에서 술렁거림이 파도처럼 번져 나갔다. 그들이 나에게 들이대는 크기가 제각각인 잣대에 살갗이 가려울 지경이었다. 심판의 순간은 생각보다 따갑지 않았다. 그간 도망만 다닌 내 영혼의 붓기에 비하면.

악의 없이 남에게 입힌 상처는 수습할 필요가 없다고 고집을 부렸다. 내 양심이 그 고집과 같은 방향이었다면 이렇게 오래도록 괴롭지 않았을 것이다. 하지만 상반된 두 감정은 어느 한쪽도 타협하지 않고 끊임없이 맞부딪혔다. 그래서 내 가슴 한구석엔 딱지가 붙지 않는 상처가 항상 남았던 것이다.

"정말 늦었지만, 다들 미안하다. 다신 안…… 그러고 싶어."

마지막 말을 마쳤을 때, 이윤영을 비롯한 군중들의 팔이 처진 듯 보였다. 그 반응들이 비웃음인지, 미움인지, 혹은 경멸인지는 헤아리지 않기로 했다.

알량한 자존심을 마지막 한 겹까지 벗어던지고 돌아섰다. 무너져 버릴 줄 알았던 하늘이 시리도록 푸르렀다. 가슴과 뱃속이 시원섭섭하게 뚫렸다. 그 어떤 되갚음으로도 얻을 수 없었던 후련함을, 단 몇 마디의 말로 얻었다.

이렇게 간단한 것을 왜 진작에 해내지 못했던가? 왜 9년이란 시간을 허무하게 잃어야 했던 것인가? 이제라도 시험을 치렀으니, 나는 앞으로 나아갈 수 있는 걸까? 후련함과 쓰디쓴 회한이 뒤엉켜 들이쳐서, 웃어야 할지 울어야 할지 모를 기분이 되었다. 그때였다.

"잠깐! 너 할 말만 하고 가면 다야?"

하늘로 떠오르던 정신이 단박에 지상으로 끌려 내려왔다. 표정 관리를 할 새도 없이 뒤를 돌았다. 이윤영이 씩씩 소리가 나도록 숨을 몰아쉬고 있었다. 기차 화통 삶아 먹은 소리로 사람 불러 세워 놓고 한동안 그러고 서 있었다.

"네 할 말은 뭔데?"

이번엔 내가 미간에 주름을 잡아 재촉했다. 그러자 이윤영이 열심히 손부채질을 해 대며 우물쭈물 말했다.

"아니, 솔직히 난 아직 이해가 잘 안 돼! 너 어제까지만 해도 싸가지 없이 굴었으면서, 오늘 갑자기 이러니까 뭐가 진짜 네 모습인지 모르겠고……."

도무지 요지를 파악할 수 없는 말이었다. 하지만 그녀의 분위기가 지금껏 내가 전망했던 것과는 어딘지 다른 국면을 암시하는 듯했다. 반신반의하는 마음으로 한마디 찔러 보았다.

"그래. 어쩔 수 없지. 내가 못 미더운 행동을 했으니까. 나라도 절대 안 믿을 거야."

"아, 아니! 절대 안 믿겠다는 건 아닌데, 갑자기 이러면 나보고 뭐 어쩌라는 건지……."

여자의 육감으로 그녀가 화난 건 아니라는 낌새는 챘다. 아까 버려 둔 만에 하나가 발치에 걸렸다. 다시 주워 보기로 했다. 나는 드라마틱하게 왼 가슴에 손을 얹었다. 그리고 뜨악한 표정으로 날 보는 이윤영을 향해 짐짓 앓는 소리를 냈다.

"난 그저 늦었을 때가 가장 빠른 때라는 옛말이 떠올라서…… 지푸라기 잡는 심정으로 이 자리를 만든 거야. 아무리 생각해도 친구들 간에 생긴 오해를 풀지 않으면 도리가 아니라는 생각이 들어서. 하지만 역시 늦었나 보구나. 어쩔 수 없지. 너한테 영원히 용서받지 못해도 나는 할 말이 없어."

"어우, 야! 누가 영원히 용서 안 해 준대? 아직 아무 말도 안 했는데 왜 네 멋대로 나쁜 년 만들어!"

이윤영의 기다란 팔이 내 어깨를 찰싹 소리 나게 붙들었다. 모처럼 연기하다가 그 손길에 심장마비 올 뻔했다. 붉은 딸기 한 송이가 우리를 둘러싼 수십 개의 눈들을 휙휙 둘러보았다.

짝짝짝—

이윤영의 손길 못지않게 놀라운 박수 소리가 난 쪽을 돌아보았다. 김종혁이 만면에 흐뭇한 미소를 띤 채 올차게 손뼉 치고 있었다.

"잘 말해 줬어, 설아야. 정말 말하기 어려웠을 텐데 정말 장해. 그동안 마음고생 심했지? 이젠 괜찮아질 거야."

뜻밖의 따스한 위로에 어떻게 반응해야 할지 몰라 나는 멋쩍게 고개를 숙였다. 김종혁이 이윤영에게도 말했다.

"윤영아. 이제 그만 설아를 용서해 주면 안 될까? 실수로 그랬다잖아. 이렇게 정식으로 사과도 했고. 설아가 이만큼 용기를 냈으니까 너도 용기를 좀 냈으면 좋겠다. 이제 그만, 설아를 용서해 줘."

"어? 어……."

이윤영이 뭐에 홀린 듯한 목소리를 냈다. 나는 그저 어안이 벙벙하여 이윤영과 김종혁을 계속 번갈아 보았다. 잠시 뒤, 한 걸음 두 걸음 내게로 다가오는 걸음 소리가 들렸다. 시야에 불쑥 가느다란 손이 들어왔다. 엄지와 검지 사이를 약간 벌려 기울인 오른손. 악수를 청하는 손이었다.

"크흠! 우리, 화해……하자."

이윤영이, 미소 짓고 있었다. 비록 이 모든 상황을 완전히 소화해 내지는 못한 듯 어색한 미소였지만, 그것만 해도 얼마나 많은 것을 의미하는지 나는 모르지 않았다.

"어……."

무언가에 홀린 티가 다 나는 목소리로 답하며 손을 맞잡았다. 맞잡은 손이 눈 깜짝할 새 위아래로 흔들렸다. 기대치 않은 이변은 거기서 그치지 않았다.

"우리도 설아랑 화해하자. 그동안 우리도 설아를 오해해서 너무 심하게 대했잖아?"

이변의 중심축이 된 김종혁이, 옥상에 와 있는 1학년 5반 애들을 돌아보며 우렁찬 목소리로 말했다. 그러고는 성큼성큼 내게 다가와 악수를 청했다.

"자, 설아야. 우리 앞으로 잘 지내보자."

"어, 응……."

얼결에 김종혁의 손을 잡았다. 힘차게 맞잡은 손을 흔들며 호선을 그리는 입술이 차고 넘치는 호의를 드러냈다. 얼떨떨했지만 당연히 싫지 않았다.

전염된 듯 퍼져 나가는 건 미움과 경멸만은 아닌 모양이다. 1학년 5반 애들이 구름처럼 몰려들어 한 명씩 내게 악수를 청했다. 나는 일일이 그 악수에 응하며 이변의 감촉을 익혀 나갔다. 심지어는 최준형과도 악수했다. 분위기에 휩쓸려 마지못해 한다는 기색이 역력한 표정과 과자 부스러기가 묻은 손이 좀 거슬리긴 했지만, 모른 척하고 악수에 응했다.

변변한 화단도 없는 옥상이 구름 위의 정원처럼 반짝반짝 빛나 보였다. 양파 속껍질만큼이나 얄팍한 고집 한 겹 뒤엔 완전히 다른 세상이 있었다.

그렇게 나는 1학년 5반 모두와 악수를 했다. 단 한 사람을 빼놓고. 조민기만은 내게 악수를 청해 오지 않았다. 그는 고개를 살짝 숙여 자기 핸드폰을 들여다보고 있었다. 어딘지 일부러 나를 외면하고 있는 듯 보이는 건, 기분 탓만은 아닌 것 같았다.

"저기……. 민기야."

기다리다 못해 내 쪽에서 먼저 다가가 조민기를 불렀다. 그러자 그가 필요 이상으로 흠칫 놀라며 나를 보는 것이었다. 목울대를 움찔거리는 폼이 이 상황을 상당히 난감해하는 듯 보였다. 그 애한테는 여전히 이 상황이 어색하기만 한 걸까?

"악수해도 돼?"

그 시절만큼의 설렘은 아니지만, 미련은 남았다. 지금도 그렇고 앞으로도 영원히 왕따로 남을 그 애 기억 속의 내 모습을 고치고 픈 미련 말이다. 적어도 악수를 나눌 가치가 있는 사람이라고, 맨 처음으로 특별한 감정을 품었던 사람에게 인정받고픈 미련 말이다.

내가 9년째 그 애의 미니홈피를 도둑방문하는 가장 큰 이유는, 더도 말고 덜도 말고 그 미련 때문인지도 모른다.

"……."

조민기가 내 손을 보고 눈살을 찌푸렸다. 마치 더러운 것을 보듯 불쾌해하는 그 애의 표정에 내민 손이 점점 무안해져 갔다. 그는 나의 면전에서 제 손을 주머니에 꽁꽁 찔러 넣더니, 기어이 뒤돌아서서 부리나케 옥상에서 내려가 버렸다.

"민기야! 잠깐만!"

백수연이 황망히 조민기를 부르며 뒤따라 나갔다.

"뭐야? 쟤. 쪼잔하게……."

내 옆에 있던 이윤영이 기가 막힌다는 투로 중얼거렸다. 조민기의 행동을 곱지 않게 본 건 비단 그녀만은 아닌 듯했다. 석연찮은 수런거림이 잔물결처럼 일었다. 나는 펼쳤던 손가락을 오그렸다. 결국, 꿈속에서도 채워지지 않는 것인가? 시답잖다면 시답잖은 나의 미련.

"설아야. 너무 신경 쓰지 마. 민기가 너무 갑작스러워서 저러나 봐. 쟤도 사실은 너랑 화해하고 싶을 거야. 민기한텐 내가 잘 말해 둘게. 그러니 민기를 너무 나쁘게 생각하진 말아 줘."

김종혁이 무안하게 뒷머리를 긁적이며 자기 단짝을 감쌌다. 쓴 웃음을 볼 안쪽에 감춰 두고 애써 태연자약하게 고개를 끄덕였다. 거의 동시에 점심시간의 끝을 알리는 종이 울렸다.

"아, 종 쳤다! 이번 시간 컴퓨터지? 저번에 과학 시간이랑 바뀌어서 오늘 5, 6교시 연속 두 시간 한댔나? 얼른 가자. 늦겠다."

"설아야. 우리도 얼른 가자!"

"어? 어."

이윤영이 내 손목을 덥석 잡았다. 우악스럽지만 악의는 안 느껴지는 손에 이끌려 옥상을 나섰다. 입술 근육이 아직도 곡선을 그릴지 일자로 뻗을지 몰라 헤매는 느낌이 생경했다.

새삼 집에 있는 괴물 일기장에 붙은 자유형의 메모가 떠올랐다. 내 인생 최악의 시기를 재현한 꿈속에 갇힌 지 일주일하고도 나흘. 이만하면 당할 만큼 당했으니 이제는 좀 들떠도 된다는 건가? 이 B중학교 1학년 5반 교실에서.

그래, 좋아. 어디 한번 들떠 보자. 좋은 게 좋은 거니까. 구질구질한 복수극보다야 눈물 나게 감동적인 화해 모드가 좋지. 경멸 어린 시선보다야 어색한 미소가 백배 낫지. 옥상 위보다야 구름 정원

위가 좋지.

호사다마(好事多魔)라지만.

＊ ＊ ＊

귀곡 산장에 온 기분은 컴퓨터실에 발을 들인 순간부터 시작되었다. 둔중한 뒤짱구가 달린 둥근 화면의 모니터들이 책상마다 놓인 걸 보고부터 아차 싶었다. 창공을 떠다니는 방패연을 연상시키는 윈도우 98 부팅화면에 추억에 젖기보단 도깨비불과 맞닥뜨린 양 놀랐다.

한때 뻔질나게 들여다본 화면인데도 마우스 커서 움직이기가 심히 껄끄러웠다. 더군다나 마우스 움직일 때마다 손마디에 전해져 오는 마우스 볼의 움직임은 또 언제적 감촉인지.

"인터넷이든 게임이든 지금 하고 있는 거 다 종료시키세요. 딴거 하다 걸리면 태도 점수에서 바로 감점합니다."

컴퓨터 선생님이 3.5인치 플로피디스크로 깐깐하게 생긴 뿔테 안경을 밀어 올렸다. 2011년 올해 봄쯤 저놈의 물건이 생산 중지됐다는 기사를 본 기억이 났다. 저걸 만들어 파는 데가 여태 있었다는 것이 놀라웠을 따름이다.

"지금 바로 마이크로소프트 엑셀 2000 실행시키세요. 바탕화면에 보면 실습1, 실습2, 실습3이라는 그림 파일이 있을 겁니다. 엑셀 시트1, 2, 3에 똑같이 작성하시고 본인 학번으로 파일명 바꿔서 바탕화면에 저장하세요. 다 한 사람은 손들고 검사받고 나서 하고 싶은 거 해도 됩니다. 이번 시간 내로 다 해야 만점입니다."

공기가 급작스레 무거워지는 건 컴퓨터 수십 대가 내뿜는 전자파 탓만은 아닐 것이다. 여기저기서 납덩이 달린 한숨을 내뱉는 소리가 났다. 번호 순대로 앉다 보니 또 내 옆에 앉게 된 이윤영의 한숨 소리가 유난스레 컸다.

9년 전 나는 이 시간이 싫었다. 독수리 타법을 구사할 정도의 컴맹은 아니나 워드프로세서는 단순 타이핑밖에 못 하는 수준이었고 특히 엑셀 실력이 극악이었다. 수학 교과서에서 접해도 적잖이 끔찍한 '함수'라는 용어가 주가 된다는 것부터가 정나미가 뚝 떨어지는 프로그램이 엑셀이었다. 그렇다 보니 엑셀 관련 시험을 치르면 반도 못 해내고 제한 시간을 넘기기 일쑤였다.

짝꿍에게 살짝 물어보는 것 정도는 허용되었다. 하지만 나의 짝꿍은 1년 내내 이윤영이었다. 당시 그녀와의 껄끄럽고 차가운 관계는 둘째 치더라도, 이윤영은 나보다 더한 컴맹이었다. 자연히 우리 둘의 점수는 사이좋게 반 토막이 났다.

허나 환경이 사람을 만든다고 했던가. 공무원 시험 가산점을 챙기려 컴퓨터활용능력 2급 준비를 하다 보니 자연히 기본은 익히게 되었고, 입사 후에도 어깨너머로 가지가지 배웠다. 더구나 중학교 졸업장이 어떻게 생겨 먹었는지 기억도 안 나는 마당에, 새삼 이깟 수행평가 점수에 새가슴이 될 수는 없지.

엑셀 2000을 실행시켰다. 컴퓨터활용능력 시험을 칠 땐 엑셀 2003을 다뤘고 요새 메일로 오가는 첨부 파일은 거의 다 엑셀 2007 파일이다. 위화감이 아주 없지는 않으나 기본적인 메커니즘은 크게 다를 바 없어 보였다.

9년 전 같았으면 꿈도 못 꾸었을 속도로 과제를 마무리 짓고

'10525이설아.xls' 파일을 저장하고 나니 10여 분 정도 지나 있었다. 아직도 자판 두드리는 소리가 공기를 무겁게 짓누르고 있었다. 깍지 낀 손을 나른하게 머리 위로 뻗어 올리는 차에 옆구리를 콕 찔렸다.

"설아야. 너 벌써 다 했어?"

옆자리의 이윤영이 귓속질에 가깝게 작은 속삭임으로 내게 물어왔다. 잘난 척한다는 느낌이 들지 않도록 나름 겸손한 느낌의 미소를 꾸며 내며 고개를 살살 끄덕여 보였다.

"와, 대박! 너 왜 이렇게 빨라?"

감탄을 내뱉으면서도 어딘지 다급한 기색으로 파이는 보조개. 아직도 엑셀 시트2에 머무르고 있는 이윤영의 컴퓨터 화면. 녀석이 정말 하고 싶은 말이 무언지 어렵지 않게 알아챘다.

"어디가 잘 안 돼?"

아무것도 묻지 않고 내가 고개를 기울이자 이윤영의 얼굴에 대번에 화색이 돌았다.

"어! 여기! 어떻게 하는 건지 알아? 나 자꾸 등수가 이상하게 나와."

"음, 이거는 일단 F5에 마우스 대고 F4 키 눌러 봐. 어, 거길 드래그해 봐."

"어? 우와! 짱이다! 쌩유!"

그 뒤로 십여 분간 이윤영에게 엑셀 과외를 해 주다시피 했다. 심지어는 선생님이 안 보는 틈을 타 그 애 자리의 자판과 마우스를 조작해 주기까지 했다. Alt 키와 Tap 키로 엑셀과 과제파일을 빠르게 번갈아 보는 나의 현란한(?) 손놀림에 이윤영은 그저 '우와'

를 연발할 뿐이었다.

나의 도움으로 그녀도 제한 시간을 10분이나 남겨 두고 과제를 완성했다. 고작 수행평가 10점을 해결해 줬을 뿐인데 이윤영은 마치 부모님 목숨이라도 구명받은 것처럼 기뻐했다.

"이번 시간 끝나고 매점 갈래? 과자랑 마실 거 사 줄게."

때마침 치마 주머니에서 잡히는 천 원짜리 지폐를 꺼내 이윤영의 눈앞에서 흔들었다.

"진짜? 앗싸! 난 오징어 칩이랑 스콜!"

십 대는 과자에 움직인다지만 이리도 좋을까? 하기는. 나도 이 땐 과자라면 환장을 했지. 돌이켜 보면 정말 별것 아닌 수행평가 점수에도 일희일비했고, 정말 찰나의 순간에 입안에서 사라지는 짭조름함과 달콤함에 쉬이 열광하고 아쉬워했지.

내 마음이 변할까 걱정이라도 됐는지, 5교시 수업 종료를 알리는 종이 울리자마자 이윤영이 내 손을 매점으로 바삐 잡아끌었다. 우리는 금방 오징어 칩과 사과 맛 스콜을 손에 넣어 귀환했다. 그러고도 200원이나 남았으니 그립기 그지없는 물가였다.

"어? 과자다! 나 한 입만!"

"이윤영! 혼자 먹엇? 이 언니가 도와주지!"

과자 봉지를 뜯기도 전에 우리 자리에 여자애들이 벌 떼같이 몰려들었다.

"싫어! 다 내 거야! 설아가 나 먹으라고 사 준 거다!"

말은 그렇게 하면서도 윤영은 모두가 먹을 수 있게 과자 봉지를 잡아 벌려 놓았다.

정말이지 밥 배랑 과자 배는 따로 있는 것인지. 점심시간 끝난

지 1시간밖에 안 지났다는 게 믿기지 않을 정도로 여자애들은 산해진미를 앞에 둔 양 행복에 겨운 표정으로 과자를 집어 먹기 시작했다. 같이 과자를 먹는 척하며 모여든 여자애들을 찬찬히 살폈다. 이게 얼마 만이던가? 또래의 여자애들과 옹기종기 모여 과자를 나눠 먹는 게.

잠시간 괴었던 턱을 들어 올렸다 눈이 마주쳤다. 뒷자리에 앉아 이쪽을 응시하는 백수연과.

"뭐 해? 이리 와서 같이 먹자."

"어, 으응……."

보란 듯이 입꼬리를 당겨 그 애를 끌어들였다. 예전에도 그랬고 지금도 백수연이랑 친해지고 싶은 마음이 있는 건 아니다. 단지 한 번쯤은 초대받고 싶어 배도는 쪽이 아니라, 보란 듯이 초대하는 쪽이 되고 싶었다. 한 번쯤은 시답잖은 생색을 내 보고 싶었다.

누구 입에 붙일지 모르는 양의 과자가 명줄이 제법 길었다. 여자들이 모여들면 나눠 먹는 게 비단 과자만은 아니니.

"야야! 어제 명랑소녀 성공기 본 사람? 나 어제 학원 늦게 끝나서 앞부분 못 봤어! 그저께 장나라가 장혁한테 '사랑해유!' 라고 말하고 끝났잖아? 그다음에 어떻게 됐어?"

시작점은 무난하게 어제 방송한 드라마였다. 장나라와 장혁 주연의 수목드라마 명랑소녀 성공기. 본방사수 못 했다는 여인네들을 위해 이윤영이 보란 듯 검지를 세워 줄거리를 요약해 주었다.

"어, 그 뒤에 그렇게 둘이 회사 빠져나오구, 장혁은 한동안 장나라네 옥탑방에 틀어박혀서 안 나오다가, 나중에 장나라가 샌드위치 가게 하려고 트럭 사는데 밤에 그 옆에서 장혁이 그때 사랑한다 말한 거 진심이었냐구 물어봐. 그러니까 장나라는 그때 그건 걍 영화랑 드라마 여주인공 흉내 낸 거라 그러구, 장혁도 진심 아닌 거 알았다 그러구."

두서와 온점이 절실한 줄거리 요약이었다. 그럼에도 용케 의미는 통하였는지 물어봤던 여자애가 열심히 고개를 주억거렸다.

"어제 장혁 넘 불쌍했어. 목걸이 찾으려고 그 나쁜 놈한테 일부러 비굴한 척하고!"

"어우, 짜증 나! 장혁이 나중에 그 나쁜 놈한테 복수하겠지? 일주일을 또 어떻게 기다려!"

걱정하지 마라 얘들아. 장혁과 장나라는 마지막 회에 무려 먹을 수 있다는 신상 화장품을 선보이면서 한 방에 전세 역전하거든. 너희가 '나쁜 놈'이라 표현하는 남조는 방부제투성이 화장품 런칭한 거 뽀록나서 쫄딱 망하고. 그 뒤에 장나라 언냐는 뜬금없이 여군에 지원해서 장혁 오빠 곁을 떠나게 돼. 하지만 3년이 지난 뒤 두 사람이 재회하여 러브러브하는 걸로 해피엔드! 그러니 한 개도 걱정할 거 없다. 아그들아.

이 자리에서 위와 같이 나불대면 아무래도 살아남기 어렵겠지?

"근데 요즘 장나라 얼리 잘나가지 않냐? CF로 수십억 벌었대!"

화제가 드라마에서 스타로 옮겨 가려나 보다. 기껏 할 말을 생각해 놓으면 금방 화제가 바뀌고 마는 게 다수대화의 어려움이 아닌지 싶다. 이러다 영락없이 꿔다 놓은 보릿자루가 되겠다 싶어 얼른 한마디 거들었다.

"응. 확실히 지금이 장나라 리즈시절인 거 같아!"

그렇게 말하는 순간 모두의 입방아가 일제히 가동을 중지했다. 왜들 이런다? 내가 뭐 못 할 말이라도? 영문을 몰라 눈을 깜박이고 있자니, 더더욱 영문을 모르겠다는 표정으로 윤영이 내게 물었다.

"저기, 설아야. '리즈시절'이 뭔 말이야? 나만 모르는 건가?"

'리즈시절'. '리즈 유나이티드'라는 팀에서 활약했던 영국의 모 유명 축구선수의 부진을 한탄하면서 생겨난 말이라는 설도 있고, 영국의 전성기를 이끈 엘리자베스 1세의 치세를 그리워하며 생겨난 말이라는 설도 있다. 허나 이 말이 우리나라에서 유행한 건 2002년보다는 훨씬 뒤의 일이다. 휘둥그레진 눈들을 보고 나서야 내가 뭘 잘못했는지 깨달았다.

"아하하……. 그냥, 전성기라는 뜻이야. 나도 어디서 들은 말이야. 그보다 남자애들 아까부터 저기 모여서 뭐 한다냐?"

약삭빠른 말 돌리기이긴 했지만 거짓말은 아니었다. 정말 무슨 일 때문인지 아까부터 남자애들이 첫 번째 줄 맨 앞자리에 구름처럼 몰려 있었다. 그 가운데에는 김종혁이 있었다. 과자를 뺏어 먹는 것도 잊을 정도로 남자애들을 호린 물건이 그의 손아귀에서 반짝였다.

"와! 이게 진짜 50만 원짜리야?"

남자애 중 하나가 김종혁의 손아귀에 든 만년필을 향해 삿대질했다. 어찌나 주둥이를 격하게 놀리는지 이쪽에서도 보일 정도로 침이 튀었다. 그럼에도 김종혁은 조금도 얼굴을 찡그리는 법 없이 부드럽게 답했다.

"응. 우리 아버지가 독일 출장 가셨다가 그쪽에 이민 간 친구분한테서 선물 받으신 거야. 몽블랑이라는 세계적인 필기구 회사 제품이라 하시더라고. 나는 잘 몰랐는데 가격이 그 정도 한다나 봐. 마침 어제가 내 생일이라고 아버지가 나한테 선물로 주셨어."

종혁이 설명을 마치자 남자애들은 욕설까지 섞어 가며 만년필에 대해 저마다 한마디씩 했다. 그 눈 돌아갈 정도로 비싼 만년필을 서로 만져 보겠다고 난리 쳤다. 그 와중에도 김종혁은 그저 사람 좋은 웃음을 입에 머금을 뿐이었다.

조민기도 그 틈에 끼어 있었다. 단짝이라 그런지 종혁은 가장 먼저 민기에게 만년필을 만지게 해 주었다. 그 만년필은 자연히 이쪽 입방아에도 올랐다.

"우와! 저게 50만 원짜리래! 대박! 이따 나도 좀 보여 달라 해야지."

"나두!"

여자애들이 유난을 떠는 가운데 나는 한쪽 볼에 바람을 넣었다. 보석이 박힌 것도 아닌 평범한 검은색 몸체인데 가격하고는. 이쪽으로선 알 길이 없는 장인 정신과 네임 밸류 덕이려나.

"50만 원이나 할 정도의 간지는 아닌 것 같은데. 저러다 잃어버리면 어쩌려고……."

"응? 저기, 설아야. '간지'는 또 뭔 말이야?"

이번에는 정말 혼잣말이었는데 목소리가 너무 컸나 보다. 이윤영이 또 내게 휘둥그레진 눈으로 '간지'의 뜻을 물어 왔다. 젠장, 이 말도 아직인가? 그러고 보니 이 말은 나 고등학생 돼서부터 유행했던 것 같다.

"아. 그건 그냥 뭐…… 멋지다는 뜻의 일본어야."

이번엔 구차할 정도로 근거 없는 말로 담을 넘었다. 이 중에 일본어 잘하는 녀석이 없기를 바라며. 당분간 말하는 데 좀 더 신경을 써야지 원. 이러다 시대를 앞선 말들로 애들을 멘붕시켰다는 죄목으로 또 왕따를 당하는 건 아닌지 모르겠다. 아, 망할! 멘붕이라는 말도 지금 내뱉었다가는…….

"암튼 김종혁 말이야, 쟤 쫌 괜찮지 않니?"

불현듯 기묘한 방향으로 화제가 바뀌었다.

"응! 공부도 짱 잘하고 매너 좋고 어른스럽고. 얼굴도 처음엔 몰랐는데 보면 볼수록 은근 괜찮은 것 같기도 해. 딴 반에 김종혁 좋아하는 애 은근 많대."

"김종혁이 공부를 그렇게 잘해?"

불쑥 이리 물으니 이윤영이 날 화성 원주민 보듯 했다.

"저번에 안 봤어? 수학 선생님이 3학년 문제 냈는데 쟤가 나와서 푸는 거! 게다가 다른 시간에도 선생님들이 어려운 질문하면 그런 거 되게 잘 맞히고. 김종혁 책상 보면 맨날 중3 문제집이랑 영어 원서 같은 거 놓여 있잖아? 이번 중간고사 김종혁이 전교 1등 할걸?"

"아……. 그런가."

나는 가만히 고개를 주억거렸다. 이 나이에 공부 **빼고** 남는 건 별로 많지 않다 보니 그만큼 선망과 질시의 대상을 찾기도 쉬웠다. 내가 기억하는 1학년 5반의 우등생은 조민기, 백수연, 그리고 성민혁이라는 남자애 정도였다. 시험을 보고 나면 아이들이 답 맞추러 달려가는 곳이 으레 그 애들의 자리였기에 나는 그 세 사람

만이 공부를 잘하는 줄 알았다. 어쩌면 김종혁은 숨은 고수인지도
모른다.

"근데 김종혁 은근 수연이한테 잘해 주는 거 같지 않니?"

한 여자애가 불쑥 한 말에 백수연이 모처럼 집어 들었던 과자를
떨어뜨렸다. 그것을 약삭빠르게 집어 먹으며 이윤영이 한마디 거
들었다.

"그런 거 같기는 해. 하지만 수연이는 조민기랑 사귀고 있지 않아?"

"아, 아니야!"

백수연이 새된 소리를 내뱉으며 하얀 손을 휘휘 내저었다. 흰 비
둘기가 날개를 퍼덕이는 것 같았다.

"어? 아직 사귀는 거 아니었어? 안 사귀고 뭐 하고 있었던 거야?
지금이라도 사귀어."

"맞아! 사귀어라! 사귀어라!"

"너, 너희 정말 왜 이래? 우리 아직 그런 사이 아니라니까?"

얼굴 하얀 애들은 원래 이렇게 금방 새빨개지나? 백합빛 얼굴을
쿡 찌르면 사과즙이 줄줄 흘러나올 것 같았다.

"아니긴 뭐가 아니야. 올해가 가기 전에 너희 사귄다는 데 내 전
재산 건다."

앙큼한 년. 네가 어떻게 부뚜막에 올라앉는지 내가 다 아는데 아
니긴 뭐가 아니야. 놀려 준답시고 한마디 거들어 봤는데 본의 아니
게 말이 좀 신랄한 투로 나갔다.

"아니라니까! 설아 너까지 왜 이래?"

다행히 내게서 나는 유취(乳臭)를 못 맡은 것인지, 백수연은 그
저 벌게진 얼굴에 손부채질을 하며 난감하게 웃었다. 그 웃음을 보

자니 더더욱 부아가 치밀었다.

"너희는 올해 겨울이 되기 전에 사귀어서 고등학교도 같은 데 가고 대학도 같은 데 갈 거야. 그리고 인터넷에 열심히 커플 사진 올려서 열심히 염장질을 하겠지."

"우와! 설아 진지해! 근데 설아가 말하니까 진짜 그렇게 될 거 같아!"

다른 여자애들은 그저 좋아라, 깔깔 웃음을 놓았다. 배배 꼬인 남의 창자도 모르고.

"결혼해! 결혼해!"

아이들의 장난스러운 외침이 한껏 고조되어 갔다. 나는 그 외침에 편승해 뒤틀린 창자를 감추려 했다. 그때였다. 순진하게 잘만 몰리던 백수연이 내게 역풍을 날린 것이.

"그러는 설아 너는 요즘 3학년 선배랑 같이 다니는 거 같던데? 대체 둘이 무슨 사이야?"

이번엔 내 손에 들린 과자가 툭 떨어졌다.

"아, 맞아! 맞아! 그 선배, 3학년 8반의 서인겸 선배 맞지? 나도 봤어! 두 사람이 같이 집에 가는 거!"

"그러고 보니 어제 설아랑 그 선배가 손잡는 거 누가 봤다던데? 혹시 둘이 사귀어?"

입을 딱 벌리는 새 판세가 손바닥 뒤집듯 홀랑 뒤집어졌다.

"아, 아니! 그런 건 아니고! 그러니까, 그게 어떻게 된 거냐면……."

흥분해선 안 된다. 당황해선 안 된다. 그럼 상황만 더 꼬일 뿐이다. 이성의 코칭을 최대한 캐치하려 노력하며 자꾸 높아지려는 목소리를 꾹꾹 눌렀다. 하지만 이윤영 이 망할 기집애가 기어이 내게 어퍼컷을 날렸다.

"난 너랑 그 선배가 키스까지 했다는 말도 들은 거 같은데. 진짜야?"

"절대 아니야!"

쾅 하고 굉음이 울렸다. 그 충격에 부스러기밖에 남지 않은 과자 봉지가 들썩였다. 저편의 남자애들까지 이쪽을 보았다. 얼음 먹은 토끼처럼 동그래진 눈들 앞에서 열띤 목소리로 항변하였다.

"키스했다는 건 진짜 개뻥이고, 나랑 그 선배는 절대 그렇고 그런 사이 아니야! 어쩌다 그 선배 일을 내가 좀 도와줬을 뿐이야. 그거 외엔 정말 다른 거 없어!"

쐐기를 박고 또 박았다. 사람이 이렇게까지 열을 내는데 감히 더 헛소리들을 늘어놓으랴 하며. 하지만 백수연이 손에 묻은 과자 부스러기를 야무지게 털어 내며 반문했다.

"그럼 왜 그 선배를 도운 거야? 보통은 모르는 사람한테 그렇게까지 하지는 않잖아?"

"맞아, 맞아! 사랑의 힘 없이는 불가능한 일이지! 안 그래?"

"설아 양. 이젠 좀 솔직해져라! 둘이 완전 잘 어울리던데? 이참에 둘이 그냥 맺어라! 응?"

"사귀어라! 사귀어라!"

그 바보 같은 아우성으로부터 나를 구원한 건 종소리와 함께 칼같이 들이닥친 컴퓨터 선생님이었다. 다시 컴퓨터실에 정적이 찾아들었다.

입 대신 마우스가 바쁘게 움직였다. 버디버디에 접속해 친구랑 메시지를 주고받는다든지. 2002년에 최고의 인기를 구가했던 온

라인 게임 크레이지 아케이드를 한다든지. 용케 스타크래프트 1을 깔고 주변 녀석들과 배틀 넷에서 한 판 한다든지. 다들 저마다의 입맛대로 꿀맛 같은 자유 시간을 만끽했다.

그 황금 같은 6교시에 나 혼자만 연기가 모락모락 피어오르는 굴뚝 앞에서 헤맸다. 정신없이 네이버 메인의 뉴스 기사들을 클릭했다. 어제 있었던 한일월드컵 트로피 출정식 기사도 보았고, 16대 대통령 대선을 앞두고 불꽃이 튀는 경선 기사도 보았다. 무엇을 보아도 다, 남의 일일 뿐이었다.

＊　　　＊　　　＊

"설아야. 너 집 어디야?"

종례 시간. 이윤영이 책가방을 싸 들며 내게 물었다.

"어. 난 B초등학교 아래 S아파트 살아."

"가까운 데 사네? 난 버스 타고 가는데. 오늘 집에 갈 때 내리막 길까지 우리랑 같이 갈래?"

"그럴까?"

장족의 발전이 아닐 수 없다. 내가 이윤영과 하교를 다 하게 되다니 말이다. 수다스러운 만큼 발이 넓은 이윤영은 하굣길에 언제나 서너 명의 친구와 함께였다. 잘 모르는 사람들과 삼삼오오 짝지어 몰려다니는 건 취향이 아니긴 하지만, 모처럼의 그녀의 호의를 거절할 수는 없었다.

"야! 담임 떴다!"

창가에 앉은 애가 외치기 무섭게 교실 앞문이 드르륵 소리를 내며 열렸다. 교탁에 선 담임은 출석부를 대강 훑었다. 담임이 내게 1교시에 땡땡이친 연유를 물을 줄 알았다. 하지만 담임은 별말 없이 출석부를 덮고는 종례를 진행했다.

"요새 학교에 비싼 물건 가져왔다가 도둑맞는 애들이 많더라고. 특히 1학년 교실 위주로 도난사건이 많이 벌어지는 것 같던데. 웬만하면 학교에 비싼 물건은 가지고 오지 마. 지갑에 돈도 너무 많이 넣고 다니지 말고. 오늘의 전달사항은 여기까지."

"선생님. 잠깐만요."

일상적인 당부 몇 마디로 담임이 종례를 마무리 지으려는데 조민기가 불쑥 손을 들었다.

"아침에 나눠 주신 종이요, 안 내도 되나요?"

"아. 그거?"

조민기의 말에 짧게 탄성을 내뱉는 담임을 보고 입매가 딱딱하게 굳었다. 까맣게 잊고 있었다. 그 빌어먹을 종이.

"아침에 선생님이 나눠 준 종이 다들 썼니?"

담임의 말에 아이들이 책상 서랍이나 교복 주머니를 뒤져 종이를 꺼내기 시작했다. 종이 서걱거리는 소리가 숟가락으로 냄비 긁는 소리처럼 써늘하고 날카로웠다. 나는 깍지 낀 손을 무릎에 붙인 채 초연히 책상을 내려다보았다.

아까는 김종혁의 뜻밖의 원조로 운 좋게 화해 분위기가 전염되었지. 하지만 전염된 감정은 쉽게 와해되어 버린다. 여럿이 모여 있을 땐 분위기에 휩쓸려 진심과 정반대로 행동할 수 있지만, 돌아서면 차갑게 식은 머리로 재고하기 마련이다. 다시 저울 위에 선다면 나는 필시 힘없이 공중분해 되겠지.

역시 구름 정원은 여기까지인가. 크게 기대하지 않았으니 새삼 실망할 것도 없지만, 잠시나마 재미있었다. 꿈속에서나마 1학년 5반 여자애들과 과자를 먹으며 수다를 떨어 봐서. 이윤영한테 같이 하교하자는 말을 들어 봐서.

"설아야. 너 화이트 있어?"

등을 콕 찌르는 손가락이 굳어 버린 몸에 한 줄기 전류를 흘렸다. 얼결에 필통 안의 수정 테이프를 집어 든 채 뒤를 돌았다.

"나 잠깐 좀 쓸게."

이윤영이 내 손에서 수정 테이프를 낚아채고는 자기 종이에 가져다 댔다. 그 애는 자기 종이에 쓰인 숫자를 지웠다. 그 동작이 잽싸서 확실히 보지는 못했지만, 그 애가 지운 숫자가 뭔지 알 것 같았다.

내게 수정 테이프를 돌려주며 이윤영이 의미심장한 미소를 지었다. 수정 테이프를 받아 든 채 멍하니 그녀를 보았다. 난 지금 감격에 겨운 표정을 하고 있을 게 분명하다. 그때, 더한 이변이 일어났다.

"그 종이들 그냥 버려라. 이번엔 없었던 일로 하기로 했어."

손에 들고 있던 수정 테이프를 떨어트렸다. 그것이 무릎에 조용히 착지하는 바람에 시선을 모으지는 못했다.

"네? 왜요?"

조민기가 의아한 듯 묻자 담임은 씩 웃으며 이렇게 답했다.

"누구라고 말은 안 하겠는데, 선생님한테 참 좋은 조언을 해 줬어. 선생님은 요즘 너희가 잘 지내고 있는지 알아보고 싶었어. 하지만 이런 방식의 조사는 오히려 누군가에게 큰 상처가 될 수도 있다는 걸 몰랐어. 이번엔 선생님 생각이 좀 짧았던 것 같다. 그러니 그 종이는 안 보이게 잘 버려라. 자, 반장. 집에 가자."

"아, 네! 차렷! 열중쉬어! 차렷! 선생님께 경례!"

구호에 맞춰 움직이는 법조차 잊고 앉은자리에서 멍하니 입을 벌렸다. 누굴까? 정말 누굴까? 담임에게 그런 기특한 말을 해 준 사람이? 우리 담임에게 직접 찾아갔다니 우리 반 중에 있겠지. 그렇다면 역시 가장 유력한 사람은, 아까 날 도와준 김종혁이 아닐까?

"설아야! 이제 가자!"

"아, 윤영아. 미안. 잠깐만 기다려 줄래?"

점심시간에 베풀어 주었던 호의에 대한 고마움도 표할 겸, 김종혁의 자리를 찾아갔다. 그의 자리엔 이미 남자애들이 여럿 모여 있었다. 같이 하교하려 모인 줄 알았는데, 가까이 가 보니 뜻밖의 사태가 벌어지고 있었다.

"없어! 아무리 찾아도 없어! 분명 필통 안에 넣었는데?"

김종혁이 하얗게 질린 얼굴로 자기 가방을 정신없이 뒤적이고 있었다. 그 옆에서 조민기가 심상찮은 표정으로 바닥을 훑었다.

"바닥에 떨어진 건 아닌 것 같은데……. 혹시 컴퓨터실에 두고 온 거 아니야?"

"아니! 그건 아닐 거야. 컴퓨터실에선 분명히 가지고 나왔거든. 컴퓨터 시간 끝나고 교실 들어와서 화장실 가기 전까진 분명히 있었어!"

"혹시 누가 훔쳐 간 거 아니야?"

목소리를 날카롭게 높이는 조민기와 눈이 마주치기 전에 재빠르게 고개를 돌렸다. 뒤에서 같이 상황을 지켜본 이윤영이 호들갑을 떨었다.

"어머! 그 50만 원짜리 만년필 도둑맞았어? 와, 혹시 범인이 내 반지 뽀려 간 놈이랑 같은 거 아니야?"

그러게 왜 비싼 물건을 학교에 가지고 와서 훔쳐 가라고 광고를 한담. 어른스러운 듯해도 이런 거 보면 김종혁도 결국은 열네 살 애로군.

"윤영아. 이제 가자."

그 자리에 계속 있다가는 불똥이든 쇠똥이든 달라붙을 것 같은 께름칙한 느낌에, 도망치듯 교실을 벗어나 이윤영 일행과 합세했다. 그렇게 복도로 나왔을 때였다.

"설아야!"

교실 문턱을 넘은 발이 한 발짝 도로 들어가 버렸다. 하얀색 명찰을 단 아이들만 득시글대는 1학년 복도에 매우 이질적인 파란색 명찰이 짠! 하고 나타났다. 서인겸이 환하게 웃으며 정확히 나를 향해 손을 흔들고 있었다. 방금 종례가 끝나 아이들이 한창 몰려나오고 있는 1학년 5반 교실 앞에서 말이다.

"어? 안녕하세요! 설아랑 같이 가시게요? 그럼 우린 빠져 주는 게 낫겠네! 얘들아, 방해하지 말고 우리끼리 가자! 설아야, 안녕! 내일 보자."

이윤영이 손 흔들며 내게서 떨어져 나갔다. 신경 쓰일 정도로 본인을 대견해하는 미소를 지어 보이며 말이다. 굴뚝에서 연기가 나다 못해 불이 날 기세였다.

"방해라니? 저게 무슨 말……."

"이리 좀 와 봐!"

멍하니 고개를 갸웃거리는 인겸을 우악스레 잡아끌었다.

"어어, 갑자기 왜 이렇게 서둘러? 천천히 좀 가자!"

"빨리 오라니까?"

"갑자기 왜 이래? 뭐 급한 일이라도 있어?"

"시끄러워!"

우리는 일전에 함께 얘기를 나눴던 운동장 끝의 돌계단으로 갔다. 비교적 사람들의 시선이 닿지 않는 곳이나 지금으로선 운동장에서 공을 차고 있는 남학생들조차 거슬렸다. 숨을 돌리자마자 인겸에게 괜스레 쌀쌀맞게 쏘아붙였다.

"예고도 없이 교실 앞까지 오면 어떡해? 민망하게시리!"

나의 쏘아붙임에 인겸이 멋쩍게 귓불을 긁적였다.

"아, 저기 난 그냥…… 아침에 네가 너무 안 좋아 보여서…… 하도 걱정돼서 오늘 온종일 네 생각밖에 안 났어. 그 뒤에 어떻게 됐는지 물어보려고 네 반까지 찾아온 거야. 창피했다면 미안해."

"아……. 그런 거였어?"

목소리가 기어들어 갔다. 조금 전과는 비교도 안 되는 부끄러움이 찾아왔다. 맞다. 그랬지. 아침에 나는 패닉 상태에 빠져 정신 나간 사람처럼 더러운 계단에 앉아 있었지. 그런 나를 상냥하게 다독여 준 게 이 사람인데. 자기 재킷까지 벗어 다시 일어설 온기를 준 게 이 사람인데. 그 온기를 한나절도 안 되어 잊어버리다니. 사실은…… 고맙다는 말부터 해야 하는 건데.

"선배 덕분에 모든 게 잘됐어. 오해도 풀었고. 앞으로 애들이랑 잘 지낼 것 같아."

"정말? 다행이다! 정말 잘됐어!"

인겸이 제 일처럼 뛸 듯이 기뻐하였다. 아니, 자기 일이 잘됐을 때보다 더 기뻐하는 듯 보였다. 그 모습을 보고 있자니 더욱 부끄럽고 미안하였다. 조금 전의 배은망덕한 쌀쌀함이. 고마움을 고작 이 정도로밖에 나타내지 못하는 빈약하고 서툰 표현력이.

"정말 고마워. 선배 아니었으면 어림도 없었을 거야."

"내가 뭘! 이건 다 네가 용감해서……."

그저 멋쩍게 웃어넘기려는 인겸의 말을 단호히 잘랐다.

"아니야. 선배 아니었으면 불가능했을 거야. 이게 다, 선배가 나한테 용기를 나눠 준 덕분이야."

잠시간 우리 둘 사이에 정적이 흘렀다. 멋쩍은 웃음이 비식 비어져 나왔다.

"그거 다 내가 너한테 했던 말 아닌가? 고스란히 돌려받네. 그렇게까지 안 돌려줘도 되는데."

상대방의 얼굴에도 웃음이 번졌다. 저편에서 흐르는 한강의 너른 물결처럼 푸르고 잔잔한 미소였다. 무심코 던진 시선조차 이내 한없이 빠져들고 말 그런 미소였다.

"어, 어쨌든 정말 고마워. 선배 일도 앞으로 잘 풀리길 바랄게. 나 이제 간다."

"설아야, 잠깐만! 나 너한테 더 할 말이 있어."

몸을 돌리기도 전에 뜰채에 낚인 물고기처럼 덥석 팔을 잡혔다. 인겸의 입가에 긴장감이 배어 있었다. 거기에 어딘지 상기된 얼굴. 중대 발표를 앞둔 사람의 전형적인 모습이었다. 입바람으로 채운 풍선이 서서히 떨어지듯, 뱃속에 머무른 공기가 조금씩 무거워져 갔다. 그 복잡 미묘한 기운에 못 겨워 '나 바쁘니까 얼

른 가 볼게.' 라고 선수를 치려는 찰나, 귀를 씻어야 할 말을 듣고
말았다.

"그 선배라는 말, 너무 딱딱해서 도저히 적응이 안 돼. 그러니까
앞으로는 그냥 '오빠' 라고 불러."

4.
특별한 사람

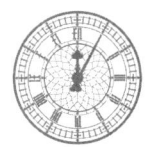

"그건 좀……."

완강하게 도리질을 치고 말았다.

"왜?"

인겸이 뺨이라도 한 대 맞은 듯한 표정을 지었다. 그 얼굴을 보고 나는 왜 요령껏 돌려 말하지 못했을까, 반 박자 늦은 후회를 했다.

"그게 왜 그러냐면…… 그 오빠라는 말이 나한텐 영 입에 잘 안 붙어서……."

내가 생각해도 지지리도 궁색한 말을 하며 설설 뒷걸음질 쳤다. 인겸에게서 다섯 걸음 정도 거리를 벌려 놓고는 한 술 더 떴다.

"그보다 우리, 앞으로는 거리를 좀 두는 게 나을 것 같아."

"그게 무슨 소리야? 거리를 두자니? 앞으로 서로 모른 척하자는 거야? 갑자기 왜? 무슨 일 있었어?"

인겸이 따지듯 물어 왔다. 운동장에서 축구공이 연신 뻥뻥 걷어차이는 소리가 들렸다. 그의 시선을 피해 눈을 내리깐 채 주먹을 그러쥐어 중얼거렸다.

"아직 못 들었어? 요즘 선배랑 나를 두고 이상한 소문 도는 거. 우리 둘이 사귀고 있다질 않나, 그리고 또……."

"난 너랑 그 선배가 키스까지 했다는 말도 들은 거 같은데. 진짜야?"

5교시에 들은 이윤영의 헛소리가 내 목소리와 겹쳐 들렸다. 황급히 두 손으로 입을 틀어막았다. 영문을 알 리 없는 인겸이 고개를 살짝 기울인 채 황당한 눈으로 나를 보았다.

"아무튼, 이렇게 자꾸 붙어 다니면 그런 소문이 더 심해질 거야. 그러니까 당분간은 같이 다니는 거 자제하자. 선배도 나 같은 애랑 그런 소문 나면 싫을 거 아니야. 무슨 말인지 알겠지? 나 이제 진짜 가 볼게."

"뭐? 설아야! 잠깐만!"

인겸이 황망히 내뱉은 목소리가 귓전에 달라붙지 않도록 달렸다. 그림자까지 뜯어낼 기세로 달렸다. 시야가 물감을 마구 뒤섞어 놓은 듯 엉겼다.

제정신을 차렸을 때 나는 S아파트 단지의 들머리에 서 있었다. 최소한 다섯 번은 멈춰 서서 숨을 몰아쉬어야 할 거리를 쉼 없이 내달렸더니만 가슴이 마구 흔들어 댄 사이다 캔처럼 부글거렸다. 칼로 긁은 양 목구멍이 아팠다. 연신 터지는 밭은기침을 대문까지 끌고 왔다.

도어록을 열고 현관에 들어서니 오후 햇살의 뒷면과도 같은 정적이 나를 맞았다. 어머니가 두 동생을 데리고 산책이라도 갔는지 집 안엔 아무도 없었다. 타는 듯한 갈증이 치밀었다. 냉장고를 열어젖히니 지금 내 마음을 가장 잘 알아줄 것 같은 음료가 보였다.

캔 맥주 500㎖. 냉장고에 등허리를 붙이고 앉아 그것을 깠다. 치익 하고 알루미늄 캔에서 탄산 빠지는 소리가 경쾌했다. 가슴이 알알해지도록 벌컥벌컥 들이켰다. 반쯤 들이켜고 나니 여기저기서 아우성치던 감정들이 가라앉았다.

너무 과민하게 군 걸까? 오빠, 그 한 마디 입에 담으면 마치 혀가 닳기라도 할 것처럼 유난을 떨고 말았으니. 인겸으로선 그저 친근감의 표시로 꺼내 본 말이었을 텐데. 깍듯하다 못해 딱딱한 선후배 사이만은 면하자는 차원이었을 텐데. 그 외에 별다른 뜻은 없었으리라는 걸 머리로는 알았다. 하지만 어쩔 수 없다. 왜냐하면 '오빠'라는 호칭 자체가 내겐 그리 간단치 않기에.

어딜 가나 한 명쯤 있다. 어느 조직에 가든 금방 '오빠'를 여러 명 만드는 여자. 내가 남직원들 앞에서 쭈볏쭈볏 대외직명을 챙길 때, 아무 거리낌 없이 그들의 팔짱을 끼며 '오빠'라 불러 주는 여자. 내가 긴장감으로 굳은 얼굴로 최대한 정중한 말을 골라 얻어 내는 걸, 햇살 같은 미소 한 번으로 얻어 내는 여자.

삐딱한 시선으로 보면 경박해 보이기 그지없기도 하였으나, 마음속 가장 깊은 곳에 서 보면 그런 여자들을 부러워하는 내가 있었다. 그런 부류가 꼭 얼굴도 예쁘장하고 성격은 구름 없는 하늘의 태양처럼 화사했다. 어설프게 흉내 내려다 다리가 찢어지는 위험을 감수할 생각은 일찌감치 접었다. 그래서일까? 언제부터인가 '오빠'라는 호칭은 나로서는 흉내 낼 수 없는 부류의 특권처럼 되어 있었다.

한마디로, 끔찍하게 안 어울린다는 말을 듣기 전에 시작을 안 하고 싶었다. 그것도 서인겸 입으로 들을 바엔.

그리고 요 근래 나와 서인겸을 둘러싼 이목의 꼴을 보라지. 어디까지나 동병상련에서 기인한 호의가 뭇 사람들의 입을 거쳐 민망한 루머로 돌아와 버렸다. 거기에 꿈의 꿈속에서도 상상한 적 없는 키스까지 말이 나도는 판국에 내가 오빠, 오빠 하며 그에게 따라붙기까지 하면 어떻게 될까?

나는 괜찮다. 분수에 맞지 않는 소문을 한 귀로 흘리는 데엔 익숙해져 있으니. 하지만 서인겸은 어떨까? 당연히 싫겠지. 스캔들이 나도 하필 나 같은 애랑 나 버렸으니. 좀 전에 그러한 낌새를 일러 줬으니 지금쯤 집에서 잔뜩 기분 나빠 하는 중일지도 모르겠다.

맥주 캔을 다시 입에 가져다 댔다. 분명 반이나 남겨 둔 것 같은데 몇 모금 들이켜지 않아 입안에 밀려들던 보리향이 뚝 끊겼다. 빈 알루미늄 캔을 손가락으로 짓눌러 구겼다. 먼지 같은 웃음이 맥주 방울과 같이 입술에 맺혔다.

나는 어쩌다 이런 인간이 되어 버린 걸까? 연애라는 말을 자연스레 거부감과 패배감이랑 결부시키는 인간, 선택받지 못하는 걸 아주 당연하게 받아들이는 인간 말이다.

극심한 따돌림을 당하던 때. 남자애들이 나를 여자로 볼 리 없었다. 고등학교에 입학하면서 왕따에서 벗어난 뒤에도 간혹 몇몇 남자애랑 요상한 소문으로 엮이는 일은 있었다. 나한테 은근하게 호감을 내비친 남자도 몇 있었다.

하지만 나는 그냥 한번 찔러 보는 못 먹는 감, 그 이상이 되어 본 적은 없었다. 내 주변을 배돌며 지나가는 말과 곁눈질만으로 살살 찔러 보다 결국은 제풀에 지쳐 등을 돌리는 남자들. 23년 평생 그런 남자가 다였다.

물론 내가 호락호락 곁을 안 준 탓도 있을 거다. 남자에 대한 나의 기대치가 그들의 작업을 방해한 탓도 있을 것이고. 하지만 그렇다고 해서 내가 가시덤불을 둘러치고 다닌 건 아니었다. 내 기대치가 여자라면 누구나 가지고 있을 법한 정도를 과히 벗어난 것도 아니었다.

나는 단지, 최소한의 용기를 바랐을 뿐이다. 곁눈질이 아니라 곧은 시선으로, 지나가는 말이 아니라 직언으로 자기 진심을 전하는 용기 말이다. 여자로서 더도 말고 덜도 말고, 그런 대접을 원했다. 하지만 나는 그들에게 그 정도의 가치까지는 없었나 보다.

20대답게 공상으로 빈 가슴을 달랬다. 낯가림이 심한 여자를 기다려 주는 남자. 하고 싶은 말의 반 이상을 삭이는 답답한 여자에게도 웃어 주는 남자. 번번이 어색한 정적을 불러일으키는 여자도 시간 가는 줄 모르는 대화에 빠져들게끔 배려해 주는 남자. 누구에게든 사랑받는 심장을 나에게 할애하는 남자. 그런 남자가 내 앞에 나타나 따스한 볕을 쬐어 주는 내용의, 단꿈 같은 공상.

그런 공상이 재벌 2세 남편을 바라는 것 못지않게 이기적이고 터무니없다는 걸 깨닫는 데는 그리 오래 걸리지 않았다. 정상적인 연애가 성립하려면 상대의 볕을 쬐기만 할 것이 아니라, 나도 볕을 주어야 한다. 그런데 지금의 내게 변변한 햇볕이 한 줄기라도 있던

가. 나의 미소는 그다지 근사하지 않다. 유쾌한 대화를 나눌 말주변도 없다. 공유할 만한 취미는 독서를 빙자한 시간 죽이기? 집어치우지.

뜯어먹을 데가 거의 없는 얼굴이라는 걸 논외로 쳐도, 참으로 몰개성적이기 그지없는 인간. 더욱이, 필사적으로 가리고 있는 음습한 그림자가 들통 나지만 않으면 다행인 인간. 햇볕은커녕 좁쌀만한 빛조차도 내지 못할까 봐 지금도 전전긍긍하는, 작고 못난 별. 그게 나다.

자선사업가가 아닌 한 누구라도 나 같은 부류의 여자는 사양하겠지. 당연히, 햇볕을 줄 수 있는 여자를 원하겠지. 대화하면 할수록 즐겁고, 바라보는 것만으로도 활력이 샘솟는 미소를 가진 여자를 원하겠지. 명랑하고 애교도 있어 누구에게나 사랑받는 아가씨를 원하겠지. 그런 남자들을 원망할 수는 없는 거다. 애초 감나무아래서 입 벌리고 누워 감 떨어지기를 바라는 쪽이 글러 먹은 거니까.

손아귀에 든 맥주 캔을 결딴냈다. 눈을 돌린 순간 눈앞에 때 아닌 아지랑이가 피어올랐다. 난데없는 어지럼증에 눈살을 찌푸렸다. 뭐지? 겨우 보리차 500㎖ 주제에? 이 정도로는 머리통에 기별도 안 가게 된 지가 오래인데? 술을 처음 입에 댔을 때도 이 정도는 아니었…….

"허억!"

입에서 새된 소리가 터졌다. 알루미늄 캔이 딱 소리를 내며 바닥에 떨어졌다.

"어머머! 미쳤어! 나 어떡해!"

팔다리를 흔들며 호들갑을 떨어 본들 구겨진 알루미늄 캔이 내 배 속에 든 맥주를 도로 가져가 줄 리 만무했다. 내가 했지만 정말 야무지게도 구겨 놔서 외형이라도 원래 모습으로 돌려 놓긴 글렀다.

학창 시절. 내 부모님은 기본적인 예절에 관한 한 상당히 보수적인 분이셨다. 특히 어머니는 길에서 교복 치마가 무릎 위에서 달랑거리는 여학생을 보면 '쟤 어머니는 딸년이 저러고 다니는 걸 가만히 내버려 두나?' 라고 욕하셨고, 학교 근처에 버려진 담배를 보시면 '뉘 집 부모인지 폐가 다 썩어 들어갔겠네.' 라고 혀를 쯧쯧 차셨다. 그리고 또, 뉴스에서 청소년 음주에 관한 기사가 나오면 '대가리에 피도 안 마른 것들이…….' 라고 중얼거리셨다. 눈앞에 있으면 잡아 죽일 것 같은 눈빛으로.

머리를 부여잡은 채 허청거렸다. 이 나이에 청소년 음주라니! 23살인데 23살이라 하지도 못하고! 지금쯤 한창 학원에서 강의하고 계실 아버지한테 뒤집어씌울 수도 없고! 초등학교 6학년 설희한테 뒤집어씌울까? 아니야! 나 그렇게 매정한 언니 아니야! 초등학교도 안 들어간 7살 설영이한테 뒤집어씌울까? 그건 더 아니야! 그랬다간 설영이 영문도 모르고 응급실 끌려가고 온 집안이 뒤집어질지도 몰라!

그냥, 어머니가 모르고 지나가길 바랄까? 아, 그건 더더욱 아니다! 어머니는 화장대 위에 있는 잔돈바구니 액수도 항상 세고 다니시는 분이다. 더구나 냉장고에 하나뿐이던 그 맥주, 아무래도 오늘 저녁쯤 고추장 찍은 멸치와 함께 해치우려 작심하고 사 놓으신 거 같은데.

긴박하게 숨을 몰아쉬며 내 방으로 달려가 책상 서랍을 뒤졌다. 그 안에 든 지폐를 모조리 꺼내 들고 쫓기듯 현관을 나섰다. 술기운에 잠식당한 짱구를 열심히 굴려 보아도, 아랫돌과 바꿔 끼울 만한 윗돌은 하나뿐이었다.

✻   ✻   ✻

편의점 도어벨이 딸랑딸랑, 고양이 목에 달린 방울처럼 울었다. 이번에 나온 손님의 봉지엔 냉장고에서 갓 꺼내 이슬이 송골송골 맺힌 캔 맥주가 삐져나와 있었다. 내가 해치운 것과 같은 H사 500㎖ 맥주였다. 마른침이 넘어갔다.

"아아……."

1시간째 손에 쥔 돈에 식은땀만 묻히는 중이었다. S아파트 단지 앞 세 개의 편의점 중 그나마 덜 깐깐해 뵈는 여종업원이 계산대에 선 편의점을 골랐건만 여전히 눈앞이 캄캄하였다. 어느 정신 나간 편의점이 백주에 중학교 교복 차림 여자애한테 술을 팔겠는가? '저희 편의점은 19세 미만에게 절대 술 담배를 판매하지 않습니다.' 스티커를 문에 버젓이 붙여 놓은 채 말이다.

이 상황을 먼지만큼도 해결해 주지 못하는 한숨을 또 내쉬었다. 하다못해 키라도 컸다면……. 사복으로 갈아입고 얼굴에 화장품 좀 찍어 바르고서라도 들이대 보는 건데. 160은커녕 150도 될락 말락 한 이 신체로는 어림도 없겠지? 하다못해 파렴치함이라도 있다면, 뉴스에 나오는 양아치처럼 지나가는 할아버지한테 심부름을 시키는 건데. 하, 이것 보게? 머리에 피도 안 마른 몸으로 낮술 걸

쳤더니 상상까지 막장으로 내달리는구나.

좀 더 건전한 넋두리를 하자. 이럴 때, 나한테 오빠라도 있었다면…….

"설아야?"

누군가 내 어깨를 건드렸다. 뒤돌아서 상대를 확인하고 난 뒤 처음 5초간 멍 때렸다. 나를 부른 남자는 청색 체크남방에 감청색 바지를 입고 있었다. 먹색 군모를 눌러쓴 머리는 내 머리에 15cm 자를 올려놓은 것보다 더 높은 데 있었다. 누구신지? 하는 눈빛으로 멍하니 눈을 깜박여 봤더니 건강한 선홍빛 입술이 한바탕 웃음을 터트렸다.

"설아야! 설마 나 못 알아보는 거야? 나야, 나!"

그가 모자를 벗어 올리고 나서야 겨우 알아봤다.

"서인겸…… 선배?"

눈을 비비는 대신 몇 번 더 깜박여 보았다. 이 타이밍에 내 앞에 나타난 사람은 분명 서인겸이었다. 하지만 내가 아는 그 사람이 맞는지 싶었다. 이른 아침 흐린 하늘 아래에서 봤을 땐 유리처럼 차가워 보였던 얼굴이, 화창한 햇살 아래 건강한 밀빛으로 빛났다. 윗단추까지 꼼꼼히 채운 교복 셔츠와 재킷에서 벗어난 신체는 유감없이 훤칠하고 반듯한 선을 뽐냈다. 이 인간, 이렇게 어른스러워 보였던가?

"너 여기서 뭐 해? 아직 집에 안 들어갔어? 근데 너 얼굴이 좀 빨간 것 같……."

"저기 선배!"

잡아야만 한다. 이 훤칠한 지푸라기를!

"미안한데, 나 좀 도와주면 안 될까?"

"뭐? 갑자기 뭘 도와달라는 거……. 흡? 잠깐, 이게 무슨 냄새야?"

내가 입을 벌리기 무섭게 인겸의 코에 주름이 잡혔다. 그는 눈살을 찌푸리며 고개를 한 번 갸웃거려 보다가 이내 경악한 표정으로 내게 외쳤다.

"너 설마 술 마신 거야?"

"쉿! 조용히 좀!"

황급히 그의 소매를 잡아당기며 애원조로 속삭였다. 하지만 인겸은 심각하게 굳어진 얼굴로 날 추궁하기 시작했다.

"너 술도 마셔? 그것도 이 대낮에? 왜 그랬어? 너 이런 애였……."

"자세한 얘긴 이따 해 줄게! 그보다 나 지금 급해!"

"뭐가?"

"나 H 맥주 500짜리가 하나 필요해!"

"뭐라고?"

인겸이 식겁, 기겁, 질겁 3박자를 고스란히 갖춘 표정을 지었다.

"너 미쳤어? 이렇게 얼굴이 빨개질 때까지 마셔 놓고도 부족하다는 거야? 절대 안 돼! 부탁할 걸 해야……."

"아, 내가 마시려고 사 달라는 거 절대 아니야! 지금 마신 것도 정말 실수한 거야. 그래서 똑같은 걸 사다 놔야 해. 울 엄마 오기 전에!"

파리처럼 두 손을 모아 싹싹 빌었다. 여전히 안면을 굳히고 있었지만 인겸의 미간에 파였던 주름이 조금 옅어졌다. 한층 누그러진 대신 혼란에 빠진 목소리로 그가 중얼거렸다.

"네가 지금 무슨 말을 하는 건지 모르겠어. 500이면 맥주 중에서도 큰 거 아니야? 그걸 어떻게 실수로 마셨다는 건지……."

"제발! 이러다 들키면 나 아빠한테 맞아 죽어! 우리 아빠 이만한 몽둥이로 다리에 새빨갛게 멍이 들 때까지 때리신다고!"

내가 엄지와 검지 끝을 맞춰 몽둥이의 굵기를 재현해 보이자 인겸이 흠칫 놀랐다. 참으면 참았지 좀처럼 해 본 적이 없는 애원이란 걸 해서일까? 금방 고개 힘이 빠졌다.

나란 인간. 내가 생각해도 진짜 뻔뻔하다 못해 파렴치한 것 같다. 거리를 두자고 말한 지 3시간이나 채 됐나? 그래 놓고 미성년자에게 무려 술 심부름이라니. 그것도 법 없이도 살 모범생한테. 그래. 아무리 생각해 봐도 이건 아니구나. 차라리 이 나이에 다리의 피멍을 택하고 말지.

"아니다, 됐어. 그냥 내가 알아서 할게. 선배 가던 길 가 보……."

"아니. 도와줄게."

인겸이 뜻밖의 말로 내 말을 잘랐다. 나는 도리질을 치며 재차 말했다.

"괜찮다니까? 안 도와줘도 돼. 미성년자한테 이런 부탁을 하는 내가 미친 거지. 그냥 해 본 말……."

"싫어."

인겸이 한층 더 단호하게 말을 끊는 바람에 내심 놀랐다. 그가 눈살을 찌푸린 채 숨을 한 번 내쉬고는 나를 똑바로 바라보며 말했다.

"네가 어쩌다 그랬는지는 모르지만, 네 다리에 피멍이 들게 할 수는 없어. 네가 학교에서 그런 다리로 다니면 괜히 내 탓이라는 생각이 들 것 같아."

"아니야! 전혀 그렇게 생각할 필요 없는데? 나 정말 괜찮……."

"됐어. 계획이나 좀 짜 보자."

인겸은 이미 그냥 지나칠 생각을 접어 둔 듯 보였다. 벗었던 군모를 다시 푹 눌러쓴 채 그는 생각에 잠겼다. 모자가 드리운 그림자 밑에서 그의 두 눈이 진지하게 번뜩였다.

"민증 보여 달라고 하면 재발급 중이라고 말해야 하나? 아니다. 그런 상황 자체를 안 만들어야겠지. 다른 손님이 많을 때 정신없는 틈을 타 계산할까? 아니다. 그걸 언제 기다려? 술만 사면 너무 티 나니까 다른 거도 같이 사는 게 낫겠다. 과자만 사면 너무 티 나니까 오징어도 살까? 이게 연기력이 가장 관건일 텐데……."

우리의 모범생 선배 서인겸은 처음 해 보는 것치곤 간간이 사람 무릎을 치고 싶게 했다. 그에게 없는 건 진짜 민증뿐인 것 같았다. 나의 터무니없는 실수에 이렇게 진지하게 고민해 주는 그가 고마우면서도, 한편으로 쓸개에서 줄줄 새는 무력감에 입안이 썼다.

잠시 뒤, 인겸이 내게 손가락을 까닥였다.

"너도 같이해야 하는 작전을 하나 짰는데, 해 볼래?"

＊　　　＊　　　＊

"어서 오세요."

우리가 들어서자 편의점 점원이 인사했다. 대학교 1, 2학년쯤 되어 보임 직한 여자였다. 드센 인상은 아니나 가까이서 보니 고지식한 느낌도 좀 나는 것이, 바깥에서 봤던 것만큼 호락호락해 뵈지만은 않아 보였다.

인겸이 음료 코너를 응시한 채 손가락만 움직여 내 팔을 콕 찔렀다. 이런, 들어오자마자 즉각 작전 개시했어야 했는데 타이밍을 몇 초 놓쳤다. 급히 입술에 침을 바르고 대본의 첫 줄을 읊었다.

"오, 오빠. MT 가서 그렇게 술 많이 먹었어?"

망할. 시작부터 참 죽여주는 발성이었다.

"말도 마라. 부장 새끼가 폭탄주 직접 말아서 돌리더라. 안 먹고 버리는지 검사까지 하던걸?"

우리는 대학생 오빠와 중학생 여동생 역할극을 짰다. 역할극을 하자는 발상 자체는 인겸이 먼저 했지만 아직 중학생이다 보니 대학생 대사를 짜는 데 허술할 수밖에 없었다. 결국 대본 자체는 내가 거의 다 짰다. 그런데도 인겸은 내가 짜 준 대사를 소름이 돋을 정도로 자연스럽게 소화해 냈다.

"아, 진짜 괜히 든 게 아닌가 싶다. 역사 동아리라면서 공부 하나도 안 해! 역사의 흐름이 아니라 술의 흐름이라더니, 진짜야."

투덜거리는 어투까지 완벽 그 자체. 연기자 해도 될 것 같다고 말할 수준이 아니었다. 정말로 나한테 대학생 오빠가 하나 생긴 것 같았다.

"오빠. 대. 학. 가서 너무 술만 먹는 거 아니야?"

'대학'이란 단어에 강조점을 찍어 발음하면서 너무 티 낸 건 아닌가 한 템포 늦은 걱정을 했다.

"네가 대학 와 봐라. 안 먹게 되나."

나의 발연기까지 덮고도 남도록 능란하게 대사를 치며 인겸은 냉장고 문을 열었다. 그의 기다란 손가락이 H사 캔 맥주 500㎖을 감싸 쥐는 순간, 찌릿 하고 팔에 전기가 올랐다.

"대체 술을 무슨 맛으로 먹는 거야? 나도 한 입 먹어 볼까?"

내가 짜 놓고도 대사가 잠시간 생각이 안 나서 애드리브를 조금 쳤다.

"까분다. 네가 벌써 술맛을 알아서 뭐 하게? 음료수나 하나 골라."

바로 맞받아치며 인겸이 나를 곱지 않게 흘겨보았다. 왠지 그 눈빛만은 연기가 아닌 것 같아서 무거운 침이 삼켜졌다.

"피이, 농담도 못 하나? 오빠야, 나 포카칩 하나 집어도 돼?"

"알았어. 흠……. 난 안주 이걸로 해야지."

대본대로 인겸은 안주 오징어를 하나 집어 들었다. 우리가 계산대에 물건을 올려놓자 점원은 정형화된 손놀림으로 리더기를 들이댔다. 가장 먼저 포카칩을 찍고 오징어랑 사이다도 찍었다. 그리고 마지막으로 캔 맥주. 바코드를 찍으려다 말고 점원이 갑자기 턱을 당겨 올려 인겸을 빤히 보았다.

나는 심장이 발등까지 내려앉는 느낌을 받았다. 하지만 정작 점원과 시선이 마주친 인겸은 눈 하나 깜짝하지 않았다. 되레 능청스런 미소까지 지어 보이며 직원과 똑바로 눈을 맞추는 것이었다.

"3,200원이요."

점원이 맥주의 바코드를 마저 찍고는 따분한 어조로 말했다.

"여기요."

인겸이 지갑에서 카드를 꺼내 점원에게 건넸다. 그의 어머니의 신용카드였다. 심부름 가는 길에 받은 것이라 했다. 계산대에서 그걸 제시하면 의심을 덜 받으리란 그의 계산에서 나온 것이었다.

"사인해 주세요."

점원의 요청에 인겸이 단말기에 뻔뻔하게 지렁이를 휘갈겼다. 점원이 인겸의 손에 캔 맥주가 든 편의점 봉투를 건네는 순간, 나는 소리 내어 숨을 터트리고 싶은 걸 꾹 참았다.

"안녕히 가세요."

점원의 인사가 환청처럼 들렸다. 인겸이 팔을 잡아끌지 않았으면 계산대에서 멍하니 서 있을 뻔했다. 편의점 문을 열어젖히자마자 귓전을 때리는 도어벨 소리와 몸을 밀치는 바람이 참 비현실적으로 느껴졌다. 그때 별안간 인겸이 내 어깨를 붙들며 급히 물었다.

"너 집 어디야?"

"S아파트 12동 101호!"

"빨리 가자!"

뒤에서 누가 쫓아오는 것처럼 인겸이 내 팔을 잡아끌고 달리기 시작했다. 내 팔을 붙든 그의 손이 떨리고 있었다. 좀 전의 능청스런 대학생은 온데간데없었다. 다시 법 없이도 살 모범적인 중학생으로 돌아온 그가 이 악문 채 내달렸다. 이렇게 떨 거면서 도와주다니.

같이 정신없이 달리느라 폐가 졸아든 가운데 가슴만은 꽉 차서 터질 것 같았다. 벚꽃이 흐드러지게 핀 S아파트 단지가 막 닫히려는 무릉도원의 입구처럼 보였다.

이윽고 우리는 S아파트 12동 101호 앞에 도착했다. 인겸이 벽에 손을 짚고 숨을 몰아쉬며 물었다.

"어머니 오셨어?"

"아니, 아직 안 오신 거 같아."

반쯤 열린 환기창으로 아직 어둑한 집 안을 확인하고 대답했다. 그러자 인겸이 허리를 곧추세우고는 편의점 봉투에서 캔 맥주를 꺼내며 말했다.

"빨리 냉장고에 갖다 놔. 그리고 넌 옷 갈아입고 다시 나와. 여기서 기다릴게."

"또 나오라고? 왜?"

맥주 문제를 해결하고 집에서 편하게 입 싹 닦을 생각이었던 건 아니지만, 나를 보는 인겸의 표정이 꽤나 무시무시해서 되물었다. 이에 인겸이 눈을 가늘게 치뜨며 답했다.

"너한테 하고 싶은 말이 무지 많거든. 한강 가서 중딩답게 과자랑 사이다 먹으면서 얘기 좀 하자고. 설마 싫다고 하진 않겠지?"

인겸이 손아귀에 든 캔 맥주를 보란 듯이 한 번 던져 올렸다 낚아챘다. 나의 대답 여하에 따라 그 안의 내용물을 앞뜰의 나무에 헌납하겠다는 의지가 돋보였다.

"알았어."

본능적으로 기어들어 가는 목소리로 답하고 캔 맥주를 받아 들었다. 잠시 뒤, 나는 사복 차림으로 나와 인겸을 따라나섰다. 손을 잡히지 않았음에도 포승줄에 꽁꽁 묶인 양 끌려가다시피 따랐다.

***　　　　***　　　　***

S아파트 단지 후문 쪽 작은 공원엔 한강변과 통하는 굴다리가

있다. 둘이서 그 굴다리를 통과해 한강변에 도착하니 하늘이 청색 데님 셔츠처럼 짙푸르게 물들어 있었다. 좀 더 걸어가 둘이 앉을 만한 둔치에 이르렀을 때쯤 자전거도로의 가로등에 불이 들어왔다.

"여기 앉아."

인겸이 둔치에 걸터앉아 자기 옆을 손바닥으로 짚었다. 그의 너른 손바닥이 그곳에 앉은 흙먼지를 빠르게 쓸어 냈다. 내가 거기서 두 뼘 정도 거리를 두고 앉자 인겸이 군모를 벗어 옆에 두고 한숨을 내쉬었다. 그러고는 꽤 심각한 표정으로 내게 설교를 늘어놓기 시작했다.

"대체 술은 왜 마신 거야? 위랑 간에 안 좋고 무엇보다 머리 나빠진다는데. 성인도 많이 마시면 안 좋은데 너같이 어린 애가 마시면 어떻게 되겠어? 앞으로 대학 가려면 수능 때까지 열심히 공부해야 할 텐데, 벌써 술 마셔서 머리 나빠지면 어쩌려고 그래?"

나는 퉁퉁 부어오를 것 같은 아랫입술을 윗니로 지그시 눌렀다. 아……. 이 나이에 술로 설교라니. 모든 걸 맘 놓고 털어놓을 수 있는 상황이라면 입 열 개를 써도 하루가 꼬박 걸리리라. 하지만 상황이 그렇지 못하니 유구무언일 수밖에. 그래서 가만히 듣고만 있으니 인겸이 내 면전에 검지 총까지 내세우며 꽤 엄하게 다짐을 놓았다.

"이번 한 번은 도와줬지만 앞으론 절대 이러지 마. 성인이 될 때까지 절대 술 마시지 않겠다고 지금 당장 나랑 약속해."

"아, 알았어. 앞으론 절대 안 마실게. 약속해. 내가 잘못했어."

조금이라도 뻗대었다간 끝 간 데 없이 이어질 것 같은 설교에 마지못해 약속했다. 다행히 인겸은 유치하게 손가락 도장까지 찍자고 나서지는 않았다. 그는 내 약속을 받아 내자 강 쪽으로 시선을 던지며 연신 숨을 들이마셨다 내쉬었다. 나의 음주에 의외로 충격이 컸던 모양이다.

그 옆에서 나는 멋쩍게 볼에 바람을 넣었다 뺐다. 새삼 드는 생각인데 서인겸 같은 오빠를 둔 여동생은 도무지 벋날 수 없을 것 같다. 조금만 처신을 잘못해도 이렇게 한강변에 끌려나와 눈물 쏙 빠지도록 기나긴 설교를 들을 테니.

대신, 그만큼 든든하기도 하겠지. 위급한 일이 닥쳤을 땐 그 누구보다도 든든한 지원군이 되어 줄 테니.

"후……."

순순히 약속을 해 줬는데도 어디가 또 탐탁잖은 건지 인겸이 연신 한숨을 내쉬었다. 그 개운찮은 숨소리에 설교를 들을 때보다 더 무안해져 버렸다.

나는 그에게서 좀 더 벌려 앉아 그 사이에 사이다 캔과 포카칩 봉지를 내려놓았다. 이 객쩍은 침묵을 채우려면 과자 씹는 소리라도 내야지 싶었다. 그래서 포카칩 봉지를 뜯고 좀 먹자고 권하려던 찰나, 인겸이 고개를 돌려 나를 응시하며 말했다.

"우리 둘이 사귄다 소문났다고?"

"아……."

이 순간에 뜬금없는 화제라 탓할 수는 없었다. 내가 너무 말끔히 잊고 있었다. 그의 입에서 무슨 말이 나올까? 나랑 그런 소문이 나서 기분이 나쁘다는 말? 아니면 잘못 들은 거 아니냐고 말끔히 부정해 버리는 말?

이름 모를 새가 초저녁 하늘을 휘저어 눈앞에서 사라져 가는 순간, 서인겸 목소리만은 입지 않길 바랐던 말들을 예상해 보았다. 그런데 인겸은 외려 시무룩한 목소리를 냈다.

"싫지? 나 같은 놈이랑 그런 소문이 나서⋯⋯."

"응?"

무언가 단단히 바뀐 말을 들었다. 정신을 차리고 시야를 바루니 짙게 깔린 인겸의 쓴웃음이 보였다.

"진짜 난감했겠다. 너는 순수한 마음으로 날 도와준 건데 그 때문에 나랑 그런 소문이 나 버렸으니. 내가 좀 더 신경을 썼어야 하는데 그러질 못해서 너까지 휘말리게 했네. 너한테 평생 갚아도 부족할 도움을 받았는데, 난 너한테 폐만 끼쳤어."

비꼬는 게 아니었다. 인겸은 진심으로 나한테 미안해하고 있었다. 그래서 아주 많이 속상해하고 있었다. 울컥 하고 목에 올라온 것이 열띤 도리질로 바뀌었다.

"그런 거 아니야! 난⋯⋯. 오히려 나 때문에 선배가 곤란해질까 봐 그런 거야. 나야말로 뭐가 잘난 게 있다고? 난 1학년 전따인 데다 선배처럼 공부를 잘하는 것도 아니고 또 못생겼고⋯⋯. 그래서 나랑 엮이면 선배한테 더 안 좋다고 생각했어. 폐가 되는 건 오히려 나라고 생각했어. 그래서 거리를 두자고 한 거야."

"그런⋯⋯ 거였어?"

인겸이 눈을 깜박이며 정말이냐고 물어 왔다. 그가 온전히 믿도록 단호하게 고개를 끄덕였다. 인겸은 한동안 나를 물끄러미 바라보다 '후' 하고 웃음기 어린 숨을 내쉬며 다시 강으로 시선을 던졌다. 진청색 물결이 한층 더 속을 알 수 없게 짙어졌다. 우리의 등 뒤로 자전거가 열 대 지나갔을 때쯤, 인겸이 차분히 입을 열었다.

"내가 곤란해질까 봐 그런 거라면 난 괜찮아. 왜냐하면, 난 너랑 그런 소문이 나는 거 전혀 싫지 않으니까."

"뭐?"

그를 빤히 바라보았다. 벙쪄 버린 내 앞에서 인겸이 흥 하고 시원스레 코웃음을 치며 포카칩 봉지에 손을 넣었다.

"이거보다 더한 소문에도 시달려 봤는데 뭘. 처음에는 그런 소문이 날 때마다 너무 스트레스받아서 위경련까지 겪었어. 그런데 한 번 죽었다 살아나 보니 왜 그렇게까지 신경을 썼던 건지 모르겠더라. 내가 몸부림친다 해서 남의 말 함부로 하는 애들 입을 다 막을 수 있는 것도 아닌데. 일일이 스트레스받아 봤자 어차피 나만 손해인데."

인겸이 손에 든 포카칩을 와사삭 소리 나게 씹어 먹었다. 그러고 나서 사이다 캔을 하나 따서 든 채 싱긋 웃어 보였다.

"어떤 말이 들려오든 내가 중심을 잡으면 되는 거라 생각해. 다른 사람들 말에 일일이 휘둘리지 말고 내가 어떤 인간인지 확실히 하면 헛소문은 가라앉겠지. 내가 헛소문보다 오래 살면 되는 거다, 앞으로 그런 식으로 생각하기로 했어."

말을 마치고 인겸이 사이다를 쭉 들이켰다. 캬아― 하고 시원한 탄성을 한 번 뱉고 나서 그가 능청스레 말했다.

"어쨌든 그 소문이 서로 싫지 않으니 된 거지? 그러니까 앞으로 나 오빠라고 불러. 아까 잘만 부르더만? 그리고 앞으로는 나랑 같이 집에 가."

"자, 잠깐만! 갑자기 얘기가 왜 그렇게 되는데? 그리고 왜 갑자기 같이 하교하자는 거야?"

"내가 아까 너 도와줬잖아. 그거에 대한 보상이라 생각해."

"아니, 무슨 보상이 그래? 딴 거 하면 안 돼?"

"글쎄? 딴 건 딱히 생각나는 게 없는데. 아까 너의 그 무시무시하게 허접한 연기력까지 포함해 내가 떠안은 위험부담에 걸맞은 보상이. 흠. 다시 생각해 봐도 참 심장 떨리는 순간이야. 역시 대가는 확실한 걸로 받아야겠어."

"그 확실한 대가를 딴 걸로 하자니까? 이러다간 소문이 하나도 가라앉지 않을 거……."

"여차하면 소문을 진짜로 만들면 되지 뭐."

"뭐라고?"

커다란 눈덩이를 떠안겨 놓고 인겸은 언제 그랬냐는 듯 또 사이다를 들이켰다. 나는 '허' 하고 숨을 내뱉으며 강 쪽으로 고개를 돌렸다. 잠깐 안 본 새 강물이 또 요망하게 시커메졌다. 더 파고들어 봐야 저기로 뛰어드는 꼴이 될 것 같아, 얼른 화제를 바꿨다.

"그보다 오늘 선배 어머님이랑……."

"오. 빠."

"으이그, 알았어! 선배, 아니, 오빠 어머님이랑 오빠 괴롭힌 애들 부모님이랑 삼자대면했잖아. 그건 어떻게 됐어? 전학 문제는 어떻게 하기로 했고?"

"아. 그 문제는……."

화제가 화제인 만큼 인겸의 얼굴에서 짓궂은 기색이 싹 가셨다. 그는 특유의 진중한 페이스로 돌아와 내 질문에 답했다.

"저번에 우리 담임이랑 어머니가 이야기한 대로 됐어. 그 둘은 2주일간 교내 봉사를 한 다음에 두 달 동안 학교폭력예방교육을 받는대. 걔네 부모님도 같이 교육을 받는다더라. 그분들이 조만간 다 같이 만나 화해의 자리를 만들자 하셔. 그놈들이랑 밥 먹으면 체할지도 모르지만 부모님들은 진심으로 미안해하시는 거 같아서 차마 거절하진 못했어. 담임이 그러는데 그런 분들이 잘 없대. 보통은 사과하기는커녕 상대가 당해도 싸다는 식으로 나오면서 무조건 자기 자식을 감싸려 한다더라. 담임 말로는, 우리가 처음부터 공격적으로 나가지 않고 대화 먼저 했기 때문에 그분들도 순순히 자식의 잘못을 인정할 수 있었을 거라나? 그리고 전학은, 당장은 안 가기로 했어."

"정말? 전학 안 간다니까 선배, 아, 아니, 오빠네 담임 반응이 어때?"

"좋아하는 거 같더라. 자기한테 기회를 줘서 고맙대. 참……. 내가 지한테 무슨 기회를 줬다는 건지. 어차피 난 앞으로 그 사람 안 믿을 건데."

인겸이 점잖지 않게 포카칩을 한 움큼 집어 신랄하게 씹어 댔다. 화풀이하듯 연신 사이다를 삼키고 나서 그가 살짝 찡그린 얼굴로 투그렸다.

"날 위해 무언가를 하겠다는 티를 그렇게도 내야겠는지, 오늘 담임이 별걸 다 하더라. 앞으로 우리 반 애들끼리 고맙거나 미안한 애한테 편지를 써서 그걸 조회 시간이랑 종례 시간마다 한 사람씩 돌아가며 발표하기로 했어. 점심시간에는 담임이랑 같이 농구하기로 했고. 그리고 중간고사 끝난 다음엔 기말 수행평가로 장래희망을 주제로 한 영어 연극 발표를 한대."

"우와……. 그걸 다 하려면 정말 많이 신경 쓰셔야 할 텐데? 오빠네 담임 선생님 이번에 정말 잘하려고 단단히 마음먹으셨나 보다! 무조건 오빠를 감싸기만 한다는 것도 아니고 근본적으로 오빠랑 반 애들을 친하게 해 주려는 거 같아."

진심으로 감탄한 나와 달리 인겸은 코를 찡그리며 볼멘소리를 늘어놓았다.

"글쎄. 난 그런 걸 왜 하는지 모르겠어. 어차피 며칠 하다가 흐지부지되겠지, 뭐. 그냥 다 귀찮아. 특히 연극! 영어 대본이야 적당히 짜면 되긴 한데, 왜 하필 주제가 장래희망이야? 장래희망 같은 거 아직 없는 사람은 어쩌라고……."

좀 전엔 포카칩을 화풀이하듯 왕창 입에 넣더니 이제는 하나를 오래도록 씹었다. 인겸은 과자를 돌멩이 삼키듯 느릿하게 삼키고 나서 푸푸 한숨을 내쉬다, 불쑥 내 쪽으로 고개를 돌려 물었다.

"설아 너는 혹시 장래희망 있어?"

"나? 난…… 국세공무원."

대답해 놓고도 좀 웃겼다. 이 질문을 더는 듣지 않게 된 지가 몇 년이던가?

"국세공무원? 국세공무원이 뭐야? 무슨 일 해?"

"말 그대로 세금과 관련된 일을 하는 공무원이야."

그렇게만 설명했더니 인겸이 나를 빤히 보았다. 소금을 더 쳐 보라고 명백하게 보채는 눈빛이었다. 하나 마나인 설명으로 입 싹 닦지 말란다. 나는 입술을 한 번 비죽이고 그 소리 없는 요구에 응했다.

"세금은 크게 국세랑 지방세로 나뉘는데, 중앙정부에서 징수하는 세금을 국세라 하고, 지방자치단체에서 징수하는 걸 지방세라 해. 국세공무원은 중앙정부, 그러니까 국세청에 속해서 국세에 관련된 일을 하지. 국세청 아래에 세무서가 있고 대다수 국세공무원들은 주로 세무서에서 일해. 세금 안 내는 사람의 재산을 압류하기도 하고, 탈세하는 사람 조사해서 세금 물리기도 하고. 뭐…… 주로 이런 일 하는 공무원이야."

"우와, 너 뭔가 되게 많이 안다. 혹시 아는 사람 중에 그 일을 하시는 분이라도 있어?"

"아니. 그런 건 아닌데……."

"진짜? 그런데 어떻게 그런 걸 다 아는 거야?"

쓸데없이 솔직히 대답했다가 난관에 봉착해 버렸다. 주변에 롤모델이 있는 것도 아니라고 밝혀 버린 한, 중학교 1학년치곤 수상하리만치 구체적으로 나불거린 셈이 됐다.

"어쨌든 부럽다. 이렇게까지 많이 안다는 건 길을 확실하게 정했다는 거잖아."

지금의 인겸에게 중요한 건 나의 수상쩍은 조숙함은 아닌 것 같았다. 어째서인지 그의 숨소리가 점점 커졌다. 그는 별이 박힌 밤하늘처럼 눈을 빛내더니, 급기야는 손가락을 딱 소리 나게 튕기며 폭탄선언을 했다.

"그거다! 나 이번 영어 수행평가 주제 국세공무원으로 할래! 왠지 재미있을 거 같아!"

"관둬."

"왜?"

심드렁하게 산통을 깨는 나를 인겸이 동그래진 눈으로 보았다. 그 앞에서 난 신랄하게 입꼬리를 당겨 올렸다.

"세금 걷는 공무원이니 위세 등등하고 재미있을 거라 착각들을 하는데, 생각보다 되게 험한 일이야. 돈이 걸려서 진상의 끝을 보이는 민원도 많고, 과세자료 어려운 거 걸리면 몇 주일을 머리 싸매야 하고, 체납정리실적 안 나오면 밤에 잠도 안 올 때가 있어. 매년 법이 개정되다 보니 항상 공부하지 않으면 민원인들한테 망신당하기 쉬워. 업무 감사도 자주 받아서 여간 골치 아픈 게 아니야."

"그렇게 어려운 직업인데 너는 왜 하려는 거야?"

"글쎄다."

인겸의 반문에 물색없는 실소를 흘렸다. 이번에는 내 쪽에서 하늘로 시선을 던졌다. 짙푸른 하늘에 다이아몬드처럼 반짝이는 개밥바라기가 보였다. 조금 뒤면 거짓말처럼 모습을 감추고 말 별을 보며, 아무 계산이 없던 시절의 꿈을 떠올렸다.

어렸을 때 누군가 꿈이 뭐냐고 물으면 생물학자가 되고 싶다고 했다. 곤충을 좋아한다는 단순한 이유에서였다. 조금 더 커서는 소설가가 되고 싶다고 했다. 그러다 고등학생이 되어서는 교사가 되고 싶다고 말하고 다녔다. 훌륭한 교사가 돼서 나처럼 왕따 당하는 아이를 구해 줘야겠다고 막연히 생각했다. 하지만 사범대학은 꿈도 꿀 수 없을 만큼 수능을 망쳤다. 성적도 안 되는 주제에 요행이 따라 주지 않았다고 낙담했다.

낙담한 내게 부모님은 넌지시 다른 길을 권하셨다. 공무원 시험. 안정적인 직업에 대한 선호도가 높아지면서 각광받기 시작한 길. 특히 근로장려세제가 시행되면서 2008년 전후에 세무직 공무원의 충원 인원이 유례없이 많았다.

한 전문대학 세무학과에 입학해 시험 준비에 돌입했다. 배수진을 쳤다고 생각하니 집중하는 게 생각보다 어렵지 않았다. 연애, 동아리 활동……. 그 나이에만 누릴 수 있다는 캠퍼스 라이프를 사치라 매도했다. 그때만큼은 운도 따라 주어 1년 반 만에 9급 공채에 합격했다.

난생처음으로 죽도록 노력한 보상을 얻고 나서 회고했다. 내가 학창 시절에 가슴에 품었던 건 과연 뭐였던가? 꿈에 대한 열망이 정말로 내게 있기는 했던 것일까? 나의 꿈이 진짜배기였다면, 삼수를 감행해서라도 그 꿈을 물고 늘어졌을 텐데. 다른 길로 가자는 권유에 금방 귀가 솔깃해지지 않았을 텐데.

솔직하게 인정하기 부끄러운 감이 있지만, 답은 그리 어렵지 않게 나왔다. 내가 열망했던 건 그저 교사라는 직업이 가지고 있는 안정성이었던 거다. 나의 꿈은 가짜였다. 바꿔 말하면, 이설이란 인간은 꿈이란 걸 가져 본 적이 없는 셈이다.

후회는 없다. 하지만 이 선택을 남들에게까지 자신 있게 권하고 싶은 마음은 들지 않는다. 세상에 나보다 커다란 가슴을 지닌 사람은 얼마든지 있다. 그런 사람은 한때의 불안정에 조급해하지 않고 자신의 꿈을 향해 끈질길 만치 곧게 나아간다. 시련에 억눌리지 않고 도전을 자랑스럽게 여긴다. 그렇게 돌아서 가는 긴 시간을 양분으로 삼아, 결국 본인이 그렸던 커다란 나무로 자라난다. 그때가 되면, 나는 한껏 고개를 들어도 그 나무의 끝도 보지 못하는 작달막한 잡초에 지나지 않겠지.

아직은 주변 사람들이 나를 볼 때마다 칭찬 일색이다. 어린 나이에 공무원 시험에 합격한 게 대단하다고, 취직 빨리 해서 좋겠다고. 하지만 현실과의 타협. 그거 외에 내 나이 23살에 이룬 게 무엇인지…….

"그래도 나 이번 수행평가 주제 그거로 할래."

나의 상념만큼 길게 이어진 정적을 깨고 인겸이 말했다.

"하, 지금까지 내가 하는 말 제대로 듣긴 한 거야? 험하고 골치 아픈 일이라니까? 더구나 그냥 되는 것도 아니고 100대 1 정도의 공채시험에 합격해야 해. 3년 넘게 공부해도 못 붙는 사람도 있어."

더러운 걸레로 닦은 유리가 오히려 투명하게 반짝이는 상황이 기가 막혀 헛웃음을 내뱉었다. 그랬더니만 인겸은 되레 활짝 웃으며 유쾌하게 대꾸했다.

"그래도 네 말 들으니까 속이 트이는 느낌이야. 난 지금까지 의사나 판검사 같은 거밖에 몰랐거든. 어머니나 주변 사람들은 내 성적이면 당연히 의사나 판검사를 해야 한다고 노래를 부르는데, 솔직히 나한테 안 맞을 것 같아서 싫었어. 다른 직업은 뭐가 있는지 알려 주는 사람이 없어서 답답했는데, 오늘 네 얘기 들어 보니까 이런 길도 있구나 싶어. 나중에 꼭 국세공무원을 하지 않는다 해도 내가 모르던 길을 조사하다 보면 더 많은 게 보일지도 몰라."

인겸이 별하늘을 보며 포카칩을 세 개나 집어 올렸다. 과자 씹는 소리가 유난히도 맛나게 들렸다. 인겸이 짜릿한 표정을 지었다.

"게다가 국세공무원도 충분히 멋진 거 같아. 부정한 방법을 써서 세금 안 내려는 악덕 부자들을 조사해서 걷은 세금이 어려운 사람들을 위해 쓰인다면 정말 보람찰 거야. 네 말대로 험하고 골치 아프겠지. 하지만 그런 식으로 생각하면 세상에 안 어려운 일은 없잖아? 그리고 또…… 나 오늘 되게 자극받았어."

"무슨 자극?"

"그게……."

한껏 들떴던 인겸의 목소리가 나지막해졌다. 눈을 크게 떠서 대답을 재촉해 봐도 멋쩍은 미소로 뜸을 들일 뿐이었다. 입술을 삐죽이며 도저히 댁의 속을 모르겠다고 눈으로 말했더니, 인겸이 다시입을 열었다.

"뭐랄까…… 너처럼 어린애가 어려운 일인 거 빤히 아는데도 이렇게 갈 길을 확실히 정했는데, 난 지금까지 뭐 했나 싶어서. 남들이 얘기하는 것만 들었지 세상에 어떤 길이 있는지, 나한테 맞는 길이 뭔지 찾아보려고 제대로 노력한 적이 없어. 이러니 죽고 싶다는 생각도 너무 쉽게 했던 거겠지."

입을 한 번 벌렸다가 벙긋거리지도 못하고 다물었다.

"그래도 다행이야. 살아서……. 살아서 지금이라도 찾을 수 있어서."

인겸이 주스를 마시듯 달콤하게 숨을 들이마셨다. 그는 되찾은 유실물과도 같은 희망을 애지중지하고 있었다. 그 마음이 우러나는 미소에 어딘지 가슴이 아렸다.

"그리고 혹시 같이 된다면……."

"응? 방금 뭐라 했어?"

아려 오는 가슴에 귀까지 먹먹해져서 그의 중얼거림을 온전히듣지 못해 되물었다. 인겸은 아주 멍청한 표정을 짓고 있을 나에게대답 대신 미소를 지었다. 더없이 행복해 보이는 표정으로 그는 포카칩 봉지에 손을 넣었다. 포카칩 한 조각을 불쑥 내 입에 넣으며 그가 속삭였다.

"글쎄? 뭐라고 했을 거 같아?"

＊　　＊　　＊

「갑자기 입안에 들어온 과자 때문에 침이 고였다. 이상했다. 과자 공장에서 포카칩을 어떻게 만든 건지 짠 과자에서 달콤한 맛이 났다. 나는 그 대로 꿀 먹은 벙어리가 돼서, 인겸 오빠가 무슨 말을 했는지 다시 물어보지 못했다. 왠지 오늘따라 인겸 오빠가 멋있어 보였…….」

"아오, 왜 이 망할 일기장까지 오빠 타령이야! 포카칩에서 뭔 단 맛? 멋있어 보이긴 개뿔이!"

내던진 일기장이 벽을 들이받았다. 그것이 떨어지면서 속지가 푸르르거리는 게 꼭 웃음소리처럼 들렸다. 바닥에 널브러진 일기장을 노려보다가 마지못해 그것을 집어 책상 위에 올려놓았다. 방바닥에 방치했다가 설희나 어머니가 볼까 두려웠다. 이놈의 일기장 진즉 찢어서 없앨 수 있는 거였으면 참 좋았을걸.

불을 끄고 침대에 누웠다. 10시. 평소 내가 잠자리에 드는 시각보다 다소 이른 시각. 말똥말똥한 눈을 억지로 감은 탓일까? 미세한 소음과 작은 바람에도 온몸이 예민하게 반응했다. 상깃하게 열어 둔 창문을 넘어온 한 줄기의 바람이 내 얼굴을 쓸었다. 두 시간 전에 한강에서 쐬었던 강바람처럼 시원했다.

창밖을 지나가는 차가 내 얼굴에 헤드라이트를 뿌렸다. 한강공원에서 받았던 가로등 빛처럼 아늑했다. 어느 순간 나는 다시 한강 둔치로 이끌려 나왔다.

아직도 오빠라고 선뜻 불러 주기엔 쑥스럽고, 포카칩이 달았다는 건 순전히 일기장의 오버이긴 하지만……. 그가 오늘 좀 멋있어 보였다는 건 인정해야 할 것 같았다. 대학생 연기까지 하며 후배의 사고를 덮어 주었고, 또 진심 어린 충고도 아끼지 않았던 사려 깊고 성실한 모습. 연인도 아니고 친동생도 아닌데 그렇게까지 챙겨 주는 사람이 만 명 중 몇 명이나 나올까?

무엇보다도, 헛소문보다 오래 살아남으면 된다는 그의 말이 멋졌다. 세상에서 들려오는 온갖 소리로부터 자신의 중심을 지키는 것. 생판 처음 들어 본 처세는 아니다. 하지만 그런 처세를 그토록 명쾌하고 강렬하게 요약한 한마디는 지금껏 들어 본 적이 없다.

그간 나의 중심을 지키겠다는 다짐을 수차례 하고도 번번이 작은 소리에 일희일비하고 전전반측했지. 하지만 이런 나라도 그 한마디를 떠올리면 그 다짐을 좀 더 오래 지킬 수 있지 않을까?

그리고 또…… 더 넓은 걸 볼 수 있음에 감사하는 모습도 멋졌다. 삶이 얼마나 소중한지 누구보다도 더 깊숙한 데 새긴 그라면 분명 아주 멋진 꿈을 찾아내겠지. 얼마든지 도전하고 노력해서, 햇빛이 매우 많이 열리는 나무로 자라나겠지. 생각하는 것만으로도 눈이 부셔서 눈을 깜박이게 되는.

펼쳐진 상상의 나래는 별이 잔뜩 열린 나무들이 있는 수목원과도 같았다. 거니는 발걸음에 점점 커다래져 가는 심장의 고동이 실렸다. 문득, 지금 가슴께의 이불이 꼴사납게 들썩이고 있지는 않은가 시답잖은 걱정을 했다.

그 미세한 현실감 때문에 별천지에 균열이 생겼다. 솔솔 불어오던 바람이 뚝 끊기고 숨 막힐 듯한 어둠이 눈두덩을 짓눌렀다. 얼음을 만진 듯 욱신거리는 손가락으로 가슴께의 이불을 더듬었다. 천이, 서늘했다.

이 모든 게 꿈이 아니던가. 초등학교 6학년 설희도, 7살 설영이도, 40대 초반의 우리 부모님도, 모처럼 내게 마음을 연 1학년 5반 학우들도, 그리고 이 14살 이설도 전부 다 환영이듯이, 2002년 4월을 살아가고 있는 서인겸도 사실은…… 환영이 아니던가. 그는 이미 9년 전에 죽은 사람인데. 이 꿈이 끝나면…… 가장 먼저 사라져 버릴 사람인데.

가슴께에 올려놓은 손으로 구깃구깃 이불을 움켰다. 메마른 침을 억지로 모아 목울대를 움직였다. 고개를 가로젓고 싶었다. 하지만 그랬다간 가뜩이나 안 오는 잠이 아주 달아나 버릴 것 같아 눈꺼풀에 힘을 주고, 머릿속으로만 고갯짓을 했다.

쓸데없는 생각은 관두자. 서인겸을 살린 건 불가피한 선택이었어. 양심상 내 꿈속에서까지 억울하게 죽게 놔둘 수는 없었잖아? 그리고 이왕 살아난 거 희망찬 나날을 보내는 게 좋지. 내가 꿈에서 깨어나는 순간까지 서인겸은 오늘처럼 마음껏 웃으면 돼. 나에겐 한순간의 꿈일지 몰라도 그에겐 이 순간이 그의 세상 그대로일 테니.

끝이란 건, 모르면 없는 거나 마찬가지지. 안 그런가?

심호흡을 하고 나니 손에 들어갔던 힘이 서서히 빠져나갔다. 가슴을 짓누르던 바위가 사라졌다. 급작스레 닥쳐온 중간고사에 나름 만족할 만한 답을 휘갈기고 꿈나라로 내달렸다. 정확히는 꿈의 꿈나라로.

3교시만 하면 끝나는 즐거운 토요일……은 개뿔이. 나는 병든 닭처럼 연신 꾸벅꾸벅 고개를 흔들었다. 정말 알다가도 모르겠는 게 수면인 것 같다. 새벽 3시에 잠들어도 새벽이슬을 바른 듯 말끔하게 눈꺼풀이 뜨이는 날이 있는가 하면, 어떤 날은 전날 10시에 두 발 뻗고 잠들었는데도 아침잠이 무더기비처럼 쏟아지니.

그나마 오늘은 전 시간 CA라서 다행이었다. 내가 든 독서 동아리 담당 선생님은 3교시 내내 부족한 수면을 보충해도 눈감아 주시는 분이니. 정말이지 오늘이 7교시면 어찌 버틸지. 그러니 조회 시간아 빨리 좀 가라. 잠 좀 자게.

"민기야. 나 펜 좀."

하품하려 입을 벌렸다가 앞자리에서 벌어지는 광경을 보고 도로 다물었다. 키가 멀대같이 큰 남자애가 조민기에게 다가와 손을 내밀고 있었다. 저 녀석의 이름은 성민혁. 백수연, 조민기와 함께 우리 반에서 항상 다섯 손가락 안에 드는 우등생 중 하나. 정확히는 그 둘에게 매번 근소한 차이로 밀려 항상 삼인자에 그쳤던 녀석.

키가 크고 잘생겨서 여자애들에게 비교적 인기는 있었지만, 적어도 나에겐 그리 좋은 인상으로 남지는 않았다. 어떤 의미로 나를 직접 괴롭힌 최준형 못지않게 마음에 안 드는 녀석이었다.

놈은 선생님이나 인기인에겐 깍듯했지만 약자에 대해선 경멸과 무시를 대놓고 드러냈다. 그리고 우등생들과 표면상 친하게 지내는 듯해도, 내 눈엔 견제하는 게 훤히 보였다.

예를 들어 민기나 수연이 수행평가 점수를 저보다 더 좋게 받으면, 자신이 두 사람보다 못한 게 무엇이냐고 담당 선생님을 물고 늘어지기 일쑤였다. 또 평소에는 웃는 상으로 지내지만 조금이라도 자신에게 손해가 올 듯하면 얼굴빛이 확 변했다.

결정적으로 사내새끼가 상당히 쪼잔했다. 누군가 제 물건을 빌려 달라 하면 싫은 기색을 팍팍 내면서, 막상 지가 물건을 빌릴 땐 저렇게 맡긴 물건 찾듯 했다.

저런 인간도 어딜 가나 꼭 있지. 근데 이상하게 저런 인간이 왕따는 잘 안 당하더라. 치사하고 더러워서 아무도 안 건드려서 그런가?

"알았어. 잠깐만."

나라면 싫다고 딱 잘라 말할 텐데, 민기는 별말 없이 자기 필통을 열었다. 그런데 필통이 열리는 순간 성민혁이 도끼눈을 했다.

"어, 잠깐? 이거 어제 종혁이가 도둑맞은 만년필 아니야?"

기다란 팔이 번개같이 민기의 필통 안에 든 걸 낚아챘다. 키가 큰 녀석이 집어 올린 덕에 그 물건이 모두에게 충분히 보일 만큼 높은 위치에 머물렀다. 30초도 채 되지 않아 온 교실이 술렁이기 시작했다. 잠이 달아났다.

"민기야……."

소리가 난 쪽을 돌아보았다. 내 뒤에 앉은 이윤영을 비롯한 몇몇 애들도 그쪽을 보고 있었다. 김종혁이 자리에서 일어나 충격받은 얼굴로 자신의 단짝을 바라보고 있었다. 차마 말을 잇지 못하는 그 대신 성민혁이 날카로운 목소리를 냈다.

"조민기. 이게 왜 네 필통 안에 있어?"

성깔 더러운 삼인자의 손에 들린 건, 어제 김종혁이 잃어버린

50만 원 상당의 몽블랑 만년필이 맞았다.

"어? 이, 이게 왜 나한테……."

민기는 성민혁의 손에 들린 종혁의 만년필과 제 필통을 귀신 보듯 번갈아 보았다.

"종혁아. 이거 어제 네가 찾던 거 맞지?"

민혁이 다가온 종혁에게 만년필을 내보이며 호전적인 어투로 물었다.

"어? 어어! 내 거 맞는 거 같긴 한데……."

민혁에게서 만년필을 받아 들며 종혁이 얼떨떨한 얼굴로 민기를 보았다. 그 순간 누군가 비디오 정지 버튼이라도 누른 듯 일체의 소음이 멎었다. 교실 뒤 벽시계의 초바늘이 침묵을 반 바퀴 남짓 끌고 갔을 즈음, 민기가 헛웃음으로 말꼭지를 뗐다.

"아하하, 야. 진짜 미안하다. 나도 모르게 필통에 넣었나 봐. 내가 왜 그랬……."

"지금 웃음이 나오냐?"

성민혁의 날카로운 목소리가 공기를 벼렸다. 놈은 웃음을 뚝 그친 민기의 면전에 살벌하게 검지를 겨눈 채 공세를 퍼붓기 시작했다.

"너 때문에 어제 종혁이가 얼마나 좆뺑이 돌았는지 알아? 얘 그거 찾는다고 어제 5시까지 집에 안 가고 계속 컴퓨터실이랑 우리 반 왔다 갔다 했어. 아버지가 알면 난리 난다고 애가 완전 얼굴 하얘져서 찾길래 나랑 애들 몇 명이랑 같이 찾았거든? 근데 막상 넌 학원 간답시고 먼저 집에 갔잖아. 그래 놓고 처웃으면서 미안하다고 하면 다냐? 아니면 혹시, 너 저거 훔쳐서 가지려 그런 거 아니야?"

"아니야! 내가 미쳤냐? 내가 왜 종혁이 펜을 훔쳐?"

지극히 당연하게 조민기는 손을 마구 내저으며 강력히 부인하였다. 상황이 격화될 조짐이 보이자 김종혁이 성민혁에게 다가가 그를 말리려 들었다.

"저기, 민혁아. 난 괜찮으니까 그만해. 민기가 내 만년필을 정말 훔치려고 가져간 건 아니겠지! 만져 보다가 모르고 자기 필통에 넣은 걸 거야."

"실수로 가져갔다 쳐. 그래도 집에 가서는 알았을 거 아니야. 어제 학원도 갔는데 필통을 한 번도 안 열어 봤다는 게 말이 돼? 네가 그렇게 미친 듯이 찾아다니는 걸 봤으면 어제 너한테 바로 전화를 하든지 오늘 학교 오자마자 바로 돌려주든지 했어야 하는 거 아니야? 지가 정말로 뿌릴 생각이 없었다면 말이지. 안 그래?"

"그, 그거야 깜박 잊고 연락 안 해 준 걸 수도 있고……."

단짝을 감싸면서도 어딘가 석연찮은 마음이 들기 시작했는지 종혁이 자신 없게 말을 얼버무렸다. 어제 한 마음고생이 그의 얼굴에 고스란히 떠올랐다. 그 어두운 낯빛 앞에서 민기는 둔기로 뒤통수를 얻어맞은 듯 멍하니 서 있었다. 그는 벌린 입술을 움직이지도 다물지도 못했다.

침묵이 길어질수록 공기가 급속도로 차가워져 갔다. 조민기의 얼굴이 얼음 구덩이에 빠진 것처럼 새하얗게 질려 갔다. 그 누구도 숨소리조차 뱉지 못하던 그때, 한 사람이 분연히 침묵을 깨트렸다.

"그만해! 듣자 듣자 하니 말이 너무 심하잖아!"

백수연, 그녀가 특유의 차분한 걸음걸이를 말끔히 버려둔 채 검은 단화로 쿵쿵 소리 나게 바닥을 찧으며 나섰다. 그녀는 민기 옆에 바짝 붙어 서서 성민혁을 노려보며 쩽쩽 쏘아붙였다.

"알지도 못하면서 사람 함부로 도둑 취급하지 마! 나 민기랑 같은 학원 다니는데, 민기 어제 학원에 다른 필통 가져왔어. 새로 산 필통을 애들한테 보여 주겠다고 말이야. 그래서 어제는 학교에서 쓴 필통을 집에서 안 열어 봤을 거야. 근데, 굳이 이렇게까지 설명 안 하더라도, 어떻게 민기가 남의 걸 훔쳤다고 그렇게 쉽게 말할 수 있어? 얘가 어딜 봐서 그런 애로 보이냐고!"

"수연아……."

배추흰나비처럼 뽀얀 얼굴을 붉게 물들여 성을 내는 백수연을 조민기가 낯선 듯 바라보았다. 몇 초만 얌전히 지났으면 그의 얼굴이 감격에 젖었을지도 모른다. 하지만 민기의 얼굴에 어떠한 감정이 피어오르기도 전에, 성민혁이 냉소적인 말로 수연의 말을 받아쳤다.

"글쎄? 학원에 다른 필통 가져왔다고 해서 훔치지 않았다고 확신할 수도 없는 거 아닌가? 새 필통을 왜 하필 어제 학원에 가져왔지? 그게 더 이상한데?"

"성민혁. 그건 네가 상관할 바가 아니지 않아?"

"난 상관하고 싶어 미치겠는데 어쩌지?"

성민혁이 빈정거리는 투로 수연의 말을 무질렀다.

"왜냐면 이상한 게 한두 개가 아니거든. 안 그래도 어제 종혁이가 만년필 찾을 때 그거 한 번이라도 만졌던 애들 일일이 다 붙잡고 말했잖아? 혹시 모르니까 각자 필통 열어서 확인해 보라고. 그때 딴 애들은 다 자기 필통 열어서 보여 줬어. 근데 쟤만 안 보여 줬잖아? 지가 종혁이랑 제일 친한데, 당연히 먼저 확인해 봐야 하는 거 아닌가? 그런데도 안 한 건 뭔가 찔려서겠지, 뭐겠어?"

보는 내가 다 목구멍이 따끔거릴 만큼, 백수연은 날카로이 숨을 들이쉬었다. 나는 성민혁이 말싸움에서 지는 걸 본 기억이 없다. 그의 언변이 탁월해서였던 건 아니다. 그는 정제된 논리로 대화를 풀어 나가는 능변가가 아니라, 대화의 뿌리 자체를 뒤흔드는 타고난 벽창호였다. 제멋대로 내린 결론에 모든 걸 끼워 맞추는 데 전혀 수치심을 느끼지 않았다. 그런 부류의 인간에겐 어떤 말도 소용없다는 걸 수연은 방금 깨달은 듯했다.

더구나 원체 사람의 귀가 목소리가 작은 쪽보다는 큰 쪽에, 99%의 무고함보다는 1%의 혐의에 기울기 쉬운 탓일까? 백수연 외에 조민기를 감싸려 나서 주는 사람이 없었다. 기실, 지금 이 상황을 보고 있는 40명 중 족히 35명은 백수연이 아니라 성민혁에게 자신의 입을 맡기고 있을 것이다. 왜, 어제 필통을 보여 주지 않았는지. 왜, 학원에 다른 필통을 가지고 왔는지. 성민혁이 우연히 만년필을 발견할 때까지 왜, 아무 말도 안 했는지.

"조민기. 왜 아무 말도 못 하냐? 진짜 뿌린 거 맞나 보지?"

민기를 몰아붙이는 성민혁의 목소리가 한층 더 높아졌다. 의기양양하다 못해 어딘지 희열까지 느껴지는 목소리였다.

"민기야. 뭐라 말 좀 해 봐. 이렇게 가만히 서 있으면 어떡해? 네가 훔친 거 아니잖아! 실수한 거잖아!"

수연이 숫제 애원조로 민기를 재촉하였지만, 그는 날벼락같이 떨어진 이 사태에 단단히 체하고 말았다. 백납처럼 질린 얼굴을 그림자에 파묻은 그는 수연의 말을 듣는 둥 마는 둥 했다. 민기가 끝내 아무 말도 하지 못하자 수연은 이제 김종혁에게 애원했다.

"종혁아! 실수일 거야. 민기가 그럴 애 아니라는 거 네가 더 잘 알잖아? 무섭게 가만히 있지 말고 뭐라고 말 좀 해 줘. 민기가 지금 너무 당황해서 아무 말도 못 하는 거 같아! 응?"

목에 칼이 들어와도 눈 하나 깜짝하지 않을 심지를 이목구비에 내세우는 백수연의 입에서 나온 '무섭게'는 그녀와 그다지 친하지 않은 나에게조차 강렬하게 와 닿았다.

그건 김종혁에게도 마찬가지였나 보다. 내내 침묵을 지키던 그가 턱을 번쩍 치켜들었다. 그는 눈사람이 되어 버린 자신의 단짝과 벌게진 눈가에 맺힌 이슬을 고집스레 붙든 수연을 보고는 한숨을 내쉬었다. 당장 이 상황을 수습하지 않으면 안 되겠다는 무거운 결단이 느껴졌다.

이윽고 김종혁은 놀라울 정도로 어른스러운 미소를 입가에 매달았다. 그는 차분하면서도 또렷하게 성민혁에게 말했다.

"민혁아. 그만하자. 난 괜찮아. 이렇게 찾았으니 된 거잖아? 이런 비싼 물건을 학교에 가져온 내가 경솔했어. 게다가 수연이 말대로 민기는 남의 걸 훔칠 애가 아니야. 실수였겠지. 사람이 너무 정신없다 보면 터무니없이 둔해질 때가 있잖아. 그치, 설아야?"

종혁이 갑자기 내 쪽을 돌아보며 동의를 구했다. 그 바람에 모두의 시선이 내게 쏠렸다.

"어? 어어."

아니, 나는 왜 갑자기 끌어들여? 불시에 몰려오는 스포트라이트에 나는 토끼 눈을 했다. 왜 하필 나인지는 모르지만 종혁은 1학년 5반의 공기를 고스란히 내게 떠넘겼다. 내 혀끝에 민기의 운명이 달린 것 같은 요상한 책임감이 들었다. 얼결에 명랑한 목소리를 쥐어짜 냈다.

"어, 그럼! 나 같은 인간도 있는데 뭘! 난 내 바지 입고 있으면서도 남의 바지를 내 거라 착각하고 가져갔잖아! 민기가 도둑이면 난 아주 뭐냐……. 나가 뒤지, 아, 아니 죽어야 하나……."

"와하하하!"

폭탄처럼 터진 웃음보는 말의 내용보단 우스꽝스러울 만치 어눌한 말투 때문일 터다. 귀밑이 후끈거릴 정도로 민망했지만, 대신 그만큼 가벼워진 공기에 숨통이 탁 트였다.

"넌 진짜 속도 좋다."

성민혁이 종혁을 향해 못마땅한 기색으로 혀를 찼다. 하지만 피해 당사자가 확실하게 용서할 의사를 밝힌 이상 그가 더 끼어들 여지는 없었다.

곧이어 담임이 조회를 하러 들어오는 바람에 상황은 일단락되었다. 각자의 자리로 돌아가기 직전 수연이 민기의 손가락을 잡았다 놓는 걸 보았다. 짧은 순간이었지만 그 손가락 사이로 많은 게 보였다. 내게도 저런 사람이 있었다면 나의 중학 시절이 조금은 달라졌을까? 그런 생각을 하니 괜스레 입안이 써서 책상에 한숨을 들이부었다.

조민기와 백수연의 염장질로 귀결된 얄미운 해프닝. 이대로 지나가는 소나기가 되리란 것에 의심의 여지가 없는 해프닝. 또 괜스레 내 배알만 꼴려 와 이만 머릿속에서 지우기로 했다.

*　　　*　　　*

4월 15일 월요일 3교시. 날은 제법 화창했으나 1학년 5반 교실은 영 그러질 못했다. 몽당연필처럼 짤막한 체구의 사회 선생님이 까치발을 하여 칠판 한 귀퉁이에 메모를 남겼다.

「사회 : 78쪽」

"아아아!"

야유인지 비명인지 모를 아우성이 교실을 메웠다. 다 죽어 가는 소리에도 사회 선생님은 교편으로 교탁을 단호하게 내려치며 눈을 치떴다.

"뭘 '아' 야? 학기 시작할 때부터 시험 여기까지 낸다고 누누이 말했구만! 다음 주까진 진도 다 나갈 거니까 그렇게들 알아."

칠판에 적힌 숫자를 깎아내릴 가망이 없어 보이자 교실이 잠잠해졌다. 아니, 숙연해졌다고 표현하는 편이 더 맞겠다. 도살장처럼 침울해진 분위기에 나도 한숨을 보탰다. 1학년 1학기 중간고사. 꿈속인데도 올 것이 오고야 말았다. 5월 1일부터 3일까지 사흘간의 일정인 건 9년 전과 같았다. 벌써 지난주에 시험 범위를 예고한 선생님도 계시니 이번 주 내로는 모든 과목의 시험 범위가 공개되겠지.

한 줄기 햇빛이 책상에 올라앉아 있었다. 샤프의 금속 손잡이로 그 빛을 반사해 보았다. 빛의 조각들이 사방으로 퍼져 나갔다. 그 빛처럼 기분이 붕 떴다. 와 닿는 게 더 이상할 것이다.

나는 6년간 24번의 중간고사와 기말고사를 치렀고, 수능과 공무원 시험도 봤으며, 국세청 내부 필수자격시험까지 깡그리 다 치렀다. 그 뒤로 시험 볼 일이라곤 낙제점 받기가 더 어려운 직장교

육평가 때뿐. 앞으로는 시험 따윈 없으리라 확신한 지 2년도 더 됐다. 그러하건만, 이 나이에 중딩 중간고사가 웬 말이냐…….

샤프를 더 삐딱하게 기울였다. 빛의 파편들이 더 멀리 퍼져 나갔다. 이 나이에 중간고사를 또 보는 것까진 어쩔 수 없다고 쳐도, 몇 점을 받을 건지가 새로운 고민거리였다. 1학년 1학기 때 나의 중간고사 평균 점수는 80점. 반에서 15등 정도였다.

전교권에 들어 나를 무시하고 괴롭힌 애들 코를 납작하게 해 주겠다는 호기로운 각오에 비해 처참한 결과였다. 100점밖에 몰랐던 초등학교 시절과 바로 대비되던 시기라 그런지 충격은 배로 컸다. 되레 내 코가 납작해지다 못해 움푹 팰 지경이 되었었다.

부모님은 그만하면 잘했다고 말해 주셨다. 하지만 속으로는 쓰게 웃으셨을 거 같다. 초등학교 생활기록부의 거품이 빠져나가면서 나의 떡잎이 얼마나 보잘것없는지 드러나 버렸으니. 그간 내게 거셨던 특별함에 대한 한 가닥의 기대를 내려놓으셔야 했을 테니.

사회 교과서를 훑어보았다. 중딩 공부라고 만만히 볼 것은 아니었다. 하지만 더 끔찍한(?) 것들과 씨름한 가락이 남아서인가. 새삼 교과서의 글귀가 산 위에서 내려다보는 손바닥만 한 마을 정도로밖에 안 보였다.

지금으로선 조금만 성의 있게 집중하면 평균 90점대는 껌일지도 모른다. 이참에 전교권까지 접수해 봐? 그러면 지금의 부모님은 아예 내게 피자집을 하나 사 주려 들겠지. 그리고 1학년 5반 애들 모두가 선망과 질시 어린 시선으로 날 바라보겠지. 아마 내 인생에서 받아 보지 못했던 건 다 받아 보겠지.

하지만 그 상상은 의욕으로 이어질 만큼 달콤하지는 않았다. 새삼 자각하는 것도 지겹지만, 현재 이 모든 상황이 다 꿈이지 않은가. 내가 여기서 어떻게 날고 기든 간에 내 중학교 생활기록부는 바뀌지 않는다. 꼬마들 밥그릇 빼앗아 봐야 삶의 보람은커녕 사기꾼이 된 기분만 진탕 느낄 것 같고 말이다.

그렇다고 너무 공부를 안 해 원래 받았던 점수만도 못 받아 버리면, 어머니와 아버지는 해도 해도 이건 너무하다며 입에 거품 물고 넘어가실지도 모른다. 그렇게 되면 지금껏 이 나이에 책가방 메고 꿋꿋이 등교해 온 의미가 없어져 버린다.

눈 딱 한 번 감고 우등생 체험이냐, 아니면 무난한 답습이냐. 김칫국 냄새가 물씬 풍기는 고민을 하는 사이 3교시 수업 종료를 알리는 종이 울리고 사회 선생님이 교실 밖으로 나가셨다. 나는 사소한 고민거리를 교과서와 함께 책상 서랍에 넣어 두었다. 쉬엄쉬엄 생각해 보자. 어느 쪽을 택하건, 어차피 내 실제 인생엔 아무 영향 없을 테니.

"설아야."

누군가 내 이름을 부르며 다가왔다. 김종혁이었다. 펜이라도 빌리러 온 것인가 싶어 일단 그의 턱에 시선을 붙였다. 그런데 그가 난데없는 질문을 했다.

"너 이번 중간고사 때 시험공부 어떻게 할 거야? 학원에서 할 거니? 아니면 혹시 같이 공부하기로 한 애 있어?"

"아니."

솔직하게 고개를 저었다. 그러자 종혁이 웃는 얼굴로 내게 뜻밖의 제안을 했다.

"그러면 우리랑 같이 시험공부 하지 않을래?"

"'우리'라면…… 누구?"

순진한 척 눈을 동그랗게 뜨고 묻는 나 자신이 가증스럽게 느껴졌다. 김종혁이 말하는 '우리'가 누구누구인지는 이미 알고 있으니까.

"민기랑 수연인데 어때? 같이 할래?"

"생각해 볼게. 내일 대답해도 돼?"

심장 언저리가 뜨끔거리는 티가 안 나도록 잠시 뜸을 들여 답했다.

"응. 천천히 생각해도 돼. 어차피 이번 주 토요일부터 시작할 거거든."

종혁이 내게 부드럽게 웃어 주고는 제자리로 돌아갔다. 그의 등을 보며 나는 턱을 괴었다. 그가 뜻밖의 공깃돌을 떠안겨 준 덕에, 남은 3교시 내내 심심하지는 않았다.

조민기, 김종혁, 그리고 백수연. 안 그래도 눈에 띄게 가까이 지내는 셋은 시험 기간만 되면 찰떡처럼 붙어 다녔다. 초등학교 때부터 친구라는 그들은 팀원이 필요한 수행평가의 고정 멤버였고 시험 때는 답을 맞추는 순간까지 함께였다. 시험이 끝나면 정해진 수순대로 셋이서 어디론가 놀러 갔다.

그때는 그저 부러웠다. 나로선 친분으로도 성적으로도 낄 구실이 없는 그 무리에 떳떳이 어깨를 나란히 하는 백수연이. 주변 사람들에게는 순전히 공부 스타일이 맞아서 스터디하는 거라 둘러대 놓고, 내가 좋아하는 사람과 아기자기한 덩굴식물로 울타리를 꾸미며 웃음 지었을 그녀가. 그 울타리 안이 얼마나 궁금했는지 모른다.

하지만 지금으로선 거미줄에 걸렸다 달아나는 매미를 본 듯 심기가 미묘했다. 아무리 꿈속이라지만, 김종혁은 무슨 생각으로 날 초대한 걸까? 9년 전이나 지금이나 친분으로든 성적으로든 내가 그들 무리에 낄 구실이 없는데.

요즘 들어 김종혁이 내게 호의를 보이는 건 안다. 하지만 조민기와 백수연도 그럴까? 그 둘과 제대로 얘기나 해 보고 나한테 말을 꺼낸 건지. 9년 전에야 그런 것 따윈 아랑곳하지 않고 꼈을지 모르지만, 지금은 글쎄.

종례 시간. 경례가 끝나자마자 싸 둔 책가방을 어깨에 메고 무덤덤히 자리를 나섰다. 조민기와 백수연의 떫은 감 씹은 표정을 자연스레 예상하고는 칫 하고 객쩍은 소리를 내는 혀. 정말이지 더럽게 재미없었다.

"설아야!"

교실 문을 나서기 무섭게 날아든 손에 화들짝 놀라 어깨를 움츠렸다. 한눈에 봐도 기분이 좋아 어쩔 줄을 모르는 상태인 인겸이 서 있었다. 맥주 사건에 대한 보상(?) 차원으로 나는 저번 주 토요일부터 정말로 그와 같이 하교하게 되었다. 물론, 울며 겨자 먹기로 하게 된 보상은 이것뿐이 아니었다.

"아, 선배. 아, 아니 오빠. 일찍 끝났네? 그런데 뭐 좋은 일이라도 있었어?"

"나 오늘 5골이나 넣었어!"

"응? 무슨 골?"

좀 더 상황 파악하기 쉬운 문장을 요구할 참이었는데 인겸은 흥

분기 어린 목소리로 빠르게 진도를 빼기 시작했다.

"오늘 점심시간에 담임이랑 농구 시합을 했는데, 상대편에 우리 반 체육 1등이 있었거든? 그리고 우리 편은 담임 포함해서 우리 반 약골들밖에 안 모였고! 그런데 나 오늘 완전 삘 받았어! 이상하게 오늘따라 슛이 잘 들어가더라고! 결국 우리 팀이 이겨서 담임 선생님이 매점에서 아이스크림 사 주셨어. 참, 선생님도 세 골이나 넣으셨다? 와……. 나 우리 담임이 그렇게 농구 잘하는 줄 몰랐어!"

어찌나 신나게 말을 하는지 내 귀가 따라잡을 정도는 되게끔 속도 좀 늦춰 달라는 핀잔도 주지 못했다. 상기된 얼굴로 오늘 있었던 일을 말하는 그는 더할 나위 없이 건강해 보였다. 보는 나까지 모르던 병도 고치는 기분이었다. 특히 그의 말이 유쾌하게 들리는 이유는…….

"언제는 귀찮아서 싫다더니, 되게 재미있었나 보네? 거기다 담임 칭찬까지 하고."

"아, 그거야 뭐……."

인겸이 공연히 목 뒤를 주물렀다. 입술을 삐죽이는 본새가 방금 자기 입으로 담임을 칭찬한 건 순전히 실수였노라 시위하는 것 같았다. 그래도 날아갈 것 같은 기분만은 순순히 인정하기로 했는지, 그의 만면이 줄곧 싱글벙글했다.

우리는 웃음을 한 입씩 베어 문 채 학교 건물 밖으로 나왔다. 교문을 나설 때 인겸이 다시 입을 열었다.

"내가 저번에 이 얘기도 했던가? 우리 반, 매일 조회 시간이랑 종례 시간마다 한 사람씩 나와서 반 친구 한 명에게 편지 쓴 다음에 읽기로 한 거."

"어. 했지. 그런데 왜?"

"그거 저번 주 토요일부터 시작해서 오늘 종례 시간에 여자 2번 차례였거든. 근데 그 여자애가 나한테 편지를 썼어."

"오, 정말? 뭐라고 썼는데?"

"처음엔 내가 싫었대."

그의 표정이 커피의 첫맛처럼 씁쓸했다.

"맨날 문제집만 풀고, 애들과 잘 어울리지도 않고, 말 걸면 무뚝뚝하게 대답하고……. 그래서 내가 소문처럼 건방진 애인 줄 알았다는 거야. 그렇지만."

인겸이 살며시 턱을 들었다. 그의 얼굴에 따스한 물이 퍼져 나가는 것이 보였다.

"막상 알고 보니 내가 그렇게까지 건방진 애는 아니더라는 거야. 무뚝뚝하긴 해도 하나를 물어보면 두 개 이상 챙겨서 가르쳐 주고, 어른들한테 예의 바르고. 나에 대한 소문의 반 이상이 거짓이라는 걸 알았대. 그래서 그동안 날 미워한 걸 후회했대. 하지만 날 괴롭힌 두 사람이 무서워서 티를 못 냈대. 그러다 내가 죽을 뻔했단 얘길 듣고 나니, 날 도와주지 못한 게 후회가 되더래. 그래서 앞으로는 다시는 후회하지 않게 나한테 잘해 주고 싶대."

무언가 강요할수록 더더욱 보란 듯이 엇나가는 것이 사춘기 청소년의 마음이다. 학생들 간의 싸움에 끼어든 교편은 굳게 잠긴 마음의 자물쇠까진 열 수 없다.

그 이치를 의식한 듯, 3학년 8반 담임 선생님은 피해자에게든 가해자에게든 어떠한 강요도 하지 않았다. 대신 그들이 서로 다가갈 수 있는 자리를 마련했다.

점심시간마다 농구 시합을 하는 건, 같이 땀을 흘리며 서로가 얼마나 가까운 곳에서 숨을 쉬고 있는지 일깨워 주기 위함일 테지. 서로에게 편지를 써서 발표하게 한 건, 연이은 경쟁과 소통 부족으로 멍든 학생들이 서로를 치유하도록 하기 위함일 테지.

혼내고 으르는 것에 비하면 담임의 존재감이 부족해 뵈는 해결책이다. 하지만 지식 전달을 학교 본연의 기능 중 으뜸으로 치는 사회 통념상, 교사는 정해진 수업시수를 벗어날 수 없다. 학생들이 학교에 머무는 예닐곱 시간 중 담임의 몫은 지극히 제한적이다.

그 촉박한 시간을 활용해 맨로도 이룰 수 없는 일을 하려면, 지혜뿐만 아니라 열정이 필요하다. 어쭙잖은 사명감으로는 손사래부터 치고 말 일을 인겸의 담임 선생님은 우직하게 추진해 나가고 있었다. 그가 뿌린 물이 병든 영혼에 묻은 그을음을 조금씩 씻어 내는 게 보였다.

햇살이 솜이불처럼 포근하게 느껴졌다. 화단에 움트는 풀, 나뭇가지에 돋아난 나무 눈이 가슴이 저릿해질 정도로 따스한 빛을 발했다. 가슴이 뜨뜻해졌다. 남실바람이 내 가슴에 벚꽃잎을 따다 뿌리면, 그것이 눈송이처럼 사르르 녹을지도 모른다는 생각이 들었다.

"아, 그런데 그거 때문에 좀 부끄럽기도 했어."

"왜?"

지금 기분이라면 어떤 말을 들어도 아름답게 들릴 것 같아, 나른한 목소리로 되물었다. 그랬더니 인겸이 수줍게 웃으며 이런 말을 했다.

"아니, 나는 그 애 말에 정말 감동해서 웃었는데, 애들이 내 얼굴

을 보고 '사귀어라! 사귀어라!' 라고 하면서 막 소리 지르고 난리 치
는 거야. 그 여자애 얼굴 되게 빨개졌어. 나도 엄청 당황했고…….."

인겸이 말을 얼버무렸다. 갑자기 내 눈치를 살살 보는 그를 보고
나서야, 내 눈에 힘이 들어갔다는 걸 자각했다.

"인기 좋네. 오빠."

놀려 준답시고 한 말이건만, 내뱉고 나니 입안이 가시가 돋은 듯
까끌까끌했다.

"아, 너까지 이러기야? 걔도 다른 뜻은 없었을 텐데 애들이 괜히
그러는 거야! 그리고 나도 걔 그런 쪽으로는 절대 생각 안 하고. 난
그냥, 괜히 나 때문에 그 애한테 피해가 가지 않았으면 해서…….."

이성으로는 이미 고개를 끄덕였는데 눈은 괜스레 가늘게 뜨였
다. 나랑 눈곱만큼도 관계없는 3학년 8반 여자 2번 언니가 내 머릿
속을 누비고 다녔다. 지지리도 추녀인 모습으로.

"맞다! 설아야, 너희도 중간고사 범위 나왔지?"

나 자신도 당최 알 수 없는 나의 심상찮은 기세에 질렸는지, 인
겸이 황급히 말을 돌렸다.

"넌 시험공부 어떻게 할 거야? 집에서 혼자?"

내가 왜 혼자서 하리라 멋대로 단정 짓는 거지? 괜히 심통이 났
다. 그 심통을 말로 실천했다.

"아니. 같이 스터디할 애들 있어."

"진짜? 누구?"

"있어. 우리 반에서 공부 제일 잘하는 애들."

"혹시, 그중에 남자도 있어?"

누구라 말해 봐야 어차피 모를 것 같아서 대충 대답했더니 그가

파고들었다.

"어. 나 제외하고 여자애 한 명이랑 남자애 두 명. 이렇게."

"걔네들이랑 친해?"

어째서인지 인겸의 목소리가 점점 높아지는 것 같았다.

"아니. 그렇게 엄청 친한 건 아닌데……. 오늘 갑자기 같이하자 그러더라고."

"누가? 여자애가?"

"아니. 남자애가."

"왜?"

이젠 날카롭기까지 한 목소리였다. 심지어는 그의 쌍심지에 불이 붙을락 말락 했다. 어딘지 부채질해 보고 싶어지는 반응에, 그 앞에서 보란 듯이 어깨를 으쓱 밀어 올려 보였다.

"글쎄? 그건 나도 잘 모르겠는데? 나도 좀 의외이긴 했어. 걔네들끼린 친하지만 난 아니거든. 더구나 난 그렇게 공부를 잘하는 것도 아니라서 걔네한테 별로 도움도 안 될 텐데. 딱히 득 볼 것도 없을 건데 왜 갑자기 날 끼워 주겠다는 건지……."

"후……."

인겸이 갑자기 멈춰 서서 날카로운 한숨을 내쉬었다. 그에 말을 무질린 나는 눈을 동그랗게 뜨고 그를 바라보았다. 스치기만 해도 10년은 늙을 것 같은 한숨의 이유를 선뜻 물어보기 어려웠다. 그대로 엉겨 붙은 침묵은 S아파트 단지 후문에 이를 때까지 계속되었다.

나는 S아파트 단지 내로 들어가고 그는 좀 더 걸어 자기 집이 있는 언덕으로 가는 분기점. 인사를 하려 쳐든 손을 인겸이 불쑥 낚아채며 말했다.

"이설아. 너 잠깐 시간 좀 낼 수 있어?"

"응? 갑자기 왜?"

"내가 너한테 할 말이 좀 있어서."

입으로는 지극히 신사적으로 동의를 구하였으나, 인겸의 손은 이미 내 팔을 잡아끌고 있었다. 그 힘에 질려 나는 핑계거리를 댔다.

"없는 건 아니지만 나 배고파서 빨리 집 가고 싶은데……."

"저녁 사 줄게. 그럼 괜찮지?"

거절은 용납지 않겠다는 의지가 엿보이는 목소리였다. 거절할 이유도 없을뿐더러 있다고 해도 입을 뻥긋할 용기가 안 났다. 그대로 근처의 분식집에 끌려 들어갈 때까지, 나는 진심으로 그에게 끌려가는 영문을 몰랐다.

*   *   *

"떡볶이 하나랑 순대 하나."

"그걸로 되겠어?"

"어. 나한텐 충분해. 오빠한테 부족할 거 같으면 더 시키고. 근데 나 지금 돈 없는데……."

"내가 사는 거라고 했잖아. 근데 이거보다 더 맛있는 거 먹으러 가도 되는데."

"됐다. 그냥 여기서 먹자."

22살에 입사한 막둥이로서 1년 넘게 선배 직원들의 온갖 호의를 받았건만, 나는 얻어먹는 데 좀체 익숙해지지를 못했다. 천성이 손해 보는 데 더 익숙한 타입이라 그런가. 얻어먹는 것보단 더치가 맘 편하고, 더치보단 쏘는 게 맘 편했다.

이러한 내 성격을 접어 두고서라도, 지금 더치조차 못하는 이 상황이 불안해지는 이유가 있었다. 이 오빠가 떡볶이, 순대와 맞바꾸려 하는 게 뭔지 당최 가닥이 잡히지 않았다.

"근데 오빠. 나한테 할 말이 뭐야?"

그렇게 묻는 순간 분식집 아주머니가 김이 모락모락 나는 떡볶이와 순대를 우리 식탁에 내려놓았다.

"일단 먹자. 너 배고프니까."

인겸이 먼저 포크로 떡볶이를 찍었다. 떡볶이가 어찌나 새빨간지 보기만 해도 배 속에 열이 올랐다. 나는 무겁게 차오른 침을 넘기고 떡볶이를 하나 입에 넣었다. 쌀떡이 오늘따라 돼지 껍질처럼 질겼다. 떡볶이 한 입이랑 순대 두 입을 먹고 나니 인겸이 운을 뗐다.

"너, 첫 중간고사가 얼마나 중요한지 알지?"

첫 단추가 중요하다는 진부한 충고를 하려고 날 여기 끌고 온 건가? 서인겸에게는 그리 진부하지는 않을지도 모르지만.

"응. 당연하지. 열심히 할 거야, 나."

어디 본론을 꺼내 보시지? 도발하듯 떡볶이와 순대를 동시에 포크에 꿰어 흘랑 집어삼켰다. 그러자 인겸이 어딘지 부아가 치밀어 오른 기색으로 내게 물었다.

"그러면 왜 친하지도 않은 애들이랑 스터디를 하려고 해? 친한 애들만 골라 스터디해도 제대로 된 효율이 나올까 말까인데."

"친한 애들이랑 스터디하는 게 오히려 효율이 별로지 않아?"

인겸의 포크에 찍히려던 내 쪽 떡볶이를 사수했다.

"친한 애들과 해 봐야 계속 잡담하고 딴짓만 할 거 아니야. 어디 공부가 되겠어? 그래서 난 적당히 덜 친한 애들이랑 스터디하는 게 오히려 효율적이라 보는데?"

"그건 그렇지만……."

너무 소신 있게 말했나? 인겸이 하려던 말을 목구멍에 쑥 넣어 두고는 떨떠름하게 내 말에 수긍했다. 나는 코로 한숨을 내뱉고는 떡볶이 국물에 순대를 찍어 연달아 다섯 개나 먹었다. 접시의 순대가 반 가까이 사라지자 그가 다시 말을 꺼냈다.

"그래도 친하지도 않은 애들이 갑자기 스터디를 하자는데 찜찜하지도 않아? 왜 갑자기 너한테 그러는지, 뭔가 수상쩍다는 생각 안 들어?"

나는 순대를 포크에 끼운 채 어깨를 으쓱해 보였다.

"그러게. 내가 걔네한테 도움될 만큼 딱히 공부를 잘하는 것도 아니고, 별로 친하지도 않은데. 왜 같이 하자는 건지 모르겠네."

"거봐. 너 그거 이미 부담 느끼고 있는 거다? 그냥 안 한다고 해. 시험공부를 뭐 하러 그렇게 불편하게 해?"

내가 부담을 느끼는 기미가 뭐가 그리도 반가운지 인겸의 얼굴에 화색이 돌았다. 이쯤 되니 별다른 메리트도 없는 날 스터디에 끼워 주겠다는 김종혁보다, 그 낯빛이 더 수상했다. 나는 신랄하게 입꼬리를 당겨 매어 심통을 부렸다.

"아니. 그래도 할 건데?"

"왜? 걔네가 강요라도 해?"

그의 얼굴에서 다시 웃음이 사라지고 목소리까지 높아졌다. 수상한 냄새가 하늘에 똥침을 놓고 있었다. 조금만 더 파고들면 무언가가 나올 거 같은 강렬한 삘이 왔다. 도전적으로 인겸과 눈을 맞추고 목소리를 높였다.

"전혀. 순전히 내가 걔네랑 하고 싶어서인데?"

"그냥 나랑 하면 안……."

거기까지 말하고 인겸이 목석이 되어 버렸다. 너무 오래 굳어 있지는 않았다. 이내 그는 눈살을 찌푸렸다. 거기까지 내뱉고 만 마당에 '돼'를 마저 발음할지 말지 따윈 지극히 쓸모없는 고민이라는 걸 빨리 깨달은 듯했다.

"오빠. 그 말 하려고 날 여기 끌고 온 거구나?"

설마 하는 마음으로 던져 본 말인데 인겸의 얼굴에 벌건 물이 올랐다. 그는 잠시간 나를 외면한 채 자기 얼굴에 손부채질을 해 댔다.

"왜 나랑 같이 공부하려 그래? 우린 학년도 다르고 서로에게 도움되는 게 하나도 없을 텐데?"

그리고 그 말을 왜 그렇게 어렵게 해? 거기까지 물어보려던 차에 인겸의 포크가 내가 찍으려던 순대를 거칠게 채 갔다. 그 포크질만큼이나 위협적인 목소리로 그가 말했다.

"나 평소에 영어랑 수학 정도는 1, 2학년 거도 복습하고 있어. 다른 암기과목도 정리 노트 아직 갖고 있고."

"오빠랑 나 교과서 다르거든? 오빠네는 6차 교육과정이고, 우린 7차잖아."

"아, 달라 봐야 얼마나 다르겠어? 어쨌든 장담하건대 내가 걔네보단 너한테 훨씬 도움될걸?"

"아, 알았어. 근데 오빠가 나한테 도움이 된다 쳐도, 나는 오빠한테 별 도움이 안 될 텐데? 오빠 공부할 시간만 잡아먹을 거야."

"그래도 괜찮아! 넌 그냥 같이 있어 주기만 하면 돼."

할 수 있는 한 눈을 크게 뜨고 인겸을 바라보았다. 또다시 그가 눈살을 찌푸린 채 손부채질을 해 댔다. 저렇게 열 오를 말을 왜 자꾸 하나 모르겠다. 자기 민망한 걸 어떻게든 만회해 볼 참인지, 인겸이 짐짓 놀리는 투로 내게 이리 물었다.

"아, 어쨌든 꼭 걔네랑 같이 해야겠어? 혹시 너, 걔네들 중에 좋아하는 애라도 있는 거 아니야?"

9년 전에 이 질문을 들었다면 어떻게 되었을까? 아마 난 얼굴을 붉힌 채 어색하게 부인하다 마음만 홀랑 다 들키고 말았을 거다. 그러면 그는 놀리는 투로 정말이냐 묻고 늘어지고, 그에 난 정말 아니라고 무리하게 화를 내며 응수하고……. 그런 식으로 대화가 좋났겠지.

그래. 단 한 번도 속 시원하게 인정해 본 적이 없었다. 내가 조민기를 좋아한다는 사실을. 나도 모르게 그 애를 눈으로 좇는 것만도 분했다. 그 애의 말 한 마디, 한 음절에 일희일비하는 나 자신을 받아들이기 힘겨웠다. 그래서 그 애를 좋아한다는 사실을 인정해 버리는 게 억울했다.

하지만 뒤늦게 인정하고 나서도 달라지는 건 없었다. 그 애가 날 그런 상대로 봐 주지 않을 게 명백한 만큼, 내 마음은 들통 나 본들 비웃음거리만 될 게 자명했으니.

지금도 그 애의 미니홈피 방명록에 '나, 너 좋아했어.'라고 글을

남길 정도의 숫기는 없다. 하지만 그 애가 듣지 않는 데서까지 수
줍어하기엔, 세월이 좀 흘렀지.

"그렇다면?"

받아치며 인겸의 반응을 예상했다. '오, 정말? 누구야?' 라고 호
기심을 보이거나, 아니면 장난스레 야유라도 할 줄 알았다. 그런데
인겸은 뒤통수에 화살이라도 맞은 표정을 지었다. 그 반응이 놀라
우리만치 웃겨서 목에 웃음이 잠겼다. 그의 정신건강과 나의 신상
을 위해 그 웃음기를 다문 입술로 잡아 두려는데, 인겸이 맹렬한
기세로 날 추궁하기 시작했다.

"진짜? 걔네 중에 진짜 좋아하는 애 있어?"

단지 궁금해서 묻는다기엔 목소리가 필요 이상으로 높았다. 다
소 위협적인 느낌까지 들 정도였으나, 그가 여기서 더 어떻게 나오
는지 보자는 오기가 생겼다.

"응. 걔네 중에 있어."

"언제? 얼마나 좋아했는데?"

"한 구 년 정도?"

"구, 구 년? 그럼, 다, 다섯 살 때부터 걔가 남자로 보였단 거야?"

이런. 내가 쓴 탈을 너무 까맣게 잊었다. 접때의 맥주 사건에 이
어 나는 또 한 번 무시무시할 정도로 조숙한 아이가 되어 버렸다.
어쨌거나 지금 날 보는 인겸의 표정이 하도 장관인지라, 그 오해가
민망하기보단 재미났다. 건드릴 때마다 다채로운 자세로 가시를
세우는 고슴도치를 좀 더 도발해 보고 싶어져서, 깍지 낀 손을 보
란 듯이 가슴에 대고 능청을 떨었다.

"미안. 말이 좀 헛 나왔다. 다섯 살부터는 아니고, 초등학교 1학

년 때 첫눈에 반한 뒤로 쭉! 바라기 해 왔어. 걔와 눈이 마주치면 그날 하루가 행복했다니까? 어찌나 삶의 활력이 샘솟던지. 도저히…… 이 마음을 어찌해 볼 수가 없네?"

"그 자식, 공부는 잘해?"

"어. 우리 반 1등이야."

나의 대답에 인겸이 대놓고 분하다는 표정을 지었다. 별 볼 일 없다고 대답했다면 거봐라, 하며 어깨춤을 췄을 기세였다.

"너희 반 남자애 중에 딱히 잘생긴 애 없던데?"

정말로 우리 반 남자애들 얼굴을 다 관찰해 보고 하는 말인지. 지금 아주 재밌기는 한데 이 오빠가 오늘따라 정말 왜 이러는지 모르겠다.

"괜찮아. 난 남자 얼굴 잘 안 봐. 그리고 걘 나보다 키가 작기까지 하거든."

"진짜? 여자애들은 보통 키 큰 남자 좋아하지 않아? 너 진짜 취향 특이하다!"

"그러게. 나도 내 눈이 왜 이렇게 낮은지 모르겠어."

정말이지. 얼굴이 잘생긴 것도 아니고, 여자 키 번호 2번인 나보다도 키가 작았는데. 공부 잘한다는 거 빼고 미련 가질 게 뭐가 있다고, 그 오랜 시간 동안 그 애를 바라기 했는지 모르겠다.

"눈 좀 높이면 안 돼? 너 자신이 아깝지 않아?"

정말 억울한 건 난데, 인겸이 먼저 억울하다는 표정을 지었다. 그 얼굴을 보자니 할 말이 떠오르는 대신 웃음이 올라와, 손으로 입을 가리고 쿡쿡 웃었다. 그간 나한테 이런 말을 해 준 사람이 없었는데. 단 한 번도 선택을 받아 본 적이 없었던 나더러 감히 눈을 높이라는, 분에 넘치는 말을 해 주는 사람이.

"걔한테 고백은 했어?"

이 정도 질문은 충분히 예상했다. 쓰게 웃으며 고개를 가로저었다.

"아니. 걘 이미 좋아하는 애가 있어. 그 여자애 성적도 좋아서 그 애랑 둘이 우리 반 투톱이야. 또 그 여자앤 얼굴도 하얗고 예뻐. 여러 가지로 나랑 수준이 다른 애야."

"아……."

인겸이 들릴 듯 말 듯한 탄성을 내뱉으며 잠시간 내게서 시선을 돌렸다. 그는 마치 덜 여문 봉숭아 씨앗 주머니를 터트리기라도 한 듯 불편한 기색으로 떡볶이 접시를 들여다보았다.

"그 둘이 지금 사귀어?"

"아니. 아직은."

"그러면 아직 모르는 거 아니야? 그렇게 오랫동안 좋아했는데 고백해 볼 생각은 정말 없는 거야? 도박이라고 생각하고……."

그 말을 들은 순간, 세상이 깨진 거울처럼 여러 개의 면으로 갈라졌다. 거울 조각들이 내 모습을 담아냈다. 조민기가 내 인생에 등장한 뒤부터의 내 모습을.

꽃병에 꽂아 둔 백합이 분홍빛으로 물들면 사랑이 이루어진다는 시답잖은 꽃점을 어느 책에서 보고 따라했다가, 다음날 노랗게 변한 백합을 보고 실망했던 나. 인터넷 서핑을 하다 궁합 맞추기나 연애 심리테스트 같은 플래시가 보이면 꼭 그 애 이름을 집어넣어서, 그 결과에 구름 위든 땅속이든 단숨에 다녀왔던 나. 고등학교가 갈리고 나서도 버스 탈 때마다 그 애가 탈 가능성이 조금이라도 있는 번호의 버스만 골라 탔던 나. 어떤 날은 부러 그 애의 고등학교 앞 버스 정류장까지 걸어 내려왔다가 백수연과 함께인 그 애 모습을 보았던 나. 그 애가 떨어지는 감이 되기를 바랐던 나. 바보 같았던…… 나.

"오빠. 뽑기를 한다고 쳐. 당첨 패는 딱 하나뿐이야. 그런데 바로 앞사람이 먼저 그 당첨 패를 가져갔어. 그래도 오빠는 그 뽑기를 할 거야?"

인겸이 입을 살짝 벌렸다. 두뇌 명석한 그답게 비유를 빨리 알아채 줬다.

"가망이 아예 없으면 도박거리도 못 되지."

나는 포크로 떡볶이를 두 동강 내며 피식 웃었다.

"내가…… 뭐 하나 내세울 만한 게 없는 탓도 있지만, 난 최소한 그 애와 친구도 되지 못했어. 공부도 잘하고 유머감각도 있는 그 애 주변엔 항상 사람이 있어서, 나 따윈 끼어들 데가 없었어. 그리고 난 왕따니까……. 그래서 그 애도 다른 애들처럼 내가 다가가기만 해도 곤란해하니까, 도저히 다가갈 수 없었어. 그래도 그 애가 어쩌다 나한테 뭘 빌려 달라 하면, 그것만으로도 하루 종일 기뻤어."

그때 생각에 공연히 팔 안쪽이 간지러워져서 실없이 웃었다. 분식집에 막 들어올 땐 은은한 펄감이 있는 회백색 벽지가 아늑해 보이는 듯도 했는데, 지금은 그저 우중충한 먹구름 같았다.

"저번 주 금요일에 내가 1층 계단에 앉아 있었을 때 기억나?"

"응. 그때 너희 담임이 좋아하는 애랑 싫어하는 애 학번 써 내라 했다며."

"그날 누군진 모르지만 우리 담임한테 그거 하지 말라고 말해서 결국 안 하게 됐어. 근데 그날 점심시간에 나, 이윤영이랑 화해했거든. 때마침 거기에 우리 반 애들이 다 모여 있어서 화해 분위기가 조성됐었어. 우리 반에서 날 가장 심하게 괴롭혔던 애하고도 악수했어. 근데 그 애만, 나랑 악수하지 않았어."

금방이라도 자리에서 벌떡 일어설 기세로 인겸이 등을 꼿꼿하게 폈다. 그러다 이내 오른 팔뚝을 식탁에 붙여 거센 숨을 내쉬는 걸로, 그는 치밀어 오른 무언가를 억눌렀다. 그 부질없는 흥분기가 옮아오지 않도록, 나는 양손을 허벅지에 붙여 헛웃음을 흘렸다.

"아. 역시 걔랑 스터디 안 하는 게 낫겠다. 악수도 못 할 정도로 그렇게 날 싫어하는데 얼굴 맞대고 공부하려면 얼마나 고역이겠어? 내가 그 생각을 못 했네. 좋아하는 사람이랑 같이 있을 때 기분 좋은 만큼, 좋아하는 사람한테 불쾌한 시선을 받을 때가 가장 슬픈데……."

"그래. 그 자식이랑 하지 마!"

타이밍도 타이밍이거니와 내용도 상당히 갑작스러워 나는 눈을 번쩍 떴다. 인겸은 오른손 안에 든 포크를 으스러트릴 기세로 주먹을 꽉 쥔 채 분개하기 시작했다.

"키도 작은 주제에 여자 보는 눈까지 없으니 더 최악! 새끼잖아! 난 그래도 네가 정 좋다면 양보할 생각까지 했는데, 역시 안 되겠어. 그런 자식한텐 네 시간의 1초도 아까워. 그러니까 너도 무시해 버려! 와, 이거 생각하면 생각할수록 열 받네? 어떤 새끼야? 면상 좀 봐야겠다. 보나 마나 졸라 못생겼겠지만!"

"저, 저기……. 오빠?"

난 마치 조민기가 죽을죄를 지었다고 말해 버린 듯한 착각에 휩싸였다.

"그러니까 그냥 나랑 하자니까? 시험 기간에 우리 집으로 와. 내가 너 이번 중간고사 최소한 평균 90점은 보장할게. 우리 어머니도 너 온다 하면 대환영하실 거야. 이왕 스터디할 거 대접받으면서 하는 게 낫지, 뭐하러 그런 자식이랑 해?"

그의 호흡에서 열기가 느껴졌다. 정말 심각하게 열 내고 있는 사람 앞에서 이런 생각하는 건 경박스럽기 그지없을지 모르나, 난 그런 그의 반응이 재미있어서 죽을 것 같았다. 슬슬, 내 웃음보를 콕콕 찌르는 의문을 수면 위로 올릴 때가 되었다.

"근데 오빠. 걱정해 주는 거 참 고맙긴 한데, 왜 이렇게 열을 내? 사실 난 지금 나랑 스터디하자고 한 애보다, 오빠가 훨씬 더 이상해 보이거든?"

"어? 어, 그거야 난……."

인겸이 옆구리를 쿡 찔린 것처럼 몸을 슬쩍 움츠렸다. 그 작태에 나는 나뭇잎에 아슬아슬하게 맺힌 이슬방울을 건드리는 듯한 짜릿함을 느꼈다. 계속 콕콕 찔러보았다.

"그것도 그거지만, 오빠는 왜 자꾸 나랑 같이 있고 싶어 하는 거야? 날 도와준 대가로 매일 같이 하교하자고 하질 않나, 시험공부하러 오빠 집에 오라고 하질 않나."

인겸이 스리슬쩍 내 눈을 피했다. 이슬방울이 점점 아래로 미끄러져 나뭇잎 끝에서 대롱거렸다. 한껏 고조된 흥미를 견디다 못해, 더는 굴러떨어질 데도 없어 빼는 이슬방울을 한 번 더 찔렀다.

"오빠. 혹시…… 나 좋아하는 거 아니야?"

"응."

이슬방울이 떨어졌다. 떨어져서 내 얼굴을 툭 쳤다.

"응?"

바보같이 되물었다. 인겸은 대답 대신 나와 똑바로 눈을 마주쳤다. 대답만큼이나 곧은 시선에 머릿속에서 제대로 된 한국말이 조합이 되지를 않았다. 5초도 채 되지 않아 눈싸움에서 졌다. 이번엔 내 쪽에서 고개를 돌리고 말았다.

머리카락을 자꾸 귀 뒤로 쓸어 넘기고, 포크를 빈 순대 그릇에 불필요할 만치 가지런히 놓아두고. 부산스레 군동작을 해 대기 시작했다. 어떻게든 침묵을 물고 늘어지려던 차에 인겸이 기습적으로 입을 열었다.

"대답 안 해?"

"응? 무슨…… 대답?"

내가 멍청하게 되물으니 인겸이 답답하다는 듯 눈살을 찌푸리며 말했다.

"내가 방금 너 좋다고 말했잖아. 그러니 넌 날 좋아하는지 대답을 해야지."

난 대체 무슨 영화를 보자고 여기까지 왔을까? '지금이라도 수습해야만 해!' 하는 마음으로 최후의 발악을 했다.

"아, 그야 나도 오빠 좋지! 그럼, 싫겠어? 좋아하고말고."

그만하면 이 이상의 추격을 저지하기에 충분한 공포탄이었다 생각했다. 하지만 서인겸이란 인간은 내가 생각하는 것보다 더한 불도저였다.

"이설아! 너 진짜 바보 아니야?"

그는 자기 포크로 내 불쌍한 포크를 내리쳤다. 그러고는 손 한 번 내젓기도 전에 거침없이 속사포를 쏴 댔다.

"내가 꼭 이렇게까지 설명을 해야겠어? 내가 너한테 좋아한다고 말한 건, 단순히 '싫다'의 반대의 뜻으로 말한 게 아니야! 네가 그 키 작은 놈한테 품었다는 마음과 같은 뜻의 '좋다'라고!"

쭈뼛 선 등을 뒤로 빼려다 뒤로 넘어갈 뻔했다. 망할 의자에 등받이가 없다는 걸 그제야 깨달았다. 그사이 인겸이 주먹을 불끈 쥔 채 내게 우람한 대포를 빵빵 쏴 댔다.

"이렇게 말해도 모르겠어? 좋아, 이왕 이렇게 된 거 다 말할게. 솔직히 나, 처음에 너 만났을 땐 그냥 남 일에 쓸데없이 참견하는 애라 생각했어. 하지만 네 얘길 들으면 들을수록 나에 대해 반성하게 되면서, 한편으로는 힘이 났어. 그러니 널 보면 기분이 좋아지는 게 당연하다 생각했어. 그런데 얼마 전부터 널 보면서 조금 다른 생각이 드는 거야. 기분이 좋은 정도가 아니라, 자꾸 너랑 같이 있고 싶어지고, 어떤 날은 온종일 네 생각밖에 안 나고. 그런 게 점점 심해지다가, 오늘 확실히 알았어. 네가 다른 남자애랑 스터디를 한다고 하니까, 엄청 초조해졌어. 또 네가 좋아하는 애가 있다고 하니까…… 성적이 떨어졌을 때보다 자존심이 더 상했어. 이건 질투인 거잖아? 내가 연애를 한 번도 해 본 적은 없지만, 이건 분명……."

"아악! 그만! 거기까지!"

얼굴이 자연 발화해 한 줌의 재가 될 뻔했다! 예의상 저 인간이 숨이 차는 순간을 기다렸다가 갑절로 봉변당했다. 급류에 빠져 자맥질하듯 양손으로 맹렬히 손부채질하며 그에게 떽떽거렸다.

"오빠야말로 진짜 바보 아니야? 그런 걸 이렇게 대놓고 설명하는 사람은 처음 봤다! 그것도 왜 하필 분식집에서 그래?"

"하, 이설아. 그 분식집에서 그런 걸 물어본 건 너거든?"

아, 네. 죄송합니다. 내가 죽일 년이네요.

"아, 쪽팔려! 나 갈래!"

신경질적으로 의자에서 일어났다. 그러자 인겸은 계산대에 재빠르게 떡볶이, 순대값을 놓아두고는 긴 다리로 성큼 내게 따라붙었다. 아주 유쾌하게 웃으며 그가 내게 느물거렸다.

"어쨌든 너 분명 걔네들하고 스터디 안 한다고 했지? 그럼 나랑 하면 되겠네?"

"누구 맘대로! 차라리 나 혼자 하고 말지!"

"어, 너무한다! 내가 모처럼 떡볶이, 순대도 사 줬는데? 너 이미 뇌물 먹은 거다?"

"그럼 배 째든가!"

올지게 쏘아붙이고 돌아섰다. 그대로 뒤도 안 돌아보고 S아파트 단지로 들어가려는데, 인겸의 기다란 팔이 내 한쪽 어깨를 빠르게 낚아챘다.

"잠깐만 설아야. 너한테 스터디하자고 했다는 애 이름이 뭐야?"

"그건 왜 물어?"

눈썹을 뾰족하게 올리며 물으니 그가 골반에 손을 착 걸친 채 능청스레 말했다.

"여차하면 협박하게."

저 인간은 자기가 말하면 농담으로 안 들린다는 걸 은근히 잘 활용하는 것 같다. 윗입술을 코에 붙이고는 다시 뒤돌아 내 갈 길을 갔다.

"설아야. 잘 가! 내일 보자!"

몇 날 며칠을 품고 있었을 폭탄을 떠안긴 사람답게, 서인겸은 얄미울 정도로 후련해 보였다.

＊　　　＊　　　＊

"으으, 미친 인간!"

끊임없이 욕을 내뱉어 봐도 소용이 없었다. 서인겸이 분식집에서 내게 했던 말들이 귓속에 들어온 물처럼 끈질기게 찰랑거렸다. 나는 괴물 일기장을 손에 쥔 채 짐짝처럼 몸을 침대에 던졌다. 베개에 머리를 안착시키고 패잔병처럼 한숨을 푹 내쉬었다.

기실 반쯤은 눈치를 채고 있었는지도 모른다. 서인겸이 나에게 베푼 호의가 단순한 친분에서 나왔다고 보긴 어려운 것일뿐더러, 요즈음 그가 날 대하는 태도와 눈치가 처음 봤을 때와는 사뭇 다른 느낌을 주었으니까. 그래도 난 정말, 그가 그렇게까지 곧게 돌진해 올 줄은 몰랐다. 찔러보다 마는 못 먹는 감 처지에 익숙해진 탓인가, 이 상황이 너무나 낯설었다.

더구나 이건 꿈이지 않은가?

꿈속에서 낯선 남정네와 오붓한(?) 한때를 보낸 경험이 아주 없지는 않다. 하지만 꿈에서 깨면 얼굴도 생각이 안 났는지라 입맛 한 번 다시는 걸로 끝나곤 했다. 이렇게 표정 하나 말 한 마디 뇌리에 박혀 사라지지 않는 고백은 23년 평생 꿈과 현실을 통틀어 난생처음이었다. 꿈속 사람한테 이런 고백을 받았을 땐 어떻게 해야 하는가?

해답은 금방 나왔다. 이 이상 곁을 주어서는 안 된다.

남자들이란 원래 초기 단계에 확실히 밀어내면 나가떨어지게 되어 있다. 꿈속 인물이라 해서 크게 다를 것 같지는 않다. 그가 친한 오빠 동생 이상의 걸 내게 요구하는 뉘앙스를 풍기면 못 들은 척 화제 전환을 하면 될 것이다. 그래도 떨어지지 않으면 한 단계 더 강경책을 펼치고. 그런 식으로 하면 그 역시 제풀에 지쳐 떨어져 나가겠지.

괴물 일기장을 펼쳤다. 오늘도 어김없이 나의 일거수일투족이 적혀 있었다. 특히 분식집 사건이 거슬릴 정도로 상세히 기록되어 있었다. 으레 마지막 문단에 다루어지는 나의 소회 부분으로 시선을 끌어 내렸다. '서인겸은 미쳤다.'라고 적혀 있으리라 믿어 의심치 않으며.

「분식집이 아니라 다른 곳에서 그 말을 들었으면 더 좋았을 거 같은데 …….」

"언니! 일기장은 갑자기 왜 찢고 그래!"

이성이 돌아왔을 땐, 요망한 일기장의 마지막 페이지를 마저 찢으려는 내 팔이 설희의 손에 붙들려 있었다.

﹡﹡　　﹡﹡　　﹡﹡

"아쉽다. 설아랑 한번 같이 공부해 보고 싶었는데. 그래도 같이 하기로 한 사람이 있다니, 할 수 없지."

"미안해. 내가 끼기엔 너희 레벨이 너무 높아. 괜히 방해만 될 거야."

"에이, 너무 겸손하다. 설아야. 너도 공부 되게 잘할 것 같은데."

모처럼의 제안을 거절하게 되어 체면을 살려 주려 한 말을 종혁이 과도한 립 서비스로 받아쳤다. 그 바람에 괜스레 쑥스러워지면서도 싫지는 않아 멋쩍게 웃었다.

"에이. 내 성적은 내가 잘 아는데 뭘. 아무튼, 고마워. 날 그렇게 봐 줘서. 정말 같이 못 하는 게 아쉬울 정도로 기뻐."

그렇게 말하며 종혁의 옆에 서 있는 사람을 흘끔 보았다. 조민기. 녀석은 우리 둘이 말하는 내내 종혁의 책상만 내려다보고 있었다.

말을 걸 타이밍을 두 사람이 같이 있을 때로 잡은 것에 아주 의도가 없었다면 거짓말일 것이다. 하지만 조민기는 지독할 정도로 나한테 시선 한 번 주지 않았다. 길고양이라도 나보단 그의 시선을 잘 끌겠지.

"고맙긴 뭘. 그럼 그 사람이랑 열공해서 설아도 시험 잘 봐!"

"응. 너도 열공."

종혁이 미소를 지어 주었다. 한 번 보면 누구라도 근심 걱정을 싹 잊을 것 같은 부드러운 미소였다. 말하는 본새도 그렇고 표정도 어쩜 이렇게 어른스러울 수 있는 건지. 에이, 9년 전에 콩깍지 번지수 좀 제대로 잡을걸.

그래도 예상대로 내게 냉담한 조민기 덕에, 제안을 거절한 지 5초 만에 내가 한 말을 주워 담고 싶어지는 사태는 면했다. 그래, '스터디에 끼었단 봐라. 널 아주 공기인 셈 칠 테다.' 라고 저렇게 온몸으로 시위하는데 억지로 얼굴 맞대 봐야 좋을 게 무어야. 치사하고 더러워서라도 내 쪽에서 거절하길 잘했지. 나는 내 1분 1초가 아깝다는 사람에게 갈 것이다.

나는 시원섭섭하게 뒤돌아섰다. 그런데 내 자리로 돌아가는 길목을 백수연이 가로막고 서 있었다. 그녀는 김종혁의 자리를 응시하고 있었다. 아니, 사실 그녀가 정확히 무엇을 보고 있는 건지는 몰랐다. 그녀의 눈에 초점이 없었다. 제대로 멍 때리고 선 백수연이 내 기척을 알아채길 기다렸다간 종 칠 때까지 서 있어야 할 것 같아, 볼멘소리를 냈다.

"저기, 길 좀 비켜 줄래?"

"어? 아, 미안."

백수연이 흠칫 어깨를 떨며 황급히 옆으로 비켜섰다. 비켜서고 나서 그녀의 시선이 잠시간 내게 머물렀다.

"왜? 나한테 할 말 있어?"

그냥 지나치기엔 적잖이 거슬리는 시선인지라 퉁명스레 물었다. 혹 그녀가 내가 자기네 스터디에 끼나 안 끼나 염탐하러 온 건 아닌가 하는 삐뚜름한 망상까지 들었다.

"아, 아니……."

백수연은 고개를 완강히 저으며 내 눈을 피했다. 그러고는 서두르는 기색으로 제자리에 돌아가 버렸다. 나는 삐딱하게 고개를 갸웃거리며 내 자리로 돌아갔다.

자리에 앉아 책가방을 뒤지는 척하며 백수연 쪽을 흘끔 보았다. 그녀는 종혁과 민기를 번갈아 보는 듯했다. 그녀의 볼이 홀쭉하게 들어갔다가 쑥 나오는 게 보였다. 왠지 썩 긍정적으로 뵈지는 않는 한숨이었다.

그 한숨의 의미를 파고들 생각은 굳이 하지 않았다. 그들과 합류하지 않기로 한 이상 내가 상관할 바 아니라는 심통에.

⁛　　　⁛　　　⁛

"네가 설아구나. 정말 잘 와 주었다."

인겸의 어머니는 대면하자마자 내 손을 덥석 잡아 주셨다. 일전에 3학년 복도에서 봤던 사람과 전혀 다른 사람이었다. 뒤집힌 눈으로 고래고래 악다구니를 하지 않는 그녀는, 깔끔하고 지적인 인상과 아담하면서도 균형 잡힌 몸매를 지닌 멋진 여성이었다.

"들던 대로 아주 예쁘고 참하게 생긴 아가씨네."

그녀의 눈먼 칭찬에 난 숫접게 고개를 숙였다. 서인겸. 이놈의 오빠는 대체 날 어느 나라 공주님으로 미화시킨 거야?

"네가 온다는 걸 어젯밤에야 아는 바람에 일찍 퇴근한다고 한 건데도 미처 손님 맞을 준비를 못 했다. 어후, 그러게 미리 말을 좀 하지! 이게 뭐니?"

인겸의 어머니가 인겸에게 곱지 않게 눈을 흘겼다. 그러자 인겸이 자긴 정말 억울하다는 듯 볼멘소리를 냈다.

"아, 진짜! 얘가 어젯밤이 되어서야 맘을 바꿔 먹었다고 연락하는데 어떡해요! 사흘을 떼썼는데도 매정하게 거절당해서 전 진짜 틀린 줄 알았다고요."

"어쨌든 지금이라도 장 보러 가야겠다. 엄마 마트 갔다 올 테니까 그동안 둘이서 공부하고 있어. 급한 대로 요 앞에서 과자 좀 사 왔으니 설아랑 나눠 먹어라. 설아야. 오늘 우리 집에서 저녁 먹고 가는 거 맞지? 특별히 먹고 싶은 거 없니?"

"아……. 전 아무거나 잘 먹어요."

급한 대로 요 앞에서 사 왔다는 과자는 유명 제과점에서 만 원을 훌쩍 넘는 가격표를 달고 있을 게 분명한 고급 양과자였다. 장난으로라도 고급 요리 이름을 댔다간 그녀는 정말로 그것을 오늘 저녁 상에 올릴 기세였다.

"아, 진짜 우리 집에 왜 이렇게 먹을 게 없다니? 이참에 과일도 좀 사 와야겠다. 인겸아, 설아 공부 잘 좀 봐줘. 딴 집으로 도망가지 않게끔! 알았지?"

"넵! 여부가 있겠습니까!"

나는 양손으로 허벅지를 눌렀다. 두 사람은 누가 날 더 높이 띄워 올리나 대결이라도 벌이는 것 같았다. 한편으로 그 대화에서 모자간의 건강한 관계가 엿보여서 기뻤다. 시련을 딛고 일어선 모자는 웬만큼 화목한 가정의 사람들도 자각하기 어려운 벽까지 허문 것 같았다.

이윽고 인겸의 어머니는 핸드백을 들고 나는 듯이 현관문을 나섰다. 그녀가 집을 나서자 인겸과 나는 자연스레 마주 보았다. 인겸이 나를 보고 기뻐서 날아갈 것 같다는 미소를 지었다. 너무 대놓고 좋아하는 꼴이 얄미워 묻지도 않은 말을 했다.

"어머니께서 하도 날 보고 싶어 하신다길래 할 수 없이 온 거야. 내가 어른들한테 좀 약하거든."

"그래? 요 며칠간 어떻게 널 설득할까 고민한 끝에 한 말인데, 먹혔네?"

인겸은 눈 하나 깜짝하지 않고 내 말을 받아쳤다. 코를 찡그리며 그를 흘겨보았다.

분식집 사건 이후, 앞으로 우리 사이에 들어앉을 어색함에 대해 진지하게 고민한 건 아무래도 나뿐인 것 같았다. 바로 다음 날부터 인겸은 일말의 어색함이나 쑥스러움 없이 평소처럼 자연스러운 미소로 나를 대했으니.

그렇다고 그는 그날 일이 아예 없었던 일인 양 굴지도 않았다. 그는 틈만 나면 자신과 같이 스터디를 하자고 나를 설득했고, 자신이 그걸 얼마나 원하는지 부지런히 어필해 보였다. 그에 내가 일부러 화제를 돌려 버리거나 매몰차게 거절해도, 그는 실망하는 기색을 보이지 않았다. 자신의 마음을 전하게 해 주는 것만으로도 충분히 행복하니까 서두를 이유는 없다고, 그는 따스한 미소로 암시했다.

그 미소 한 번이 낙담한 표정 열 번보다 내 심장을 더 강하게 뒤흔들었다. 처음엔 단지 분식집 포크에 살짝 찍힌 줄 알았는데, 알고 보니 난 크고 넓은 어망에 낚여 서서히 끌어당겨지고 있었다. 그러기를 사흘. 결국 이렇게 백기를 들고 말았다. 꿈속의 남자 따위에게!

"여기가 내 방이야."

인겸이 내 손목을 살포시 잡고 자신의 방으로 이끌었다. 심플한 민트색 리본으로 갈무리된 하얀 롤 업 커튼이 내 시선을 흠뻑 빨아들였다. 창문에서 넘쳐흐르는 저녁놀에 젖은 크림색 벽지와 체리빛 원목 바닥이 아늑한 빛을 흘렸다. 작은 산세비에리아 화분이 놓인 책상과 로열블루색 커버로 싸인 침대가 아늑한 배경에 섞여 들었다. 어디선가 허브 향이 풍겨 왔다. 책상에 지우개 똥을 쌓아 놓는 내 남동생과는 다른 생물이 사는 방 같았다.

방 한가운데 놓인 진갈색 마호가니 좌식책상 위엔 필기구에 새 연습장까지 놓여 있었다. 그 모양새가 레스토랑 세팅처럼 인위적으로 가지런해서 웃음이 나왔다.

"내 방 어때? 깨끗하지?"

유독 '깨끗하지'에 티가 날 정도로 강조점이 들어가 있어, 그 질문을 받는 순간 더 웃음이 났다. 나는 손등으로 입술을 짓눌러 함박웃음을 억누르며 고개를 끄덕였다.

"불 켜야겠다."

인겸이 스위치를 켜 방 안에 가득 찬 노을을 내몬 후에도 나는 한동안 가만히 서서 방 안의 공기를 음미해 보았다. 로즈메리 향이 나는 4월 중순의 저녁놀은 언제쯤 희미해질는지.

*　　*　　*

"흠……."

인겸은 한숨을 쉬었고 나는 고개를 숙였다. 나는 쥐구멍을 찾고 싶었고 그는 쥐구멍을 찾아 주고 싶어 했다. 마주 앉은 우리 사이엔 빨간 소나기가 내리는 수학 문제집이 펼쳐져 있었다.

"설아야. 너…… 일주일에 수학 공부 몇 시간 해?"

'너 수학 공부 더럽게 안 하는구나.'를 그는 아주 신사적으로 표현했다. 그 앞에서 나는 조심스레 혀를 내밀어 마른 입술을 핥았다.

초딩 땐 수학경시대회에서 은상을 탄 적도 있었다. 난 내가 수학을 잘하는 줄 알았다. 중딩 땐 시험 때 조금만 공부해도 수학이 최소 80점은 나왔다. 난 내가 수학을 중간은 하는 줄 알았다. 고딩 첫 중간고사 때 수학 55점 나왔다. 그제야 난 내가 수학을 더럽게 못한다는 걸 알았다.

내 인생에 수학이란, 목적의식이란 걸 전혀 심어 주지 않는 주제에 갈 수 있는 대학 수만 잡아먹는 원수였다. 그나마 중딩 땐 수학 학습지라도 풀어서 기본 감이라도 유지했지만, 지금은 머리에서 에밀레종 소리가…….

"어느 과목이건 복습이 중요하긴 한데, 특히 수학은 이미 공부한 부분이라고 버리면 앞으로 힘들어. 벼락치기 하기보단 평소에 조금씩이라도 해 두는 게 좋아. 그리고 문제집 풀 때 이렇게 직접 풀기보단 연습장에다 풀고 문제집엔 틀린 문제만 체크해 놔. 또, 틀린 걸 또 안 틀리게 될 때까지 다시 풀어야지. 그리고 문제집 여러 개 사는 것보단 하나를 반복해서 제대로 푸는 게 더 효율적이야."

나는 그 몰래 씁쓸한 미소를 지었다. 그가 말한 공부법은 꾸준함을 요하는 것이다. 꾸준함은 목적의식 없이는 생기지 않는다. 내가 목적의식을 가져 본 건 공무원 시험을 준비하던 때뿐이었다.

열매를 얻으려면 그만큼 죽도록 물을 길어야 한다는 걸 스무 살 넘어서야 깨달았다. 이걸 한창 놀고 싶은 10대 초반에 이미 깨닫고 있었던 셈인 조민기나 백수연은 대체 어떤 마음으로 하루하루를 보냈던 것일까?

"그래도 1학년 수학은 지금이라도 열심히 공부하면 충분히 팔십 점 이상 맞을 수 있을 거야. 그러니 너무 걱정하지 마. 내가 끝까지 봐줄게."

간까지 빼 준다 봐도 좋을 충고와 사려 깊은 격려는 감동적이었다. 그가 슬며시 집어 주는 양과자 하나도.

"아, 근데 우리 이제 좀 쉬자! 이만하면 우리 진짜 열심히 했어."

인겸이 깍지 낀 손을 위로 쭉 뻗어 기지개를 켰다. 나도 등을 벽에 대어 한숨을 뽑았다. 그의 말대로 우리는 책상에 마주 앉은 두 시간 동안 정말 공부밖에 안 했다. 인겸은 책상에 앉자마자 내가 보유한 문제집과 1학년 시험 범위를 토대로 세밀하게 짠 계획표를 내밀어 내 등골이 쭈뼛 서게 하였다. 그는 나와 함께하는 1분 1초에 세심한 주의를 기울였다.

인겸이 앉은 자세로 내 쪽으로 허리를 숙여 책상에 턱을 괴었다. 훤칠한 키에 맞게 잘 빠진 등허리 덕에 그는 살짝 굽히는 것만으로도 나와의 거리를 손쉽게 좁혔다.

그가 나를 올려다보며 살풋 웃었다. 그 미소가 불쾌하지는 않다. 다만 딱딱한 책상을 사이에 두고도 빨려 들어갈 것 같은 나 자신이 이상해서, 더 뺄 데도 없는 등허리를 벽에 밀착시켰다. 그 불편한 자세로 팔만 움직여 접시의 양과자를 집어 올렸다.

"정말 나 때문에 온 거 아니야? 단 1프로라도?"

과자가 입안에서 부서지는 순간 그가 속삭여 물었다. 거기다 대고 모진 말을 내뱉기엔 입안이 너무 달았다.

"1프로 정도는…… 있겠지. 오빠는 공부를 잘하니까 내 공부에 도움이 되겠다고 판단했으니."

"그래서? 도움이 되는 거 같아?"

"으응. 뭐. 솔직히, 날 위해 이렇게까지 준비했을 줄은 몰랐어.

고맙게 생각해."

"앞으로도 열심히 공부해야지."

그가 이를 활짝 드러내며 밝게 웃었다. 침을 뱉기는커녕 침이 넘어가게 하는 미소였다. 나는 너무 씹어서 더는 단맛이 안 느껴지는 과자를 무거운 침과 함께 꿀꺽 넘겼다. 목 안이 요망할 만치 따뜻해졌다.

"설아는 어떤 남자를 좋아해?"

그가 한층 더 대담한 질문으로 날 찔렀다. 내가 눈을 멍하니 깜박이는 새 그가 골똘히 생각하는 기색으로 몇 마디 덧붙였다.

"키랑 얼굴은 상관없다 했지만, 그래도 취향은 있을 거 아니야. 어떤 타입이 좋아?"

"왜? 참고하게?"

공연히 새침함을 어필해 보이겠답시고 그따위로 받아쳐 봤다가 속만 안 좋아졌다. 이래서 송충이는 솔잎을 먹어야 하나 보다.

"응. 그런 것도 있고."

제 딴엔 능청을 떤답시고 한 대답일 테지만, 인겸의 눈빛은 더없이 진지했다. 나는 피식 웃으며 고개를 숙였다. 하지만 기분 좋게 올라왔던 입꼬리는 내가 느끼기에도 너무나 빠르게 내려앉고 말았다.

"모르겠어. 그전에 내가 연애를 할 수나 있을지 몰라서……."

"왜 그렇게 생각해?"

인겸의 목소리는 지극히 나직했다. 하지만 그 낮은 목소리에 깔린 의문은 살갗이 따가울 만큼 강렬했다. 어디선가 먹구름이 밀려왔다. 그 먹구름이 맞은편에 앉은 사람을 지우고 그 자리에 한 여자를 앉혔다.

내가 아주 잘 아는 여자였다. 정말 꼴도 보기 싫을 정도로 못났는데, 평생 내가 안고 가야만 하는 여자. 그 여자 앞에서 목소리를 내는 건 새삼스러운 일이건만, 무언가에 홀린 듯 입술이 움직여졌다.

"보다시피 난 그다지 예쁘지 않아. 물론 외모가 전부는 아니라고 흔히들 말하지. 하지만 성격도 별로야. 나는 사람들을 답답하고 지치게 해. 저 사람이 날 어떻게 생각할까, 여러 가지 생각을 하다가 자꾸 말할 타이밍을 놓쳐. 대화에 끼면 금방 분위기를 어색하게 만들어. 그러면서 다른 사람이 날 다가가기 어려운 사람이라 생각하는 건 견디지를 못해. 그래서 밝은 사람들이 참 부러워. 그런 사람이 끼면 어디든 분위기가 살고 사람들끼리 금방 가까워지니까. 그런 사람을 반이라도 따라가고 싶어서 가는 곳마다 나름 노력해. 근데, 잘 안 돼."

고등학교. 대학교. 공무원 교육원. 사무실. 다른 장소에서 다른 사람들과 마주할 때마다, 나의 음울한 모습을 말끔히 감추려 활기찬 인사로 관계의 시작점을 찍곤 했다. 하지만 번번이 한 달도 채 되지 않아 말수 적고 조용한 사람으로 원위치 하곤 했다.

손톱만큼 나아지고는 있지만, 정말 그것뿐. 천성이란 건 노력만으로 되는 게 아니었다. 미움받고는 못 견디는 인간이 되어 버렸기 때문에 누구에게나 사랑받는 성격이 절실한데, 노력하면 할수록 발목을 붙든 천성의 아귀힘이 무시무시할 만치 세게 느껴졌다.

"성격이 이 모양이다 보니 나와 정반대인 사람이 끌리더라고. 내가 생각이 많아서 빠릿빠릿하게 대화하지 못해도, 이런 나한테 질리지 않고 계속 말 시켜 줄 수 있는 사람. 내가 잘 웃지 못해도 내게 계속 웃어 줄 수 있는 사람. 한마디로 난, 나한테 실망하지 않는 사람을 원하는 것 같아."

그런 사람이 정말로 내 인생에 나타나 준다면…… 공기가 달콤해지겠지. 하지만…….

"연애는 어느 한쪽이 주기만 해선 지속할 수 없잖아? 그 사람이 나한테 주는 만큼, 아니 그보다 더 많이 나도 주고 싶어. 근데 내가 줄 게 너무 없어. 나한테 뜯어먹을 수 있는 얼굴이 있는 것도 아니고, 공유할 만한 취미도 없는 데다 성격까지 이 모양인데, 누가 날 원하겠어?"

사람이 완벽한 모습만 보여 줄 수 없다는 건 안다. 하지만 단점이 몇 가지 있는 거와 속 빈 강정인 건 다르다고 생각한다. 속 빈 강정은 구제불능이다. 나는 누군가에게 구제불능이라는 게 들통날까 봐 두렵다. 괜히 관계를 맺었다가, 나 자신마저 내가 속 빈 강정이라는 걸 낙인찍게 될까 봐 두렵다. 그래서 나는…….

"누군가를 좋아하기가 너무…… 무서워."

거기까지 지껄인 순간 먹구름이 걷히고 세상에 색이 돌아왔다. 눈앞에 다시 인겸이 나타났다. 정좌한 그는 복잡 미묘한 표정으로 내 얼굴을 바라보고 있었다. 나를 매우 한심하고 이상한 인간으로 보고 있으려나? 아니면 매우 측은하고 안된 인간으로 보고 있을지.

나는 소리 나게 입바람을 뺐다. 나 원. 16살 애를 붙잡고 무슨 말을 지껄여 버린 건지. 심리상담가도 할 말을 잃게 할 넋두리만 잔뜩 늘어놓아 버리다니.

내가 생각해도 방금 한 말에 어울리는 대답은 어색한 침묵뿐이었다. 좀 더 효율적으로 벙어리가 되기 위해 과자를 집었다. 그런데 왜인지 입으로 가져갈 수 없었다. 과자를 집은 채 입술을 꼭 맞물었다. 도로 놔 버려야 하는 것인가 고민하는 찰나, 인겸이 입을 열었다.

"뭔가 되게 복잡하고 어려워. 마치 어른이 하는 고민 같아. 하지만 그게 어떤 건지 조금은 알 것 같기도 해."

나는 서서히 인겸과 눈을 맞췄다. 시선이 온전히 마주치자 인겸은 차분한 목소리로 말을 이어 나갔다.

"나도 먼저 다가가 말 잘 걸고 누구에게나 친절한 애들을 좋아해. 수행평가 같은 거 할 때 그런 애들이 끼면 확실히 편하고 재밌어. 하지만 이번에 내가 정말 죽고 싶을 만큼 힘들었을 때…… 그런 애들이 꼭 나한테 의미가 있지는 않더라."

말하는 내내 잔잔한 어조를 고수하고 있었으나, 그의 눈에선 푸르스름한 빛이 돌았다.

"자살하고 싶었을 때 그 애들이랑 상담하려 한 적도 있어. 그랬더니 마음 놓고 털어놓아 보라고 말은 하지만, '얘가 왜 나한테 이런 얘길 하지?' 하는 표정을 짓더라. 무언가 차가운 벽 같은 게 느껴져서, 결국 말하려다 관뒀어. 아무리 친구가 많아도, 그 애들한테도 정말 특별한 사람은 따로 있겠지. 특별한 사이도 아닌데 복잡한 문제 가지고 같이 고민해 달라고 하면, 귀찮겠지. 아무리 성격이 좋아도, 자기가 귀찮지 않을 때나 웃으면서 잘해 주는 거지. 사실 당연한 건데 이제야 깨달았어. 내 인생에 정말 필요하고 중요한 사람은 성격 좋은 사람이 아니라, 나를 특별하게 생각하는 사람이라는 걸. 그걸 깨닫게 해 준 게, 바로 너야."

공연히 눈을 연거푸 깜박여 보았다. 나의 반응을 보고 인겸이 쓰게 웃었다.

"처음엔 동정심에서 날 도와준 거지? 못 본 척하면 찔리니까."

가슴 언저리가 뜨끔했다. 그런 부분까지 다 읽혔을 줄은 몰랐다. 그래도 꼭 그것 때문만은 아니라고 말이라도 해 보는 편이 그에 대한 예의일 텐데, 입이 잘 떨어지지 않았다. 하지만 인겸은 상관없다는 듯 시원스레 입꼬리를 올렸다.

"뭐, 상관없어. 어쨌든 내가 하고 싶은 말은 이거야. 내가 겪어 본 너는 겉보기엔 무뚝뚝하고 말이 없는 애지만, 사실 세상에서 가장 따뜻한 심장을 가진 애야. 특별한 사람이 생기면, 넌 분명 그 사람을 최고로 행복하게 해 주기 위해 최선을 다할 거야."

그의 눈빛을 보고 있노라니, 정말로 내 심장이 세상에서 가장 따끈해진 것 같은 착각이 일었다. 지금이라도 특별한 사람이 생기면 하늘의 별을 따 오려 자리를 박찰지도 모르겠다.

"게다가 넌 상대에게 줄 게 없을까 봐 걱정하는데, 내가 봤을 땐 전혀 안 그래. 세상엔 더 받지 못해서 불평하는 사람도 많은데, 더 주지 못할까 봐 고민하다니……. 그런 따뜻한 고민을 가진 사람이 아무것도 주지 못할 리 없어. 그 마음만 있어도, 충분히 많이 줄 수 있을 거야. 또, 그만큼 많이 받을 거고."

내 안에 오래도록 꽁꽁 얼어붙어 있던 얼음이 봄볕을 만난 듯 녹아내렸다. 그것이 메마른 가슴에 들어차 하나의 샘이 되었다. 인겸은 내가 들고 있던 과자를 내 입에 넣어 주며 나직이 말했다.

"나는 너랑 같이 있으면 세상에서 가장 푹신한 구름 위에 앉은 것처럼 편안해. 이런 기분을 느끼게 해 주는 네가 정말로 행복해졌으면 좋겠어. 네 따뜻함을 알아주는 사람이 적어서 네가 힘들다는 걸 알면서도, 한편으론 이대로 나만 알았으면 좋겠다는 못된 생각도 들어."

일순간, 세상 사람이 다 몰라줘도 그가 알아주면 충분하다고 말하고 싶은 충동이 들었다. 못된 생각을 솔직히 밝혀서 쑥스러운지 그가 손부채질을 한 번 했다.

"어쨌든! 넌 확실히 일단 친해져 봐야 진가를 발휘하는 타입이긴 해. 그러니까, 좋아하는 사람이 생기면 너무 걱정부터 하지 말고 자신 있게 너를 보여 줘. 넌 자꾸 너 자신을 못생기고 자랑할 게 없다고 깎아내리는데, 넌 충분히 예뻐. 좀 더 자신을 가지고 산다면 더 예뻐질 수 있을 거야. 내가 너에게 아쉬운 게 있다면 그거뿐이야."

지금의 인겸이 보는 내 모습은 할 말을 잃고 멍하니 고개를 떨어뜨린 모습일 테지. 하지만 내 안의 여자는 웃으며 눈물을 흘리고 있었다. 울면서 웃고 있었다.

너는 예쁘다.

너는 따뜻한 심장을 지녔다.

너는 누군가를 행복하게 해 줄 수 있다.

단순한 위로. 사소한 위로. 하지만 한순간이라도 나를 특별하게 생각해 주는 사람만이 입에 담을 수 있기에, 가뭄에 콩 나듯 듣기 어려운 위로. 그 위로가 차가운 심장에 군불을 지피고 메마른 가슴에 샘을 채웠다.

내일 아침에 눈을 뜨면 나는 또다시 남들의 시선을 지나치게 신경 쓰고, 짜증 날 정도로 하고 싶은 말을 숨기고, 내성적인 나의 천성에 고민하고 좌절할지도 모른다. 하지만 오늘 들은 말을 떠올리면 심장이 수십 번을 얼어붙었다가도 다시 따끈해질 것 같다. 가슴이 수백 번을 메말랐다가도 다시 샘이 돌 것 같다. 그렇게 살아갈수 있을 것 같다. 지금 이 순간 나를 특별하게 생각해 준 한 사람 덕분에.

16살 서인겸은 14살 이설아를 구하고, 23살 이설아도 구했다.

"와……. 내가 말해 놓고도 치즈랑 버터를 동시에 먹은 것처럼 속이 니글거린다! 미안! 나 오늘 느끼한 말 진짜 많이 하지? 이 오빠가 원래 이런 캐릭터가 아닌데."

그러게. 치즈랑 버터를 동시에 먹으면 속이 니글거려야 하는데, 나는 왜 이렇게 목이 메는 걸까? 코끝이 위태위태하게 시큰거렸다. 이러다가 진짜로 눈물을 찔끔거리고 말 것 같아 고집스레 숨을 들이마셨다. 다행히 인겸은 이런 내게서 고개를 돌려 책상 서랍을 뒤지기 시작했다.

"아, 우리 어머니 왜 이렇게 안 오지? 배고파 죽겠는데. 근데 곧 오실 것 같기는 하고. 뭔가 하기엔 시간이 애매하네. 우리 음악이나 들을래? 너 어떤 곡 좋아해? 록? 발라드?"

"아무거나 좋아."

간발의 차로 메었던 목을 풀어 대답했다. 인겸은 책상 서랍에서 CD 플레이어와 이어폰을 꺼냈다. 그리고 나서 책꽂이에 가지런히 꽂혀 있는 CD들을 살펴보다, 그중 하나를 골라냈다.

"아, 맞다. 나 어제 어머니 CD 듣다가 네 생각나는 곡을 찾았어. 한번 들어 볼래?"

"어떤 곡인데?"

"음……. 일단 들어 봐. 약간 옛날 곡인 거 같은데 진짜 좋아."

인겸이 CD 플레이어를 들고 와 내 옆에 앉았다. 접때 한강 둔치에서 앉았을 때보다 더 가까이. 그는 내 오른쪽 귀에 이어폰을 꽂은 다음 자신의 왼쪽 귀에 이어폰을 꽂았다. 이윽고 이어폰에서 잔잔한 전주가 흐르고 서정적인 남자의 목소리가 흘러나왔다.

노는 아이들 소리

저녁 무렵의 교정은

아쉽게 남겨진 햇살에 물들고

애잔한 목소리가 좀 전에 저문 햇살을 다시 방으로 끌어 왔다. 노래의 배경은 딱 그 무렵의 학교였다.

메아리로 멀리 퍼져 가는

꼬마들의 숨바꼭질 놀이에

내 어린 그 시절 커다란 두 눈의 소녀 떠올라

피식 웃음이 나왔다. 내가 떠올랐다는 게 이 때문인가? 눈만큼은 크고 예쁘단 소리는 몇 번 들어 봤지만…….

넌 지금 어디 있니

내 생각 가끔 나는지

처음으로 느꼈었던 수줍던 설레임

잔잔하지만, 그 어느 절규보다도 절절한 노랫가락에 웃음이 뚝 끊겼다. 나는 인겸을 바라보았다. 그도 나를 보고 있었다.

지금까지 나 헤매는 까닭엔

네가 있기는 하지만

교정에서 숨바꼭질하던 꼬마들이 노래 속에서도 내 머릿속에서도 사라졌다. 아무도 없는 교정에 남은 건 첫사랑의 추억을 곱씹는 남자였다. 아니, 남자는 없었다. 혼자 남아 버린 건, 여자였다. 여자만이 남아, 교정에서 누군가를 찾아 헤매기 시작했다.

우리 모두 숨겨졌지

가려진 시간 사이로

흔적도 없이 사라지기 직전, 여자가 내 쪽을 보았다. 어디서 많이 본 얼굴이었다.

"저기…… 설아야?"

장난기 어린 웃음을 머금은 입술이 내게 무어라 말을 하고 있었다. 그런데 하나도 안 들렸다. 이어폰에서 흘러나오는 간주 때문만이 아니었다. 심장이 세상의 모든 소리를 찢어 없앴다.

"왜 그래? 설아야? 노래가 마음에 안 들어?"

인겸이 내 귀에서 이어폰을 빼냈다. 다시 그의 목소리가 들렸다. 하지만 심장은 여전히…….

"아, 아무것도 아니야. 노래 참 좋은데, 그냥 딴생각을 좀 하느라……."

비루한 변명을 하고 인겸의 눈을 피했다. 피했다가 다시 그를 보았다. 나도 모르게 그의 손을 덥석 잡았다.

"아. 왜 그래? 노래가 너무 슬펐어? 괜찮아. 나 어디 안 가."

내 마음의 소리를 조금 엿들은 것일까? 인겸이 오른손을 뻗어 제 왼손을 붙들고 있는 내 손을 부드럽게 쓰다듬었다. 따스했다. 그 따스함이 오히려 나를 소스라치게 했다. 딸꾹질을 하듯 '히끅' 하고 날카롭게 헐떡였다.

"설아야? 왜 그래? 어디 아파?"

"아, 아니. 나는 괜찮아. 진짜 아무것도 아니야. 너무 노래에 몰입했나 봐."

나는 손을 마구 내저으며 그에게서 떨어져 앉았다. 그때 바깥에서 초인종이 울렸다. 인겸은 여러 가지 의미로 시기적절하게 돌아온 어머니를 맞으러 나갔다. 그가 방에서 나가자마자, 나는 날카로운 돌멩이들을 토해 냈다.

교정에서 헤매는 여자는, 나였다. 23살의 나. 현실의 나. 머지않아 25살 서인겸이 존재하지 않는 현실로 돌아가게 될 나. 나를 특별하게 생각해 주는 그가 없는 현실의 나.

지금. 아니, 어쩌면 처음 만났을 때부터…… 내게 특별한 사람이 되어 버린 서인겸이 없는 현실의 나.

5.
악몽

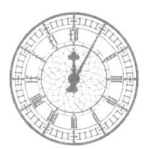

'오늘 5시에 체납복명 진짜로 할까?'

'갑자기 뭔 체납복명? 누가 그래요?'

'몰라. 아까 1계장님이랑 과장님이랑 말씀 나누시는 거 얼핏 들었는데, 서장님이 체납복명 받고 싶어 하시는 거 같다더라고.'

'으아, 진짜? 연말인데!'

체납복명이라 함은 세무공무원들이 자기 관할구역의 체납국세를 얼마나 징수하였는지 관리자에게 보고하는 것이다. 매출대금을 받지 못해 세금도 못 내는 업주의 하소연보단 보고서의 수치에 나날이 더 신경을 쏟는 자신을 확인하는 일. 때로는 새삼 놀라고 때로는 손끝의 감각을 잊을 만치 진저리가 쳐지는, 나의 일. 나의 자리. 나의 책임.

'점심시간 몇 분 남았나? 어라? 아직 12시 반이네? 들어가서 잠

좀 자야겠다.'

'아, 김 반장님. 거기 설아 씨가 자고 있어요.'

'어, 그래? 점심도 안 먹더니. 오늘 진짜 속 안 좋은가 보네. 병원 안 가 봐도 되나?'

눈두덩을 툭툭 두드리는 햇볕의 감촉이 서늘했다. 왠지 여기서 조금만 더 정신이 맑아지면 그 빛으로 훅 빨려 들어갈 것 같았다. 죽은 듯 앉아 있던 심장이 잰걸음을 치기 시작했다. 여기서 조금만 더. 조금만⋯⋯.

"자! 머리 위에 손 올리고! 맨 뒤에 사람이 OMR 카드랑 주관식 답안지 걷어 와. 거기 뒤에서 두 번째! 얼른 일어나! 시험 끝났어!"

고개를 들었다. 이마에 맺힌 식은땀에 한기가 배어들었다. 눈을 몇 번 깜박이니 손바닥만 한 OMR 카드와 잿빛 시험지가 보였다. 열기구에 거꾸로 매달려 상공으로 치솟았다가 지상으로 내박쳐진 양, 세상의 선과 색이 잠시간 빙글빙글 돌았다. 그 와중에 손은 착실히도 머리 위로 기어올랐다. 뒷자리의 학생이 책상 위에 놓인 OMR 카드와 주관식 답안지를 걷어 갔다. 그제야 뇌리에 기역, 니은, 디귿과 1, 2, 3 따위가 돌아왔다.

2002년 5월 3일 금요일. 방금 B중학교 1학년 1학기 중간고사가 끝났다. 마지막 시험 과목은 한문. 공부하는 데는 1시간 정도 걸렸다. 한문을 놓은 지 좀 되었지만 공시 준비할 때 검정시험 2, 3급 수준의 한자들과 씨름했던 가락이 아주 죽지는 않았더라.

시험 시작한 지 15분 만에 답안지 마킹을 끝냈다. 남은 30분 동안 시험지 여백에 낙서나 남겨 볼까 하다가 심각하게 퇴화한 내 미술 실력에 짜증이 치밀어 책상에 얼굴을 파묻었다. 눈의 피로감을 몰아낼 정도로만 눈을 붙이려 한 건데, 그대로 수마에 머리를 짓눌린 모양이다. 그렇게, 현실과 한 번 더 조우하고 말았다.

이런 이야기를 들은 적이 있다. 꿈이 정신 사납게 시간을 볶아먹는 것 같아도, 꿈속의 5분은 결국 현실의 5분과 같다고. 그 가설은 이 꿈에 체류하는 내내 가장 굵직한 걱정의 원천이 되었다. 무서울 정도로 시공간이 현실적으로 돌아가는 이 꿈에서 보낸 시간만큼, 현실의 시간도 속수무책으로 흐르리라는 걱정 말이다.

그러나 '아직 12시 반'이라 했다. 이번에도 2011년 12월 23일의 점심시간은 끝나지 않았다. 단, 접때보단 분명 시간이 조금 지났다. 내가 이곳에서 한 달하고도 사흘을 보내는 동안 2011년 현재에서는 30분. 거의 점심시간의 반이 지났다. 우연의 일치인가? 여기서도 두 달 중 한 달. 자유형이 예고한 시간의 반이 지났다.

나는 머리를 짚었다. 각종 잡동사니를 들고 휘몰아치는 소용돌이를 그 안에 가뒀다. 요 근래 위험한 발상을 한다. 내가 현실이라 칭하는 2011년 현재가 정녕 나의 현실이 맞는지. 혹, 내가 2002년 3월 31일에 잠들어서 9년짜리 꿈을 꾸다 깨어난 게 지금 이 순간인 건 아닌지.

물론 그건 안 될 일이다. 2002년 5월 3일이 아니라 2011년 12월 23일이 나의 현실이어야 한다. 다시 시작하기엔 두 번 다시 되풀이하기 싫은 시간이 너무나 많다. 그렇기에, 조금 전과 같이 2011년 현재의 존속을 암시하는 현상은 반가워야 할 징조였다. 그래. 처음 이 빌어먹을 꿈에 떨어졌을 때 바랐던 건 하나뿐이었다. 이 꿈 안에서 어떤 식으로 굴림을 당하든, 2011년 현재로 고이 돌아가기만 하면 된다고.

하지만 지금은……

"설아야. 뭐 해? 같이 올라가자."

"어? 어어."

어깨를 꾹꾹 주무르는 손길에 상념이 끊겼다. 이윤영이 가방을 둘러멘 채 나를 기다리고 있었다. B중학교는 커닝을 방지하기 위해 학생 절반을 딴 학년 교실에서 시험을 보게 해서, 난 사흘 내내 3층의 2학년 5반 교실에서 시험을 봤다.

"설아야. 너 한문 객관식 3번 문제 답 뭐로 했어?"

"구밀복검 문제 말이야? 그거라면 4번 아닌가?"

나의 대답에 이윤영의 얼굴이 새파래졌다.

"확실해?"

도저히 인정하지 못하겠다는 듯 윤영이 숫제 다그치는 목소리로 내게 검증을 요구했다. 되도록 그녀의 기분을 거스르지 않게 설명했다.

"그 문제가 지저분하긴 하더라. 주관식 문제에 나와서 뜻풀이를 하거나 한자로 쓰는 문제 정도로 나올 줄 알았는데 객관식에서 한 자씩 교묘하게 바꿔 놓고 맞는 걸 고르라니……. 특히 4번의 꿀 밀(蜜) 자랑 5번의 빽빽할 밀(密) 자가 좀 비슷하게 생겼잖아. 4번이랑 5번 헷갈린 애들 되게 많았을 거야. 진짜 구밀복검스러운 문제야."

"아……. 짱나. 진짜 완전 망했어."

윤영이 손등으로 이마를 짚으며 뒤로 넘어가는 시늉을 했다. 불쌍한 것. 확실히 정신건강에 안 좋은 문제였지. 짐짓 측은하게 윤영을 바라보다가, 그녀의 손에서 반짝이는 금색 물체를 보았다.

"반지 다시 산 거야?"

"엉. 울 엄마가 어디서 내 사주를 봤는데 난 항상 금을 몸에 지니고 있는 게 좋다고 했대. 그래서 그 뒤부터 금반지를 계속 끼고 다녔어. 저번에 잃어버린 반지는 초등학교 4학년 때 엄마가 사 준 거야."

"아. 그래서 항상 하고 다니는 거였구나. 내가 그때 조금만 더 오래 교실에 있을걸……."

생각하면 할수록 그날의 사건은 허망하다 못해 선뜩했다. 그날 1학년 5반 교실에 가장 일찍 들어온 건 7시 45분쯤에 온 나였지. 그 주의 주번이었던 나는 할 일을 8시쯤에 마쳐 놓았고 그로부터 10분 뒤에 이윤영이 왔다. 주번 분담 문제로 우리 둘이 시비가 붙어 윤영이 홧김에 교실에서 뛰쳐나갔고, 나도 화를 식히려 창밖을 내다봤다가 인겸 모자를 발견하고 바로 3학년 복도로 내려갔지.

그 뒤에 윤영이 교실에 돌아와 자기 반지가 사라진 걸 확인했고, 그 순간에 종혁과 민기가 같이 교실에 들어왔다지. 내가 교실에서 나간 뒤 윤영이 정확히 언제 교실에 돌아왔는지는 모르나, 그녀의 설명대로라면 그 반지가 아무도 없는 교실에 방치된 시간은 고작 5분 정도였다.

교실에 들어와 반지를 발견한 다음 그걸 낚아채 교실에서 빠져나오는 거, 물리적으로는 5분 이내에 충분히 가능한 일이긴 하다. 하지만 남의 물건에 손을 대기 직전 밀려오는 어마어마한 죄악감과 불안감을 5분 안에 해치울 만큼 부은 간의 소유자라.

애초 계획된 절도라면 모르나, 이윤영의 반지가 그 시각 그런 상황에 그 장소에 놓여 있으리라고 예정된 건 아니지 않은가. 즉, 우발적으로 그 반지를 훔친 사람은 그걸 본 지 몇 초도 안 되어 작심했다는 소린데, 그 정도면 정말 손을 잘라야 나을 중증 도벽증 환자일 것이다. 꿈속이라도, 범인이 학생이라면 진심으로 장래가 걱정된다.

"에이, 됐어. 우리 엄마도 어차피 못 찾을 거 그냥 잊으래. 아, 쌍. 근데 진짜 어떤 거지 같은 게 가져간 걸까? 지금쯤 금은방에 팔았겠지?"

그냥 잊으라던 그녀 어머니의 말이 무색하게 윤영은 반지 이야기가 나오자 욕설까지 뱉으며 강렬한 미련을 드러냈다. 피로감이 여실히 드러나는 미간 주름이, 방향을 찾지 못해 가슴에 체류하는 원망에 대한 힘겨움을 토로하고 있었다. 나는 반지 이야기를 꺼낸 걸 후회하며 이윤영에게서 슬쩍 고개를 돌렸다.

"3번에 4."

"오! 앗싸! 찍었는데 맞았다! 나 대박!"

"아, 씹! 고쳐서 틀렸어!"

1학년 5반 교실에 도착하니 중간고사 답 맞추기가 한창이었다. 반장이 교무실에서 얻어 온 답안지를 읊을 때마다 거인이 들었다 놓은 듯 교실이 들썩였다. 물론, 그 와중에도 그런 건 안중에도 없는 무리가 있었지만.

"아, 씨발! 좆 됐다! 나 오늘 지갑 안 가져왔어!"

"헐. 최준형 이 거지새끼. 야. 이 새끼 버리고 우리끼리 P방 가자."

"아, 쌍! 진짜 그러면 뒤진다! 너 돈 없어?"

"난 오늘 딱 맞춰 나와서 안 돼. 너희 반에 빌릴 사람 없어? 아무한테나 좀 빌려 봐."

"아, 씨팔! 누구한테 빌리지?"

창문을 통해 딴 반 친구들과 열띤 대화를 나누고 있는 최준형을 잰걸음으로 지나치며 코를 찡그렸다. 예나 지금이나 남자애들 시험 끝난 직후의 필수 코스는 PC방인 것 같다. 자기 돈 가지고 얌전히 논다면야 상관할 바는 아니다. 하지만 최준형 입에서 나오는 '빌린다'가 '빼앗는다'와 거의 동의어라는 걸 아는 이상, 어깨가 석고가 될 수밖에 없었다. 나한테 오기만 해 봐.

"설아야. 너 오늘도 그 오빠랑 같이 집에 갈 거지?"

최준형이 올 경우의 대처를 생각하느라 딱딱하게 굳은 내 어깨를 이윤영이 야무진 손가락으로 콕 찔러 풀었다.

"어? 으응."

얼결에 고개를 끄덕여 답하자 윤영이 환호성을 질렀다.

"올. 너 진짜 그 오빠랑 잘 어울리더라! 맨날 집에 데려다 주고 공부도 봐주고. 완전 보기 좋아. 쫌 있으면 둘이 30일이지?"

"아하하……."

이 시점에서 우리 그런 사이 아니라고 항변해 본들 사탕에 혀는 댔는데 먹지는 않았노라 말하는 꼴이 될 것 같아, 애매한 웃음으로 대답을 회피했다.

"이러다 금방 또 100일 된다, 너. 진심 둘이 대학도 같은 데 가는 거 아니야? 그럼 진짜 결혼해야 하는데. 아, 나도 연애하고 싶다."

호들갑을 떠는 윤영 앞에서 입꼬리를 당겨 올려 봤다. 하지만 안면 근육을 움직여 인위적으로나마 웃은 건 아주 잠시뿐. 이내 입매가 삭은 고무줄처럼 늘어졌다. 심장과 다른 모양의 표정은 오래 유지하기 힘겨웠다.

좀 앞서 갔지만, 그와의 100일. 많이 앞서 갔지만, 그와의 대학생활. 터무니없이 앞서 갔지만, 그와의 결혼. 내가 싫든 좋든 결코 오지 않을 순간들.

한 달 전에 이런 말을 들었다면 '다소 묘한' 기분, 그 이상은 느끼지 않았을 것이다. 하지만 요 근래 자꾸 눈에 밟히는 한 사람의 따스한 웃음이, 진주가 조개의 배 속을 가르듯 내 심장 한복판에서 나날이 무겁고 딱딱하게 응어리져 갔다. 나는, 한 달 전의 나와 분명히 달라지고 말았다.

만약 자유형이 지금 당장 2011년으로 돌려보내 준다면, 나는 얼씨구나 하고 돌아갈 수 있을까?

"근데 쟤 아까부터 왜 저래? 어디 아픈가?"

불현듯 이윤영이 화제를 갈아엎고 누군가를 지목했다. 그녀가 지목한 사람이 다른 애였다면 '그러게'라고 건성으로 대답하고 감상을 이어 갔을지도 모른다. 하지만 그 애가 누군지 확인한 순간 포커스가 그쪽으로 쏠렸다.

조민기가, 누가 봐도 시선을 고정하지 않고는 못 배길 자세를 하고 있었다. 지금 당장 뽑지 않고는 못 배길 잡초인 양 자기 머리카락을 움켜쥔 손. 한숨을 푹푹 내쉬느라 연신 들썩이는 등허리.

"아. 혹시 또 시험 때문에 저러나? 쟤 이번에 완전 망했대."

"대체 얼마나 망쳤길래?"

"뭐, 어차피 나보단 잘 봤겠지만, 그래도 쟤가 초딩 때부터 맨날 100점만 받고 공부 되게 잘하기로 유명했거든. 근데 이번엔 좀 그런 점순가 봐."

"김종혁은?"

"걔야 대박 잘 봤지! 이번 수학 문제 완전 더러워서 100점 맞은 애가 전교에 딱 5명밖에 없다잖아. 그 5명 중 2명이 우리 반인데, 그게 김종혁이랑 백수연이래. 김종혁 지금까지 딱 두 개 틀렸다던데? 오늘 시험 안 망쳤으면 걔가 전교 1등 할걸?"

김종혁의 자리를 돌아보았다. 종혁은 동그라미로 가득 찬 시험지를 들여다보며 환희로 가득한 표정을 짓고 있었다. 백수연 쪽도 한번 보았다. 수연은 시험지를 한쪽에 치워 둔 채 민기를 바라보며 수심이 가득한 표정을 짓고 있었다. 시험지를 보니 답을 반쯤 맞춰 보다 만 듯 보였다. 시험 기간 내내 같이 공부한 세 사람의 모습은 예상 외로 제각각이었다.

세 사람에게서 시선을 거두고 석연찮게 고개를 갸웃거렸다. 조민기의 중간고사 평균 점수가 정확히 몇 점이었는지는 기억 안 나지만, 9년 전 그는 첫 중간고사에서부터 두각을 드러냈다. 적어도 1학년 네 번의 시험 모두 전교에서 다섯 손가락 안에 들었던 것으로 기억한다. 어째서 또 꿈의 진행 방향이 실제 과거와 달라져 버린 건가?

물론 9년 전에 죽은 사람이 살아서 다니고 나 자신은 왕따 탈출을 한 시점에서, 이 꿈이 실제 과거와 똑같이 전개되기를 바라기엔 무리한 감이 있다. 그러나 적어도 내가 개입한 부분만 빼면 다른 사람들 간에 벌어지는 일들은 대체로 과거와 같았다.

그런데 유독 조민기에게 내 기억에 없는 악재가 닥치는 건 왜인가? 이 꿈에서 변수를 만드는 건 나 하나뿐이고 지금까지 조민기는 나와 별로 엮이지도 않았는데. 혹, 내가 모르는 곳에서 다른 누군가가 돌풍을 만지작거리기라도 했단 말인가?

그럴 리가. 이건 내 꿈인데.

"조민기. 너 천 원 있냐?"

음울하다 못해 흉흉하기까지 한 기운을 마구 발산하고 있는 민기에게 몰강스러운 요구를 하는 놈이 있었다. 성민혁이 마치 맡겨 놓은 돈을 찾듯 민기에게 손을 내밀었다. 그 작태를 본 순간 누가 듣겠다는 생각도 할 겨를이 없이 '허' 하고 실소가 터져 나왔다.

접때 펜 빌리러 왔다가 끝까지 도둑 덤터기를 씌우려 한 게 어디 사는 누구시더라? 그게 불과 며칠이나 됐더라? 나 같으면 그런 일을 저지르고도 여태껏 제대로 된 사과를 하지 않은 상대에겐 100원이라도 빌릴 생각을 하지 않겠다.

나와 같은 생각을 했을 조민기가 일순 어이없다는 표정으로 성민혁을 노려보았다.

"왜? 싫어?"

싹퉁머리 없는 말벌은 후려쳐 봐야 더 지랄발광하며 달려드니 그냥 먹고 떨어질 걸 던져 주는 편이 속 편하다고 판단한 모양이었다. 민기는 만사가 귀찮은 표정으로 지갑을 열어 천 원짜리 한 장을 민혁에게 건넸다. 그때였다.

"오, 씨발! 잠깐만! 나도!"

지갑 안에 든 만 원짜리 지폐를 본 최준형이 빨간 천을 본 투우처럼 민기에게 달려들었다. 그 기세에 놀란 민기가 반사적으로 지갑을 거두려 했지만, 최준형은 그걸 붙잡기 위해 무작정 팔을 뻗었다. 툭 하고 부딪히는 소리와 함께 지갑이 공중에 떴다. 그리고 곧.

쨍—

떨어진 지갑에서 수십 개의 동전이 바닥으로 쏟아져 굴렀다.

"와아아아! 돈이다!"

남자애들이 괴성을 내지르며 그쪽으로 우르르 달려들었다. 떨어진 동전을 주워 곱다시 주인에게 건네주는 건 10대 초반의 남자애들에게 바라기엔 너무 신사적인 행동인가? 동전을 주운 남자애들은 그걸 가지는 시늉을 했고, 몇몇은 진짜 제 주머니에 넣고 슬쩍 내뺐다.

"아, 내놔!"

민기가 신경질적으로 소리를 내질렀으나 돈을 챙긴 애들은 뻔뻔하게 어깨를 으쓱해 보이며 오리발을 내밀었다. 그 꼴을 보고 있자니 짜증이 치밀어 볼 안쪽 살을 깨물었다. 중2 때쯤 똑같은 일을 당한 적이 있다. 몇 번을 세 보아도 반 이상 줄어든 동전을 보며 어찌나 침통했던지. 잘 사는 동네 애들이라 하여 크게 편견 가질 것도, 환상 품을 것도 없다.

"어? 이게 뭐지?"

민기의 자리에서 두 책상쯤 떨어진 데까지 굴러간 동전을 줍던 한 남자애가 탄성을 내뱉으며 무언가를 집어 올렸다. 동전보다 작고 가느다란 그 물체에서 선명한 금빛이 났다. 금빛이란 게 보통은 금속치곤 따스해 뵈는 법인데, 지금의 내겐 그 물체가 발하는 금빛이 얼음에 맺힌 햇볕보다도 차갑게 느껴졌다.

이윽고, 이윤영의 날카로운 외침이 내 귓속을 뚫었다.

"내 반지!"

*   *   *

계단을 내려오는 내내 난간을 짚었다. 가까스로 1층 복도에 발을 디디는 순간, 마치 다른 행성에 발을 디딘 것 같은 현기증이 일었다. 부유하는 먼지에 머릿속을 파먹혔다. 나는 충격을 받은 것인가? 그래, 받지 않는 게 더 이상한 건지도 모르지. 아무리 꿈속이라도 이 상황은 너무……

"워!"

'아, 깜짝이야!' 가 터져 나오기에 충분한 기습이었다. 하지만 머릿속을 잠식한 가시덤불이 신경이 전해 오는 일체의 기별을 끊어 냈다.

"에이, 뭐야. 안 놀라네? 너무 티 났나?"

인겸이 아쉬워하는 웃음을 문 채 내 앞에 나타났다. 호선을 그리던 입매는 나와 눈이 마주친 지 수초 만에 동그래졌다.

"설아야? 너 왜 그리 멍해? 무슨 일 있었어? 혹시 시험 망쳤어? 너 오늘 국어랑 한자 본다며. 너 그건 나보다 더 잘하잖아."

"아니. 그건 아닌데……"

입을 벌리는 순간 목울대가 떨려 잠긴 목소리가 나왔다.

"그럼 왜 그래? 또 누가 너 괴롭혀?"

애먼 데 실컷 가시를 세우려는 그에게 뜸 없이 자진 납세를 했다.

"저번에 윤영이 반지 훔쳐 간 범인이 누군지 밝혀졌어."

"어, 진짜? 누군데?"

인겸은 놀라기보단 반가워하는 눈치였다. 내가 그 일로 뺨까지 얻어맞은 일을 아는 그로선, 이참에 내가 여전히 받고 있을지도 모를 의심을 확실히 벗게 되었으니 잘됐다고 생각하는 모양이었다. 요행히 범인이 밝혀져 '정말 꼬시다' 라고 말할 수 있었으면 좋겠다고, 나도 내심 고대하긴 했다. 하지만……

"근데 범인이……."

"왜? 범인이 누군데 그래? 혹시 네 친구야?"

"그게……."

대답하다 말고 눈살을 찌푸렸다. 좀 전의 촌극을 술술 털어놓을 마음의 준비가 쉬이 되지를 않았다.

"혹시, 네가 좋아한다는 그?"

원체 그의 눈치가 빠른 건지, 아니면 나도 모르는 새 얼굴에 써 붙여 놓기라도 한 건지, 인겸이 스스로 답을 찾아냈다. 침묵으로 긍정했다.

"허? 걔가 범인이라는 게 어떻게 밝혀진 거야?"

인겸이 당황하는 목소리로 사건의 경위를 물었다. 그에 대답하려 입술을 떼는 순간 헛웃음이 터졌다.

"그게, 밝혀진 계기가 참 기가 막혀. 걔가 우리 반 애한테 돈을 빌려 주려고 지갑을 꺼냈다가 그걸 떨어뜨렸거든. 애들이 거기서 떨어진 동전을 줍다가 그 반지가 나온 거야."

"그게 진짜 걔 지갑에서 나온 건지 어떻게 알아? 거기 원래 떨어져 있던 거일 수도 있지 않아?"

"그 애가 딱 오빠가 말한 대로 변명했다가 바로 반박당했어. 그 반지가 사라진 지가 언젠데 그동안 청소 당번들이 발견하지 못한 게 말이 되느냐고. 우리 반, 맨날 청소하거든."

그 반박을 한 놈이 누구였는지는 불문가지다. 이번엔 비교적 사리에 맞는 반박이긴 했지만, '잘 걸렸다.' 하며 개처럼 물고 늘어지던 성민혁의 역겨운 표정이 눈에 선했다.

"그럼 그 애는 왜 하필 그 반지를 지갑에 넣어 둔 거래? 그 반지 사라진 지가 언젠데. 들키려고 환장하지 않고서야 그 반지를 다시 학교에 가지고 왔다는 게 도저히 이해가 안 돼. 내가 도둑이라도 그런 멍청한 짓은 안 하겠다."

"휴. 오빠. 딱 오빠가 말한 대로 그 애를 감싼 애도 있었는데 말이야."

이번에는 단짝이 절체절명의 위기에 봉착하자 곧바로 달려와 조민기를 감싸던 김종혁의 모습이 떠올랐다.

"오늘쯤 그 반지를 팔아 치우려고 가지고 온 거일지 누가 아냐고…… 윤영이가 의심하고 있어."

"하."

나는 말끝을 흐렸고 인겸도 아주 할 말을 잃은 듯 짧게 탄식했다. 그는 미간에 주름을 잡으며 연신 고개를 갸웃거렸다. 나는 말없이 걷기 시작했다. 인겸도 내 곁에 따라붙어 나와 보폭을 맞춰 걸었다. 한참토록 면밀히 내 눈치를 살피는 눈길은 내 뺨의 일부가 되어 버렸다.

교실 건물을 나서니 5월의 밀빛 햇살 대신 눈썹처럼 시커먼 매지구름이 우리를 맞았다. 교실 창틀을 닦는 데 쓴 걸레가 하늘에 깔린 것 같았다. 교문을 넘고 여섯 걸음. 길다면 길고 짧다면 짧은 침묵을 인겸이 조심스러운 목소리로 깼다.

"그 애는 어떻게 됐어?"

그 물음에 대답하기 위해 좀 전에 있었던 일을 헤집으니 또다시 가슴이 쿵쿵 뛰었다. 흔들리는 목소리가 나왔다.

"계속, 자긴 절대 안 훔쳤다고, 정말 모르는 일이라고 했지. 오늘 아침에 지갑 정리도 했다고. 하지만 믿어 주는 애는 거의 없는 거 같아. 가뜩이나 저번에 종혁이 만년필 사건 때문에 아직도 걜 의심하는 애들이 많거든. 이번에 확실히 찍혀 버린 거 같아. 윤영이가 막 난리 치면서 걔 책상 뒤엎으려는 걸 애들이 간신히 말렸어."

"너 때문에 내가 설아 뺨까지 때렸잖아! 이 개새갸!"

방향을 알아 버린 분노는 그간의 마음고생, 그리고 애먼 사람에게 준 상처에 대한 죄책감과 합세하여 벼락처럼 민기에게 내리꽂혔다. 곁에서 보는 사람조차도 입술이 엉겨 붙고 마는 차갑고 날카로운 분노에, 민기는 '나 아니라니까!' 라는 절규로 항변했다. 하지만 이내 개미지옥에 발을 들인 자신의 처지를 자각하고 만 듯, 그 항변은 절규에서 기계적인 읊조림으로 변해 갔다.

"아무리 생각해도 그 애는 범인이 아닌 거 같아. 그 애는 그 반지가 사라진 뒤에 교실에 들어왔다며? 혼자도 아니고 친구랑 같이."

"걔가 직접 훔치지 않았다 해도, 적어도 훔친 애랑 공범일 거라고 다들 생각하는 거 같아. 그래야만, 윤영이 반지가 걔 지갑에서 나온 게 설명이 되니까."

"와! 그렇게까지 말해? 아무리 생각해도 그건 아닌 거 같아. 그거만으로 그 애를 두둑이라 몰아붙이는 건 좀……. 내가 그 사건을 직접 본 건 아니지만, 그래도 왠지 그 애는 범인이 아닐 거 같다는 느낌이 강하게 들어. 너도 정말 그 애가 그랬을 거 같아?"

"모르겠어……."

음울하게 머리를 흔들었다. 강남에 산다 하여 마냥 포실한 가정이라 장담할 수는 없다. 내가 학교 다닐 때만 해도 교육 때문에 무리하게 융자받아 강남에 온 하우스푸어가 많았다. 하지만 적어도 조민기에겐 그런 절박한 속사정이 있어 뵈진 않았다. 게다가 공부도 잘하지, 교우관계 원만하지. 내가 아는 조민기는 이윤영의 반지 따위가 궁한 애가 아니었다.

하지만 도둑질은 장발장만 하는 게 아니다. 도벽은 돈이 썩어 나는 사람에게도 있을 수 있다. 뉴스에 나오는 흉악범들만 해도 얼굴이 생각보다 멀쩡해서 놀라는 경우가 많지 않은가? 그렇게 생각하니, 한때 그 애를 좋아했던 나조차 '절대 아닐 거야' 보단 '설마' 로 마음이 기울려 했다.

"아무튼, 확실히 밝혀진 것도 아닌데 그 애한테 너무들 그러지 않았으면 좋겠다."

얼굴도 모르는 조민기 걱정을 해 주는 인겸에게 무슨 말을 해야 할지 몰랐다. 머리를 차갑게 하고 재고한다면야, 민기가 윤영의 반지를 훔쳤다는 확증이 없으니 함부로 혐의를 씌워서는 안 된다는 판단이 나올 수 있다.

하지만 어른들도 머리를 차갑게 하는 데 서툴러 간혹 속단을 하고 일을 치는데, 사춘기 초입의 청소년들은 오죽할까. 그들에겐 우연이 두 번만 겹쳐도 필연이고, 작은 의심이 곧 확증이 된다. 반지 사건은 이미, 1학년 5반 애들에겐 더 밝힐 필요도 없는 사건이 되었을지도 모른다.

애들이 말리는 바람에 간신히 민기에게서 떨어진 윤영은 종례 시간 내내 혐오감 가득한 눈초리로 민기를 노려보다가, 종례가 끝나자마자 신경질적으로 뒷문을 열고 나가며 핸드폰을 꺼내 들었다. 그녀가 핸드폰 너머의 딴 반 친구에게 무슨 얘기부터 했을지는 불 보듯 훤하다.

다른 아이들도 삼삼오오 무리 지어 나가면서 민기에게 한 번씩 시선을 던졌다. 충격에 가까운 의아함. 짙은 경멸감. 그리고 강한 불신. 곁에 남아 괜찮으냐고 묻는 김종혁과 그 근처에 서서 어쩔 줄 몰라 하는 표정으로 서 있는 백수연을 빼고, 우리 반에서 조민기의 결백을 조금이라도 믿으려는 사람은 없어 보였다.

나는 직감했다. 이번에야말로 조민기는 1학년 5반에서 외면당하리라고. 어쩌면 내가 옛날에 당했던 거보다 더한 수모를 겪을지도 모른다고. 맙소사. 아무리 꿈이라지만 조민기가 왕따라니. 9년 전엔 언감생심 나란히 설 상상도 못 했던 그 애가 나와 처지가 바뀌고 말다니.

"저기, 설아야. 손 좀 내밀어 볼래?"

엉킨 실타래를 쑤셔 넣은 듯 복잡한 머리통을 지탱하고 허청허청 걷던 차에 인겸이 뜬금없는 요구를 했다. 별생각 없이 내민 손에 그가 무언가를 떨어트렸다. 그걸 확인한 순간, 머릿속에 꽉 들어찬 실타래들이 잠시간 밀려났다.

"어? 이게 뭐야? 어디서 났어?"

엄지와 검지로 그것을 집어 올리며 물었다. 슈퍼에서 파는 상품에 비하면 자고 볼품없지만, 벌거 빛이 제법 곱게 든 딸기였다.

"우리 학교 화단에서 딴 거야. 바로 먹어도 돼. 내가 깨끗이 씻어 놨어."

화단 딸기가 품고 있을 신 과즙을 생각하니 금세 입안에 더운 침이 고였다. 온갖 먼지가 들어찬 콧속에 싱그러운 풋내가 찾아들었다.

"아니, 이런 별미를 다."

너무나 작아서 아껴 먹지도 못하는 딸기를 입에 넣었다. 새콤한 맛에 더운 침이 더 많이 고였다. 몸 안의 차가운 기운이 조금씩 밖으로 내몰리는 것 같았다.

"역시 뭘 아네. 내가 한 달 동안 봐 둔 건데 너한테 양보하는 거라고. 어때? 고맙지?"

인겸이 짐짓 능청스레 생색을 냈다. 웃을 수밖에 없었다.

"우리 학교 화단에도 딸기가 있는 줄 몰랐다. 저 아래 B초등학교에나 있는 줄 알았는데."

"그러니까. 누가 심은 건진 모르지만. 아, 혹시 우리 학교 애가 심은 건 아니겠지? 그럼 좀 미안한데."

"설마!"

가볍게 도리질을 치며 웃었다. 새삼 화단의 설익은 딸기와 벚나무의 검붉은 버찌를 호시탐탐 노리던 시절이 떠올랐다. 눈으로 침 바르기는 수십 번도 더 해 놓고, 번번이 나보다 대담한 아이들에게 빼앗기곤 했지. 그거 말고도 참 많았지. 가지고 싶은 걸 당당히 가지지 못한 일.

"암튼 고마워. 무려 한 달 동안이나 봐 둔 천하 진미를 나한테 양보해 줘서."

싱그러운 풋내가 나는 새큼한 과즙 덕에 민기의 사건으로 어지러웠던 머릿속이 진정되었다. 솔직한 심정으론 진심으로 감격한 표정을 지어 주고 싶었지만, 괜스레 쑥스러운 마음이 일어 장난기 어린 말로만 고마움을 표현했다. 가는 장단이 그러니 오는 장단도 자연히 가벼우리라 예상했다. 하지만 인겸은 장난기 따윈 보이지 않는 얼굴로 말했다.

"사실 너한테 양보하는 게 당연하지. 네가 아니었으면, 난 그 딸기가 익는 걸 보지 못했을 테니까."

명랑하게 방아를 찧던 윗입술이, 들떴던 가슴과 함께 내려앉았다.

"학교 중앙현관 쪽에 앵두나무 있는 거 알지? 그거 6월쯤 되면 익거든? 우리 그것도 먹자."

얼굴 한 번 붉혀 보지도 못하고 잘려 나간 앵두가 거대한 암막커튼 밑으로 굴러 들어가는 환영을 보았다.

독배를 들이켜듯 숨을 들이마셨다. 내일도. 내일모레도. 그리고 남은 한 달 내내 이런 식으로 계속 맞닥뜨리게 될 독배를 마냥 피할 수만은 없겠지. 이렇게 된 이상, 나는 나름의 해독제를 삼킬 수밖에.

"응. 그래. 꼭 그러자."

어릴 때는 오로지 참말만을 하라고 배운다. 하지만 좀 더 자라면 아이러니하게도 거짓말을 하라고 배운다. 무능한 참말은 거짓말에 선의를 미뤄야만 할 만큼 질이 나쁘니까.

이제 와서 인겸에게 너의 새 삶은 내 꿈의 부산물일 뿐이라고, 이 꿈은 6월이 되기 전에 깨진다고, 그러면 9년 전에 죽은 넌 아주 사라지게 된다고 '참말'을 하면 어떻게 될까? 그가 나 하나 미친년으로 몰고 안면 몰수하는 길로 대수롭잖게 넘어가면 차라리 다행일 테지.

하지만 만일 인겸이 내 말을 온전히 믿어 버린다면……. 그는 이 상황을 단순히 먹던 사탕을 빼앗긴 기분만으로 넘기지 못하리라.

"오늘 어머니가 직접 피자 만들어 주신대. 어머니가 이렇게 요리 잘하는 거 네 덕분에 알았다니까? 오늘 우리 집에서 저녁 먹는다고 부모님한테 말씀드렸지?"

태평하게 저녁 얘기를 하는 인겸 앞에서 치열하게 입꼬리를 당겨 매었다. 어쩌면 그는 천사인지도 모른다. 꿈속에 들어온 영혼에게 접근해 따스하고 다정한 말을 건네 오는 천사. 다른 사람들의 꿈에도 한 번쯤 나올 법한…… 꿈속 천사.

이토록 실감 나는 꿈에서 두 달이나 인연을 맺었으니, 함께 보낸 시간을 마냥 홀가분하게 지우기는 어려울 테지. 하지만 좋든 싫든 내 앞에서 필연적으로 사라질 존재 때문에 진심으로 슬퍼하기까지 하는 건, 부질없기 그지없는 감정적 소모가 아닐까?

적어도 한 달간 따스함을 주고받은 의리는 지켜야지. 천사를 끝까지 웃게 할 것이다. 마지막까지 내가 미안해하지 않아도 되는 표정만 짓도록, 선의의 거짓말을 계속해 나갈 것이다.

만약 천사의 눈물을 봐 버리면, 나조차도 내가 어떻게 되어 버릴지 모르니.

✻✻   ✻✻   ✻✻

"곧 있으면 다 되긴 하는데……. 일단 앉아라."

식탁의 의자를 두 개 빼 놓고는 인겸의 어머니는 쏜살같이 부엌으로 향했다. 입을 쩍 벌린 피자 치즈 봉지. 도마 위에 널브러진 갖가지 채소의 잔해. 밀가루가 하얗게 묻은 싱크대. 거기까지만 보고 무심코 뒤따른 시선을 거두었다.

그녀의 주부 경력이 벽돌로 쌓였는지 모래로 쌓였는지는 모르나, 적어도 피자라는 항목이 그녀에게 어느 정도의 수난이었는지는 알 만했다. 더구나 허둥대는 손이 치우는 속도를 보니 시행착오의 흔적이 노출되는 걸 그다지 달갑게 여기지 않는 편인 듯한데. 시간을 너무 조금 드렸다.

"우와, 신기하다. 진짜 파는 거 같아."

부엌의 참상을 애써 못 본 체해 주는 건지, 아니면 단순히 그쪽으로만 눈이 가는 것인지, 인겸이 주홍빛이 번쩍이는 오븐을 들여다보며 감탄했다.

"그치? 맛있겠지? 어유, 근데 간만에 만들어 보니 쉽지 않더라."

가까스로 부엌의 전쟁터를 수습하고 온 인겸의 어머니가 식탁에 앉았다. 뒤이어 우리가 맞은편에 앉자 그녀가 이제야 생각났다는 듯 관자놀이를 손가락으로 쿡쿡 누르며 자리를 떴다. 잠시 뒤 우유가 든 유리잔 세 개가 자리를 함께했다.

"둘이서 뭐 하고 놀았니?"

"그냥 공원에서 같이 얘기했어요."

"맞다. 인겸아. 너 '그거' 다 썼니? 내일이라고 하지 않았어?"

"네. 어젯밤에 다 써 놨어요."

인겸이 썼다는 '그거'가 당최 무엇인지 물으려면 어떻게 운을 떼야 할까 생각하는 순간, 부엌에서 오븐이 땡땡 울리는 소리가 들렸다. 인겸의 어머니는 곧장 부엌으로 가 오븐 장갑과 집게를 빼들고 오븐을 열었다.

모락모락 피어오르는 김과 함께 화려하게 등장한 피자는, 얼핏 보았을 땐 TV에서 탤런트가 한 입 베어 물며 신음하는 피자 못지않은 비주얼을 뽐내었다.

그러나 잠시 뒤, 부엌에서 피자를 썰던 인겸의 어머니가 새된 소리를 내질렀다.

"어머멋! 큰일 났다! 얘들아, 어떡하니! 탔어!"

"예? 탔다고요? 멀쩡해 보이기만 하는데?"

인겸이 부리나케 어머니 곁으로 가 피자를 살폈다.

"아. 그러네. 밑만 좀……."

인겸은 그 이상의 말을 아꼈다. 나는 중년 주부의 프라이드를 지켜 주고자 아예 의자에서 궁둥이를 떼지 않았다. 인겸 어머니가 둥지를 짓다 무너트린 새처럼 허둥댔다.

"정말 미안하다, 얘들아! 간만에 했더니 이런 실수를 다 하네. 시간을 너무 길게 잡았나 보다. 5분만 줄일걸. 조금만 기다려 주지 않을래? 재료 다듬은 거 좀 남은 게 있으니 금방 다시 할 수 있는데. 아, 너희 배고프지? 어쩌지? 그냥 피자 한 판 시켜 줄까?"

"저희는 괜찮아요. 천천히 해 주세요."

내가 조심스레 한 마디 거들자 인겸의 어머니는 허둥지둥 냉장고에서 유리 용기들을 꺼내기 시작했다. 그중 하나를 열려다 말고 그녀가 우리를 돌아보며 말했다.

"다시 만드는 동안 잠깐 마당에서 놀고 있을래? 다 되면 부를게."

"저도 거들게요! 혹시 제가 뭐 도와 드릴 만한 거 없어요?"

인겸이 순수하기 그지없는―그러나 이 상황에선 지지리도 눈치 없는―말을 하자, 어머니가 아들의 어깨를 오달지게 붙들고 현관 쪽으로 몰아냈다.

"까불지 말고! 부를 때까지 밖에서 설아랑 얘기하고 놀아. 알았지?"

마저 연행당하기 전에 나는 떠밀리는 인겸의 뒤를 바짝 따라 현관을 나섰다. 뒤에서 현관문이 굳게 닫히자 인겸이 웃음 섞인 목소리로 말했다.

"하하, 어머니가 요리 때문에 저렇게 당황하시는 거 처음 봐. 요리를 태우는 건 만화에나 나오는 거라 생각했는데. 우리 어머니도 저런 실수를 다 하시는구나."

"그럼. 아무리 잘하는 일이라도 실수할 수 있지. 걷는 것도 실수해 넘어지잖아. 비유가 좀 그렇긴 한데, 원숭이가 나무에서 떨어진단 말이 괜히 생겨났겠어."

"네 말이 맞아."

인겸의 맞장구 소리가 떨어진 뒤에야 정원에 푸르스름하게 깔린 초저녁이 눈에 들어왔다. 정원사가 손을 본 것처럼 칼같이 다듬어져 있지는 않으나 보기 좋은 길이로 자란 잔디밭에 갖가지 화초가 자라나고 있었다.

밤하늘을 뒤흔드는 불꽃을 연상시키는 화려함에 모종의 술수를 숨기고 웃음 짓는 듯한 철쭉. 그에 맞서듯 위압적일 만치 커다란 자줏빛 꽃대를 올린 모란. 진한 원색 꽃대들이 계절의 여왕 쟁탈전을 벌였다.

촌스러울지언정 통일성 있는 소박미로 세상을 맞들던 삼사월 꽃나무들은 꽃대와 함께 이름을 잃고 어디론가로 숨어 버렸다. 흡사 연초에 품은 초심(初心)이 헤실바실 흩어져 제각기 다른 마음으로 피고 지는 양상을 닮았다.

자연의 이치를 거스른 이 시공간에 처음 발을 디딘 날. 누군가를 향한 마음이 한 계절을 고수하게 되리라 믿어 의심치 않았다. 하지만 꿈속에서도 계절은 흘렀다. 그리고 마음마저도.

"저기 앉을래?"

정경이 심어 준 상념이 무심코 끌어간 침묵 탓인가. 아니면 혹 비슷한 상념을 공유해 버린 탓인가. 인겸의 목소리에서 약간의 긴장감이 느껴졌다. 그가 가리킨 곳에 수령(樹齡)이 지긋해 보이는 회화나무를 옆에 낀 벤치그네가 보였다.

묵묵히 그쪽으로 걸음을 옮기며 회화나무를 눈에 담았다. 악귀를 몰아내고 행복을 부른다 하여 예로부터 서원이나 궐에 심었다는 나무. 다가서면 다가설수록 바람이 서늘하게 느껴지는 것이, 나무가 내뿜는 기운 탓이 아닐까 싶기도 했다.

나무로 된 벤치인데도 늦가을에 철제 의자에 앉은 것처럼 써늘했다. 두 사람이 두어 뼘 정도의 거리를 두고 앉기에 충분한 벤치였지만, 인겸은 옆에 앉는 대신 회화나무에 기대어 섰다. 그가 옆에 서니 스산한 기운이 한풀 꺾이는 듯도 했다. 인겸의 목소리가 늦봄바람과 손을 맞잡고 들어왔다.

"저녁엔 아직 좀 쌀쌀하긴 한데, 그래도 많이 더워졌지? 너희는 언제부터 하복 입어도 된대? 우린 내일부터 입고 와도 된다던데."

"우리도야. 근데 이미 입고 다니는 애들도 있어."

"하, 시간 참 빠르다. 중간고사도 끝나고 벌써 여름이라니."

인겸의 목소리에서 뿌듯함이 느껴졌다. 흡사 등정을 포기했던 산의 중턱을 넘어 다시 정상으로 향하려 한숨을 돌리는 사람처럼. 그와 반대로 굴러떨어지려는 나를 다잡고자, 당장 생각나는 화젯거리를 주워댔다.

"아까 다 썼다는 건 뭐야?"

"아, 그거? 반 애들에게 쓴 편지 발표하는 거. 내일 내 차례야."

벌써? 필시 휘둥그레졌을 눈으로 보니 인겸이 쑥스러운 듯 고개

를 살짝 까닥였다. 일순 들떠 오르는 마음이 땅을 디딘 발에 힘을
실었다. 벤치그네를 살짝 움직이며 짐짓 능청을 떨었다.

"아직도 챙기시는구나. 하긴. 누구를 위해 시작한 건데. 스승의
날에 카네이션이라도 달아 드려야겠다, 오빠."

이 말이 아직도 인겸에게는 심통거리가 될지도 모른단 생각을
했다. 하지만 예상 외로 인겸은 멋쩍게 고개를 돌리더니 혼잣말을
했다.

"그래야겠지……."

흙에 발을 박아 흔들리는 벤치그네를 멈추고 물끄러미 인겸을
보았다. 진지한 얼굴로 나의 눈을 보며 그가 떠들어 댔다.

"그러고 보니 5월에 어버이날도 있고 스승의 날도 있지? 어버이
날이 다음 주 수요일이고 스승의 날이 15일이니까, 다다음 주 수요
일이네. 와. 또 눈 깜짝할 사이에 5월 다 지나가겠다. 아, 맞다. 어
린이날도 있지 않나? 음. 아, 일요일이네! 에이."

손가락을 꼽아 별생각 없이 5월 달력을 넘기려는 인겸의 곁에서
모골이 송연해졌다. 오래 버티지 못하고 고개가 떨어졌다. 아무리
발버둥 쳐도 발목을 잡혀 끌려 내려가는 곳은 같았다.

"설아야, 왜 그래? 왜 이렇게 기운이 없어?"

"그냥. 아무 것도 아니야."

그냥 넘어가 줄 리가 없는 '그냥'을 말하고는 발에 힘을 주었다.
그네가 무거웠다.

"혹시 걔 때문에 그래? 걔 걱정돼서?"

인겸이 씁쓸한 목소리로 지금 내가 전혀 생각하고 있지 않은 걸
이야기했다. 짜증이 치민 목소리로 정정해 줄까도 생각해 봤다. 하

지만 이 이상 입을 열었다간 굳게 박아 둔 축이 송두리째 뽑혀 나
갈지도 모른단 위기감이 들었다. 입을 굳게 봉했다. 솟아오르려던
그네는 다시 아래로 떨어졌다.

"설아야. 나 좀 봐 봐. 왜 자꾸 내 눈을 피해?"

숨을 들이쉬는 찰나에 너무나 많은 것을 쳐 낸 말을 내뱉었다.

"나 원래 남하고 눈 잘 못 마주치는 거 알지 않나."

감정을 억누르려다 공연히 쌀쌀맞게 떨어진 말에 의아한 대답이
돌아왔다.

"그랬어? 난 전혀 모르겠던데? 지금까진 잘만 눈 마주쳤잖아."

"내가?"

갈고리에 심장의 한 귀를 꿰인 느낌이었다. 지난 시간을 되짚느
라 허둥대기도 전에 인겸이 장난기 어린 목소리로 이르집기 시작
했다.

"어. 처음 만났을 때부터 그랬잖아. 눈 잘 마주친 정도가 아니
라, 날 막 살벌하게 노려보면서 죽으면 너만 손해다, 자살하면 지
옥 간다, 막 혼낸 거 기억 안 나? 그때 너 얼마나 무서웠는데. 지금
까지 선생님도 그렇게 무섭다 생각한 적 없었다고."

고개를 들지 않아도 느물느물 웃고 있을 인겸의 표정이 훤히 보
였다. 할 말은 여전히 고집스레 입안에만 맴돌았다. 그때는 그저,
죽음으로 이기려 했던 그의 어리석음을 온몸으로 뜯어말리고 싶었
으니까. 그렇게 살아난 그가 이맘때 즈음에 어떻게 될지, 그리고
내가 어떻게 될지 계산할 겨를도 없었으니까.

"그땐 뭐에 홀렸던 거야. 이게 원래 나야."

이야기할 때 눈도 제대로 못 마주치는 병신이.

이쯤 매몰차게 굴면 제아무리 인겸이라도 회화나무에 붙어서 아무 말도 안 할 줄 알았다. 그러나 불현듯 무릎에 나무 그림자보다 더 진한 그늘이 드리워졌다. 얼결에 살짝 끌어 올린 시선이 내 앞에 바짝 꿇어앉은 인겸의 검은 눈동자에 딱 걸렸다. 걱정을 장난기로 애써 가린 표정이 보였다. 나는 아예 고개를 돌려 툴툴댔다.

"진짜 습관일 뿐이니까 너무 신경 쓰지 말아 줘. 이러면 더 눈 마주치기 힘들어."

"잘만 눈 마주치다가 갑자기 이러는 건."

인겸의 낮은 목소리가 내 목소리를 눌렀다.

"눈 마주치기도 싫을 만큼 내가 귀찮아졌거나, 아니면 나랑 관계있는데 나한테는 말해 줄 수 없는 고민거리가 생겼거나. 혹시 그런 거야? 확실하게 말 안 해 주면 이렇게 생각할 수밖에 없어. 설아야."

수습할 말이 좀체 떠오르지 않을 만치 풀이 죽은 목소리. 머뭇거리는 새 인겸이 한숨 쉬듯 말을 이었다.

"나도 너에 대한 생각이 처음 만났을 때랑 엄청 많이 달라졌지만, 너도 그런 거 같다. 나는 좋은 쪽인데, 너는 어떤지 모르겠네."

"그런 게 아니라, 그냥 겁쟁이라서 그런단 생각은 안 해 봤어?"

이번엔 아무 대꾸도 안 돌아왔다. 이런 침묵이 열 마디 말보다 더 집요한 추궁임을 모르지 않는다. 침침해질 대로 침침해진 눈을 아예 감아 버린 채, 높낮이가 어느 정도인지 가늠도 안 되는 목소리로 중얼거렸다.

"단지 쳐다보기만 해도 욕을 먹었어. 어딜 야리냐. 눈 깔아라. 눈만 마주쳐도 눈이 썩을 것 같다고, 대놓고 말하는 애도 있었어.

그럴 때마다 너무 마음이 아파서, 아예 사람의 눈을 피했어. 피하느라 눈을 자꾸 내리깔았어. 더 이상 그런 유치한 소리를 듣지 않게 되었는데도, 이미 습관이……."

쌀쌀한 바람을 들이쉬어 목에 올라온 것을 눌렀다. 숨을 고르고 이야기했다.

"너무 눈을 안 마주치면 어떤 오해를 사는지 알아. 하지만 눈을 마주치면 무의식적으로 건방져 보일 거 같고, 재수 없어 보일 거 같고."

"나는 절대……."

달래려는 듯 끼어드는 목소리를 끄덕임으로 무질렀다.

"알아. 적어도 오빠는 절대 그런 생각 안 한다는 거. 알지 그럼. 오히려 날 볼 때마다 웃어 주잖아. 그래서 항상…… 고마워."

끝에 가서 쓸데없는 말을 해 버렸다. 정신을 차리고 보니 어느새 난 인겸의 눈을 보며 설핏 웃고 있었다. 도망치듯 다시 고개를 숙이고 시선을 내렸다.

"그 말은 습관 때문에 이러는 것도 아니란 거 같은데. 내가 싫어져서 이러는 게 아니면, 역시 그 자식 때문이구나."

"왜 꼭 그 애 때문이라 생각해?"

한숨 섞인 목소리가 또다시 안중에도 없는 인물을 걸고넘어지니 목소리에 절로 짜증이 올랐다. 그러자 인겸이 한층 더 희미해진 목소리로 대꾸했다.

"그야, 넌 걔를 좋아하니까."

무언가 말을 하려 했다. 하지만 축에 매인 쇠사슬이 이탈하려는 마음을 다시금 끌어 내렸다. 몸은 인겸이 앞을 가로막고 있어 정지

해 있으나, 마음은 계속 위태로이 그네를 탔다.

가슴 한편에서 누군가 '잘 참고 있어. 이대로 버텨.'라고 말참견을 해 왔다. 그런데 불현듯 주변이 밝아졌다. 내 앞에 꿇어앉아 있던 인겸이 그림자를 거둔 탓이었다. 다시 회화나무에 기대어 서서 초저녁 하늘을 올려다보며 그가 짐짓 경쾌하게 말했다.

"아. 미치겠다. 그런 상황에 처한 애한테 이러면 안 되는데, 자꾸 질투 나. 야, 너무 걱정하지 마. 네가 이렇게까지 걱정해 주는데 어떻게 잘못될 수 있겠어? 네 걱정의 힘이 얼마나 강한데."

바람 한 점이 그네의 축을 뒤흔들었다. 인겸이 응시하는 먼 하늘의 개밥바라기가 얼어붙었다. 강하긴 뭐가 강하다는 거야? 아무리 키워도 나날이 가슴만 좀먹을 뿐, 막을 수 있는 게 하나도 없는 걱정인데. 할 수 있는 게 아무 것도 없는 걱정인데. 질리도록 약해 빠진 걱정인데.

"너의 그 자식을 걱정하는 것도 좋지만, 지금은 이 오빠 걱정도 좀 해 주라. 나 요즘 섭섭하다?"

"나, 되게 못된 인간이거든?"

축이 뽑히고 쇠사슬이 끊겼다. 나가떨어진 마음이 끈질기게 가둬 둔 말들을 엎질렀다.

"한때 좋아했던 애가 더러운 누명을 썼는데도, 솔직히 말해서 별로 걱정이 안 돼. 그냥, 그렇게 잘난 애도 그런 식으로 몰릴 수가 있구나, 좀 놀랐을 뿐이야. 그리고 그런 상황에서 감싸 줄 친구라도 있는 걔가 복에 겨워 보일 뿐이야. 정말 내가 걔를 좋아한 게 맞긴 한 건지, 지금 걔한테 끔찍할 정도로 무신경해."

말하고 싶은 건지, 말하고 싶지 않은 건지. 본론은 목구멍에 매어 흔들리기만 하고, 그것을 감싼 껍질만이 내 발치에 무성히 쌓여 갔다.

"사실, 진심으로 걱정이란 걸 해 본 적이 없는 것 같아. 그동안 누가 날 걱정해 줬으면 좋겠다, 신경 써 줬으면 좋겠다 바란 적은 있어도, 몇 날 며칠 한 사람만 생각해 본 적이 없어. 가족들에게 무슨 일이 생기면 불안해하긴 했지. 하지만 그건 본능이지 내가 착해서가 아니니까. 가족 외의 다른 사람에게 이런 적은, 정말 처음이야."

말을 하다 말고 인겸의 표정을 살폈다. 인겸이 개밥바라기가 마당에 떨어지기라도 한 것처럼 어안이 벙벙해져 있었다. 내가 잘 알아듣지 못하게 지껄인다고 자기도 의미를 모를 표정을 짓기로 했나 보다.

불안감에 오른손을 들어 벤치그네를 매단 사슬을 붙들었다. 그것이 물여울 속에서 붙든 지푸라기인 양 잡아 쥔 손에 힘을 주며, 떨리는 목소리로 중얼거렸다.

"솔직히 내가 그 사람을 위해 어디까지 할 수 있을지는 모르겠어. 조금이라도 힘들면 시시하게 도망쳐 버릴 게 뻔한데, 그래도 지금은…… 지금은……."

회화나무 잎사귀와 합세한 어둑한 하늘이 뾰족하게 날을 세워 콧속으로 들이치는 것 같았다. 마음의 축은 제자리를 벗어나 버렸고 요 며칠간 열 번도 넘게 다진 다짐은 무색해졌다. 그저 머리나 감싸 쥐려 그네 사슬을 붙든 오른손을 거두어들였다.

그런데 불현듯 몸이 뒤로 밀려나며 무게중심이 앞으로 쏠렸다. 반사적으로 뻗지른 손에 무언가가 닿았다. 인겸이 내 양어깨 너머로 팔을 뻗어 벤치그네 등받이를 밀어 올린 채, 흔들리는 눈동자로 날 응시하고 있었다.

"대체…… 누구 얘기를 하는 거야? 혹시, 내가 희망을 가져도 된다는 거야?"

벤치에 등을 바짝 붙이는 것 외엔 옴짝달싹하지도 못하도록 날 가둔 양팔. 함부로 고개를 돌리지도 눈을 내리깔지도 못하게 내 시선을 옭아매는 눈. 가까스로 변죽을 울렸다.

"다, 당연히 희망을 가져야지, 사람이."

"너, 내가 말한 희망이 뭔지는 알고 말하는 거야?"

긴장감에 틀어쥐었던 주먹이 서서히 풀어졌다. 혹여 그와 함께 넘어질까 꼿꼿하게 힘이 들어갔던 발가락이 무감했다. 무엇을 지칭하는 것이든, 그에게 희망이 허락된다면 얼마나 좋을까? 감히 내가 그에게 희망을 허락할 수 있다면 얼마나 좋을까? 내가 안 된다면 누구라도 좋으니, 이대로 순순히 서인겸에게 희망을 허락할 수만 있다면…….

"얘들아! 피자 다 됐다!"

"헉!"

불시에 열린 현관문. 서인겸의 양팔과 나의 무게중심이 같이 흔들렸다. 뒤로 확 떠밀린 벤치그네가 분을 실어 내 몸을 앞으로 내던졌다. 영락없이 앞으로 구를 줄 알았으니 인겸이 빠르게 내 몸을 끌어내어 흔들리는 그네와 거리를 벌렸다.

오해를 받을 만한 자세를 수습하기엔 늦었으리라 직감하며 현관을 보았다. 인겸 어머니의 목소리와 함께 활짝 열렸던 현관이, 실바람에 밀려 서서히 닫히고 있었다.

"일단 들어가자."

"그래."

　우리는 마당에 떨어진 개밥바라기를 거짓말로 몰고는, 말없이 현관으로 들어섰다.

✳　　　✳　　　✳

"오늘 중간고사 마지막 날이었지? 설아는 오늘 시험 어땠니?"

　눈물겨운 정성이 들어간 피자로 기분 좋게 배를 채운 뒤, 다 먹은 접시들을 한쪽으로 치우며 인겸의 어머니가 넌지시 내게 물어보셨다.

"잘 봤어요. 오늘 본 건 비교적 좋아하는 과목들이어서요."

"잘됐다. 설아는 이번 시험 목표가 평균 90점이라 했지? 달성한 거 같니?"

"네. 인겸 오빠가 잘 가르쳐 준 덕에 초과 달성한 거 같아요."

　예쁜 말본새로 대답하자 인겸의 어머니가 흐뭇하게 미소 지었다.

"다행이다. 부모님께서 좋아하시겠네. 혹시 부모님께서 우리 집에서 공부하는 거에 대해 별말씀 없으셨니?"

"아, 예. 워낙 보수적인 분들이라 처음엔 좀 걱정하시긴 했는데, 결과가 좋으니까 여기서 열심히 공부했다는 거 믿어 주시더라고요. 언제 오빠 데리고 와서 밥 한번 먹자셔요."

　인겸의 집에서 공부하겠다고 말을 꺼냈을 때 어머니의 표정이 아직도 생생하다. 굳이 남학생 집에서 시험공부를 하려는 이유부터 언제 어떤 계기로 인겸과 알고 지냈는지까지. 거의 청문회 수준의 질문 세례를 넘기고 나서야 겨우 허락이 떨어졌다.

허락하시고 나서도 끊임없이 통금 시간을 챙기시며 매일의 학습 진도를 꼬치꼬치 물어보시는 부모님에게 성가심보단 죄송함을 느꼈다. 어쩌면 순전히 꿈이라서 허락받을 수 있었던 건지도 모른다. 남자 선배 집에서 단둘이 공부를 하다니. 옛날의 나였으면 상상도 못했을 일이다.

"저한텐 안 물어보세요?"

불쑥 인겸이 입을 열자 그의 어머니가 그릇을 집어 올리려다 말고 제 아들을 보았다.

"뭘?"

"시험 잘 봤는지 말이에요. 저한테는 한 번도 안 물어보셨잖아요. 설아가 잘 봤는지는 궁금하고 친아들 성적은 안 궁금해요? 저 이번엔 되게 잘 봤는데."

빈정거린다기보단 정말 의아한 기색이 역력한 투로 인겸이 물었다. 그러자 그의 어머니는 '아, 그 얘기였어?' 라고 말하듯 피식 웃음을 흘리더니, 나긋나긋 말했다.

"네가 네 입으로 잘 봤다고 말할 정도면 정말 잘 봤나 보네. 그래도 아들. 난 그냥 안 물어보련다. 왜냐하면, 이번에는 안 물어봐도 될 거 같거든."

"왜요?"

인겸이 눈을 동그랗게 뜨고 물었다. 그의 어머니는 접시를 가지런하게 겹쳐 놓고는 속삭이듯 그에게 말했다.

"난 이제, 네가 밝게 웃으면서 건강하게 걸어서 집에 와 주면 더 바랄 게 없으니까. 오늘 보니 올백이야."

그 말에 발간 물감을 푼 듯 인겸의 얼굴이 귀밑까지 벌게졌다. 나 역시 따뜻한 물이 얼굴과 가슴에서 맴도는 느낌을 받았다. 기분 좋은 정적이 흐른 뒤, 인겸의 어머니가 불쑥 또 다른 화제를 꺼냈다.

"인겸아. 내일 발표할 편지 말이야, 혹시 엄마가 좀 봐도 될까?"

인겸이 눈을 동그랗게 떴다. 그러자 그의 어머니가 황급히 손을 휘휘 저었다.

"아. 물론 보여 주기 쑥스러우면 안 보여 줘도 돼. 엄마는 그냥, 요즘 네가 어떻게 지내는지 궁금해서."

인겸이 고개를 돌려 내 눈치를 살폈다.

"저도 무지 궁금해요. 보여 주면 안 되나?"

"그렇게 궁금해요? 나 글 그렇게 잘 쓰는 편이 아니라서."

말은 그렇게 하지만 인겸은 자기 글을 남에게 보이는 데 그리 수줍어하는 타입은 아닌 것 같았다. 오히려 이 관심을 즐기는 것 같았다.

"잘 쓰고 말고가 중요한 게 아니잖니."

"뭐 어때! 그냥 보여 줘!"

거의 동시에 비슷한 말을 내뱉고는 인겸 어머니와 나는 서로를 보았다. 우리보다 인겸이 한발 앞서 웃음을 터트렸다.

"그러면 제가 여기서 읽어 볼게요. 잠깐 기다려요."

인겸은 자기 방에서 구름처럼 하얀 편지봉투를 가져왔다. 봉투에서 나온 얇은 편지지에 비치는 필체는 남자답게 큼직큼직하면서도 가지런했다. '흠' 하고 헛기침을 한 번 하고, 인겸이 나직한 목소리로 편지를 낭독하기 시작했다.

"3학년 8반 친구들에게. 얘들아. 중간고사는 다들 잘 봤니? 우리가 같은 반이 된 지 벌써 두 달이라니 시간 참 빠르다. 선생님이 처음에 이렇게 편지쓰기를 하자셨을 때만 해도 나에게 편지를 쓰는 사람이 있을 거라곤 생각도 못 했어. 그런데 너희가 나에게 편지를 많이 써 줘서 정말 놀랐고, 기뻤어. 그래서 막상 내 차례가 되니까 편지를 쓰고 싶은 애가 너무 많은 거야. 그래서 이렇게 우리 반 모두에게 쓰기로 했어."

인겸이 편지를 읽다 말고 이쪽을 힐끗 보았다. '나 잘 썼어?' 라고 묻는 시선에 내가 지을 수 있는 한 가장 부드러운 미소를 지어 주었다. 인겸은 들뜬 표정으로 편지를 마저 읽어 내렸다.

"처음에는 너희를 많이 원망했어. 난 정말 남에게 폐를 끼친 적이 없는데 왜 그렇게들 나를 싫어하고 괴롭힌 건지. 왜 아무도 나를 도와주지 않은 건지. 아무 잘못도 없이 미움받는다 생각하니까 학교가 너무 싫었어. 그래서 해서는 안 될 짓까지 할 뻔했어. 하지만 너희는 날 미워한 걸 후회한다고 말해 줬어. 날 도와주지 못해서 미안하다고 말해 줬어. 앞으로 나와 잘 지내고 싶다고 말해 줬어. 내가 죽지 않길 바란다고 말해 줬어."

뱃속에 벽돌이 하나 떨어진 듯 속이 무겁게 가라앉았다. 옆에서도 무거운 숨을 들이마시는 소리가 났다. 하지만 정작 편지를 쓴 인겸의 표정과 목소리는 차분하기 그지없었다.

"너희의 이야기를 들으면서 나도 나 사신을 한번 돌아보았어. 그동안 나한텐 아무 문제도 잘못도 없다고만 생각했는데, 곰곰이 생각해 보니 그렇지 않더라. 너희가 같이 놀자고 할 때 잘 어울리지 않았고, 너희가 말을 걸 때 살갑게 대답하지 못했어. 너희를 무시하고 깔볼 마음을 먹은 적은 절대 없지만, 내 모습이 너희에게 건방진 모습으로 비쳤을지도 모른단 생각이 들어. 그거 말고도 혹시 내가 알게 모르게 너희에게 상처 준 게 있다면, 지금 이 자리에서 미안하다고 말하고 싶어."

나는 무릎 위에 울적하게 올려놓은 손을 들여다보았다. 내 생채기만이 아프다고 생각했던 나. 나한테는 아무 문제도 잘못도 없다고 생각했던 나. 나만이 피해자라고 생각했던 나. 이런 나야말로 지금까지 알게 모르게 준 상처가 다 주워 담지도 못할 만큼 산더미인 건 아닐는지.

"그리고 얘들아. 내가 너희에게 진심으로 부탁하고 싶은 게 있어."

인겸이 고개를 번쩍 치켜들었다. 대나무에 맺힌 이슬처럼 맑은 눈빛이었다.

"우리가 이 학교를 졸업하면 각자 다른 반, 다른 고등학교로 흩어질 거잖아? 혹시 거기서도 나처럼 따 당하는 애를 만나면, 뒷담을 하지 말고 충고를 해 줘. 뒷담이나 충고나 따끔하기는 마찬가지지만, 적어도 충고를 해 주면 미움받는 부분을 고칠 수 있어. 그리고 누군가에게 궁금한 게 있으면 꼭 본인에게 물어봐. 남에게 물으면 오해만 커지고, 그 애는 영영 자기 진심을 전할 기회를 잃어버려."

문득, 고등학교 2학년 때 왕따였던 같은 반 여자애가 떠올랐다. 그 애를 향한 직접적인 괴롭힘에 동참하지는 않았지만, 구원자를 자청하지도 않았다. 구태여 그 애를 감싸려 들다 같이 급류에 휩쓸릴까 봐 두려웠다. 집단공조에 대한 두려움이 역지사지할 용기를 남김없이 잡아먹었다.

결국 나는 그 애에 대한 악의적인 뒷담에 묵묵히 고개를 끄덕여 그 애의 상처를 묵인했다. 중학교 때는 단 한 명이라도 나의 진심을 알아주길 그토록 바랐으면서, 막상 그 반대 처지가 되자 그 한 명이 되기를 거부했다.

"서로 진심을 전하는 게 알고 보면 그리 어렵지 않은데, 굳이 욕을 하고 때리고 상처 줄 필요가 있어? 단 한 번만 진심이 통해도, 그동안 쌓인 미움과 원망이 이렇게 많이 사라지는데. 앞으로 너희가 어디 가서든 이런 상처를 주지도, 받지도 않았으면 좋겠어."

인겸의 부탁은, 같은 아픔을 경험했다고 한들 쉽사리 입에 담을 수 있는 것이 아니다. 오히려 겪어 봤기에 더 하기 어려운 부탁이다. 그럼에도 인겸은 흔들리지 않는 눈빛으로 모두에게 부탁했다. 상처 주지 말아 달라고. 외면하지 말아 달라고. 진심을 알아 달라고. 나라면 끝내 하지 못할 부탁을 당당하게 하는 그의 용기가 부러웠고, 또 사무치도록 고마웠다.

감정이 북받쳐 오른 듯 인겸이 마른침을 삼켰다. 몇 번의 심호흡으로 거칠어진 호흡을 가다듬은 뒤, 그가 따뜻한 목소리로 편지를 마저 읽었다.

"우리 올해가 중학교 마지막이잖아. 지금부터라도 함께 좋은 추억을 만들어 보자. 그리고 이번에 나랑 영어 연극 같은 조 된 준기, 형진, 소현, 진주야. 우리 열심히 해서 꼭 만점 받자. 나 지금 대본 정말 열심히 짜고 있거든. 이 형님만 믿어. 3학년 8반, 사랑한다."

'사랑한다.'를 발음하고 나서 인겸이 뒷머리를 긁적였다. 자기가 써 놓고도 매우 멋쩍은 느낌을 받은 모양이다. 재빠르게 머리를 굴려 그와 눈이 마주치자마자 할 말을 생각해 두었다. '정말 잘 썼어. 다들 감동해서 뻑 가겠네.' 정도로 말해 주려 했다.

하지만 불현듯 지척에서 울음을 삼키는 소리가 들려와 머릿속이 백지가 됐다. 옆을 보니 인겸의 어머니가 손으로 입을 틀어막은 채

닭똥 같은 눈물을 흘리고 있었다.

"어머니. 갑자기 왜 그러세요?"

인겸이 당황하여 어머니에게 달려왔다. 그는 식탁에 놓인 티슈를 뽑아 어머니의 얼굴을 닦아 주려 했다. 그때 인겸 어머니의 손이 티슈를 들이미는 인겸의 손목을 덥석 잡았다. 놀란 얼굴로 자신을 보는 아들의 손목을 붙들며, 그녀가 흐느꼈다.

"인겸아. 너 지금 살아 있는 거 맞지? 살아서 내 앞에 있는 거 맞지? 진짜 재수 없는 생각이긴 한데, 네가 편지를 읽고 있는 중에도 혹시 내가 꿈을 꾸고 있는 것이면 어떡하나, 혹시 이대로 네가 사라져 버리면 어쩌나, 자꾸 겁이 나. 이렇게 생각이 바르고 천사 같은 아들을 진짜로 잃어버리면 어떡하나. 지금도 너무 무서워……."

인겸의 손목을 붙든 손이 부들부들 떨리고 있었다. 금방이라도 산산조각 날 듯 위태한 모양새였다. 부서질 것 같은 어머니를 보며 인겸은 길게 한숨을 내쉬었다. 그는 따스한 웃음을 입에 문 채 자기 어머니를 품 안으로 당겼다. 그러고는 어린아이를 달래듯 속삭였다.

"어머니. 저 지금 확실하게 살아 있어요. 살아서 어머니 앞에 있는 거 맞아요. 제가 왜 사라지겠어요? 이건 꿈이 아닌데."

몸 안에서 가장 무거운 것이 쿵 하고 내려앉는 게 느껴졌다. 내 앞에서 인겸은 어머니의 손을 끌어다 자기 뺨에 대며 웃었다.

"저요, 이번에 액땜했으니까 어머니보다 오래 살 거예요. 그러니까 안심하셔도 돼요."

"고맙다. 고마워."

눈물 젖은 얼굴로 웃으며 인겸의 어머니가 연신 중얼거렸다.

"정말 고마워. 내 아들로 태어나 줘서 고맙고, 이렇게 살아 있어 줘서 고마워. 이게 꿈이 아니라서 고마워. 너도 고맙고 설아도 고맙고. 모든 것이 고마워. 정말, 정말 고마워."

인겸의 어머니가 나머지 팔을 뻗어 내 어깨를 감았다. 끌어당겨졌다. 연신 고맙다 중얼거리는 그녀의 품 안에서, 나는 줄 끊긴 인형이 되어 버렸다.

＊＊　　　＊＊　　　＊＊

「인겸 오빠에게 집에 가겠다고 말했다. 아주머니는 기말고사 때도 꼭 오라고 말씀하셨다. 현관에서 날 배웅해 주면서 인겸 오빠는 6월 1일이 자기 생일이라고 말했다. 그날 토요일이니까 둘이서 어디 놀러 가자고 했다. 그 말에 나는 …….」

일기장을 덮었다. 내 책상 책꽂이에 있는 책 중 가장 크고 두꺼운 책을 찾아 그 위에 올려놓았다. 그래 놓고 한동안 그것을 물끄러미 바라보다가 그 위에 책을 한 권 더 올려놓았다. 1분을 못 참고 한 권 더 올렸다. 몇 초를 못 참고 또 한 권 더 올렸다. 올리고, 올리고 또 올렸다. 책꽂이가 텅 빌 때까지 올렸다.

어금니를 사리문 채 책무덤 앞에서 뒤돌아섰다. 누군가의 뺨을 올려붙이듯 스위치를 후려쳐 빛을 쫓아냈다. 어둠이 두 눈을 집어삼켰다. 더듬더듬 침대를 찾아 누워 정수리까지 이불을 덮어썼다. 벽에 걸린 시계의 초침소리가 귓구멍에 못을 박았다. 옆에 귀신이라도 누운 양 온몸이 차갑고 딱딱하게 굳어 갔다. 눈을 질끈 감았다. 끔찍이도 잠이 오지 않는 밤이었다.

                    *   *   *

"설아야, 이설아!"

오후 햇살처럼 포근한 음성이 내 어깨를 흔들었다.

"으음……."

칭얼대듯 낮은 신음을 흘렸다. 정말 깨어나기 싫었다. 사람이 어
쩌면 이다지도 기분 좋은 잠을 잘 수 있을까? 어찌나 달콤한지 눈
에 꿀이 엉겨 붙은 것 같았다. 몸은 순풍을 탄 민들레 홀씨처럼 홀
가분해서, 조금만 힘을 빼면 두둥실 떠오를 것 같았다. 눈을 뜨면
천국의 정원 한가운데 누워 있는 게 아닐까? 비현실적인 포근함을
만끽하며 나른한 생각을 하는데, 또 한 번 몸이 뒤흔들렸다.

"설아야, 일어나. 점심시간 끝났어."

보채듯 나를 깨우는 목소리가 단잠보다 아까워, 마지못해 눈을
떴다. 물고기처럼 맵시 있게 빠진 눈꺼풀 안에서 반짝이는 흑요석
이 보였다. 인겸이 누워 있는 날 내려다보며 웃고 있었다.

그 앞에서 난 전혀 안 예쁘게 눈살을 찌푸렸다. 맙소사, 언제 잠
이 들어 버린 거지? 이 인간은 또 얼마 동안이나 잠든 내 모습을
보며 저런 표정을 짓고 있었던 거고? 이런 낯부끄러운 상황이 연
출될 게 뻔한데 난 무슨 생각으로 이 사람이 빤히 보는 데서 잠이
들어 버린 거지?

추태를 보이게 된 경위를 되짚고자 황급히 상체를 일으켰다. 반
사적으로 앉은 자리를 둘러본 순간, 주먹을 삼킨 듯 입을 쩍 벌리
고 말았다.

"어?"

지금 내 몸을 받치고 있는 건, 검은색 물소 가죽 소파였다. A세무서 부가가치세과 캐비닛 뒤에 있는 그 소파 말이다. 아아, 캐비닛. 그러고 보니 캐비닛도 있었다. 나 지금 설마…….

허둥지둥 턱과 두 손을 놀려 내 몸을 확인해 보았다. 두 손을 뻗어 갈색 모직 치마를 움켜 올렸다 놓았다. 팔을 감싼 베이지색 블라우스 소매 역시 꼬집어 보았다. 마지막으로 목에서 달랑거리는 걸 손가락으로 집어 보았다. 스무 살 때 어머니한테 물려받은 하트 큐빅 목걸이가 만져졌다. 검지를 금줄에 걸어 놓은 채, 나는 다시 고개를 들어 정면을 바라보았다.

"왜 그렇게 놀라? 아직 잠 덜 깬 거야?"

재미있어하는 기색이 역력한 투로 물어 오는 소년은 분명 서인겸이 맞았다. 그는 지금 23살로 돌아온 나와 한 공간에 있었다.

"어떻게……."

"우와, 여기가 설아가 일하는 데구나. 생각보다 분위기가 편안해 보이고 좋다."

인겸은 과자의 집에 들어오기라도 한 양 신이 나서 두리번거렸다. 나는 빠른 곁눈질로 벽 거울을 보았다. 화장한 내 얼굴이 비쳤다.

"설아야. 나 네가 어디서 일하는지 꼭 와 보고 싶었어. 나 구경 좀 시켜 주라."

인겸이 다가와 내 손을 덥석 잡았다. 그답지 않게 얼음장처럼 차가운 손이 아니더라도, 지금 반감을 품어야만 할 이유가 너무 많았다.

"자, 잠깐만! 이게 어떻게 된 거야? 나 이거 꿈에서 깨어난 건가? 그보다 오빠가 어떻게 여기까지 온 거야? 저기, 하나도 안 이상해? 나 지금 이런 모습인데도?"

"네 모습이 어때서? 그렇게 입으니까 더 예쁘다 정도?"

지금 상황에선 황홀감보단 얼얼함을 선사하는 칭찬을 하며, 인겸은 먼지 한 점 묻어 나올 것 같지 않은 미소를 지었다.

"너무 오래 자서 몸에 힘이 잘 안 들어가? 그럼 내가 일으켜 줄게!"

"자, 자자자, 잠깐만!"

고장 난 라디오 소리를 내며 인겸의 손에 이끌렸다. 23살로 돌아왔는데도 그의 얼굴은 내 머리 위에 있었다. 원체 키가 크니까. 나는 커 봐야 이설아인 반면에. 물끄러미 그를 올려다보았다. 그는 예쁜 드레스를 입힌 인형을 보듯 신바람 난 표정으로 날 바라보며 웃었다. 그 시선에 괜스레 낯이 따끔거려 눈을 살짝 내리깔고 말았다.

"설아 씨! 뭐 해?"

"우왓!"

캐비닛 뒤로 불쑥 난입해 온 우렁찬 음성에 뱀 만난 개구리처럼 기함했다.

"바, 반장님!"

"설아 씨. 몸은 좀 어때? 진짜 아무것도 안 먹어도 괜찮겠어?"

"아! 저, 전 괜찮아요. 그보다 지금 몇 시죠? 이제 일어나야겠다."

한겨울에 맹렬히도 손부채질을 하며 김 반장님과 인겸을 번갈아 보았다. 인겸은 당황한 표정으로 김 반장님의 눈치를 보고 있었다. 훌쩍 커 버린 나를 보고는 천연덕스럽게 칭찬했으면서 반달가슴곰 덩치의 김 반장님한테까지는 뻔뻔해지지 못하고 있었다.

어쨌거나 이제 곧 당연히 김 반장님이 내게 물어보겠거니 했다. 어째서 교복 차림의 키 큰 소년이 A세무서 부가가치세과 간이휴게실에 있는 것인지. 나랑 무슨 관계인지.

"몇 시긴. 1시 다 됐지. 자, 설아 씨 이제 좀 나와 봐. 민원인 와 계셔."

나와야 할 반응이 나오지 않았다.

"어……."

'너 누구니?'에 대한 답을 준비하고 있었을 인겸이 고개를 들어 황망한 표정으로 김 반장님을 바라보았다. '누구야? 설아 씨 동생이야?'에 대한 답을 생각해 두고 있었던 나 역시 한 대 맞은 기분이 되었다.

"저, 잠깐만요. 얘랑 먼저 얘기 좀 하고요."

말끔하게 무시당한 인겸부터 수습할 참으로 반장님께 양해를 구해 봤다. 유독 이 순간에 행방불명된 김 반장님의 오지랖에 대한 의구심은 일단 뒤로 미루기로 하고. 그런데 김 반장님은 외려 귀신을 본 것마냥 눈을 댕그랗게 뜨더니, 내게 충격적인 말을 했다.

"아니, 설아 씨. 방금 뭐라 그랬어? '얘'라니? '얘'가 어디 있어? 지금 누구 보고 얘기하는 거야?"

"네?"

미간을 구긴 채 반문했다. 인겸 역시 눈살을 찌푸린 채 반항적으로 고개를 갸웃거렸다.

"아, 반장님 못됐어! 애먼 사람 두명 인간 만들지 마세요. 얘 당황해하는 거 안 보여요?"

애써 억지웃음을 짜내며 상황 수습에 나섰다. 허나 김 반장님은 한쪽 눈만 찡그려 '별 싱거운 녀석 다 보겠네!'라 써 붙인 미소를 입에 걸 뿐이었다.

"어이구, 설아 씨. 이제 귀신 같은 것도 막 보는 거야? 허공에다 대고 그러니 진짜 귀신 있는 거 같아. 어이고 무시라."

김 반장님이 짐짓 목소리를 깔며 떠는 시늉을 해 보였다. 반장님은 내 어깨 너머를 슥 훑어보며 피식 웃기까지 했다. 그 시선을 따라 뒤를 돌아보았다. 벽 거울에 우리의 모습이 비쳤다. 목을 꺾어 뒤를 돌아보는 나. 내 뒤에서 히죽 웃고 있는 반장님. 그리고 캐비닛의 그림자에 절은…… 허공.

"설아 씨. 피곤하면 좀 더 자. 민원은 내가 대신 봐 줄게. 그냥 기한 후 신고하러 온 거 같으니까."

반장님은 어깨를 으쓱해 보이고 쿨하게 뒤돌아섰다. 경쾌한 구둣발 소리가 환청처럼 멀어져 갔다. 다섯 번 눈을 깜박여 보고 두 번 눈을 비볐다. 그러고 나서 또 다섯 번 눈을 깜박이고 나서야, 시선을 거울에서 내 앞에 선 사람에게로 돌렸다.

인겸은 눈도 깜박이지 않고 거울을 보고 있었다. 박제된 올빼미처럼 미동도 없이 거울을 보는 그의 얼굴에서 급속도로 핏기가 가시는 게 보였다. 그는 나와 똑같은 걸 보고 있었다.

석고를 나눠 마신 것처럼 우리는 한참을 그렇게 굳어져 서 있었다. 창틈으로 술술 들어오는 겨울바람조차 말려 주지 않는 시간이 얼마나 흘렀을까? 인겸이 먼저 몸서리를 쳤고, 정신없이 내달리기 시작했다.

"오빠! 잠깐만!"

앞뒤 생각해 볼 것 없이 인겸의 뒤를 쫓았다. 그를 따라 부가가치세과 사무실 문을 박차고 나와 보니 A세무서 청사의 대리석 복도 대신 늦봄 햇살에 젖은 아스팔트 바닥이 펼쳐졌다. 말도 안 되는 공간의 전환에 이의를 제기할 새도 없이, 나는 도망치듯 내달리는 인겸의 뒤를 쫓았다. 목구멍이 터질 것 같은 느낌을 억누르며 그의 등 뒤에 대고 외쳤다.

"기다려! 지금 어디 가는 거야!"

"집에! 거기 거울 이상해! 집에 가서 봐야겠어……."

말을 맺는 그의 목소리가 떨렸다.

몇 걸음 걷지 않아 인겸의 집이 해일에 떠밀려 온 듯 눈앞에 나타났다. 어째서인지 대문이 활짝 열려 있었다. 인겸 어머니의 세련된 성향에 맞게 잘 가꾸어진 정원. 그것을 보고 눈먼 새가 들어오기를 기다리는 악어의 입속을 연상한 적은 없었다. 지금 이 순간 전까지는 말이다.

말릴 새도 없이 인겸이 대문 안으로 뛰어들었다. 급히 뒤따라 들어가다가 문턱에 걸려 정강이를 세게 부딪쳤다.

"아웃!"

정강이를 부여잡고 흙바닥 위에서 두 바퀴 반을 굴렀다. 그 어마어마한 고통을 반쯤 흘려보내고 정신을 차렸을 즈음엔 인겸은 이미 현관문 너머로 사라져 버렸다. 산 바위처럼 무겁게 깔린 정적을 무릅쓰고 현관문 손잡이를 당겼다. 문이 열렸다. 반사적으로 한 발짝 앞으로 디디려던 발을 도로 물려 놓았다.

그 공간은 내가 아는 서인겸의 집이 아니있다. 진줏빛 롤 업 커튼과 크림색 벽지가 주는 햇살 같은 아늑함은 온데간데없고, 검은색 천이 모든 세간을 뒤덮고 있었다. 항시 공기를 어루만지던 은은한 허브향 대신 묵은 먼지가 코를 찔렀다.

참견하길 좋아하는 오후 햇살조차 혼비백산하여 달아나 버린 어둠 속에서, 살을 에는 흐느낌이 들려왔다.

"흑……. 흑…….”

귀에 익은 흐느낌이 상깃하게 열린 안방에서 흘러나왔다. 그 앞에 인겸이 못 박힌 듯 서 있었다. 심장에서 피어오른 한기가 손톱 끝까지 퍼져 나가는 걸 느끼며 그의 곁에 다가섰다. 까치발을 하여 그의 어깨 너머 안방 안을 바라본 순간, 나는 날카로운 소리를 내지르고 말았다.

"허읍!”

거대한 종유석에 머리를 꿰뚫린 것처럼 사위가 요동쳤다. 벽을 짚어 비틀리는 몸을 간신히 지탱하는 와중에도 눈앞에 펼쳐진 잔혹한 광경은 조금도 흐려지지 않았다.

뼈만 앙상하게 남은 몸으로 바닥에 엎드려 우는 인겸의 어머니. 그녀의 앞에 놓인 검은 테의 액자. 검은 띠 뒤에서 굳게 입을 다물고 있는 교복 차림의 서인겸. 그리고 그것을 보고 있는 서인겸.

"흑……. 이 모든 게…… 욱……. 꿈이었으면…… 좋겠어…….”

부들부들 떨리는 손이 신기루를 움키듯 영정 사진을 어루만졌다. 영정 사진 속 인겸의 뺨 부분에 손가락이 닿자 그녀는 북받쳐 오르는 슬픔을 견디지 못하고 무너져 버렸다. 비명과 같은 곡소리가 공기를 찢어발겼다.

손으로 입을 가렸다. 필사적으로 뒷걸음질 쳤지만, 세 걸음 빼기도 전에 인겸이 불쑥 나를 돌아보았다. 유령처럼 창백한 안색으로 돌변한 그가 내게 망연히 물었다.

"이게 다…… 뭐야?”

정신없이 도리질을 쳤다. 토기가 올라왔다.

"우리 어머니 왜 저러는 거야? 나 아직 안 죽었는데 저 사진은 뭐야? 무, 물론 자살하려 한 적은 있었지. 하지만 네가 나 살려 줬잖아? 그치?”

후들거리는 다리로 계속 뒷걸음질 쳐 인겸과의 거리를 벌리면서 눈을 질끈 감았다. 부들부들 떨리는 입술이 낙엽처럼 떨어져 나갈 것 같았다.

“왜 그래, 설아야. 눈 떠. 날 똑바로 보고 얘기해 봐. 응? 도망가지 말고!”

어깨를 붙들렸다. 지금껏 내 가슴의 만년설을 녹여 주고 나비처럼 설레게 하기도 했던 그 상냥한 손이 아니었다.

“저리 가!”

살을 파고들 듯 우악스러운 아귀힘에 질겁하여 비명을 지르며 그를 확 떠밀었다.

“아아아악!”

흡사 벼랑에서 떨어지는 사람이 지를 법한 단말마가 울려 퍼졌다. 쓰러지듯 쪼그려 앉아 두 귀를 틀어막고 눈을 질끈 감았다.

얼마 동안을 그러고 있었을까. 불현듯 머리카락을 슾는 바람이 느껴졌다. 분명 온 창문이 꽁꽁 닫힌 어둠 속에 있었는데, 귀를 막은 손 너머로 웅웅 소리를 내는 칼바람이 선연히 느껴졌다. 서서히 귀와 눈을 열었다. 서슬 시퍼런 하늘과 마주쳤다. 코앞에는 철제 난간……. 장소가 또 한 번 바뀌어 있었다.

터져 버릴 듯하던 가슴 속이 눈앞의 철제 난간처럼 뻥 뚫렸다. 그 공백이 맑게 갠 하늘보다는 폭풍의 핵을 닮은 것 같아 좀 전보다 속이 더 울렁거렸다. 인겸이 보이지 않았다. 그가 서 있기엔 나와 난간의 간격이 너무나 협소했다. 설마…….

그러지 말라고 머릿속에서 누군가 절규했지만, 몸은 너무나 성급하게 그 목소리를 배반했다. 난간 너머로 목을 뻗어 고개를 숙였다. 시선이 쏜살같이 떨어졌다. 바닥이 보였다. 거기에 있는 건······.

"설아야! 애! 정신 차려!"

독수리에 채였다 내박쳐진 듯한 충격이 이마를 강타했다.

"허어······."

딸꾹질인지 신음성인지 모를 소리가 입에서 툭 튀어나왔다. 독사과 조각을 내뱉을 때의 백설공주가 이런 기분이었을까? 독약에 절어 있다가 막 해독된 듯 머리가 어지러웠다.

"우리 딸 왜 그래? 꿈꿨어?"

차가운 물수건이 내 이마와 뺨을 쓸었다. 그 냉기에 사위에 든 사물의 윤곽이 빠른 속도로 바루어졌다. 다시 14살로 돌아온 난 9년 전 내 방 침대 위에 누워 있었으며, 9년 전 어머니가 물수건으로 내 얼굴의 식은땀을 닦아 내고 있었다.

"학교에는 너 아프다고 전화해 놨어. 자면서 어찌나 땀을 뻘뻘 흘리는지 경기하는 줄 알았어. 막 소리 지르고 때리면서 깨워도 안 일어나서 엄마가 얼마나 놀랐는지 알아? 119 부를 뻔했어, 야."

그러고 보니 군데군데 욱신거리는 데가 있었다. 하지만 좀 전에 붙들린 어깨에 남은 격통과는 비교할 게 못 되었다.

"배고프지? 엄마가 야채죽 끓여 줄게. 어디 아픈 데는 없어? 속이 안 좋다든지, 머리가 아프다든지."

내가 침묵으로 일관하자 어머니는 '속이 메스꺼워? 이마가 아파, 정수리가 아파?' 따위의 질문 세례를 퍼부었다. 그에 끄덕임과 도리질로 대강 답했다. 지금 정말로 아픈 데는 걱정하지 않아도 된다고 요령껏 말할 자신이 없는 부위였다.

"엄마 장 좀 봐 올게. 가만히 누워서 쉬고 있어. 빨리 갔다 올게, 우리 딸."

어머니가 방을 나서자 지나가는 개미라도 붙들고 싶을 만치 숨 막히는 정적이 엄습해 왔다. 기계처럼 고개를 들어 벽시계를 확인했다. 11시 40분. 지금 내 시간 감각이 무사하다면 오늘은 5월 4일 토요일이고, 지금쯤 학교에선 3교시 수업까지 끝나고 청소 당번만 남았으리라.

담임은 날 질병 결석 처리했을 것이고, 1학년 5반 애들은 이설아 학교 빠져서 좋겠다, 따위의 생각을 했겠지. 그리고 서인겸은 여느 때처럼 나와 같이 하교하려 1학년 복도 아래 계단에서 사람들 눈에 너무 띄지 않게 기다리다가, 내가 안 오니까 기다리다 못해 1학년 5반 교실 뒷문으로 들어와 쓰레기를 비우고 있는 애한테 이설아 어디 갔느냐고 물어봤겠지. '걔 아파서 오늘 학교 안 나왔어요.'라는 대답을 듣고 허탈하게 돌아섰겠지. 그리고 지금쯤 집에 돌아가고 있겠지. 지극히 건강한 몸으로. 방금 그건 나쁜 꿈일 뿐이니까. 다행이다. 다행.

나는 입꼬리를 말아 올려 큭큭 웃기 시작했다. 머리에 올린 손이 머리카락을 잡초 쥐듯 움켜쥐었다. 웃음소리인지 흐느낌인지 모를 소리가 내 입에서 미친년 곡소리처럼 새어 나왔다.

다행이긴 뭐가 다행이야? 어디서부터 어디까지가 꿈인 건지, 이제 분간이 가능하긴 해?

단 1초라도 빨리 이 망할 꿈에서 빠져나왔으면 좋겠다고 생각했었다. 그게 여의치 않게 되자 무심함을 가장한 채 달력에 가위표나 그려 가며 버티다 현실로 돌아가자, 그리 다짐하고 이 꿈을 받아들였다.

그래. 적어도 처음에는 지극히 제정신이었다. 눈을 떴을 때 심장의 무게가 달라져 있을지 모른다는 정신 나간 생각 따위 하지 않았다. 그런데 지금은…… 제정신이 아니게 되어 버린 것 같았다.

나를 이렇게 만든 건 반 친구들도, 첫사랑도, 담임도 아니다. 나를 이 꼴로 만든 건…….

지이잉―

무언가에 대답하듯, 핸드폰 진동음이 울렸다. 폴더를 열어 문자를 확인하기 직전 얼굴을 확 찌푸렸다. 또 검지로 액정화면을 짚었다. 아무리 꿈이라고 해도 한 달이나 흘렀는데. 내 손은 아직도 내 핸드폰이 출시된 지 1년도 안 된 스마트폰인 줄 알았다. 앞니로 입술을 긁으며 자판을 눌렀다. 그렇게 문자메시지의 내용을 확인한 순간, 시답잖은 짜증이 단박에 사그라졌다.

[많이 아파?]

발신인은 서인겸. 나는 눈동자를 굴리다 답장했다.

[응]

자판 딱 세 번 누르는데 손끝이 얼얼했다.

[약은 먹었어? 병원에 안 가?]

이번엔 답변하지 않았다. 핸드폰을 붙든 채 숨을 몰아쉬고 있었더니 문자가 한 번 더 왔다.

[가도 돼? 너무 걱정돼서 못 참겠다]

'가도 돼?'라는 대목에 위태위태하던 손가락이 꽁꽁 얼어 버렸다. 망설이다 답장 메시지 창을 열어 '안 돼'라고 썼다. 확인 버튼을 눌러 전송하려다 말고 문자를 지웠다. 그 자리에 '안 와도 돼'라 다시 써 놓았다가 이내 머리를 흔들며 핸드폰을 닫아 버렸다.

진절머리 났다. 다 싫고 무서웠다. 지금 당장 보이고 만져지는 모든 것이. 지우개로 벅벅 지워 내든, 칼로 도려내든, 지금 여기에 있는 날 파서 없애고 싶었다.

그러니까, 도망가자.

방구석에 처박힌 등산용 가방이 눈에 들어왔다. 방금 내린 피할 수 없는 결심에 대한 화답임이 분명했다. 그것을 집어 든 순간 바위를 매단 듯 무겁던 몸이 폭주하는 로봇처럼 정신없이 움직이기 시작했다.

✲   ✲   ✲

"헉⋯⋯. 허억⋯⋯."

가방에 사흘 밤낮을 토할 만치 짐을 욱여넣어서일까? 아파트 후문을 벗어나기도 전에 숨이 찼다. 예고도 없이 쏟아지는 비가 그 짐을 더 무겁게 했다. 비는 현관문을 열 때부터 쏟아지고 있었지만, 무슨 오기인지 우산을 챙기지 않았다. 이놈의 머리가 판단해야 할 순간엔 뜨겁게 굴더니 후회하는 순간에만 차가워졌다.

늦봄의 발악적인 냉기를 안은 바람에 뺨을 몇 대 얻어맞자 현실 감각이 돌아오기 시작했다.

기껏해야 50만 원밖에 안 모인 통장의 돈으로 하루에 세 번 찾아오는 공복감은 해결한다 치자. 그러면 하루의 3할을 지배하는 잠은 어디서 해결할 건데? 감당 안 되는 숙박비는 차치하고서라도

160cm도 안 되는 여중생을 받아 줄 여관이 퍽이나 있겠다. 그리고 꿈속이라 해도 아픈 딸 걱정하며 죽 재료 사러 나간 어머니는 또 가만히 계시겠나? 경찰이든 언론이든 나를 찾을 수 있는 수단은 모조리 동원해 미친 듯이 나를 찾아다니다 산송장이 되시겠지. 결국 나는 다시 붙들리고 말 것이고.

"하……."

망연자실하여 근처의 은행나무에 몸을 기댔다. 어떻게 도망치는 것도 제대로 못 하니? 꿈속에서도 못 하는 게 대체 몇 가지인 거야? 하지만 여기서 걸음을 옮기지 않으면 더 큰일이 닥쳐올 텐데. 이 허탈감과 무력감조차 무참히 짓뭉갤 무서운 감정이, 어떻게든 꼭꼭 숨으려 발버둥 치는 내 심장을 기어이 찾아내고 말 텐데. 그렇게 되면, 나는…….

"설아야?"

"아……."

살 떨렸다. 의지와 다르게 소리가 난 쪽으로 고개를 돌려 눈이 마주치고 말았다.

"너…… 아프다며? 근데 지금 어디 가는 거야? 비 오는데 우산은 어쩌고?"

서인겸이, 놀라움에서 당혹감으로 급변하는 표정을 지으며 빠른 속도로 내게 다가오고 있었다. 그는 칠흑처럼 새까만 우산을 쓰고 있었다. 그 색깔을 보고 있자니 떠오르는 게 너무 많았다. 꿈. 아니, 꿈의 꿈에서 본 참혹한 광경이 그와 겹쳐 보였다. 손마디에 고압 전류가 흘렀다. 그에 놀란 심장이 가장 먼저 한 일은 후들대는 두 다리를 볶아치는 것이었다.

"이설아! 갑자기 왜 그래!"

죽을힘을 다해 달렸다. 하지만 14살 여자애가 키 큰 16살 남학생을 달리기로 따돌리는 반전은 일어나지 않았다. 3분도 채 걸리지 않아 인겸이 내 가방을 붙들었다. 그는 어디까지나 그걸 잡아 날 돌려세울 의도였겠지만, 아슬아슬하게 채운 지퍼가 좌아악 소리를 내며 내용물을 토해 냈다.

"너……."

가방에서 쏟아진 옷가지를 봐 버린 인겸의 목소리가 흉흉해졌다. 나는 그를 외면한 채 입술을 꼭 짓씹었다. 머리 좋은 그가 이 뻔한 상황을 못 알아채는 요행은 바라지도 않았다.

"일어나."

인겸이 거칠게 내 몸뚱이를 잡아 올렸다. 이끌리는 순간에 한 막연한 예상과 다르게, 인겸은 나를 우리 집이 아닌 S아파트 밖으로 끌고 나갔다. S아파트 후문 근처에 있는 한강 굴다리 옆의 계단을 올라 한강을 낀 도로가 보이는 공터에 왔다.

날 맞은편에 세워 두고 인겸이 격정적으로 숨을 몰아쉬었다. 좀 전만 해도 우산 아래서 말쑥한 모습을 유지하고 있었던 그는, 나보다도 더 심하게 물에 빠진 생쥐 꼴을 하고 있었다. 눈을 내리깔아 그 모습을 외면했다.

"너 진짜 왜 그래?"

한층 더 굵어진 빗줄기, 그리고 도로에서 비바람을 가르는 차들의 소음이 무색하게 귀에 또렷이 박혀 오는 목소리. 침묵을 고수하자 추가타가 들어왔다.

"정말 이런 것까지 묻고 싶지 않은데, 요즘 집에 무슨 일 있어? 저번엔 술을 마시질 않나, 이젠 아프다 거짓말하고 가출까지! 하……."

그 앞에서 세상에 보이는 게 내 발뿐인 양 굴었다. 곧 죽어도 눈을 마주치지 않자 맞은편에서 짙은 한숨 소리가 들려왔다.

"너에 대해 겨우 알 것 같다 싶다가도, 막막할 정도로 모르겠어."

고개를 들 뻔했다. 저한테 거짓말한 것에 대한 책망 말고, 이 상황에서 무슨 말이 하고 싶은 걸까?

"평소의 넌 아는 것도 많고 어쩔 땐 나보다 어른스럽기도 해. 네가 하는 얘길 들어 보면 틀린 말이 거의 없어. 그래서 너보다 2살 더 많은 내가 오히려 너한테 배울 때가 많아. 그런 네가 왜 갑자기 이런 말도 안 되는 짓을 하는지 이해가 안 돼. 왜 그래, 대체?"

말하는 사람에 따라 추궁이 외려 칭찬으로 들릴 수도 있구나. 이 와중에도 지나치게 조심스러운 인겸의 태도가 내 폐부를 후벼 팠다.

"대체 뭐가 그렇게 무서운 거야?"

이번에는 진짜 고개를 번쩍 들고 말았다. 인겸이 일자로 입술을 굳힌 채 나를 뚫어지게 응시하고 있었다. 내가 다시 죄인처럼 눈을 내리깔자 그가 한숨 섞인 목소리로 말했다.

"아까부터 왜 자꾸 내 눈을 피해? 어제 우리 집에 왔을 때도 좀 이상하더니. 혹시 누가 너 괴롭혀? 누가 너 협박해? 대체 누구 때문에 가출까지 하려는 거야? 말을 좀 해 봐."

어금니를 사리물었다. 기어이 위험수위다. 제발 이제 그만…….

"내가 그렇게 의지가 안 돼? 그렇다면 나 아니어도 네 부모님이나 선생님한테라도 말을 해 봐야지. 아무 말 없이 혼자 앓기만 하면 해결되는 게 아무것도 없다는 거, 네가 가르쳐 준 거잖아."

맞문 어금니가 으스러질 기세로 어긋나 으드득 소리를 냈다. 심장은 그보다 더 위태로이 덜컹거렸다. 몸이 물리적으로 안전한 것만으로는 자유로워지지 못하는 부위, 꿈이 현실의 나에게 생채기를 낼 수 있는 유일한 부위를 이제야 자각해 버렸다.

어지간한 악몽이라면 거기까지 걱정하지 않아도 된다. 무시하고 넘기면 그만이니까. 잊으면 그만이니까. 그래서 9년 전의 괴로움이 반복된 건 내게 그다지 큰 타격을 주지 않았다.

정작 지금 내 심장에 칼을 겨누는 건, 내게 분에 넘치는 호의를 베푼 꿈속 천사였다.

처음에는 단지 그를 곁에 있어 주면 좋으나 없어도 하등 문제 될 건 없는 존재 정도로 치부했다. 그래서 내게 점점 가까이 다가오는 그를 막지 않았다. 좋은 게 좋은 거라는 안일한 생각을 했다. 하지만 그의 사려 깊은 시선이야말로 내 심장을 후벼 파고 있음을 이제야 알아 버렸다. 그의 따스한 말과 손길이야말로 내 목을 조르고 있음을 너무 늦게 알아 버렸다.

이대로라면 이 망할 꿈이 내 안에서 영원히 끝나지 않을지도 모른다. 다행히 아직은 그 정도까진 안 왔다. 하지만 꽤 가까이 와 버렸다. 그러니 지금이라도 잘라 내야 한다. 내 앞에 있는 천사를.

아니, 몽마를.

"진짜 질린다."

"뭐?"

예상대로 그가 황당한 표정을 지어 보였다. 얼음을 자른다 생각하고 마디마디 딱딱 씹어뱉었다.

"뭐가 그렇게 무섭냐고? 누가 날 괴롭히냐고? 바로 댁이야."

"나……라고?"

"그래."

걷잡을 수 없는 충격이 고스란히 떠오른 표정에 마음이 약해지기 전에 얼른 못을 집었다. 있지도 않은 독을 그러모아 독사처럼 혀를 놀렸다.

"난 진짜 그냥, 눈앞에서 사람이 죽으려 하길래 일단 오빠를 붙잡고 봤어. 그리고 오빠가 다시 죽겠다고 난리 치는 걸 인간 된 도리로 그냥 지나칠 수가 없어서, 사후 관리를 좀 했을 뿐이야. 순전히 동정심, 그 이상도 그 이하도 아니었다고. 그거 가지고 집에 갈 때마다 귀찮게 자꾸 같이 가자 그러질 않나. 남 일에 자꾸 참견질하질 않나. 이것저것 미주알고주알 캐물으려 하질 않나. 스토커가 따로 없어. 아주 진저리가 나!"

"저기 그건…… 난 단지 너한테 보답을 하고 싶어서……."

"필요 없어."

단 한마디의 항변조차 칼같이 무질렀다. 턱이랑 손마디, 쇄골까지 부들부들 떨렸다. 금방이라도 독액에 녹아 없어질 것 같은 정신을 매서운 빗줄기가 후려쳐 주었다. 흐느낌에 가까운 숨을 내쉬며 인겸의 심장에 마저 못질했다.

"그런 거 불편해. 부담스럽고 싫어. 그러니까 그냥, 앞으로 내 일에 참견하지 말았으면 좋겠어. 문자도 하지 말고, 따로따로 좀 다니자. 이렇게까지 말하는데도 또 나한테 다가오면…… 나 진짜 멀리 도망쳐 버릴 거야."

빗소리가 침묵의 자리를 메웠다. 뒤편 도로에서 달리는 차들이 고인 물을 튀기는 소리가 한층 거칠어졌다. 금방이라도 해일이 몰려와 날 집어삼킬 것 같았다. 심장을 파먹는 악마를 피하려다 물에 빠져 죽을 것만 같았다. 빗속인지 바닷속인지 분간할 수 없을 만치 정신이 혼미해져 갈 즈음, 작은 공기 방울이 날아와 가슴에 파문을 일으켰다.

"미안해."

달래듯 차분하고 따뜻하기까지 한 목소리. 잦아들지 않는 비 때문에 잘못 들은 건가? 쓰게나마 미소 짓기 시작하는 얼굴. 비 때문에 잘못 보이는 건가?

"나도 알아. 네가 날 도와준 건 내가 잘나서가 아니라, 단지 그냥 지나칠 수가 없어서였다는 거. 순전히 동정심 때문이었다는 거. 하지만 그 동정심이 나를 살렸지."

뒤돌아서 있어도 부족한 마당인데. 어느새 나는 인겸과 똑바로 눈을 마주치고 있었다. 차가운 빗속에서도 달콤한 꿈을 꾸는 듯한 표정으로 그가 나직이 중얼거렸다.

"살아난다는 기분이 보통 기분이 아니더라고. 아침에 눈을 떴을 때 오늘은 무슨 일이 있을까 기대하게 되고. 길을 걷다가도 막 들떠서 폴짝 뛰게 되고. 창밖을 보다 산이 보이면 단숨에 거기 올라가 구름을 붙잡고 싶고. 좋아하는 반찬이 늘어나고. 또…… 아무리 힘든 일이 생겨도 어디 닥쳐 봐라, 얼마든지 해치워 주마 하는…… 허세까지 생기고. 하하……. 다시는 이런 기분 느낄 수 없을 거라 생각해서 옥상에 올라갔는데, 네가 날 붙잡아서 모든 걸 돌려줬어. 갚지 않으면 말이 안 되는 은혜였지. 하지만 솔직하게 고백하자면, 그건 순전히 핑곗거리였던 거 같아. 너를 따라다니기 위한 핑계. 좋아하는 여자애 옆에 있기 위한 핑계."

비구름마저 한 대 맞은 것처럼 비를 적게 뿌리기 시작했다. 인겸이 제 가슴에 왼 주먹을 올린 채 힘겹게, 그러나 또박또박 말했다.

"네가, 이설아가 좋아서, 조금이라도 너랑 같이 있고 싶어서, 네 옆에 있는 게 좋아서 그랬어. 옆에 있기만 하면 착한 너한테 도둑놈 같으니까 뭐라도 해야겠다 싶어서 자꾸 네 일에 참견했어. 어떻게 든 도움이 될 일을 찾으려고. 네 옆에 있어야만 하는 사람이 되려고. 그래서 안 그래도 불안했어. 말이 보답이지, 사실 내가 좋자고 하는 일들이 너한테 부담이 되는 건 아닌지. 오히려 너한테 미움 사고 있는 건 아닌지. 그래서 네 행동이랑 말 하나하나가 다 좋으면서 도……. 무서웠어. 그게 나만의 괜한 걱정이길 바랐는데……. 내가 가장 무서워하던 게 다 진짜였네."

서인겸, 이 오빠야. 지금 그런 말을 할 때가 아니잖아? 동정을 구걸한 적도 없는데 유세 떨지 말라고 맞받아쳐도 모자랄 판이잖아? 치사하고 더러워서 앞으로 접근 안 할 테니 잘 먹고 잘 살라고 악담을 퍼부어도 모자랄 판이잖아? 내가 당신을 찌른 만큼 당신도 날 찌르고 똥 피하듯 돌아서 버려도 모자랄 판이잖아? 또 이렇게…… 내 심장을 옭아매는 말만 할 게 아니라…….

"하, 나 진짜. 지금 내가 무슨 말을 하는 건지 나도 모르겠다. 아무튼, 미안해 설아야. 정말…… 미안해. 단지 내 욕심이 심했을 뿐, 진심으로 너에게 도움이 되길 바랐어. 정말로 네가 행복해지길 바랐어. 하지만 내 의도가 순수하든 불순하든, 결과적으로 널 괴롭혔다면 정말 미안하고…… 계속할 생각 절대 없어. 이 이상 무서운 일 하지 않게 해 줘서, 정말 고마워."

귀를 틀어막기엔 너무나 늦고 말았다. '이게 아닌데'란 말만을 너무 남발한 나머지 머릿속이 얼얼했다. 인겸을 밀어내려면 그에게 상처를 줘야 했다. 그래서 상처를 줬다. 상처를 주면서 나에게도 상처를 입히라고 도발했다. 내게 입힌 상처만큼 그 자신이 입은 상처를 메울 수 있도록.

하지만 이런 식으로 내가 받아야 할 상처까지 저 혼자 가져가서 떠안아 버리면…….

바닥없는 자책감에 빠져 버린 내 두 발을 허망하게 내려다보고 있었더니, 이 와중에도 나를 안심시키듯 인겸이 애써 명랑한 목소리를 냈다.

"나 진짜, 앞으로는 네 근처에 얼씬도 하지 않고 문자도 안 할게. 어쩌다 마주치면 인사는…… 이것도 네가 싫다면 안 하고. 그러니까 제발 나 때문에 가출하지 마. 어차피 너 그렇게 부실하게 챙겨선 한 달도 못 버틴다? 저, 그리고…… 음……."

명랑한 목소리 뒤에 필사적으로 숨은 북받침을 모를 수가 없었다. 어떻게 마무리할지 한참을 망설이던 인겸은 결국, 마지막으로 이렇게 말했다.

"좋아해. 정말로."

그 말로도 '안녕'이라는 말을 충분히 대신할 수 있다고 그는 자신한 듯했다. 뒤돌아서는 소리가 들렸다. 돌아선 그는 머뭇거리지도 않았고 달리지도 않았다.

혹여 내게 물이라도 튀지 않을까 끝까지 전전긍긍하는 티가 나는 걸음걸이였다. 그만큼 그 자신에게 생채기를 입히고 있을 걸음걸이였다. 이대로 내버려 두면 그의 안에서 끝까지 사라지지 않을 상처를, 나는 도저히…….

"미안해!"

급류 속에서 지푸라기를 잡듯 그를 잡고 말았다. 그를 똑바로 바라볼 자신도 자격도 없다는 생각이 들어서, 그의 등에 얼굴을 묻은 채로 마구 뇌까렸다.

"처음엔 몰라도 지금은 동정심만 있지는 않아. 나, 나도 오빠가 행복하길 바라. 처음부터 그랬고 지금은 더 그래. 오빠가 내 삶에 관심 가지고 참견하는 거 조금 부담스럽긴 했지만, 결코 싫거나 불쾌하진 않았어. 오히려 기뻤어. 그렇게 기뻐 본 적이 없어서, 누군가 날 그렇게까지 생각해 준 적이 없어서 불안했어. 워낙 내가 못나서 그런 호의를 받아 본 적이 없다 보니 오빠가 잘해 주는 게 무서웠어. 아까 말한 건 다 실언이었어. 오빠 밀어내겠다고 센 척한 거야. 오늘 내가 한 말 다 취소할게. 나 용서하지 않아도 돼. 나 다시 안 봐도 좋아. 그러니까 제발, 나 때문에 방금 받은 상처 다 취소해 줘."

깨부순 그릇을 끌어안은 채 다시 붙어 달라고 사정했다.

"오빠랑 함께 있으면서 처음에도 그랬고 지금도 가장 무서운 건, 오빠가 상처받는 거야. 앞으로 나 때문에 무슨 일이 생기든, 상처만은 받지 말아 줘. 나도 무슨 일이 있어도……. 오빠 상처받는 것만은 어떻게든 막아 볼……."

"나 상처 하나도 안 받았어."

그의 등에 닿아 있던 코가 그의 품과 조우했다. 돌아서서 나를 마주 안아 주며, 인겸이 내게 나직이 속삭였다.

"알았어, 알았어. 방금 받은 상처 다 취소. 나 상처 하나도 안 받았다. 그러니까 진정해."

뇌의 공기가 다 빠지도록 지껄이는 횡설수설하는 바람에 내뱉어 버린 멍청한 말을, 그가 절대적인 마력을 지닌 위로로 바꿔 돌려주었다.

"너 때문에 나한테 무슨 일이 생긴다는 걱정을 왜 하는진 모르겠지만, 걱정하지 않아도 돼. 네 옆에 있어서 벌어지는 일이 있다면, 네 옆에 있는 대가로 내가 감수해야 할 일일 거야. 그게 아무리 괴로운 일이라도 한 가지 확실한 건, 네가 날 상처 입히고 싶어서 벌어진 일이 아니겠지. 널 원망한다고 해결될 일이 아니겠지. 나, 절대 상처받지 않을 거야. 그러니까 안심해도 돼. 그리고 믿어 줘. 앞으로도 계속 네 곁에 있게 해 줘. 널 행복하게 할 기회를 줘."

인겸의 품 안에서 나는 지그시 눈을 감았다. 이성의 끈에 달라붙어 있던 온갖 아우성이 그의 품 안에서 데워진 빗줄기에 남김없이 녹아내렸다.

나는 이제 이 사람을 밀어낼 수 없게 되어 버렸다. 밀어내면, 이제 내가 안 된다. 내 남은 여정의 향방은 정해졌다. 이 꿈에서 깨어나 어떤 대가를 치르게 된다 해도, 나는 절대 이 사람을 상처 입지 않게 할 테다. 5월 31일 마지막 밤에, 그가 가장 행복한 사람이 되어 잠자리에 들게 할 것이다. 내겐 마지막 밤이 영원히 오지 않는다 해도.

이설아도, 서인겸을 좋아하니까.

〈2권에서 계속〉

가려진
시간
속에서

1판 1쇄 찍음 2013년 12월 2일
1판 1쇄 펴냄 2013년 12월 10일

지은이 감초비
펴낸이 정 필
펴낸곳 도서출판 뿔미디어

출판등록 2002년 9월 11일 (제1081-1-132호)
주소 부천시 원미구 상동로 117번길 49(상동) 503호
전화 032)651-6513　팩스 032)651-6094
E-mail bbulmedia@hanmail.net

ISBN 978-89-6775-957-5 (04810)
ISBN 978-89-6775-956-8 (SET)